BASTEI LÜBBE
TASCHENBUCH

Weitere Titel des Autors:

Das Rätsel von Flatey
Bevor der Morgen graut
Haus ohne Spuren (auch als Lübbe Audio erhältlich)

Über den Autor:

Viktor Arnar Ingólfsson wurde 1955 in Akureyri, im Norden von Island geboren. Heute lebt er mit seiner Frau und zwei Töchtern in Reykjavík, arbeitet als Ingenieur beim isländischen Straßenbauamt und veröffentlicht mit großem Erfolg Kriminalromane. SPÄTE SÜHNE ist der vierte Roman von Viktor Arnar Ingólfsson, der auf Deutsch erscheint.

Viktor Arnar Ingólfsson

Späte Sühne

Island Krimi

Aus dem Isländischen von
Coletta Bürling

BASTEI
LÜBBE
TASCHENBUCH

BASTEI LÜBBE TASCHENBUCH
Band 16486

1. Auflage: Oktober 2010

Vollständige Taschenbuchausgabe

Bastei Lübbe Taschenbuch in der Bastei Lübbe GmbH & Co. KG

Deutsche Erstausgabe

Titel der isländischen Originalausgabe: »Sólstjakar«
Originalverlag: Forlagið, Reykjavík
Published by agreement with Forlagið, www.forlagid.is

Titelillustration: © shutterstock / Patricia Hofmeester
Umschlaggestaltung: Gisela Kullowatz
Druck und Verarbeitung: Norhaven A/S
Printed in Denmark
ISBN 978-3-404-16486-8

Vala, Emilía Björt und Margrét Arna –
danke für all eure Geduld.

Montag, 12. Oktober

01:45

»Erinnerst du dich an mich?«, fragte jemand an der Tür zur Toilette. Sie stand halb offen. Ein feister Mann wusch sich an einem halbkugelförmigen Waschbecken aus glänzendem Edelstahl die Hände.

»Ja, wir haben heute Abend schon einmal kurz miteinander gesprochen«, antwortete er, ohne aufzublicken.

»Richtig, wir haben uns vorhin unterhalten. Du erinnerst dich aber nicht an mich?«

»Sollte ich das?«

»Ja, aber vielleicht erkennst du mich nicht mehr.«

»Tja«, sagte der feiste Mann und schüttelte die nassen Hände über dem Waschbecken ab.

»Es ist viele Jahre her, Anton. Ich war damals erst neun.«

Der feiste Mann, der Anton hieß, nahm ein sauberes Handtuch von einem Tisch neben dem Waschbecken und trocknete sich sorgfältig die Hände ab. Anschließend fuhr er sich mit dem Handtuch durch das aufgedunsene Gesicht und wischte sich Schweißperlen von der Stirn.

»Ein gutes Alter«, sagte er.

Eine Weile herrschte Schweigen, bis der andere Mann leise, nahezu flüsternd sagte: »Es war mein letztes gutes Jahr.«

Anton drehte sich um und blickte zur Tür. Er betrachtete den Mann, der in der Tür stand, eine Weile nachdenklich. Die tiefliegenden kleinen Augen lebten auf, und um die Mundwinkel zuckte so etwas wie ein Lächeln.

»Doch, ich erinnere mich an dich. Ich habe dich noch ein

paar Jahre nach unserer Begegnung im Auge behalten«, sagte er schließlich und fügte hinzu: »Du warst der Erste.«

»Was du nicht sagst«, entgegnete der andere immer noch so leise, dass er kaum zu hören war. »War ich das wirklich?«

»Ich weiß, dass ich mich damals ziemlich ungeschickt angestellt habe. Wahrscheinlich habe ich dich verletzt.«

»Ja.«

Anton legte das Handtuch hin und ging zur Tür. Der andere wich zur Seite, und Anton trat auf den Flur. Einen Augenblick lang hatte es den Anschein, als wolle er zur Treppe, die in die unteren Stockwerke führte, doch dann hielt er inne und steuerte auf ein Zimmer auf der anderen Seite des Korridors zu. Der andere folgte ihm.

Es war ein geräumiges Büro mit einem großen Schreibtisch am Ende des Raums. Anton griff nach dem Schalter neben der Tür und machte Licht. Ohne sich umzublicken, sagte er: »Ich bin viel zu überstürzt und dilettantisch vorgegangen. Ich war damals gerade erst achtzehn und bei den ersten Malen viel zu unbeherrscht.«

»Ja«, sagte der andere, »sehr wahrscheinlich warst du das.«

Anton zog eine Zigarre aus der Brusttasche seines Jacketts, schob sie sich in den Mund und zündete sie mit einem zierlichen Gasfeuerzeug an. Seine ohnehin schon fleischigen Backen blähten sich noch mehr auf, als er kräftig an der Zigarre zog, um eine ordentliche Glut zu entfachen.

Dann sprach er weiter, während er mit dem Feuerzeug zwei Kerzen anzündete, die in hohen Kerzenleuchtern auf einem niedrigen Couchtisch standen.

»Danach habe ich aber bald gelernt, wie man vorgehen sollte«, sagte er. »Danach habe ich nie wieder jemanden verletzt. Ich verstehe mich darauf, dass sich die Jungen bei mir wohlfühlen. Ich bringe ihnen bei, sich selber zu erforschen.«

Beide Männer schwiegen eine Weile und sahen sich an.

Schließlich brach der andere das Schweigen: »Du vergehst dich also immer noch an Kindern?«

Anton schüttelte herablassend den Kopf. »Ich habe mich niemals an jemandem vergangen, das ist die Wahrheit. Diese Ausdrucksweise zeugt von nichts anderem als Ignoranz, solche Lügen werden von Leuten verbreitet, die nicht wissen, was intime Freundschaft und Liebe ist. Ich helfe den Jungen dabei, reif zu werden. Ich eröffne ihnen wunderbare Dimensionen, ich bringe sie dazu, ihren Körper auf eine vollkommene Weise zu spüren. Wenn ich an sie herankomme, bevor sich die Pubertät allzu negativ auswirkt, gelingt mir das immer. Sie weinen vor Wonne, wenn wir fertig sind.«

Der andere Mann rang nach Atem. »Was für Jungen sind das? Wie schaffst du es, damit durchzukommen?«, fragte er mit zittriger Stimme.

»Man muss natürlich sehr vorsichtig vorgehen, es grassieren so viele Vorurteile. Ich fahre meist nach Indonesien. Die Jungen dort sind so hübsch.«

»Und hat dich wirklich nie jemand angezeigt?«

»Angezeigt? Nein, selbstverständlich nicht. Ich bezahle gut, und es ist für alles gesorgt. Ich verkehre auch nur in den besten Häusern.«

»Großer Gott. Verkaufen dir die Leute ihre Kinder?«

Anton ging quer durchs Zimmer und setzte sich auf einen ausladenden Schreibtischstuhl, bevor er antwortete. »Die Gastgeber kennen mich und wissen, wie feinfühlig ich bin. Sie heben neue Jungen für mich auf, denn keiner verhält sich ihnen gegenüber so rücksichtsvoll wie ich. Die anderen Kunden sind meist unglaublich roh – völlig empfindungslose Stümper. Sie können die Jungen in zehn Minuten kaputt machen, und dann werden sie ängstlich und verschlossen. So etwas lässt sich nur selten wieder korrigieren.«

»Das muss aufhören«, flüsterte der andere Mann.

Anton fuhr fort, als hätte er es nicht gehört. »Ich gehe zart vor, ich habe diesen Touch, den die Jungen so beruhigend finden. Man muss Geduld mit ihnen haben. Mit einem neuen Jungen gebe ich mich nur ab, wenn ich die ganze Nacht zur Verfügung habe. Und dank Viagra kann man sich auch mehr Zeit lassen.«

Nach kurzem Schweigen sagte der andere: »Irgendjemand muss da eingreifen.«

Er fasste in seine Jackentasche und holte ein paar Münzen heraus, die er neben den Kerzenleuchtern übereinanderstapelte. Dann wiederholte er noch einmal: »Irgendjemand muss eingreifen und dem ein Ende setzen.«

Anton hatte zum Telefon auf dem Schreibtisch gegriffen und wählte eine lange Telefonnummer, die er von einem Zettel ablas. Kurze Zeit später stellte er sich auf Englisch vor. Der Gesprächspartner arbeitete in einem Hotel in irgendeiner Stadt, und Anton buchte für einige Nächte ein Zimmer. Er las die Nummer seiner Kreditkarte vor, die er in der Hand hielt, und musste sie zweimal wiederholen.

Der andere Mann befeuchtete Zeigefinger und Daumen mit der Zunge und löschte eine der Kerzen mit ihnen aus.

03:05

Die ersten Töne des »Air auf der G-Saite« von Johann Sebastian Bach aus dem Handy auf dem Nachttisch begannen leise und wurden dann immer lauter, bis die Melodie klar zu erkennen war, auch wenn die Tonqualität des Geräts zu wünschen übrig ließ.

Arngrímur Ingason, Botschaftsrat in der isländischen Botschaft in Berlin, brauchte geraume Zeit, um diese Töne einzuordnen und richtig wach zu werden. In seinem Schlafzimmer war es dunkel, und er wusste, dass es Nacht war. Sein Körper war nicht auf diese unerwartete Störung des Tiefschlafs eingestellt. »Geh wieder schlafen«, signalisierten die Nerven ein ums andere Mal zu der beruhigenden Musik. Arngrímur schloss noch einmal kurz die Augen, doch dann streckte er die Hand nach dem Apparat aus. Die Uhr auf dem Display zeigte kurz nach drei. Die Melodie verstummte abrupt, als er mit großem Bedauern die Antworttaste drückte.

»Ja?«

Der Mann am anderen Ende der Leitung sprach Deutsch: »Entschuldigen Sie die Störung, Herr Ingason. Hier spricht Achim Wolf, Sicherheitsbeauftragter in der Botschaft, ich habe Nachtschicht.«

Der Botschaftsrat setzte sich im Bett auf.

»Entschuldigen Sie den Anruf zu dieser Stunde, Herr Ingason, aber es gibt da ein gewisses Problem in der isländischen Botschaft.«

»Ein Problem?«

»Ja, Herr Ingason, es ist wahrscheinlich nichts Ernstes. Botschafter Björnsson hatte gestern Abend Gäste …«

»In der Botschaft?«

»Ja. Zunächst war da eine Besprechung um achtzehn Uhr, doch die hat sich bis zum Abend hingezogen. Der Botschafter hat dann Essen aus einem Restaurant kommen lassen, und danach blieben die Gäste wohl länger als geplant.«

Der Botschaftsrat schob sich seufzend zur Bettkante.

»Sind sie immer noch zugange?«, fragte er und tastete nach seiner Brille, die auf dem Nachttisch lag.

»Nein, Herr Ingason. Der Botschafter hat vor zwanzig Minuten das Gebäude verlassen, zusammen mit seiner Frau.«

»Gut. Ich hoffe, es hat nicht allzu viel Spektakel gegeben.«

»Nein, nein. Darum geht es auch gar nicht.«

»Was ist denn dann das Problem, Herr Wolf?«

Der Sicherheitsbeauftragte suchte zögernd nach den richtigen Worten.

»Es geht um etwas anderes, Herr Ingason.«

»Um was denn?«

»Eine der Personen, die hier als Gäste der isländischen Botschaft eingetragen sind, ist nicht beim Hinausgehen registriert worden.«

»Wollen Sie damit sagen, dass diese Person noch in der Botschaft ist?«

»Ja, Herr Ingason. Sein Name ist Eiríksson. Sein Pass befindet sich noch hier in der Rezeption.«

»Eiríksson? Ein Isländer?«

»Ja, ein Isländer. Der Vorname ist Anton.«

»Anton Eiríksson? Der Name sagt mir nichts.«

»Davon ging ich auch nicht aus«, sagte der Sicherheitsbeauftragte. »Entschuldigen Sie, vielleicht war der Anruf etwas voreilig von mir. Möglicherweise ist er einfach irgendwo in der Botschaft eingeschlafen, ohne dass der Herr Botschafter es bemerkt hat. Mein Kollege sagt, dass er und seine Frau ziemlich mitgenommen wirkten, als sie das Haus verließen. Er hatte Taxis für sich und die anderen Gäste bestellen lassen.«

»Ja. Und jetzt ist also einer noch da drinnen?«

»Ja. Dass noch ein Gästeausweis fehlte, haben wir leider erst bemerkt, als der Botschafter schon fort war.«

»Und der Mann ist in der Botschaft?«

»Ja. Wir haben uns vergewissert, dass er sich nicht irgendwo im gemeinsamen Bereich für alle Botschaften befindet. Er muss noch im isländischen Haus sein.«

»Ich verstehe.«

»Herr Ingason, wir dürfen die Botschaft nur in Notfällen betreten. Wenn der Mann nur eingeschlafen ist …«

»In Ordnung, ich verstehe. Ich komme und werde mich nach ihm umsehen.«

Arngrímur warf einen Blick auf die Uhr auf seinem Nachttisch. »Ich bin in zwanzig Minuten da«, fügte er hinzu und beendete das Gespräch.

Der Botschaftsrat behielt den Apparat noch eine Weile in der Hand, während er die nächsten Schritte überdachte. Dann wählte er eine Nummer über Kurzwahl und bestellte ein Taxi.

»Kommt sofort«, hieß es aus der Taxizentrale.

»Ich habe zehn Minuten«, sagte der Botschaftsrat zu sich selbst und stand vorsichtig auf. Das Fußende des Bettrahmens war hoch, und Arngrímur konnte sich beim ersten Schritt darauf stützen. Er spürte sein Alter, er war im Juni fünfundsechzig geworden. Die Gelenke waren nach der Bettruhe noch nicht auf Bewegung eingestellt, und es war kalt im Zimmer, denn das Fenster stand offen. In der Nacht war es empfindlich kühl geworden, der Herbst kündigte sich an.

Arngrímur ging mit steifen Schritten ins Badezimmer, wo er das Licht einschaltete. Während sich seine Augen an die Helligkeit gewöhnten, putzte er sich die Zähne. Anschließend kämmte er das grauweiße Haar sorgfältig nach hinten, hielt es aber nicht für erforderlich, sich für diesen Anlass zu rasieren. Dazu würde noch Zeit genug sein, bis die Botschaft öffnete. Falls er es in der Zwischenzeit nicht nach Hause schaffte, konnte er in der Botschaft duschen, bevor die anderen Mitarbeiter erschienen. In einem Schrank in seinem Büro befanden sich sowohl eine Kulturtasche als auch frische Unterwäsche.

Acht Minuten später hatte er eine sorgfältig gebügelte Hose und ein frisches Hemd angezogen und band sich die Krawatte um. Als er ein paar Minuten später das Haus verließ, hielt er sich kerzengerade, und seine Bewegungen waren distinguiert wie immer. Ein neuer Arbeitstag in der isländischen Botschaft in Berlin hatte begonnen.

Das Taxi stand mit laufendem Motor und Abblendlicht vor dem Haus, und der Diesel schnurrte freundlich. Der Fahrer war ausgestiegen und hatte sich eine Zigarette angezündet. Er grüßte und hielt Arngrímur die Tür auf. Dann drückte er die halb gerauchte Zigarette aus und steckte den Stummel in die Westentasche seiner Jacke, bevor er sich ans Steuer setzte.

»Die Nordischen Botschaften, Rauchstraße eins«, sagte Arngrímur.

»Nordische Botschaften«, wiederholte der Fahrer leise und fuhr los.

Zu dieser nächtlichen Stunde war praktisch kein Verkehr auf den Straßen, und die Fahrt dauerte nicht lange. In weniger als fünf Minuten fuhren sie die Klingelhöferstraße in nördlicher Richtung entlang, linker Hand tauchte die Ostseite der Gebäude der Nordischen Botschaften auf, die von starken Scheinwerfern angestrahlt wurde. Das grüne Kupferband an den fünfzehn Meter hohen Außenwänden war das charakteristische Kennzeichen des Gebäudekomplexes, der die fünf Nordischen Botschaften beheimatete, und ein unverwechselbares Element in der Stadtlandschaft. Die meisten Platten waren senkrecht angeordnet, doch an einigen Stellen standen sie in Winkeln von fünfundvierzig oder neunzig Grad ab und ließen das Licht aus dem Inneren der Häuser durch.

Der Fahrer bog links in die Stülerstraße ein und gleich danach wieder links in die Rauchstraße, wo er anhielt. Sie hatten das Kupferband beinahe komplett umrundet und befanden sich nun an der Südseite, die sich völlig anders präsentierte. Eine Glaswand unter einem beleuchteten Vordach eröffnete den Blick in den Innenhof zwischen den Gebäuden der einzelnen Botschaften, die Plaza. Der Haupteingang zum Gebäudekomplex befand sich in einem Haus, das mit waagerechten hellen Holzplanken verkleidet war.

Arngrímur bezahlte den Taxifahrer, ließ sich eine Quittung geben und stieg aus. Er sah, dass der Sicherheitsbeauftragte ihn beobachtete, als er zum erleuchteten Eingang ging. Die Tür öffnete sich, als er sich ihr näherte, und er betrat die Eingangsschleuse.

»Vielen Dank, dass Sie gekommen sind, Herr Ingason.«

Die Stimme des Sicherheitsbeauftragten kam über einen Lautsprecher aus dem Empfangsraum, der mit dickem Sicherheitsglas abgeschirmt war, und klang blechern.

»Möchten Sie, dass jemand mit Ihnen in die Botschaft geht, Herr Ingason?«

»Nein, danke, Herr Wolf. Ich melde mich, wenn ich Hilfe brauche.«

»Gut, Herr Ingason. Wir stehen zur Verfügung.«

Arngrímur nahm die Chipkarte zur Hand, die ihm an einer Schnur vom Hals baumelte, und steckte sie in einen Kartenleser. Die Tür ging auf und schloss sich hinter ihm wieder. Drinnen steckte er die Karte in ein weiteres Lesegerät, woraufhin sich auch die innere Tür öffnete.

Nun stand er wieder im Freien auf der Plaza und atmete die frische, kalte Nachtluft ein.

Die Gebäude waren alle von gleicher Höhe. Die finnische Botschaft lag rechter Hand, und ihr gegenüber auf der linken Seite befand sich die dänische. Links dahinter war die isländische Botschaft, das Gebäude mit der kleinsten Grundfläche. Es war von außen mit Platten aus hellem Rhyolit verkleidet und hob sich dadurch von den anderen Gebäuden ab, an denen Glas, Stahl, Holz und dunkler Stein dominierten.

Der Weg über die Plaza zum Eingang der isländischen Botschaft betrug zwar nur dreißig Meter, doch Arngrímur spürte die nächtliche Kühle sehr. Trotzdem hielt er vor dem

Eingang des Gebäudes inne und überlegte, was als Nächstes zu tun war. Vielleicht hätte er doch besser jemanden dabeigehabt, aber dadurch wäre alles wesentlich komplizierter geworden, denn die Sicherheitsbeauftragten mussten über ihre nächtlichen Gänge genauestens Buch führen. Das war wohl auch der Hauptgrund, weshalb Wolf ihn gebeten hatte zu kommen. Wenn die deutschen Sicherheitsbeauftragten nach Dienstschluss allein eine der menschenleeren Botschaften betraten, zog das einen ausführlichen Bericht nach sich, der von vielen Stellen abgezeichnet werden musste. Hoffentlich würde er diesen Bekannten des Botschafters mit einem leichten Stoß wecken, ihn hinausbegleiten und in ein Taxi bugsieren können. Dann gäbe es keine Probleme, die deutschen Sicherheitsbeauftragten würden das Ganze vergessen, und ein Bericht war nicht erforderlich.

Ein dunkles Schild mit dem isländischen Staatswappen befand sich links vom Eingang an der rötlichen Rhyolitwand, während sich nach rechts hin in Höhe des Erdgeschosses wellenförmige Betonplatten über die gesamte Länge des Hauses erstreckten.

Arngrímur steckte seine Chipkarte ein weiteres Mal in ein Kartenlesegerät, und diesmal musste er auch seine PIN-Nummer über die Tastatur eingeben. Auf einen leisen Summton hin öffnete sich die Glastür, und er betrat das Haus.

Das Motiv des gewellten Betons setzte sich drinnen im Empfangsbereich des Hauses fort. Hinter dem Empfangscounter befanden sich nur ein Computer und ein Stuhl. Tagsüber war dort meist niemand, höchstens der Chauffeur, wenn er nicht gerade dienstlich unterwegs war. Botschaftsbesucher, die nach der Eingangskontrolle bis hierher gelangt waren, betätigten die Klingel und stellten sich durch die Sprechanlage vor.

Helligkeit von draußen fiel durch die Fenster im Treppenbereich herein, Arngrímur brauchte also kein Licht zu machen. Ein kurzer Blick auf die Schalttafel ergab, dass die Sicherheitsanlage ausgeschaltet war. Der Botschafter muss wirklich ziemlich müde gewesen sein, als er das Haus verließ, dachte Arngrímur, während sein Blick an zwei halb leeren Weingläsern auf dem Counter in der Rezeption hängen blieb. Sein erster Gedanke war, sie mit in die Kaffeeküche zu nehmen, doch dann ließ er es bleiben. Es war wohl wichtiger, zunächst diesen Mann zu finden und ihn aus dem Haus zu schaffen. Anschließend konnte er ja immer noch dort aufräumen, wo es erforderlich war.

Er würde nicht lange brauchen, um das Haus zu inspizieren. Es hatte zwar drei Stockwerke und war unterkellert, doch die Grundfläche war klein. Auf jeder Etage gab es nur einen Korridor und drei bis vier Zimmer. Die Archivräume waren immer verschlossen, und sämtliche Botschaftsangehörigen schlossen ihre Zimmer am Ende des Arbeitstags ab. Es ging also nur darum, den Konferenzraum, die Kaffeeküche, die Toiletten und eventuell das Büro des Botschafters zu checken. Möglicherweise auch den Keller, aber den würde er sich als Letztes vornehmen.

Im Erdgeschoss befanden sich nur die Rezeption, eine Toilette und die verschlossenen Archivräume. Dort konnte bestimmt niemand sein. Der Botschaftsrat begab sich also in die nächste Etage und machte Licht, sobald er durch die Tür an der Treppe den Korridor betreten hatte. Rechter Hand befanden sich vier Türen, drei davon waren geschlossen, doch die vierte, die zum Konferenzraum mit einem großen Tisch und zehn Sitzplätzen führte, stand halb offen. Dort hatte der Botschafter offensichtlich ein Abendessen gegeben. Schmutziges Essgeschirr, Weingläser und Essensreste in Pappschachteln bildeten ein wüstes Durcheinander auf dem Tisch, und in der Mitte standen zwei leere Cognacflaschen. In einem

Rotweinkarton mit zwölf Fächern, von dem der Deckel einfach abgerissen worden war, befanden sich zwei ungeöffnete und sechs leere Flaschen. Zwei standen auf dem Tisch, zwei fehlten. Der Raum roch penetrant nach verschüttetem Rotwein und Rauch. Ein dreckiger Essteller war als Aschenbecher verwendet worden.

»Wunderbar«, sagte Arngrímur laut zu sich selber. Er sah sich im Zimmer um und anschließend unter den Tisch, wo sein Blick an einer leeren Cognacverpackung hängen blieb, die unter einem der Stühle lag.

»Schlimmer kann's ja wohl kaum werden«, sagte er und ging wieder auf den Korridor, um sich die Toilette auf der anderen Seite des Flurs anzusehen. Irgendjemand hatte ins Klo gekotzt und nicht mehr genügend Verstand besessen, um anschließend abzuziehen. Der Gestank war dementsprechend.

»Vielleicht muss man doch noch auf einiges gefasst sein«, korrigierte Arngrímur sich selber, hielt den Atem an, beugte sich zur Toilette vor und drückte mit dem Zeigefinger ab. Der Gestank steigerte sich noch, als der Wasserstrahl den Mischmasch hochspülte, bevor er in die Kanalisation ging.

Im zweiten Stock waren bis auf die Kaffeeküche der Belegschaft sämtliche Räume verschlossen. Dort brannte noch Licht, diverse Schränke, aus denen man Gläser und Geschirr geholt hatte, standen offen, ebenso die Besteckschublade. Arngrímur schloss die Schränke und die Schublade und ging zum Fenster, von wo aus er auf die Plaza hinunterblicken konnte. Im Dunkel der Nacht war dort niemand unterwegs. Das einzige Lebenszeichen war das Licht im Fenster der Sicherheitskräfte im Gemeinschaftshaus der Bybbotschaften, dem Felleshus. Eigentlich hätte es eine ruhige Nacht sein sollen.

Als Arngrímur wieder auf den Korridor hinaustrat, warf er einen Blick ins WC und machte Licht. Dort war alles so, wie es zu sein hatte, oder doch beinahe. Der Deckel der Toilette stand hoch, und in der Schüssel schwamm ein Zigarettenstummel. Arngrímur betätigte erneut die Spülung und sah zu, wie die Kippe wirbelnd abgesaugt wurde. Dann klappte er den Deckel vorsichtig herunter und ging zurück auf den Flur. Er hielt eine kleine Weile inne und horchte. Er arbeitete seit mehreren Jahren in diesem Haus und kannte jeden Laut. Jedes Haus hat in der Nacht seine eigenen Geräusche, es herrschte niemals vollkommene Stille. Falls hier irgendjemand unterwegs gewesen wäre, hätte er es sofort gehört. Er konnte aber nicht einmal das leiseste Rascheln vernehmen.

Arngrímur ging eine weitere Treppe hinauf und blickte in den dunklen Korridor auf der obersten Etage. Er fasste an die Klinken der beiden ersten Türen auf der rechten Seite, sie waren verschlossen. Die Toilette zur Linken war offen, doch dort war niemand.

Blieb also nur das Büro des Botschafters, das ebenfalls offen stand. Arngrímur näherte sich der Tür und warf einen Blick hinein. Abgesehen vom Licht einer massiven, brennenden Kerze auf einem hohen Kerzenleuchter lag das Zimmer im Dunkeln, die Vorhänge waren zugezogen, und sämtliche Lampen waren ausgeschaltet. Im schwachen Schein des flackernden Kerzenlichts betrat Arngrímur das Zimmer und betrachtete den Kerzenleuchter, einen unterschiedlich dicken, gewölbten Zylinder aus gebranntem Ton. Er stand auf einem niedrigen Tisch, und daneben befand sich ein weiterer Leuchter von ähnlichem Aussehen, doch die Kerze brannte nicht. Die Leuchter wirkten rustikal, es handelte sich mit Sicherheit nicht um sakrale Gegenstände, so viel stand fest.

Die Szenerie war irgendwie so absonderlich, dass Arngrímur spürte, wie ihm ein Kälteschauer den Rücken hoch und bis in den Nacken kroch. Als er sich langsam umdrehte, kam der Schreibtisch des Botschafters in sein Blickfeld, der im Dunkeln lag. Ein massiger Körper saß in dem Stuhl dahinter, der Kopf hing vornüber.

Arngrímur spürte, wie ihm das Blut aus dem Kopf strömte, ihm wurde schwindelig. Eine ganze Weile stand er wie erstarrt da, doch dann begann das Blut wieder zu pulsieren.

»Hallo«, sagte Arngrímur, hatte aber kaum Hoffnung, dass er eine Antwort bekommen würde.

»Hallo«, wiederholte er, als sich die Gestalt nicht bewegte. Als darauf ebenfalls keine Reaktion erfolgte, tastete er nach dem Schalter an der Tür und machte Licht.

Er brauchte eine ganze Weile, um sich über den Anblick klar zu werden, der sich ihm bot. Der Mann saß vornübergebeugt auf dem Schreibtischstuhl, die Hände hingen seitlich herunter. Es hatte ganz den Anschein, als betrachte er seinen gewaltigen Bauch, der mit einem senkrechten Schnitt von der Brust bis zu den Lenden aufgetrennt worden war. Der Schaft eines großen Messers ragte wie ein obszönes Symbol am unteren Ende des Schnitts aus dem Körper heraus. Arngrímur brauchte eine ganze Weile, um zu begreifen, dass auf dem Boden unter dem Stuhl nicht nur Blut war. Sowohl Gedärme als auch Mageninhalt waren aus der Bauchhöhle herausgequollen, sie hatten sich auf den hellen Parkettboden zu seinen Füßen ergossen und eine große Lache gebildet. Aus irgendwelchen Gründen blickte Arngrímur jedoch nicht dorthin, sondern auf die große Zigarre, die der Mann zwischen den Fingern hielt. Die Spitze bestand zu zwei Zentimetern aus Asche, was zeigte, dass die Zigarre in seiner Hand noch so lange gebrannt hatte, bis die Glut erloschen war.

Kann es wirklich sein, dass er so dreist gewesen ist, hier zu rauchen, war der einzig klare Gedanke, den Arngrímur fassen konnte. Er bildete sich sogar ein, sein immer stärker werdendes Übelkeitsgefühl sei auf den Zigarrenqualm zurückzuführen und nicht auf den unerträglichen Gestank, der von den Eingeweiden auf dem Boden und der klaffenden Wunde im Bauch des Mannes ausging.

10:30

»Ich hab euch schon hundert Mal gesagt, dass ich nicht auf Fragen von irgendwelchen Halbaffen antworte«, sagte der Untersuchungshäftling zum vierten Mal und glotzte Birkir Li Hinriksson grinsend an. Die beiden saßen sich im Verhörzimmer der Reykjavíker Kriminalpolizei gegenüber.

»Was hast du vorgestern Nacht gemacht?«, fragte Birkir zum fünften Mal, ohne mit einer Wimper seiner mandelförmigen Augen zu zucken. Derartige Bemerkungen konnten ihn nicht in seiner Arbeit beeinträchtigen. Er hätte zwar gut darauf verzichten können, doch er hatte es sich schon seit Langem zur Angewohnheit gemacht, sie einfach zu überhören. Worte konnten ihm nichts anhaben, schon gar nicht, wenn nichts als pure Ignoranz dahintersteckte. Er nahm das so gelassen hin, als würde ihn ein schlecht dressierter Straßenköter ankläffen.

Birkir Li, der Ende 1970 in Vietnam geboren war, hatte damals nur seinen Vornamen Li besessen. Ins isländische Volksregister wurde er allerdings mit dem Geburtsjahr 1972 eingetragen, weil es keinerlei Auskünfte über ihn gab, und das Geburtsdatum wurde auf den 10. Januar festgelegt, den Tag, an dem er 1979 mit einer Gruppe von Flüchtlingen aus Malaysia in Island eingetroffen war. Zu diesem Zeitpunkt war niemand von seiner Familie mehr am Leben. Als später seine vietnamesische Pflegefamilie in die Vereinigten Staaten ging, blieb er zurück, wuchs bei einem älteren isländischen Ehepaar auf und nannte sich schließlich nach seinem Pflegevater Hinrik.

»Was hast du in der vergangenen Nacht gemacht?«, fragte Birkir zum sechsten Mal.

»In Ordnung, ich sag dir, was ich gemacht habe. Ich habe deiner Mutter zugesehen, wie sie da unten bei der Werft mit dem Gesocks von einem russischen Trawler rumgehurt hat, der Tripper lässt grüßen.« Der Gefangene wieherte vor Lachen und sah selbstgefällig zu Birkirs Kollegen Gunnar Maríuson hinüber, der angeödet am Ende des Tisches saß und den Kopf in die Hand gestützt hatte. Das Deckenlicht spiegelte sich auf Gunnars rosiger Glatze, und wenn er den Kopf schräg legte, lag sein üppiges Doppelkinn auf der Brust auf.

»Ist nicht bald Zeit fürs Mittagessen?«, fragte er, als Birkir keine Anstalten machte, das Verhör fortzusetzen.

»Es ist doch erst halb elf«, sagte Birkir.

Gunnar sah den Gefangenen an. »Sollten wir das hier nicht hinter uns bringen?«, fragte er, richtete sich auf seinem Stuhl auf und beugte sich mit seinem massigen Oberkörper bedrohlich über den Tisch.

In Reykjavíks Innenstadt war am Tag zuvor gegen Morgen in ein interkulturelles Begegnungscenter eingebrochen worden. Jemand hatte Feuer im Haus gelegt und einen leeren Safe in ein Auto getragen, das vor dem Haus wartete. Die Sicherheitskameras einer ausländischen Botschaft auf der gegenüberliegenden Straßenseite hatten gute Bilder von einem blonden Mann in einer Lederweste aufgenommen, der den Safe zweimal aus dem Griff verlor, bevor es ihm gelang, ihn auf den Rücksitz eines alten Kombis von schwer zu identifizierender Marke zu hieven. Im Hintergrund züngelten Flammen aus den Fenstern.

Sie hatten den ganzen Tag gebraucht, um am Tatort zu recherchieren und sich mit der Botschaft darauf zu einigen, dass ihnen die Aufzeichnungen der Kameras zur Verfügung gestellt wurden. Der Fall war im Grunde genommen geklärt. Der Blonde war ein stadtbekannter Psychopath. Gunnar hatte ihn um halb sieben an diesem Morgen zu Hause angetroffen.

Der Häftling ahmte jetzt Affengeschrei nach und kratzte sich gleichzeitig an den Seiten. Dann brüllte er wieder vor Lachen.

Birkir betrachtete das Gesicht des Mannes. Die Proportionen waren seltsam, die Augen standen weit auseinander, und der Kopf lief kegelförmig spitz zu. Die dicke Nase endete in einem aufwärts strebenden bizarren Gebilde mit weiten Nasenlöchern.

»Degeneration«, sagte Birkir.

Der Gefangene hörte auf zu lachen. »Hä, was denn, was denn«, sagte er. »Kann der Halbaffe etwa Ausländisch?« Seine Stimme klang schrill und entstellt.

»Entartung«, übersetzte Birkir.

»Was willst du damit andeuten?«

»Deine Eltern waren wohl Geschwister?«, erkundigte sich Gunnar.

Das Gesicht des Gefangenen verzerrte sich vor Wut, und seine schwere Faust flog auf Gunnars Kopf zu. Gunnar hatte das anscheinend erwartet. Er wich dem Hieb aus, bekam aber den Arm zu fassen, drehte ihn dem Mann auf den Rücken und zwang ihn mit dem Oberkörper auf den Tisch.

»Auuuu«, jaulte der Gefangene, als Gunnar sich mit seinem ganzen Gewicht auf ihn warf, sodass er sich nicht mehr rühren konnte.

»Dieser Kotzbrocken hat sogar noch Brandgeruch im Haar«, sagte Gunnar. »Der duscht nicht mal.«

»Ich schlag dich k.o., wenn du mich nicht loslässt«, jaulte der andere.

»Der erste Versuch ging daneben«, entgegnete Gunnar.

»Ich mach dich alle – später«, versicherte der Häftling.

Die Tür zum Verhörzimmer ging auf, und Magnús Magnússon, seines Zeichens Hauptkommissar bei der Abteilung für Kapitalverbrechen, kam herein.

»Jungs«, sagte er, als er sah, was los war. »Was hat das denn zu bedeuten?«

Gunnar richtete sich vorsichtig auf, ohne den Griff um den Arm des Gefangenen zu lockern. Mit der anderen Hand holte er Handschellen aus seiner Jackentasche.

»Angriff auf einen Kriminalbeamten im Dienst«, sagte er feierlich und legte dem Gefangenen die Handschellen an.

»Aua, du tust mir weh«, sagte der Gefangene.

»Die richterliche Verfügung auf U-Haft liegt vor«, sagte Magnús. »Das hier kann also warten. Ihr bringt ihn in die Zelle und kommt dann sofort zu einer Besprechung zu mir. Es geht um einen neuen Fall.«

11:45

»Wir haben da ein großes Problem«, erklärte Hauptkommissar Magnús, der normalerweise ein fröhlicher und vergnügter Mensch war. Jetzt schien jedoch etwas auf ihm zu lasten. Trotz der Sonnenbräune aus dem Italienurlaub im August wirkte er bleich. Der braune Teint machte sich normalerweise gut zu seinem gepflegten graumelierten Haar und dem kräftigen Schnauzbart, im Augenblick wirkte Magnús jedoch ungekämmt und sah angeschlagen aus. Er ging auf die sechzig zu, war aber für sein Alter noch ganz gut in Form, auch wenn sich über dem Gürtel ein Bauchansatz abzeichnete.

Er schloss die Tür zu seinem Büro und sah Gunnar und Birkir eine Zeit lang ernst an.

»Ich muss euch in einer dringenden Mission nach Berlin schicken«, sagte er schließlich. »Morgen früh geht ein Direktflug.«

»Nach Deutschland?«, entgegnete Gunnar und schüttelte den Kopf. »Kommt überhaupt nicht in Frage. Ich gehe nicht ins Ausland.«

»Was meinst du denn damit?«, fragte Magnús perplex.

»Ich gehe nicht ins Ausland«, wiederholte Gunnar.

»Du sprichst doch Deutsch, und du bist doch auch schon im Ausland gewesen, oder nicht? Du hast doch einen Pass?«

»Ja, ja, und nein.«

»Und was soll das heißen?«, fragte Magnús.

Birkir antwortete an Gunnars Stelle. »Du weißt, dass seine Mutter Deutsche ist. Natürlich spricht er Deutsch.«

»Und er ist doch auch schon im Ausland gewesen?« Magnús sah Birkir fragend an.

»Er hat einmal Urlaub auf Mallorca gemacht, wo er zu viel gefressen und gesoffen hat, und seitdem will er nicht mehr ins Ausland. Und er hat keinen Pass.«

Gunnar warf seinem Kollegen einen wütenden Blick zu. »Ich hab nicht zu viel gefressen, das war eine Salmonelleninfektion. Ich hatte sechs Wochen lang Durchfall.«

»Du schaust dir doch dauernd deutsche Webseiten an«, fuhr Magnús fort.

»Bloß welche mit Fußball und nackten Weibern«, bemerkte Birkir.

»Auch Nachrichtenseiten«, sagte Gunnar böse. »Außerdem habe ich einen Sonnenstich gekriegt.«

»Wo?«, fragte Magnús.

»Auf Mallorca.«

Magnús stöhnte matt und sagte: »Berlin ist ja nun nicht gerade Mallorca, und um diese Jahreszeit besteht da keine Gefahr, sich einen Sonnenstich zu holen. Und wenn du dich beim Essen zurückhältst, bekommst du auch keinen Durchfall.«

»Im Flugzeug kriege ich klaustrophobische Anfälle«, erklärte Gunnar mürrisch. »Die Sitze sind so eng.«

»Wie auch immer«, sagte Magnús, »es geht hier nicht darum, dass ich dich bitte, nach Berlin zu fahren. Es handelt sich um eine Anordnung.«

Gunnar lief knallrot an. »In meiner Arbeitsbeschreibung steht nichts davon, dass ich Ermittlungen in anderen Ländern durchzuführen habe«, sagte er. »Und weshalb zum Teufel musst du uns in Berlin für dich rumschnüffeln lassen?«, fügte er hinzu.

Magnús zögerte ein wenig mit seiner Antwort. »In der isländischen Botschaft ist in der vergangenen Nacht ein Mord verübt worden. Ich war heute Morgen auf einer Besprechung im Außenministerium.«

Gunnar schüttelte den Kopf und sagte: »Das geht uns doch gar nichts an, das ist Sache der Berliner Kripo.«

»Leider nicht«, erklärte Magnús leise. »Es ist eine ziemlich prekäre Angelegenheit für den Botschafter und das Ministerium.«

»Und wie in aller Welt sollen wir einen Mordfall in Berlin aufklären?«, fragte Birkir.

»Lage einschätzen, Zeugen vernehmen und einen Bericht schreiben«, antwortete Magnús. »Danach sehen wir weiter. Anna fliegt mit euch und kümmert sich um die Tatortanalyse. Ich habe bereits mit ihr gesprochen. Ich brauche dazu meine zuverlässigsten Leute, Leute, die ihre Arbeit tun und den Mund halten können. Alles, was an die Medien geht, muss über das Ministerium laufen.«

»Ich fahr nicht mit«, sagte Gunnar.

»Das glaubst du«, entgegnete Magnús wütend. Mit einem heftigen Ruck zog er eine Schreibtischschublade auf und entnahm ihr ein Blatt, das zuoberst in einem Stapel lag. Er warf es auf den Tisch und sagte: »Wenn hier schon von Arbeitsbeschreibungen und dergleichen Formalitäten die Rede ist, sollten wir vielleicht am besten klar Tisch machen. Diese Beschwerde von einer Rechtsanwaltskanzlei in Kópavogur ging kurz vor dem Wochenende bei mir ein. Darin steht, dass du ihnen bei einer Nachlassabwicklung Schwierigkeiten gemacht hast.«

»War das wegen des Rechtsanwalts, des Gänsejägers, der in Dalir erschossen wurde?«, fragte Gunnar.

»Ja. Kommen da womöglich auch noch andere Vorfälle dieser Art in Frage?«

»Es ging um den Landbesitz. Ich hatte den Leuten dort versprochen, dafür zu sorgen, dass sie Wohnhaus und Stallungen und das Land zurückkaufen könnten. Ihnen ist in dieser Sache verdammt übel mitgespielt worden.«

Magnús schlug mit der flachen Hand auf den Tisch. »Diese Rechtsanwälte sagen, dass du Leute, die ein Angebot auf den Besitz machen wollten, angerufen und ihnen gedroht hast.«

Gunnar runzelte die Stirn und sagte leise: »Ich hab diesen Aasgeiern bloß gesagt, dass in der Gegend gemeingefährliche Gespenster rumlungern.«

»Die Rechtsanwälte sagen, sie hätten den Besitz für weniger als die Hälfte seines Wertes verkaufen müssen.«

»Das war mehr als genug, gemessen an der gegenwärtigen wirtschaftlichen Lage. Der Bauer und seine Tochter mussten ein großes Darlehen aufnehmen, was heutzutage alles andere als einfach ist.«

»Na schön. Aber steht in deiner Arbeitsbeschreibung etwas davon, dass du mit irgendwelchem Gespenstergefasel ganz normale geschäftliche Transaktionen durchkreuzen sollst?«

»Meine Arbeitsbeschreibung besagt, dass ich das Richtige tun soll, wo es erforderlich ist.«

»Die normale Reaktion auf diese Beschwerde wäre, dich unbezahlten Urlaub nehmen zu lassen, solange der Fall untersucht wird«, sagte Magnús kopfschüttelnd. »Wenn sich das als richtig herausstellt, wirst du vermutlich deinen Hut nehmen können. Falls keine Strafanzeige erfolgt, darfst du vielleicht wieder bei der Bereitschaftspolizei anfangen.«

Gunnar wollte ihm voll Kontra geben, doch Birkir stoppte ihn mit einer Handbewegung. »Gibt es eine Alternative?«, fragte er.

»Ich habe da gewisse Beziehungen zu dieser Kanzlei, von denen ich aber nur ungern Gebrauch mache. Wenn du dich einverstanden erklärst, mit nach Berlin zu fliegen, kann ich versuchen, die Sache mit ihnen zu bereinigen.«

»Du solltest dir dieses Angebot durch den Kopf gehen lassen, dabei kommst du billig davon«, sagte Birkir zu Gunnar.

Gunnar dachte lange nach, bevor er sich zu einer Antwort aufraffte. »Na schön, ich komme mit. Aber nur dieses eine Mal.«

»Dann geh und lass dir einen Pass ausstellen«, sagte Magnús und griff zum Telefon. »Ich gebe dem Abteilungsleiter Bescheid, dass du ihn aus dienstlichen Gründen sofort brauchst.«

Dienstag, 13. Oktober

05:30

Es war stockfinster und regnete in Strömen, und der Wind wehte mit Stärke fünf aus dem Osten. Der drei Tage alte Schnee schmolz rasch und spritzte unter den Rädern der wenigen Autos hoch, die so spät nachts oder so früh morgens unterwegs waren, je nachdem, aus welcher Perspektive man das betrachtete. Der Winter hatte schon am ersten Oktober mit Frost und Schneefällen im ganzen Land Einzug gehalten, das Tief aus dem Südwesten, das wärmere Luftmassen aus dem Süden mit sich führte, befand sich zwischenzeitlich westlich von Island. Deshalb lagen die Temperaturen an diesem Morgen über dem Gefrierpunkt, aber von langer Dauer würde das laut Wettervorhersage nicht sein, das Tief sollte nach Osten abziehen, anschließend würde es wieder zu einem Kälteeinbruch mit eisigem Nordwind und Schnee kommen.

Birkir, Gunnar und Anna vom Erkennungsdienst trafen sich am Busbahnhof. Das war am Abend vorher so vereinbart worden, denn die Kriminalpolizei musste angesichts der Krise sparen. Geld für ein Taxi war nicht mehr drin, der Transferbus musste genügen.

»Morgen«, war das Einzige, was sie sich zu dieser frühen Stunde zu sagen hatten. Alle hatten zu wenig geschlafen, und die Kälte steckte ihnen in den Gliedern. Birkir kaufte drei Busfahrkarten und ließ sich eine Quittung ausstellen.

Unterdessen marschierte Gunnar in die Cafeteria und besorgte sich belegte Brötchen und Kaffee.

Anna ging nach draußen, um zu rauchen. Es würde ein langer Tag für sie werden. Normalerweise rauchte sie drei

Schachteln pro Tag, aber jetzt musste sie sowohl die einstündige rauchfreie Busfahrt nach Keflavík als auch anschließend den dreistündigen Flug nach Berlin durchstehen. Das Rauchen hatte ihr sehr zugesetzt, sie sah fast wie siebzig aus, obwohl sie laut Pass erst Mitte fünfzig war.

»Und was hat Magnús gegen dich in der Hand gehabt?«, fragte Gunnar, als Anna wieder hereinkam. Er konnte sich nicht vorstellen, dass irgendjemand freiwillig auf so eine Reise ging.

»Drei Abmahnungen wegen Rauchens in öffentlichen Gebäuden«, antwortete sie hustend. Ihre Stimme war heiser und dunkel. »Er versprach, sie unter den Tisch fallen zu lassen, wenn ich mitfahren würde. Und was war mit dir?«

»Ein paar rüde Telefonate mit Juristen.«

»Rüde Telefonate?«

»Ja, nein, vielleicht nicht direkt. Es ging mehr um Anweisungen, wie sie in einer bestimmten Angelegenheit vorgehen sollten.«

»Ist das verboten?«

»Ich glaubte nicht, aber heutzutage ist wohl alles verboten, was nicht mit Brief und Siegel erlaubt wurde«, sagte Gunnar achselzuckend.

Anna nickte zustimmend und steckte sich ein Nikotinkaugummi in den Mund.

»Wie hältst du das denn auf dem Flug durch?«, fragte Gunnar, der selber lange geraucht hatte und die Sucht kannte.

»Mit einer Schlaftablette und Kaugummi«, antwortete Anna.

Birkir winkte ihnen zu, dass sie zum Ausgang kommen sollten.

»Ich glaube, ich habe vergessen, eine zweite Hose mitzunehmen«, sagte Gunnar und tätschelte die alte Sporttasche, die sein gesamtes Gepäck enthielt.

»Dann kaufst du dir einfach eine in Berlin, wenn du eine brauchst«, sagte Birkir. »Ich helf dir gern dabei, eine auszusuchen.«

Er selber war untadelig gekleidet und trug einen perfekt gebügelten grauen Anzug. Sein schwarzer Koffer hatte Rollen und sah ziemlich neu aus. In der Schultertasche befand sich sein Laptop. Anna hatte zwei Gepäckstücke dabei, eine kleine Reisetasche und einen stabilen Koffer mit ihrer technischen Ausrüstung.

»Ich habe kein Geld«, sagte Gunnar nach kurzem Nachdenken.

»Ich leih dir was, wenn du eine Hose brauchst«, sagte Birkir. Er wusste, dass Gunnar seine Kreditkarte zerschnippelt hatte und nur Bargeld benutzte. Wenn er denn welches besaß.

Sie sahen zu, wie ihre Sachen unten im Gepäckraum des Busses verstaut wurden. Birkir und Gunnar stiegen ein, doch Anna zündete sich noch eine Zigarette an.

»Ob man da in der Botschaft rauchen darf?«, fragte Gunnar teilnahmsvoll.

»Keine Ahnung«, sagte Birkir. »Wir werden vom Chauffeur der Botschaft abgeholt, den können wir fragen.«

»Jawohl«, sagte Gunnar und lehnte sich zurück. Nach kurzer Zeit war er eingeschlafen und wachte erst wieder auf, als sie in Keflavík angekommen waren.

Als sie ihr Gepäck aus dem Bus entgegennahmen, hielt hinter ihnen ein Taxi, dem ein junger Mann in schwarzem Anzug entstieg. Er kam direkt auf sie zu und fragte: »Seid ihr von der Kriminalpolizei und auf dem Weg nach Berlin?«

»Ja«, antwortete Birkir.

»Gut«, sagte der andere. »Mir wurde gesagt, ich würde euch an …« Er unterbrach sich und fuhr dann zögernd fort: »… dass da einer in der Gruppe wäre, der …«

»Der aussieht wie ein Chinese«, vollendete Gunnar den Satz.

»Äh, ja. Ich bin vom Außenministerium. Wir werden zusammen fliegen. Ich muss mich um die juristischen Dinge und die Zusammenarbeit mit dem deutschen Außenministerium kümmern. Ich heiße Sigmundur.«

Der Mann vom Außenministerium begrüßte alle mit Handschlag.

»Der Fall ist extrem schwierig«, sagte er. »Der Außenminister und der Ministerialdirigent legen großen Wert darauf, dass er kompetent bearbeitet wird. Deswegen wurde ich mit der Leitung betraut.«

»Müssen wir dann überhaupt mitfahren?«, fragte Gunnar hoffnungsfroh.

»Was? Ja. Der Ministerialdirigent besteht darauf, dass sich die isländische Kriminalpolizei mit dem Fall befasst. Du bist doch derjenige, der Deutsch spricht, nicht wahr? Hoffentlich können wir den Fall bald aufklären.«

»Hast du Erfahrung mit solchen Ermittlungen?«, erkundigte sich Gunnar.

»Nein, nicht mit Mordfällen, aber wir haben schon manche schwierigen Angelegenheiten im Ministerium lösen müssen. Ich habe einiges mit europäischen Polizeidirektionen zu tun gehabt.«

»Da fühle ich mich doch gleich sehr viel wohler«, sagte Gunnar, und marschierte mit gesenktem Kopf ins Flughafengebäude.

Sie gingen die Gangway entlang und wurden am Eingang des Flugzeugs von einer Flugbegleiterin begrüßt.

Der Mann vom Außenministerium sah die Kriminalbeamten an und lächelte entschuldigend.

»Ach ja, hier trennen sich unsere Wege. Ich hatte so viele Punkte gesammelt, dass ich das Ticket in Businessclass umwandeln konnte.« Er deutete mit dem Kopf nach vorn. »Wir sehen uns dann in Berlin.«

Sigmundur wandte sich nach links und verschwand im vorderen Bereich des Flugzeugs. Die anderen drei kämpften sich zur Reihe 23 abc vor. Anna ging vorweg und zwängte sich auf den Sitz am Fenster, wo sie sich anschnallte und sich einen neuen Kaugummi in den Mund steckte.

Birkir fragte Gunnar, ob er den Gangplatz haben wollte.

Gunnar starrte mit allen Anzeichen des Entsetzens auf den Sitz, der für seinen massigen Körper reichen sollte, und dann auf Anna am Fenster. Sie war schlank und nicht sehr groß, dennoch füllte sie ihren Sitz beinahe aus.

»Hier soll ich sitzen?«, fragte er, deutete mit seinem dicken Finger auf den Sitz 23c und sah Birkir an.

»Es gibt keine andere Möglichkeit«, antwortete Birkir achselzuckend und ließ sich auf dem Sitz in der Mitte nieder. Auch er war schlank und nicht mehr als mittelgroß, aber viel Platz hatte er nicht.

»Entschuldigt mich einen Augenblick«, sagte Gunnar. Er zwängte sich an den nach hinten drängenden Passagieren vorbei wieder nach vorne.

»Afsakið, Verzeihung, sorry«, sagte er ständig und schenkte dann der Stewardess, die am Eingang zur Business Class stand, ein breites Lächeln.

»Entschuldigung, ich muss noch mal kurz mit meinem

Kollegen hier vorne sprechen«, sagte er, während er sich an der verblüfften Frau vorbeischob.

Sigmundurs Sitz war wesentlich geräumiger als der, der Gunnar zugedacht war. Er unterhielt sich mit seiner Nachbarin, einer jungen Frau, die Gunnar von Fotos in Hochglanzmagazinen kannte. Er konnte sich aber nicht erinnern, weshalb sie Publicity genoss.

»Entschuldige, Kumpel«, sagte Gunnar und klopfte dem Mann aus dem Ministerium auf die Schulter. Der blickte verwundert zu ihm hoch.

»Wir haben da ein kleines Problem, das gelöst werden muss.«

»Wie bitte?«

»Ich kriege klaustrophobische Anfälle auf diesen engen Sitzen«, sagte Gunnar und wies mit dem Daumen in den hinteren Bereich der Maschine.

»Klaustrophobische Anfälle?«

»Ja. Und wenn ich die kriege, verliere ich leicht die Kontrolle über mich, dann stoße ich ganz seltsame Laute aus.« Gunnar gab ein gedämpftes Geräusch von sich, das an das Brüllen eines Stiers erinnerte.

Der Ministerialbeamte blickte sich peinlich berührt um.

»Ich befürchte stark, dass der Pilot mich raussetzen lässt, noch bevor wir abheben.«

»Wie bitte?«

»Das wär wohl nicht so gut. Du erinnerst dich, der Ministerialdirigent hat größten Wert darauf gelegt, dass ich dabei bin. Ich spreche Deutsch, wie du weißt.«

»Ja, und?«

»Es wär vielleicht nicht gut, wenn er mich raussetzen würde.«

»Nein.«

»Und da müssen wir was unternehmen, oder nicht?«

»Möchtest du, dass ich mit dem Piloten spreche?«

»Nein.«

»Was dann?«

»Tausch den Platz mit mir.«

»Was?«

Gunnar gab ein weiteres Bööh von sich und lächelte anschließend so breit, dass die Zahnlücke zwischen seinen Schneidezähnen besonders gut zur Geltung kam. Die junge Frau auf dem Fensterplatz starrte Gunnar entsetzt an.

Der Beamte aus dem Außenministerium blickte sich noch einmal um und stellte fest, dass die anderen Passagiere in der Businessclass die Szene interessiert mitverfolgten. Er stand auf, öffnete das Fach über seinem Sitz und holte seine Aktentasche heraus.

»Nummer 23c. Wir sehen uns in Berlin«, gab Gunnar ihm mit auf den Weg.

08:00

Birkir beobachtete, wie der Mann aus dem Ministerium den Mittelgang entlang kam und nach den Sitznummern sah. Bei Reihe 23 blieb er stehen, öffnete das Gepäckfach und schaffte es mit einiger Mühe, seine Aktentasche hineinzustopfen, denn das Fach war im Grunde genommen voll. Dann setzte er sich wortlos auf den Sitz und legte sich den Gurt an.

»Sehr freundlich von dir, den Platz mit meinem Kollegen zu tauschen«, sagte Birkir.

Der Ministerialbeamte schwieg zunächst, sah aber dann zu Birkir hinüber. »Tickt der eigentlich ganz richtig, dieser Kollege von dir?«, fragte er.

»Er ist ein guter Kriminalbeamter, integer und grundanständig«, antwortete Birkir. »Hin und wieder hat er ungewöhnliche Einfälle. Ich hoffe, er hat sich nicht danebenbenommen.«

Sigmundur warf Birkir einen Blick zu und sagte: »Er hat sich benommen wie ein Geisteskranker.«

Birkir lächelte entschuldigend. »Er ist nicht kränker als du oder ich«, sagte er. »Höchstens manchmal ein bisschen spontan.«

»Also, das kann ich ihm einfach nicht durchgehen lassen«, sagte Sigmundur. Er schnallte sich los und machte Anstalten aufzustehen.

»Halt. Moment«, sagte Birkir und griff nach Sigmundurs Arm. »Es wäre vielleicht gar nicht schlecht, wenn du hierbleiben und mich unterwegs ein wenig über den Fall in Kenntnis setzen würdest. Das spart uns Zeit in Berlin.«

Der Mann aus dem Ministerium ließ sich wieder auf seinen Sitz zurücksinken. Er überlegte kurz und sagte dann: »Na schön. Ich hoffe nur, dass er in Deutschland keine Probleme machen wird. Das ist eine sehr heikle Angelegenheit. Der Außenminister ist überaus besorgt.« Er legte den Gurt wieder an.

»Nein, da wird es keine Probleme geben, das verspreche ich. Gunnar kann sich benehmen«, entgegnete Birkir. »Was ist dir über diesen Fall bekannt?«

Sigmundur holte sein Smartphone aus der Brusttasche.

»Hier«, sagte er, »dieser Text kam heute Morgen per E-Mail. Es handelt sich um das Statement, das nachher um neun Uhr im Außenministerium auf einer Pressekonferenz verlesen werden wird.«

Birkir las auf dem Display: »Gestern früh fand ein Botschaftsangehöriger einen Toten in den Räumen der isländischen Botschaft in Berlin. Die äußeren Umstände lassen keinen anderen Schluss zu, als dass der Tod nicht auf natürliche Weise erfolgte. Der Tote ist isländischer Nationalität, aber kein Angehöriger der Botschaft. Zum gegenwärtigen Zeitpunkt ist es noch nicht möglich, seinen Namen bekannt zu geben. Mitarbeiter der isländischen Kriminalpolizei befinden sich auf dem Weg nach Berlin, wo sie sich in Zusammenarbeit mit den Sicherheitsbeauftragten der Nordischen Botschaften, der Berliner Kriminalpolizei und den Außenministerien beider Länder mit der Aufklärung des Falls befassen werden.«

»Es wäre besser gewesen, wir hätten mit dieser Pressemitteilung noch etwas warten können«, sagte Sigmundur, »aber schon gestern ist etwas durchgesickert, und die Leute von den Medien hängen bereits an den Telefonen.«

Er schaltete das Gerät aus, als die Maschine langsam vom Flugsteig zurücksetzte.

»Weißt du sonst noch etwas?«, fragte Birkir.

»Botschaftsrat Arngrímur Ingason hat in der vergangenen Nacht den Ministerialdirigenten angerufen, um ihn darüber zu informieren, was er beim Betreten der Botschaft vorfand. Der Ministerialdirigent beraumte daraufhin gestern in aller Herrgottsfrühe ein Krisentreffen an, und es wurde beschlossen, dass wir der Sache erst einmal selber auf den Grund gehen.«

»Und was hat er vorgefunden?«

»Einen Mann mit einem Messer im Bauch im Büro des Botschafters.«

»Wer ist dieser Mann?«

»Sein Name ist Anton Eiríksson, und er war ein alter Bekannter des Botschafters. Ein Mann mit viel Geld, der als irgendeine Art von Handelsagent vor allem in Asien tätig war.«

»Weshalb wurde nicht die deutsche Polizei mit dem Fall betraut?«

»Die Sache sieht nicht gut für den Botschafter aus. Er hat

in der Nacht zum Montag eine Party in der Botschaft veranstaltet. So etwas ist normalerweise nicht gestattet, und er wird sich dafür verantworten müssen.«

»Was für eine Einladung war das?«, fragte Birkir.

»Am Nachmittag hatte der Botschafter zu einer Dichterlesung im gemeinsamen Veranstaltungssaal der Nordischen Botschaften eingeladen. Anschließend ist er anscheinend mit einer kleinen Gruppe in das Botschaftsgebäude gegangen. Angeblich handelte es sich um eine Art von Besprechung. Danach hat er Essen aus einem Restaurant bestellt. Das ist aber völlig unstatthaft, für solche Einladungen ist die Botschaft nicht gedacht. Die Residenz des Botschafters dagegen ist speziell für solche Zwecke eingerichtet. Er hätte die Gäste dorthin einladen oder in ein Restaurant gehen müssen, wenn es dazu einen Anlass gab.«

»Weißt du, weshalb er die Botschaft vorgezogen hat?«, fragte Birkir.

»Nein. Das ist eine von vielen Fragen, auf die wir eine Antwort erhalten müssen. Nach dem Essen haben die Leute bis kurz nach zwei weitergetrunken, und als die Gesellschaft endlich aufbrach, hat der Botschafter anscheinend vergessen, die Gäste beim Hinausgehen zu zählen. Die deutschen Sicherheitsbeauftragten stellten fest, dass einer der Gäste noch in der Botschaft sein musste, und setzten sich mit Botschaftsrat Arngrímur in Verbindung.«

»Wie viele Leute waren es insgesamt?«, war Birkirs nächste Frage.

»Erst waren es acht, aber kurz nach elf stieß die Frau des Botschafters hinzu, und dann waren sie neun. Arngrímur hat gestern die Namensliste gefaxt. Die Kontrolle in den Nordischen Botschaften erfasst alle Gäste, die durch die Sicherheitsschranke eingelassen werden. Die Pässe der Gäste werden eingezogen, solange sie sich im Gebäude befinden, und sie werden namentlich von den Sicherheitsbeauftragten eingetragen. Alle Gäste waren isländischer Nationalität, und das ist einer der Gründe, weshalb wir die Sache intern behandeln wollen.«

»Was für Leute stehen da auf der Liste?«

»Zunächst der Botschafter und seine Frau«, antwortete Sigmundur. Er schwieg, während die Maschine über die Startbahn donnerte und sich in die Lüfte erhob. Als sie bereits eine gute Höhe erreicht hatten, fragte er: »Kennst du sie?«

»Ich habe von dem Mann gehört«, sagte Birkir. »Er war in der Politik.«

»Ja, genau, ich nenne dir kurz ein paar Einzelheiten. Konráð Björnsson ist seit rund einem Jahr Botschafter in Berlin, und davor war er zwanzig Jahre lang Parlamentsabgeordneter. Auf dem Parteitag stellte er sich gegen den amtierenden Parteivorsitzenden zur Wahl und hätte ihn beinahe aus dem Feld geschlagen, da fehlte nur eine Stimme.«

»Daran kann ich mich erinnern«, sagte Birkir.

»Ja, es war ein denkwürdiges Wochenende in der Politik«, sagte Sigmundur. »Zwei Monate später war die Partei trotz schwerer Wahlverluste völlig überraschend Partner in einer neuen Regierungskoalition. Konráð kam allerdings nicht für einen Ministerposten in Frage, und da wurde diese Lösung gefunden, ihn als Botschafter nach Berlin zu schicken. In seinen jüngeren Jahren hat er nämlich an einer landwirtschaftlichen Hochschule in der DDR studiert und spricht deshalb leidlich gut Deutsch.«

»Hat sich diese Maßnahme bewährt?«, fragte Birkir.

»Bislang ohne nennenswerte Pannen. Arngrímur Ingason steht ihm zur Seite, er ist der erfahrenste und zuverlässigste Botschaftsrat im auswärtigen Dienst und seit etlichen Jahren in der Berliner Botschaft tätig. Er hat die gesamten Arbeitsabläufe im Griff und dafür gesorgt, dass es nie zu nennenswerten Problemen kam. Bis gestern.«

»Was meinst du mit ohne nennenswerte Pannen?«

»Im Parlament war Konráð Björnsson so ein typischer Abgeordneter, der sich für seinen Wahlkreis starkmachte. Er war auch nie in der Position, sich so richtig in die Nesseln zu setzen. Dieser Aufstieg beim Parteitag war ein purer Zufall. Der Parteivorsitzende war wegen seinem zu sorglosen Umgang mit der Parteikasse in die Bredouille geraten, und Konráð war der Einzige, der eine Gegenkandidatur vorbereitet hatte. Der Nachwuchs in der Partei hatte ihm bei den parteiinternen Vorwahlen schwer zugesetzt, und er musste etwas unternehmen, um sich in Erinnerung zu bringen und seine Position in der Partei wieder zu festigen. Deswegen schwamm er auf den Wellen mit, die auf dem Parteitag hochschlugen, und wäre beinahe Vorsitzender geworden. In der Botschaft leistet er die beste Arbeit, wenn er nichts tut. Glücklicherweise ist das der Normalzustand.«

»Ist das nicht auf die Dauer etwas peinlich?«, fragte Birkir.

»Konráð ist ungefähr zwei Stunden am Tag nüchtern«, antwortete Sigmundur. »Er erscheint um zehn Uhr in der Botschaft, aber schon zum Mittagessen nimmt er sich das erste Glas zur Brust. Danach braucht sich niemand mehr seinetwegen Gedanken zu machen. Irgendjemand sagte mir, dass er die meiste Zeit damit beschäftigt ist, seine Memoiren zu schreiben. Seine Frau hingegen ergreift manchmal die Initiative und lädt ganz spontan Künstler zu kulturellen Veranstaltungen ein. Das geschieht nicht selten mit geringer Zeitvorgabe, und dann dürfen sich die Botschaftsangehörigen mit den Problemen herumschlagen, vor allem mit der Finanzierung. Das ist nach dem Bankencrash schwierig geworden, weil sich kaum noch Sponsoren finden lassen.«

»Du hast gesagt, dass die Dame an dem besagten Abend später zu dieser Gesellschaft gestoßen ist.«

»Ja. Sie heißt übrigens Hulda. Sie kam wie gesagt sehr spät in die Botschaft und ist dann in der Nacht mit Konráð nach Hause gefahren. Diese Frau ist schon eine Nummer für sich. Es gibt das Gerücht, dass Konráð sie als Vertreterin einer Fraueninitiative innerhalb der Partei in den Parteitag eingeschleust hat, damit sie für ihn stimmen konnte. Aber für den anschließenden Festabend musste sie natürlich zum Friseur und vergaß ganz, dass sie bei der Wahl zum Parteivorsitzenden anwesend zu sein hatte. Das war die eine Stimme, die zum Gleichstand fehlte, denn dann hätte das Los zwischen Konráð und dem amtierenden Vorsitzenden entscheiden müssen. Das kommt bei den beiden manchmal zur Sprache, wenn der Haussegen schief hängt.«

»Und wie wirkt sich das, was da gestern passiert ist, auf die Position des Botschafters aus?«, fragte Birkir.

»Er wird sofort zurückgerufen, zumindest zeitweilig. Ich werde die Botschaft nach außen hin repräsentieren, entweder bis er wiederkommt, oder bis ein neuer Botschafter akkreditiert ist.«

»Was für Namen stehen sonst noch auf der Liste?«

Das Flugzeug hatte inzwischen die volle Flughöhe erreicht, und Sigmundur schaltete sein Smartphone wieder ein.

»Tja, wie gesagt, Arngrímur hat uns gestern die Liste gefaxt. Als Erster wäre der Ehrengast zu nennen, Jón Sváfnisson, der Sonnendichter. Du weißt, wer das ist?«

»Ich kenne sein Gedicht: *Wenn hellere Tage und Träume sich mehren, rührt dich ein leiser Windstoß an.* Und so weiter.«

»Ja, du kennst ihn also«, sagte Sigmundur. »In Deutschland ist gerade eine Übersetzung seiner Gedichte erschienen. Die Frau des Botschafters hat ihn nach Berlin eingeladen, und dort hat er am vergangenen Sonntag im gemeinsamen Veranstaltungssaal der Botschaften eine Lesung gehalten. Er brachte einen Freund mit, der die grafische Gestaltung seiner Bücher macht, den Künstler Fabían Sigríðarson.«

»Hatte der Sonnendichter auch noch andernorts in Deutschland Lesungen auf dem Programm?«

Sigmundur warf einen Blick auf das Display, bevor er antwortete. »Ja, erst war der Auftritt in Berlin, und laut Arngrímurs Übersicht wird die Reise am nächsten Wochenende auf der Buchmesse in Frankfurt enden.«

»Weitere Namen?«

Sigmundur las vor: »Unnar Mathieu, Modedesigner aus Reykjavík, und sein Ehemann Starkaður Gíslason.«

»Nummer fünf und sechs«, zählte Birkir mit.

»Helgi Kárason, der mit seinen Keramikarbeiten internationale Berühmtheit erlangt hat, und Lúðvík Bjarnason. Sie bereiten eine Ausstellung im Felleshus, dem Gemeinschaftshaus der Botschaften, vor, die nach dem Jahreswechsel eröffnet wird. Lúðvík assistiert Künstlern bei Ausstellungen im Ausland und wird manchmal als Ausstellungsleiter tituliert.«

»Das sind dann Nummer sieben und acht.«

»Und außerdem natürlich der Tote, Anton Eiríksson.«

»Neun. Es waren also lauter Männer?«

»Ja, bis auf die Frau des Botschafters. Ich weiß natürlich nicht, als was du die beiden Schwulen zählst.«

»Was meinst du damit?«, fragte Birkir. »Es sind Männer, und als solche zähle ich sie. Ist das bei euch im Ministerium nicht so?«

»Doch, wahrscheinlich.«

»Ist es denkbar, dass noch andere Gäste im Haus waren?«

»Das ist höchst unwahrscheinlich. Die Sicherheitsbeauftragten gehen ihre Unterlagen durch und checken die Aufnahmen der Sicherheitskameras. Man kann auch aus der

Tiefgarage ins Haus gelangen, aber die Sicherheitskameras erfassen jeden, der dort unterwegs ist. Ohne Chipkarte und PIN-Nummer kommt man nicht hinein.«

»Mit anderen Worten, einer von diesen acht muss die Tat verübt haben?«

»Ja, so viel steht eigentlich fest.«

»Wissen wir, wo sich diese Leute im Augenblick befinden?«

Nach einem Blick auf das Display erklärte Sigmundur: »Der Botschafter und seine Frau sind in Berlin. Der Dichter und sein Begleiter sind nach Frankfurt abgereist. Die anderen vier sind entweder auf dem Weg nach Island oder bereits dort angekommen, soweit Arngrímur vom Botschafter erfahren hat.«

»Hat man nichts unternommen, um sie gestern noch zu erreichen?«

»Nicht dass ich wüsste. Die ersten Reaktionen im Ministerium waren etwas desorganisiert. Als man die Sache endlich in Angriff nahm, stellte sich heraus, dass alle bereits aus Berlin abgereist waren, und wir können nur hoffen, dass sie sich möglichst bald in Island einfinden werden.«

»Es wäre besser gewesen, wenn man gleich gestern Morgen mit ihnen gesprochen hätte, und zwar einzeln. Die deutsche Kriminalpolizei hätte das doch sicher tun können. Wir hätten dann heute die Vernehmungen fortsetzen können.«

»Es wäre vielleicht eine etwas drastische Maßnahme gewesen, all diese Leute in Berlin festzuhalten«, antwortete Sigmundur zögernd.

Birkir schwieg und überlegte. »Hm, ja. Hoffentlich können wir bald mit ihnen reden«, sagte er schließlich.

Sigmundur beschäftigte sich weiter mit seinem Smartphone, während Birkir über den Fall nachdachte. Anna auf dem Fensterplatz schnarchte leise.

Nachdem das Flugzeug in Berlin Schönefeld gelandet war, gab eine der Flugbegleiterinnen über Lautsprecher durch, dass die Temperatur in der Stadt zwölf Grad Celsius betrug.

Birkir, Anna und Sigmundur trafen Gunnar erst im langen Korridor des Flughafengebäudes wieder. Er stopfte sich gerade sein Hemd in die Hose, das ihm während des Flugs herausgerutscht war.

»Mensch, ich glaube, ich habe die ganze Zeit geschlafen«, sagte er entschuldigend.

Birkir hegte den Verdacht, dass Gunnars Flugreise damit begonnen hatte, sich von den Flugbegleiterinnen zwei Mahlzeiten und drei oder vier Flaschen Bier servieren zu lassen, und erst danach war er eingeschlafen.

»Dann bist du ja ausgeruht«, sagte er zu Gunnar.

Sigmundur schielte missbilligend zu Gunnar hinüber, sagte aber nichts. Er telefonierte bereits.

Anna beeilte sich, in eine Raucherzone zu kommen, wo sie sich eine Zigarette anzündete. Sie winkte den anderen zu, schon weiterzugehen, und sagte: »Ich komme gleich nach.«

»Der Chauffeur der Botschaft ist am Flughafen«, sagte Sigmundur. »Er erwartet uns am Ausgang.«

Birkir beobachtete Gunnar, während sie sich zu den Gepäckbändern begaben.

»Und was ist das für ein Gefühl, in Deutschland zu sein?«, fragte er.

»Es ist schon ein bisschen komisch«, gab Gunnar zu und blickte sich um. »Ich bin natürlich daran gewöhnt, Deutsch zu hören, beispielsweise bei ausländischen Touristen. Aber hier ist man davon umgeben. Ich mag die Sprache, Mama hat sie mir beigebracht, noch bevor ich Isländisch gelernt habe.«

Es kam Birkir so vor, als klänge Gunnars Stimme ein wenig unsicher.

»Ich weiß, dass du nur ungern reist«, sagte Birkir. »Ich verstehe aber nicht, weshalb du noch nie in Deutschland gewesen bist.«

»Die gute alte Mama hat eine Phobie vor Deutschland, seit sie nach Island geflüchtet ist«, antwortete Gunnar. »Sie hat kurz vor Kriegsende schlimme Dinge erlebt, und der Zustand hier in Deutschland war wohl furchtbar. Sie ist von Lübeck aus nach Island gekommen, aber ihre Wurzeln waren im Osten Deutschlands, das war ihr Deutschland. Sie war überzeugt, dass sie nicht wieder aus dem Land gelassen würde, falls sie jemals wieder ihren Fuß auf deutschen Boden setzte.«

»Aber als das kommunistische System in der DDR zusammenbrach?«, fragte Birkir. »Hatte sie nach der Wiedervereinigung kein besseres Gefühl?«

»Nein, überhaupt nicht. Sie ist sicher, dass das alles zum Teufel gehen wird. Außerdem ist es eine fixe Idee von ihr, dass es wieder zu einem Krieg in Europa kommen wird. Sie hat immer sehr negativ reagiert, wenn ich darauf zu sprechen kam, nach Deutschland zu reisen, und ich habe mich einfach an den Gedanken gewöhnt, dass das nicht auf der Tagesordnung stand.«

»Und was hält sie von deiner Reise jetzt?«, fragte Birkir.

»Ich hab ihr gesagt, ich müsste dienstlich nach Egilsstaðir«, antwortete Gunnar. »Du darfst mich nicht verraten.«

»Ich will's versuchen«, sagte Birkir.

Der Chauffeur der Botschaft stand vor der Zollsperre und hielt ein Schild mit der Aufschrift »Isländische Botschaft« hoch. Er war ein relativ kleiner Mann zwischen vierzig und fünfzig und trug einen gepflegten Anzug. Das dunkle, dichte Haar war straff zurückgekämmt. Sigmundur begrüßte ihn auf Englisch und stellte seine Begleiter als »Icelandic Police« vor.

Gunnar nickte dem Mann freundlich zu, der daraufhin eine Verbeugung machte.

»Please, follow me«, sagte der Mann auf Englisch und ging vor ihnen her zum Ausgang.

Birkir zupfte Gunnar am Ärmel, und sie blieben ein wenig zurück. »Versuch, mit ihm ins Gespräch zu kommen. Er könnte uns vielleicht von Nutzen sein.«

Gunnar nickte zustimmend. »Hören wir, was er zu sagen hat.«

Der große BMW der Botschaft wartete im Bereich für Kurzparker, und der Chauffeur öffnete den Kofferraum. Geschickt brachte er die fünf Gepäckstücke unter, und dann hielt er die linke Hintertür für Anna auf, die noch ihre Zigarette ausdrücken musste, bevor sie einstieg. Sigmundur wollte sich auf den Beifahrersitz setzen, doch Gunnar klopfte ihm auf die Schulter.

»Ich habe längere Beine als du und einen fetteren Arsch«, sagte er und grinste so breit, dass seine Zahnlücke gut zur Geltung kam.

Sigmundur zögerte, setzte sich aber dann auf die Rückbank zu Birkir und Anna.

»Vielen Dank fürs Abholen«, sagte Gunnar auf Deutsch zu dem Chauffeur, als sie losgefahren waren. »Ich hoffe, dass wir Ihnen nicht zu viel Mühe machen.«

»Ach, Sie sind Deutscher«, sagte der Chauffeur. »Leben Sie schon lange in Island?«

»Mein ganzes Leben«, sagte Gunnar. »Meine Mutter ist Deutsche, sie ist nach dem Krieg nach Island gegangen.«

»Ich verstehe. Sie hat Ihnen gutes Deutsch beigebracht.«

»Wir sprechen immer Deutsch miteinander. Ich glaube, unsere Sprache ist ein bisschen altmodisch.«

»Sie sprechen sehr gutes Hochdeutsch«, sagte der Fahrer.

»Vielen Dank für das Kompliment«, sagte Gunnar und ließ die Stadt durch das Fenster auf sich einwirken. Dann fügte er hinzu: »Das ist ja wirklich eine höchst unangenehme Sache da in der Botschaft. Wissen Sie etwas darüber?«

»Nein, nur sehr wenig. Uns wurde bloß gesagt, dass gestern Morgen im Büro des Botschafters ein Toter gefunden wurde. Die Mitarbeiter stehen alle unter Schock. Die ganze Botschaft ist gesperrt, und die Leute müssen in zwei Behelfsräumen arbeiten.«

»Sie wissen also nicht, wer der Tote ist?«

»Nein, mehr habe ich nicht gehört. Gestern Morgen hat Botschaftsrat Ingason uns zu einer Besprechung gerufen und gesagt, dass der Tote kein Angehöriger der Botschaft ist, aber der Herr Botschafter hat ihn wohl gekannt.«

Gunnar schwieg eine Weile und genoss die Ausblicke auf die Metropole. Nie zuvor hatte er ein derartig großstädtisches Ambiente gesehen, und irgendwie fühlte er sich überwältigt. Unterdessen überlegte er, in welche Richtung er das Gespräch lenken sollte. Er spürte, dass der Fahrer nicht sonderlich willig war, über seinen Arbeitsplatz zu reden, doch er war zu höflich, um das direkt zum Ausdruck zu bringen. Am besten war es wohl, ein anderes Thema anzuschlagen. »Was ist denn eigentlich mit Hertha los? Ich verfolge die Bundesliga im Internet mit.«

Die Miene des Chauffeurs hellte sich auf. »Ach, Sie interessieren sich für deutschen Fußball?«

»Ja, Hertha ist meine Mannschaft«, erklärte Gunnar.

»Tatsächlich?«

»Ja, schon seit 1995, als Sverrisson zur Mannschaft stieß.«

Der Fahrer strahlte. »Ja, Jolly Sverrisson«, sagte er. »An den erinnern sich alle. Er war ein großartiger Spieler, vielleicht nicht der Schnellste, aber er war zuverlässig und hat großen Einsatz gezeigt. Er hat viel für die Mannschaft getan, und das war damals eine echt starke Mannschaft.«

»Aber jetzt mussten sie sechs Niederlagen hintereinander kassieren.«

»Das stimmt, im Augenblick läuft es überhaupt nicht gut.«

Nach kurzem Schweigen fragte Gunnar: »Wie ist er eigentlich, der Botschafter?«

»Er hat schon einige positive Seiten«, antwortete der Fahrer zögernd.

»Als da wären?«

»Er ist sehr angenehm im Umgang und dankbar für alles, was man für ihn tut. Er spricht gut Deutsch und ist sehr entgegenkommend.«

»Und die schlechten Seiten?«, erkundigte sich Gunnar.

»Eigentlich nichts Erwähnenswertes. Er nimmt sich gern einen zur ...« Der Fahrer nahm die rechte Hand vom Steuer und machte eine Bewegung, als tränke er aus einem Glas. »Sie verstehen.«

»Ja, ich verstehe. Aber doch nicht so, dass er völlig aus der Welt ist?«

»Äh, ja, es kann vorkommen, dass er im Auto einschläft, wenn ich ihn von einer Einladung nach Hause fahre. Der Hausverwalter in der Residenz des Botschafters hilft mir dann dabei, ihn ins Haus zu tragen.«

»Und die Frau des Botschafters?«

Der Fahrer überhörte die Frage. »Da vorne ist der Tiergarten«, sagte er. »Jetzt sind wir bald am Ziel. Herr Ingason wird Sie in Empfang nehmen.«

»Botschaftsrat Ingason? Nicht der Botschafter?«

»Nein, der Botschafter ist zu Hause. Herr Ingason hat im Augenblick die Leitung in der Botschaft. Ein sehr zuverlässiger und untadeliger Mann. Er ist unentbehrlich für den Botschafter.«

Der Fahrer konzentrierte sich nunmehr auf das Fahren und bog scharf nach rechts ein. Auf der linken Seite tauchten vor einem Gebäudekomplex fünf Fahnenstangen mit den Fahnen der Nordischen Länder auf.

15:05

Der Chauffeur hielt neben dem Bürgersteig, stieg aus und öffnete Anna die Tür. Ein älterer Herr, der vor dem Haus gewartet hatte, kam auf sie zu und begrüßte die Aussteigenden einen nach dem anderen.

»Ich bin der Botschaftsrat, Arngrímur Ingason ist mein Name«, sagte er und wiederholte seinen Namen bei jedem Händeschütteln. Birkir stellte sich als Erster vor und dann die beiden anderen: »Gunnar Maríuson, Anna Þórðardóttir.«

Arngrímur begrüßte Sigmundur zuletzt, ohne sich vorzustellen. Sie kannten sich offensichtlich.

»Vielen Dank, dass ihr so schnell reagiert habt«, sagte Arngrímur zu den Kriminalbeamten, die sich um ihr Gepäck kümmerten. Gunnar übernahm Annas Koffer mit der technischen Ausrüstung. Sie nutzte die Gelegenheit und zündete sich eine Zigarette an.

»Das ist wohl unsere Aufgabe«, sagte Birkir und sah sich um. Durch die Glasfront konnte man in den Innenhof zwischen den Botschaftsgebäuden blicken. Das Kupferband war von hier aus kaum zu sehen, doch die Häusergruppe nahm sich im Sonnenlicht schön aus.

Der Chauffeur sagte etwas auf Deutsch zu Arngrímur, setzte sich dann wieder in den Wagen und fuhr los.

»Er holt den Botschafter ab«, sagte Arngrímur. »Wir haben heute Morgen auf einer Pressekonferenz hier im Felleshus die Medien informiert, und anschließend ist Konráð nach Hause gefahren, um sich etwas auszuruhen. Er möchte euch hier aber so schnell wie möglich treffen. Wir haben Hotelzimmer für euch gebucht, aber ich ging davon aus, dass ihr vielleicht zuerst die Botschaft und den Tatort sehen wollt.«

»Ja«, antwortete Birkir, »das duldet keinen Aufschub.«

»Genau. Bitte folgt mir«, sagte Arngrímur und ging vor ihnen her zum Eingang. Anna hatte noch ihre Zigarette zwischen den Fingern, und sie blieben vor dem Eingang stehen, damit sie sie zu Ende rauchen konnte.

Birkir blickte hoch. Quer über dem Eingang waren längliche Glasplatten angebracht, auf denen in sechs Sprachen »Botschaften der Nordischen Länder« stand. Ganz unten auf Deutsch, Isländisch an fünfter Stelle, Finnisch ganz oben, dann Dänisch, Norwegisch und Schwedisch, ohne dass Birkir da große Unterschiede feststellen konnte. Die Orthographie war ähnlich, und Birkir kannte sich mit den skandinavischen Sprachen nicht sonderlich gut aus.

»Ich muss als Erstes mit den Botschaftsangehörigen sprechen«, verkündete Sigmundur. »Sie sind im Felleshus, nicht wahr?«

»Ja«, sagte Arngrímur und beschrieb Sigmundur den Weg zu den Konferenzräumen, wo die Angestellten der Botschaft provisorisch untergebracht waren. Sigmundur verabschiedete sich und verschwand im Eingangsbereich.

»Kann man ihm nicht so viel zu tun geben, dass er sich nicht in unsere Arbeit einmischt?«, fragte Gunnar.

»Ich will's versuchen«, antwortete Arngrímur, ohne eine Miene zu verziehen.

Anna drückte ihre Zigarette aus. Arngrímur ging mit ihnen zum Rezeptionsschalter für Besucher.

»Bitte gebt hier eure Pässe ab, dann bekommt ihr einen Gästeausweis«, sagte er.

Sie erhielten weiße Plastikkärtchen mit der isländischen Fahne, die sich anklemmen ließen. Anschließend folgten sie Arngrímur durch die Doppeltür, die er mit seiner Chipkarte öffnete, und betraten den Innenhof.

»Das Haus, durch das wir gerade gekommen sind, ist das Gemeinschaftshaus«, sagte Arngrímur. »Wir nennen es Felleshus, wie ihr gehört habt. Dort ist der Empfang, und dort befinden sich auch Konferenzräume und Ausstellungssäle, ebenso wie die Cafeteria. Zwei der Konferenzräume haben wir heute für unsere Botschaftsangehörigen gebucht. Hier links ist die dänische Botschaft.« Er deutete der Reihe nach auf die einzelnen Gebäude: »Die isländische Botschaft ist dort in der Ecke, dann kommt die norwegische, schwedische und die finnische hier rechter Hand.«

Draußen vor der finnischen Botschaft sang ein Kinderchor.

Die Leute waren aus den Botschaften herausgetreten, um den Kindern zu lauschen. Im Schutz der Häuser war es angenehm warm in der Sonne, und es tat gut, an der frischen Luft zu sein. Die Isländer hielten unwillkürlich inne und lauschten dem hellen Gesang ohne jede Instrumentalbegleitung. Der Chor beendete das Lied, und die Zuschauer klatschten. Die junge Chorleiterin verneigte sich und bedankte sich für den

Beifall. Dann gab sie einen Ton vor, und der Chor stimmte das nächste Lied an. Arngrímur hatte sich bereits in Bewegung gesetzt, hielt jedoch wieder inne, als die ersten Töne erklangen. Birkir kannte das Lied, und er hörte, dass die Kinder es auf Isländisch sangen. Die Aussprache war nicht besonders, wie nicht anders zu erwarten, doch die Kinder sangen sehr schön und sauber. Es war ein sehr bekanntes isländisches Lied zu einem Gedicht von Jón Sváfnisson, dem Dichter, der an dem schicksalhaften Abend zu Gast in der Botschaft gewesen war. Ein erstaunlicher Zufall, aber dieses Lied war in der Chorfassung in sämtlichen nordischen Ländern sehr beliebt.

Wenn hellere Tage und Träume sich mehren,
rührt dich ein leiser Windstoß an.
Ich frag nicht nach dem Wie und Woher
oder wohin er eilen kann.
Frühling und Freiheit verwehren den Schlaf mir dann.

Wenn Bäche murmeln und Wiesen grünen,
drängt sich lockende Sehnsucht heran.
Dir sing ich die schönsten Lieder,
die mein Geist erschaffen kann.
Frühling und Freiheit verwehren den Schlaf mir dann.

Wenn Berge leuchten und Seen strahlen,
zieht ein Heer von Wolken heran,
Ich denke an dich und sehe
die Welt, die vollkommene an.
Frühling und Freiheit verwehren den Schlaf mir dann.

Der Chor sang alle drei Strophen und bekam viel Applaus. Birkir sah seine Begleiter an, die alle lächelnd klatschten. Nur Arngrímur nicht. Er stand wie versteinert da und hatte sich von den anderen abgewandt. Als der Beifall verebbte, warf er rasch einen Blick zurück und machte sich auf den Weg zur isländischen Botschaft.

Birkir eilte ihm nach und holte Arngrímur ein.

»Ist die Botschaft heute geöffnet?«, fragte er.

Arngrímur räusperte sich zweimal, bevor er antwortete. Schließlich sagte er: »Nein, wir hielten es für besser, sie zu schließen, bis ihr mit eurer Arbeit fertig seid. Wie gesagt, die Botschaftsangehörigen sind provisorisch im Felleshus untergebracht. Dort haben sie Zugang zu unserem Netz, und Anrufe werden dorthin umgeleitet. Die konsularischen Dienststellen im Felleshus sind ganz normal geöffnet, und Besucher werden dorthin verwiesen.«

Sie hatten den Eingang zur isländischen Botschaft erreicht und warteten auf die anderen. Birkir überlegte, ob Arngrímurs Stimme tatsächlich unsicher geklungen hatte, als er antwortete.

»Bitte sehr«, sagte Arngrímur, als er die Eingangstür öffnete und sie einließ. »Die deutsche Kriminalpolizei war gestern Morgen hier und hat eine erste Untersuchung des Tatorts vorgenommen, damit die Leiche entfernt werden konnte. Wir haben veranlasst, dass sie hier in Berlin obduziert wird. Ansonsten ist alles so, wie es gestern Morgen war.« Arngrímurs Stimme klang wieder normal. »Kommissar Tobias Fischer kommt nachher vorbei und wird den vorläufigen Bericht mitbringen.«

Birkir blickte aus dem Fenster gegenüber dem Eingang in ein kleines Atrium zwischen dem Haus und der Kupferwand. Der Boden bestand aus schwarzen Lavaplatten.

Als Arngrímur bemerkte, was Birkirs Aufmerksamkeit auf sich gezogen hatte, sagte er: »Die Platten können von unten mit rotem Licht angestrahlt werden, das erinnert an rotglühende Lava. Ich kann euch, sobald es eure Zeit erlaubt, das ganze Gebäude zeigen und die Architektur erläutern.«

Sie ließen ihr Gepäck im Empfangsbereich zurück und gingen über die Treppe in den ersten Stock.

»Dort in dem Konferenzraum hat die Party stattgefunden«, sagte Arngrímur und wies auf eine offene Tür. »Es gab auch eine Besprechung mit einem Teil der Gruppe im Büro des Botschafters.«

»Wer hat daran teilgenommen?«, fragte Birkir.

»Das sollte euch am besten der Botschafter selber sagen, wenn er kommt«, sagte Arngrímur. »Wir haben zwar gestern darüber gesprochen, aber ich bin aus seiner Geschichte nicht ganz schlau geworden.«

»Warst du an dem Tag nicht in der Botschaft?«

»Nein, ich war das ganze Wochenende in Stuttgart und bin erst Sonntagabend spät wieder nach Berlin gekommen. Eine isländische Familie hatte am Freitag einen schweren Autounfall, ein Ehepaar mit zwei Kindern. Die Mutter ist ums Leben gekommen, die anderen liegen verletzt im Krankenhaus. Eine furchtbare Sache. Ich habe ihnen beigestanden, bis ihre isländischen Verwandten im Krankenhaus eintrafen.«

»Es war also ein schwieriges Wochenende für dich?«

»Ja, und anscheinend ist ein Ende noch nicht abzusehen. Aber das gehört zu diesem Beruf. Es gibt solche und solche Tage. Wir beklagen uns nicht.«

»Ich verstehe«, sagte Birkir und warf einen Blick in das Zimmer. Der Gestank der Essensreste hatte den Alkoholdunst, der immer noch über allem schwebte, in den Hintergrund gedrängt.

»Hier haben die Gäste gegessen«, sagte Arngrímur. »Ich hoffe, dass ihr mir nachher die Erlaubnis gebt, sauber machen zu lassen.«

»Wir sehen zu, was wir tun können«, sagte Birkir.

Sie gingen hinauf in die nächste Etage, und Arngrímur zeigte ihnen die Kaffeeküche für die Belegschaft.

»Geschirr und Besteck kamen von hier, ebenso die Gläser«, sagte Arngrímur. »Der Wein musste aus dem Keller geholt werden. Hier scheint sich aber ansonsten in der besagten Nacht nicht viel abgespielt zu haben.«

»Du hast die Leiche im Stockwerk über uns gefunden?«, fragte Birkir.

»Ja. Das Büro des Botschafters befindet sich in der obersten Etage. Der Tote saß dort auf dem Schreibtischstuhl, als ich eintraf. Es war ein grauenvoller Schock.«

»Wir gehen noch nicht sofort hinauf«, sagte Birkir. »Wir müssen zunächst die Information der deutschen Kriminalpolizei über deren Ergebnisse der vorläufigen Tatortbegehung in Händen haben, und dann kann Anna sich an die Arbeit machen.«

»Es muss natürlich systematisch vorgegangen werden, das verstehe ich«, sagte Arngrímur und sah auf seine Armbanduhr. »Der deutsche Kommissar wird jeden Moment eintreffen.«

Birkir sah sich um und sagte: »Es wäre gut, wenn uns einer der Räume zur Verfügung gestellt werden könnte, die vorgestern Nacht verschlossen waren.«

Arngrímur nickte. »Eine Etage tiefer ist ein leeres Büro, das wir verwenden, wenn wir Praktikanten haben, und da ist im Augenblick niemand. Der Botschafter hat keinen Schlüssel zu diesem Zimmer, deswegen wurde es bestimmt an dem Abend von niemandem betreten.«

15:45

Als sie wieder in den ersten Stock hinuntergingen, klingelte Arngrímurs Handy.

»Das war die Rezeption im Felleshus, der deutsche Kommissar ist eingetroffen«, erklärte er nach dem kurzen Gespräch.

»Den übernehme ich«, sagte Gunnar. »Hast du nicht gesagt, dass es hier irgendwo eine Cafeteria gibt? Ich komme um vor Hunger.«

»Selbstverständlich, ich bitte um Entschuldigung. Ihr müsst natürlich etwas zu essen bekommen.«

»Für mich reichen ein Sandwich und ein Wasser mit Kohlensäure«, sagte Birkir. »Und es wäre gut, wenn das hierher gebracht werden könnte.«

»Für mich auch ein Sandwich, und dazu eine Cola«, sagte Anna. »Aber erst muss ich raus und eine rauchen.«

Gunnar folgte Arngrímur ins Felleshus, wo sie Kommissar Tobias Fischer von der Berliner Kriminalpolizei trafen, einen hochgewachsenen Mann mit dichtem grauen Haar und einem gepflegten kurzgeschnittenen Vollbart. Die braunen Augen blickten verschmitzt. Gunnar begrüßte ihn auf Deutsch, und sie schienen auf Anhieb einen guten Draht zueinander zu haben. Sie beschlossen, sich in der Cafeteria im ersten Stock zu unterhalten, damit Gunnar etwas essen konnte.

»Ich kann besser denken, wenn ich was im Magen hab«, erklärte Gunnar.

Er bestellte eine doppelte Portion Gulaschsuppe und Brot dazu, Fischer ein Stück Kuchen und eine Tasse Kaffee. Arngrímur zeichnete die Rechnung gegen und verschwand mit Sandwiches, Wasser und Cola.

»Island, da muss ich irgendwann einmal hin, um die Berge,

die Gletscher und die heißen Quellen zu sehen«, sagte Fischer, nachdem sie an einem Tisch in einer Ecke Platz genommen hatten.

»Klar«, entgegnete Gunnar grinsend. »Die nächste Besprechung findet in Reykjavík statt.«

Fischer hatte die Mordwaffe dabei, sie war in eine durchsichtige Plastiktüte gewickelt und lag in einer Pappschachtel. Er öffnete die Schachtel und reichte sie Gunnar. Der betrachtete das Objekt durch die Hülle, ein großes, blutverschmiertes Jagdmesser mit Ledergriff.

»Das ist das Messer, das der Mörder verwendet hat«, erklärte Fischer. »Amerikanisches Erzeugnis. Das Blatt ist 19 Zentimeter lang, die Gesamtlänge beträgt 27,3 Zentimeter. Ein sogenanntes SOG Super Bowie. Laut Listenpreis des Herstellers kostet es zweihundertzweiundsechzig Dollar. Hier in Deutschland ist es nicht im Handel, soweit wir feststellen konnten. Leider ist Blut über den Griff geflossen, nachdem der Mörder es losgelassen hat. Da ist keine einzige freie Stelle, wo man nach Finger- oder Handflächenabdrücken suchen könnte. Die Schneide ist völlig intakt und so superscharf, wie ein solches Messer nur sein kann. Mit so einer Waffe kann man die dickste Rindshaut aufschlitzen.«

Fischer holte einen DIN-A4-Umschlag aus seiner Aktentasche, öffnete ihn und zog große Farbbilder heraus. Das oberste zeigte einen massigen Mann, der vornübergebeugt auf einem ausladenden Schreibtischstuhl saß. Er trug einen dunkelgrauen Anzug und ein weißes Hemd, das am Hals offen stand. Im Bauch des Mannes befand sich eine große, klaffende Wunde, in der das Messer steckte. Der Schnitt war durch das Hemd erfolgt, und der Druck von innen hatte die Wunde weit geöffnet, an der breitesten Stelle fünfzehn Zentimeter.

»Der Täter hat die Waffe tief in den Bauch des Opfers gestoßen«, erklärte Fischer, »mitten zwischen Brustbein und Nabel. Wahrscheinlich mit der rechten Hand, denn der Schnitt geht ein wenig nach links. Dann hat er das Messer mit einigem Kraftaufwand nach unten gezogen und den Bauch bis zum Schambein aufgeschlitzt. Als er das Messer losließ, sind Blut, Eingeweide und Mageninhalt aus der Öffnung gequollen und über den Griff geflossen. Sehr wahrscheinlich auch über die Hand und den Arm des Mörders. Das Opfer hat aufgrund von Schock und Blutverlust innerhalb weniger Sekunden das Bewusstsein verloren, und dann war es wohl ziemlich schnell vorbei.«

»Ist es nicht wahrscheinlich, dass er um Hilfe gerufen oder bei dem Angriff laut aufgeschrien hat?«, fragte Gunnar.

»Ganz bestimmt. Aber das war wohl kaum zwei Stockwerke tiefer zu hören, wo diese Party stattgefunden hat. Wenn ihr möchtet, können wir euch dabei helfen, das zu testen. Denkbar ist aber auch, dass der Mörder ihm mit der freien Hand den Mund zugehalten hat. Hinweise darauf stellen sich eventuell bei der Obduktion heraus.«

»Wie weit seid ihr mit euren Ermittlungen?«, fragte Gunnar.

Fischer zog ein Notizbuch heraus. »Bei uns ging gestern Morgen um 10:27 Uhr die Anweisung vom Auswärtigen Amt ein, uns zum Tatort zu begeben und die üblichen Untersuchungen an einer Leiche vorzunehmen. Wir hatten auch für die Entfernung der Leiche und den Transport zum gerichtsmedizinischen Institut zu sorgen. Beim Eintreffen am Tatort machten wir zahlreiche Fotos und auch eine ärztliche Untersuchung mit Temperaturmessung und Probenentnahme. Anschließend haben wir eine Spezialfirma bestellt, die sich um den Abtransport der Leiche und die Beseitigung von dem, was auf dem Boden lag, gekümmert hat.

Das Auswärtige Amt legte besonderen Wert darauf, dass wir uns an die Anweisungen der Verantwortlichen in der isländischen Botschaft zu halten hätten. Und die lauteten so, dass wir nach der Entfernung der Leiche die Ermittlungen einstellen sollten. Unser Erkennungsdienst hat sich also nicht mit dem Tatort befassen können, und wir haben auch keine Vernehmungen vorgenommen. Das Auswärtige Amt hat betont, dass die Ermittlungen im Zuständigkeitsbereich der isländischen Behörden liegen. Wir sollten nur die gewünschte Unterstützung leisten, denn die Botschaft ist exterritoriales Gebiet.«

»Diese verdammten Paragraphenreiter. Damit hat sich die Ermittlung um einen ganzen Tag verzögert«, sagte Gunnar. »Aber ihr habt hoffentlich nicht auf sie gehört, oder?«

Fischer lächelte entschuldigend. »Viel konnten wir nicht tun.«

Er holte eine in eine Plastikhülle eingewickelte Brieftasche aus seiner Aktenmappe.

»Hier sind die persönlichen Papiere des Toten«, sagte er und reichte Gunnar das Päckchen. »Das hat er bei sich gehabt.«

»Irgendetwas Besonderes?«

»Nein. Bargeld, Bankkarten, Visitenkarten, ein Schlüssel.«

»Ein Schlüssel? Meinen Sie einen Schlüsselbund?«

»Nein, kein Schlüsselbund. Nur ein einzelner Schlüssel in einem Fach der Brieftasche. Wahrscheinlich von einem Safe oder so etwas.«

»Ich verstehe«, sagte Gunnar. »Sonst noch etwas?«

»Ja, allerdings«, sagte Fischer. »Aus purer Neugierde heraus habe ich den Namen des Mannes in unser Suchsystem eingegeben, um zu sehen, ob er dort irgendwo auftauchte.«

»Und, kam etwas dabei heraus?«

»Wir überwachen seit geraumer Zeit in verstärktem Maße

deutsche Staatsbürger, die unter dem Verdacht stehen, sich in verschiedenen Ländern Asiens sexuell an Kindern zu vergehen, das System ist ähnlich wie in den anderen europäischen Ländern. Dahinter steckt der Gedanke, die rechtlichen Grundlagen zu vereinfachen, die eine Strafverfolgung hier in Deutschland ermöglichen. Und wir informieren auch die zuständigen Behörden in den entsprechenden asiatischen Ländern über verdächtige Personen, damit sie gegen diese Menschenhändler und Kinderschänder vorgehen können. Einiges von dem, was wir in diesen Ländern unternehmen, befindet sich gemessen an unseren Arbeitsanweisungen und Gesetzen in einer gewissen Grauzone, aber unserer Auffassung nach heiligt der Zweck die Mittel. Der Name dieses Eiríksson ist auf der Liste von einem unserer Informanten in Indonesien aufgetaucht. Eiríksson ist dort unter dem Namen »Tenderloin« bekannt und war sehr aktiv auf diesem Markt. Solche Typen versuchen natürlich, ihre tatsächlichen Namen weitestgehend zu verschleiern, aber unser Informant ist Eiríksson zwei Tage auf den Fersen geblieben und hat es durch Bestechung geschafft, an eine Kopie der Hotelrechnung von Eiríksson heranzukommen. Ich gehe mal davon aus, dass Anton Eiríksson kein allzu häufiger Name ist, sodass da eigentlich kaum ein Zweifel bestehen kann. Leider gibt es aber noch keine klaren Arbeitsanweisungen dazu, wie wir mit den Informationen über Angehörige anderer Nationalitäten verfahren sollen, und deswegen ist im Fall seiner Person bislang nichts in die Wege geleitet worden.«

»Wie seid ihr auf Eiríksson aufmerksam geworden?«

»Er war sehr häufig Gast in einem sogenannten Wellnesshotel, das in einem außerordentlich schlechten Ruf steht. Kinder in zartem Alter, Jungen und Mädchen, werden dort angeblich für einfache Dienstleistungen eingestellt, die aber in Wirklichkeit unter die Kategorie schwerer sexueller Missbrauch fallen. Die Kinder kommen aus bitterarmen Familien der untersten Gesellschaftsschichten, und es ist sehr schwierig, das, was da geschieht, zu unterbinden.«

»Verstehe«, sagte Gunnar und betrachtete eines der Fotos von der Leiche. »Das hier ist die schlimmste Sorte. Den wird bestimmt niemand vermissen.«

»Bestimmt nicht«, sagte Fischer. »Und dieser brutale Angriff deutet darauf hin, dass sich da irgendjemand für ein schweres Vergehen gerächt hat.«

»Was wären eure nächsten Schritte in der Ermittlung gewesen?«

»Eine sorgfältige erkennungsdienstliche Untersuchung der ganzen Etage. Fingerabdrücke, Haare, DNA-Spuren. Wenn ihr technische Unterstützung braucht, kann ich unsere Experten hinzurufen. Euer isländischer Kollege kann alles genau mitverfolgen und sicherstellen, dass die Analyse zu eurer Zufriedenheit verläuft, und die Proben von uns entgegennehmen. Auf diese Weise geht es bestimmt schneller.«

»Gute Idee und gutes Angebot«, sagte Gunnar. Er holte sein Handy aus der Tasche und rief Birkir an. Nach kurzem Meinungsaustausch nickte er.

»Ja, vielen Dank. Meine Kollegen und der Botschafter wären sehr dankbar für eure Unterstützung.«

Jetzt griff Fischer zu seinem Handy.

»Sie kommen sofort«, sagte er nach einem kurzen Telefonat. »Laut den Anweisungen des Auswärtigen Amtes sollen wir euch nach besten Kräften unterstützen.«

Gunnar war mit dem zweiten Teller Suppe fertig und wischte sich mit dem Ärmel über den Mund.

»Mahlzeit«, sagte ein Mann, der auf die fünfzig zuging. Er war mit einem Laptop unter dem Arm an ihren Tisch getreten. »Mein Name ist Wolf. Ich gehöre zum Sicherheitsstab hier und hatte vorgestern Nacht Dienst. Herr Ingason hat mich gebeten, Ihnen Bericht über das zu erstatten, was wir bislang feststellen konnten.« Der Mann trug eine unauffällige Uniform, und seine Kennkarte hing ihm an einer Schnur vom Hals.

Gunnar und Fischer standen auf, gaben ihm die Hand und stellten sich vor. Gunnar rief die Bedienung herbei und bat um mehr Kaffee und eine weitere Tasse.

»Wir haben sämtliche Sicherheitseinrichtungen überprüft, die uns möglicherweise Aufschlüsse über den Verlauf der Ereignisse am Wochenende geben können«, sagte Wolf, als sie sich wieder gesetzt hatten. »Wir werden noch einen ausführlichen Bericht verfassen, aber ich möchte Ihnen sagen, was wir jetzt bereits wissen.«

»Vielen Dank«, sagte Gunnar, »das ist sehr hilfreich für uns.«

Wolf öffnete den Laptop und fuhr ihn hoch. Dann holte er ein paar Notizzettel aus der Tasche und legte sie auf den Tisch.

»Gemäß der automatischen EDV-Aufzeichnung wurde das Sicherheitssystem in der isländischen Botschaft am letzten Freitag um siebzehn Uhr dreißig eingeschaltet, als der letzte Mitarbeiter die Botschaft verließ«, las er von einem der Zettel ab. »Das System ist sehr leistungsstark, an allen Eingängen befinden sich automatische Sensoren, und auf allen Etagen gibt es weitere Sensoren, die jede Bewegung registrieren. Das ganze Wochenende hat es keine Signale gegeben. Die erste Abweichung erfolgte am Sonntag um 18:10 Uhr, als der Botschafter die Tür am Haupteingang der isländischen Botschaft öffnete und das Sicherheitssystem an der Kontrollanlage im Foyer ausschaltete. Wir können also mit hundertprozentiger Sicherheit sagen, dass niemand im Haus war, als er es betrat.«

Inzwischen hatte Wolf eine Datei geöffnet, auf dem Monitor war die Plaza zu sehen. Einige Männer kamen ins Bild und bewegten sich auf die isländische Botschaft zu.

»Aus diesen Aufnahmen der Sicherheitskameras, die das offene Gelände zwischen den Botschaften überwachen, geht hervor, dass mit dem Botschafter sieben Personen die isländische Botschaft betraten. Sie bekommen alle diese Aufzeichnungen auf einer CD, zusammen mit dem Bericht. Als Nächstes sehen wir, dass der Botschafter herauskommt und beim Haupteingang im Felleshus eine Lieferung mit Essen entgegennimmt. Um 22:55 Uhr traf eine Frau im Taxi beim Haupteingang ein und stellte sich dem Sicherheitsbeauftragten als Ehefrau des isländischen Botschafters vor. Sie rief selber ihren Mann an, der daraufhin zum Eingang kam und sie als Gast eintrug. Bei der Gelegenheit sagte der Botschafter dem Sicherheitsbeauftragten, dass die Zusammenkunft bald zu Ende sein würde, doch das verzögerte sich aus irgendwelchen Gründen. Um 2:25 Uhr rief der Botschafter beim Nachtwächter an und bat ihn, drei Taxis zu bestellen. Um 2:41 Uhr verließen zwei Männer das isländische Gebäude und kamen ins Felleshus. Sie lieferten ihre Gästeausweise ab und erhielten ihre Pässe zurück.«

Jetzt las Wolf wieder von einem seiner Notizzettel vor. »Das waren laut den Aufzeichnungen des Nachtwächters Herr Gíslason und Herr Mathieu. Zehn Minuten später kamen sechs Personen aus der isländischen Botschaft ins Felleshus, die Eheleute Björnsson, Herr Sváfnisson, Herr Sigríðarson, Herr Kárason und Herr Bjarnason.«

Nun erschien wieder eine Sequenz auf dem Monitor. Ein Mann stützte eine Frau, die barfuß war und einen Schuh in der Hand hielt. Ein weiterer, ziemlich großer Mann im Hemd machte ein paar ungeschickte Tanzschritte und fuchtelte mit den Armen. Der dritte hatte ein Jackett über dem

Arm, das wahrscheinlich dem Tänzer gehörte, und mit dem anderen versuchte er, den Mann an seiner Seite zu führen. Der vierte war augenscheinlich behindert, denn er hinkte stark, und der fünfte hielt sich mit den Händen den Bauch und ging gekrümmt. Dann verschwand die Gruppe aus dem Sichtbereich der Kamera.

»Herr Sváfnisson konnte seinen Gästeausweis nicht finden, und Herr Botschafter Björnsson quittierte für die Aushändigung seines Reisepasses. Die Björnssons begaben sich sofort zu einem der wartenden Taxis und fuhren los. Die anderen vier Herren setzten sich in das zweite Taxi. Der Sicherheitsbeauftragte hat sie im Auge behalten, denn Herr Sváfnisson war ziemlich erregt und laut. Der Taxifahrer stieg auf einmal wieder aus und weigerte sich, die Leute zu fahren. Er war schon im Begriff, die Polizei anzurufen. Der Sicherheitsbeauftragte ging dann auf die Straße und bereinigte die Sache. Herr Sváfnisson setzte sich nach hinten, und die anderen drei versprachen, ihn unter Kontrolle zu halten. Nachdem Herr Kárason dem Taxifahrer zusätzlich hundert Euro bezahlt hatte, um sie zum Hotel zu bringen, erklärte er sich dazu bereit. Das war der Grund dafür, dass der Sicherheitsbeauftragte nicht sofort bemerkt hat, dass einer der Männer fehlte, sein Pass lag immer noch in der Rezeption. Als er das feststellte, rief er unverzüglich in der Hausmeisterwohnung an, wo ich schlief, weil ich Bereitschaftsdienst hatte. Ich bin sofort aufgestanden, und wir haben das gesamte Außengelände abgesucht, aber niemanden gefunden. In der Kontrollzentrale sahen wir dann gleich, dass der Botschafter vergessen hatte, die Sicherheitsanlage in der isländischen Botschaft wieder einzuschalten. Unsere Regeln besagen aber, dass wir die Gebäude nur dann betreten dürfen, wenn irgendwelche Warnsignale eingehen oder besondere Umstände vorliegen. Das war in der Nacht zum Montag nicht der Fall, deswegen beschloss ich, Herrn Ingason anzurufen, der hier ganz in der Nähe wohnt. Er ist auch seitens der isländischen Botschaft für die Kontakte zu den Sicherheitsbeauftragten zuständig, deswegen lag das eigentlich nahe. Herr Ingason traf um 3:27 Uhr per Taxi ein und ging ganz allein in die isländische Botschaft. Um 3:43 Uhr kam er wieder zu uns in die Rezeption und teilte uns mit, dass er den fehlenden Gast tot aufgefunden hatte. Ich fragte ihn, ob er ganz sicher sei, dass der Mann tot war, ob wir nicht doch einen Krankenwagen bestellen sollten, doch Herr Ingason erklärte, daran könne kein Zweifel bestehen. Daraufhin fragte ich ihn, ob er irgendwelche Anweisungen für uns hätte, und er antwortete mir, dass er beabsichtige, sich zunächst einmal unverzüglich mit den isländischen Behörden in Verbindung zu setzen. Die Telefonate wollte er in der isländischen Botschaft machen. Schließlich bat er mich noch darum, Konferenzzimmer im Felleshus zu reservieren und die Angestellten der isländischen Botschaft dorthin zu dirigieren, sobald sie zur Arbeit erscheinen würden. Dem ist dann nur noch hinzuzufügen, dass die Kamera, die den Zugang zur Tiefgarage der isländischen Botschaft überwacht, in der Zeit vom späten Freitagnachmittag bis gestern nach Mittag, als die Leiche abtransportiert wurde, keinerlei Bewegungen registriert hat. Das stimmt im Übrigen überein mit dem Sensor an der Tür. Ihm zufolge wurde sie nicht geöffnet.«

»Funktioniert der denn auch, wenn das System ausgeschaltet ist?«, fragte Gunnar.

»Ja. Wenn die Tür geöffnet wird, registriert er die präzise Zeit, doch es ertönen keine Warnsignale, wenn das System ausgeschaltet ist.«

»Könnte ein Fachmann die Tür öffnen, ohne dass der Sensor das meldet?«

Wolf schüttelte den Kopf. »Das wäre auf jeden Fall sehr

kompliziert. Der Hersteller behauptet sogar, dass es unmöglich ist.«

»Und was ist mit den anderen Botschaftsgebäuden? War da auch den ganzen Abend niemand?«

»Da waren ein paar wenige Leute unterwegs, aber niemand von denen hat sich der isländischen Botschaft genähert. Sie steht ein wenig abseits auf dem Grundstück. Wir haben die Aufzeichnungen von zwei Kameras, die den Eingang überwachen, und da sind nur die Leute, die ich vorhin erwähnte, hinein- beziehungsweise hinausgegangen.«

»Die Mordwaffe ist ein ziemlich großes Messer«, sagte Gunnar und zeigte Wolf die Schachtel. »Gibt es denn keine Kontrollen, damit solche Waffen nicht in die Botschaften gelangen können?«

»Die Waffenkontrolle ist unterschiedlich streng«, entgegnete Wolf. »Es gibt drei Sicherheitsstufen. Die höchste tritt in Kraft, wenn es politische Spannungen gibt oder wenn konkrete Drohungen vorliegen. Beispielsweise, wenn eine skandinavische Zeitung Karikaturen des Propheten Mohammed veröffentlicht oder so etwas. Dann wird zusätzlich eine externe Security-Firma hinzugezogen, und die Waffenkontrolle ist ähnlich wie bei den schärfsten Flughafenkontrollen. Die niedrigste Sicherheitsstufe gilt praktisch neunzig Prozent der Zeit, und so war es auch am Sonntag. In der doppelten Eingangstür zum Felleshus befindet sich ein Metalldetektor. Er reagiert nicht auf irgendwelche Münzen oder Handys in den Taschen von Gästen, sondern nur auf größere Objekte, beispielsweise Pistolen oder große Messer. Wenn die Anlage reagiert, öffnet sich die innere Tür nicht, und die Gäste werden gebeten zurückzubleiben. Der diensthabende Sicherheitsbeauftragte führt dann eine Leibesvisitation durch. Ich gehe davon aus, dass ein Messer wie dieses das System in Gang setzen würde, vielleicht testen wir das einfach nachher.«

Gunnar nickte und sagte: »Es deutet also alles darauf hin, dass der Mörder eine von den acht Personen war, die dort an der Party teilgenommen haben.«

»Alles andere ist wohl ausgeschlossen«, bestätigte Wolf ebenfalls nickend.

Gunnar wandte sich an Fischer. »Wenn Sie die Vollmacht gehabt hätten, den Fall zu untersuchen, hätten Sie doch sicher alle gestern Morgen vernommen, sie isoliert und intensiv befragt, nicht wahr?«, fragte er.

»Ja«, antwortete Fischer. »Es hätte sicherlich einige Zeit gedauert, bis wir fähige Dolmetscher bekommen hätten, aber wir hätten alles versucht, um uns sofort ein Bild vom Gang der Ereignisse zu machen.«

Gunnar nickte. »Stattdessen sind die Zeugen jetzt in alle Winde verstreut und haben außerdem genügend Zeit, um ihre Aussagen miteinander abzusprechen. Der Mörder ist auf freiem Fuß und zu allem fähig.«

»So ist es«, stimmte Fischer zu.

16:00

Botschafter Konráð Björnsson traf in der Botschaft ein, als Birkir und Anna in dem ihnen zur Verfügung gestellten Büroraum auf der ersten Etage gerade ihre Brote verspeisten. Der Botschafter war ein kleiner, korpulenter Mann, der das schüttere, graue Haar mit Brillantine zurückgekämmt hatte. Mit dem rechten Bein machte er auffällig kürzere Schritte und hinkte deswegen.

»Mahlzeit«, sagte er mit einer abwehrenden Geste, als Birkir das Sandwich hinlegen und ihm die Hand schütteln wollte. »Lasst euch nicht beim Essen stören«, fügte er jovial hinzu und ließ sich auf einem freien Stuhl nieder.

Birkir betrachtete den Botschafter, während er seine Mahlzeit beendete. Ihm war klar, in was für einem Zustand sich Konráð befand. So sah ein Mensch aus, der morgens unter den Folgen übermäßigen Alkoholgenusses litt, aber gleichzeitig so daran gewöhnt war, dass dies den Normalzustand darstellte. Das aufgedunsene Gesicht wies tiefe Falten auf. Dunkle Ringe lagen unter den Augen, die zwar gerötet waren, aber trotzdem wach und klar wirkten.

Birkirs Handy meldete sich. Es war Gunnar, der ihm mitteilte, dass der deutsche Kommissar ihnen Unterstützung bei der Tatortanalyse angeboten hatte. Anna war heilfroh, als sie das hörte. Sie hatte schon mehrere Tage Arbeit vor sich gesehen, mutterseelenallein in diesem Gebäude. Auch der Botschafter stimmte dem zu, nachdem Birkir ihm zu verstehen gegeben hatte, dass ansonsten die Botschaft mehrere Tage geschlossen bleiben müsste.

Anna legte das halbe Sandwich zurück auf den Teller und ging nach draußen, um zu rauchen. Birkir holte ein Diktafon aus seiner Tasche und sah den Botschafter an.

»Ist es in Ordnung, wenn ich unser Gespräch aufnehme?«, fragte er. »Es ist sehr wichtig, dass ich alles korrekt weitergeben kann.«

Der Botschafter nickte zustimmend. »Selbstverständlich ist das in Ordnung«, sagte er.

»Dann fang bitte damit an, was am Sonntag geschah«, sagte Birkir, nachdem er Informationen über Ort, Zeit und Gesprächspartner aufs Band gesprochen hatte.

»Wo genau soll ich anfangen?«

»Wann bist du an dem Tag in die Botschaft gekommen? Was war der Anlass?«

»Ich kam gegen halb drei ins Felleshus. Die Lesung meines Freundes Jón Sváfnisson begann um drei im großen Veranstaltungssaal. Vor Kurzem ist ein Band mit seinen Gedichten in deutscher Übersetzung erschienen, und er ist angereist, um das Buch zu präsentieren.«

»War diese Veranstaltung nur für geladene Gäste?«

»Nein, nein. Die Lesung war öffentlich, auf sie wurde auch in den Feuilletons von einigen Berliner Tageszeitungen hingewiesen. Außerdem hatten wir Isländer, die hier in Berlin leben, und zahlreiche deutsche Freunde Islands eingeladen. Und ich habe mich persönlich mit ein paar isländischen Gästen in der Stadt in Verbindung gesetzt und sie über die Lesung informiert. Jón kam ebenfalls mit ein paar Leuten, es waren insgesamt sechzig Zuhörer. Zuerst hat ein deutscher Schauspieler eine halbe Stunde gelesen, und nach einer kurzen Pause hat Jón dann eine weitere halbe Stunde gelesen, vielleicht sogar noch etwas länger.«

Konráð zog eine Grimasse. »Ehrlich gesagt, war es ein entsetzlich langweiliges Programm, aber in diesem Beruf muss man so einiges über sich ergehen lassen. Wir Diplomaten müssen über eine strapazierbare Blase verfügen und imstande sein, ein gerüttelt Maß an Langeweile über uns ergehen zu lassen, wenn wir überleben wollen.«

Der Botschafter griente, aber das Grinsen verschwand schnell von seinem Gesicht, als er merkte, dass Birkir das keineswegs amüsant fand. »In der Pause ging ich zu allen, die ich kannte, und lud sie nach der Lesung zu einem kleinen Empfang ein. Das waren etwa dreißig Leute. Sie warteten mit mir im Foyer, während der Dichter einige Bücher signierte, und anschließend begaben wir uns in die obere Etage, wo Getränke und Canapés angeboten wurden. So nach und nach verzogen sich die Gäste, und um sechs waren dann nur noch acht übrig. Bis sechs hatte ich die Bedienung im Felleshus gebucht. Ich hatte aber noch persönliche Gespräche mit einigen aus der Gruppe zu führen, deswegen beschloss ich, mit ihnen in die Botschaft zu gehen. Du hast die Gästeliste, nicht wahr?«

Birkir nickte.

»Bald meldete sich aber bei einigen der Hunger, deswegen habe ich Essen aus einem asiatischen Restaurant bestellt, und wir haben im Konferenzraum gegessen.«

»Weshalb hast du sie nicht in die Residenz eingeladen?«, fragte Birkir.

Konráð lächelte schwach. »Das hätte ich unter normalen Umständen auch getan, aber zur Zeit sind meine Schwiegereltern zu Besuch in Berlin. Es ist nicht schön, so etwas zu sagen, aber die alten Leutchen meckern an allem herum und sind so ermüdend, dass man Gästen das Zusammensein mit ihnen einfach nicht zumuten kann.«

»Ist es so schlimm?«, fragte Birkir.

»Es geht hauptsächlich darum, dass die beiden sich in der Gesellschaft von Leuten, die Alkohol trinken, sehr unwohl fühlen«, sagte Konráð. »Und ich kann sie doch nicht einfach ins Bett schicken, wenn wir Gäste haben«, fügte er hinzu.

Birkir zog die Augenbrauen hoch. »Weshalb hast du die Gäste nicht in ein Restaurant eingeladen?«, fragte er.

»Das hätte ich gewiss getan, wenn da nicht mein Freund Jón Sváfnisson gewesen wäre, der Sonnendichter«, antwortete der Botschafter geduldig. »Der hat nämlich die leidige Angewohnheit, andere unentwegt mit Gedichten bombardieren zu müssen, und dabei stellt er sich nicht selten auch auf Stühle und Tische. In Gesellschaft dieses reizenden Menschen ist es mir zweimal passiert, dass ich aus einem Lokal rausgeworfen wurde. Nein, es war eine reiflich überlegte und vernünftige Entscheidung, in der Botschaft zu bleiben. Es hätte nur ein einziges Zimmer gereinigt werden müssen, und dafür haben wir Personal.«

»Aber ihr wart auch noch anderswo im Haus, nicht wahr?«

»Ja, wie ich dir bereits sagte, wollte ich Gespräche mit einigen Leuten aus dieser Gruppe führen, und das tat ich in meinem Büro im dritten Stock. Außerdem brauchten wir Geschirr und Besteck aus dem Kaffeeraum im zweiten Stock. Einige haben auch die Toiletten in den oberen Stockwerken benutzt, wenn die auf der ersten Etage besetzt war.«

»Mit welchen Leuten hast du Gespräche geführt?«

»Zunächst mit Helgi Kárason, dem Keramik-Künstler, und mit seinem Ausstellungsleiter Lúðvík Bjarnason. Der große Ausstellungssaal ist im neuen Jahr einige Wochen für ihn reserviert, und sie haben ihn sich angeschaut. In unserer Besprechung ging es um die Beteiligung der Botschaft an der Ausstellung, um die praktische Ausführung kümmern sich meine Mitarbeiter. Eigentlich ist Arngrímur Ingason, mein Botschaftsrat, dafür zuständig, und er hätte diese Leute treffen sollen, aber er war wegen dienstlicher Verpflichtungen verhindert.«

»Weshalb fand die Besprechung an einem Sonntag statt?«, fragte Birkir.

»Das passte einfach gut, weil die beiden zu der Lesung kommen wollten. Es war bereits lange vorher so vereinbart worden.«

»Und die anderen Besprechungen, waren die ebenfalls vorher vereinbart?«

»Nein, das war mehr ein Gedankenaustausch in Fortsetzung des Empfangs. Ich habe mich mit dem Sonnendichter und seinem Begleiter über die Buchmesse in Frankfurt unterhalten. Sie wollten, dass ich dorthin komme, um bei einer Einladung anlässlich der Herausgabe seines Buchs anwesend zu sein, wahrscheinlich mit dem Hintergedanken, dass ich die Kosten dafür übernehmen sollte. Die letzte Besprechung war kurz, ich habe den Modedesigner Unnar Mathieu mit dem verstorbenen Anton Eiríksson bekannt gemacht.

Anton besaß hervorragende Kontakte im Fernen Osten, die nicht zuletzt auch Textilherstellern zugutegekommen sind. Er stellt Kontakte zu soliden und billigen Fabrikanten her, und so etwas kann sich heutzutage bezahlt machen, weil ja überall Kapital fehlt. Unnars Begleiter Starkaður war auch dabei.«

»Blieb Anton dann in deinem Büro zurück?«

»Ich ließ die drei in meinem Büro zurück, damit sie über diese geschäftlichen Dinge sprechen konnten. Kurze Zeit später kamen alle drei nach unten. Anton hat mit uns gegessen, und ich weiß nicht, wann er wieder nach oben gegangen ist. Er hat mich zwei- oder dreimal gefragt, ob er von meinem Büro aus telefonieren dürfte, vermutlich hat er das aber noch öfter getan. Da war wohl in anderen Teilen der Welt ein neuer Arbeitstag angebrochen. Das letzte Mal ist er wahrscheinlich hochgegangen, kurz bevor wir das Gebäude verlassen haben.«

»Du weißt also nicht, wer als Letzter mit ihm in deinem Büro war?«

»Nein, verdammt, das weiß ich nicht. Ich zerbreche mir seitdem unentwegt den Kopf darüber, aber ich kriege das nicht auf die Reihe.«

»Hast du eine Erklärung dafür, wieso du nicht bemerkt hast, dass Anton noch drinnen war, als ihr das Haus verlassen habt?«

»Man sollte ja nicht schlecht über seine Frau sprechen, aber unter uns gesagt, Hulda hat ein wenig die Aufmerksamkeit auf sich gezogen, nachdem sie zu uns gestoßen war. Sie kann manchmal ziemlich zickig zu mir sein, wenn ich es mit ein paar netten Leuten gemütlich haben will. Als die Gäste aufbrechen wollten, habe ich den Wachmann am Eingang gebeten, drei Taxis zu bestellen. Ich war der Meinung, dass Anton mit der ersten Gruppe gegangen war, und mir ist nichts Ungewöhnliches aufgefallen, als wir das Haus verließen. Ich meine sogar, irgendjemand hätte gesagt, er sei schon weg, aber ich kann mich nicht erinnern, wer das war. Hulda und ich haben gemeinsam mit vier Gästen das Felleshus verlassen.«

»Bist du dir sicher, dass du dich nicht erinnern kannst, wer dir gesagt hat, dass Anton bereits weg war?«, fragte Birkir. »Das könnte außerordentlich wichtig sein.«

Konráð schüttelte den Kopf. »Ich weiß, dass es wichtig ist«, sagte er, »aber ich bin mir nicht mal hundertprozentig sicher, ob es tatsächlich so war. Vielleicht kam es mir nur so vor, als sei er mit Unnar und Starkaður gegangen.«

»Und der Sicherheitsbeauftragte hat auch nicht gemerkt, dass einer der Gäste fehlte, als ihr hinausgingt?«

»Nein, aber der Mann ist entschuldigt. Der Sonnendichter war etwas schwierig. Er hatte seinen Gästeausweis verloren, und ich musste für ihn bürgen, damit er seinen Reisepass wiederbekam. Dann hat er den Taxifahrer beleidigt, und der Wachmann musste das in Ordnung bringen, denn meine Frau und ich waren bereits in einem anderen Taxi losgefahren. Der leitende Mann vom Sicherheitsstab hat mir das gestern erklärt.«

»Woher kanntest du Anton?«

»Er unterstützt mich seit dreißig Jahren in der Politik, wir sind gut miteinander bekannt. Er stammte ursprünglich aus meinem Wahlkreis, und in alten Zeiten war er ein guter Stimmenfänger. Nachdem er ins Auslandsgeschäft eingestiegen war, ließ er es dabei bewenden, Geld für die Parteikasse zu spenden. Ich habe ihn manchmal mit aussichtsreichen Geschäftspartnern zusammengebracht. Ich denke, es hatte durchaus einige geschäftliche Vorteile für ihn, dass er mich kannte.«

»Was waren das für Geschäfte?«

»Anton kannte sich hervorragend in Asien aus, und begann schon relativ früh damit, sich auf seinen Reisen diverse Produktionsstätten anzusehen. Er war sehr geschickt darin, Entrepreneuren dabei behilflich zu sein, Waren dort günstig und gut herstellen zu lassen. Viele wenden sich an ihn.«

»Entrepreneuren?«

»Ja genau, so nennt man sie. Unternehmer. Tüchtige Männer mit guten Ideen. Ein Mann mit erstklassigen Verbindungen und Kenntnissen der Landeskultur kann da sehr nützlich sein. Es war sogar schon die Rede davon, Anton irgendwo in Asien zum Botschafter zu machen, doch der Minister war wegen irgendwelcher Klatschgeschichten zögerlich.«

»Klatschgeschichten?«

»Darüber weiß ich praktisch nichts.«

»Hatte Anton keine Familie?«

»Er war unverheiratet und hatte keine Kinder.«

»Und um diese Geschäfte kümmerte er sich ganz allein?«

»Ja, aber er hatte einen Assistenten, der mit ihm reiste.«

»Dieser Assistent war vorgestern nicht mit ihm in der Botschaft?«

»Nein. Und Anton kam auch erst nach der Lesung, und zwar allein.«

»Hat sich dieser Assistent bei dir gemeldet?«

»Ja, er rief gestern an, weil Anton nicht in das Hotel zurückgekehrt war, in dem sie untergebracht waren. Arngrímur hat ihn über Antons Tod informiert und sich seinen Namen notiert. Der Mann willigte ein, im Hotel zu bleiben, bis sich die Polizei mit ihm in Verbindung setzen würde. Arngrímur hat Namen und Telefonnummer.«

»Wer wusste überhaupt davon, dass Anton hier sein würde?«

»Keine Ahnung. Ich wusste es ja auch erst kurz vor der Lesung, als Anton anrief und mich zum Essen einladen wollte. Er sagte, dass er unerwarteterweise für eine Nacht in Berlin sei und mich treffen wolle. Daraufhin bat ich ihn, in die Botschaft zu kommen, und das tat er.«

»Der Mörder muss also auf anderem Wege herausgefunden haben, dass Anton in der Botschaft sein würde?«

Der Botschafter zögerte. »Ja, falls er es denn vorher gewusst hat«, sagte er schließlich.

»Das muss er gewusst haben, sonst hätte er ja nicht diese Waffe dabeigehabt. Oder kann er sie hier drinnen gefunden haben?«

»Nein«, erklärte Konráð und schüttelte energisch den Kopf. »Soweit ich weiß, war das ein Jagdmesser.«

»Welchem von deinen Gästen würdest du am ehesten zutrauen, ein solches Messer bei sich zu tragen?«

»Da habe ich wirklich keine Ahnung.«

»Und ein solches Messer befand sich ganz sicher nicht irgendwo in einer Schreibtischschublade bei dir?«

»Nein.«

16:50

Arngrímur, Gunnar und Tobias Fischer standen vor dem Felleshus, um den Wagen mit den Mitarbeitern vom Berliner Erkennungsdienst in Empfang zu nehmen. Arngrímur ging mit ihnen zur Einfahrt in die Tiefgarage und öffnete das Tor mit einer Fernbedienung. Das Auto fuhr langsam die Rampe hinunter, und die drei Männer folgten zu Fuß. Arngrímur zeigte ihnen den Aufgang zur isländischen Botschaft hinten in einer Ecke. Es ging viel schneller, die Ausrüstung auf diesem Weg ins Haus zu befördern, statt sie durch das Felleshus und über die Plaza zu schleppen. Auf diesem Wege war am

Tag zuvor auch die Leiche aus dem Botschaftsgebäude abtransportiert worden.

»Ich nehme an, dass die Leute vom Sicherheitsdienst alle Kontrolleinrichtungen hier am Kellereingang von einem Experten haben überprüfen lassen.«

»Ich werde mich darum kümmern«, sagte Arngrímur und öffnete die Tür zum Keller der Botschaft.

Vier weiß gekleidete Angehörige des Erkennungsdienstes stiegen aus dem Auto, und holten die Taschen mit ihrer Ausrüstung aus dem Wagen, während Fischer etwas auf seinen Notizblock schrieb. Er riss das Blatt ab und reichte es Gunnar.

»Hier sind die Namen meiner vier Kollegen«, sagte er und fügte hinzu: »Nur der Form halber.«

Gunnar nahm das Blatt entgegen und begrüßte alle mit Handschlag.

»Vielen Dank, dass Sie uns bei der Ermittlung unterstützen«, sagte er.

Die Männer trugen die Taschen in den Aufzug und fuhren damit in den dritten Stock, wo Anna sie erwartete, ebenfalls in einen weißen Tyvek-Anzug gekleidet.

»Hallo«, sagte sie hustend.

Gunnar hörte, wie der Jüngste von ihnen zu seinem Kollegen sagte: »Der hat wohl seine Oma mitgebracht.«

Fischer schien das ebenfalls gehört zu haben, denn er hielt den jungen Mann am Arm zurück und sagte leise: »Keine Respektlosigkeiten bitte. Es sind Kollegen von euch.«

Der junge Mann wurde rot. Dann nickte er und flüsterte: »Entschuldigung, Herr Fischer.«

Gunnar stellte Anna den Männern vor. »Sie wird eure Arbeit mitverfolgen und alle Proben mit ihrer Unterschrift bestätigen«, sagte er dann. »Ich stehe zur Verfügung, wenn etwas übersetzt werden muss.«

Tobias Fischer wandte sich an Gunnar und sagte: »Im Augenblick habe ich hier wohl nichts mehr verloren. Sie melden sich, falls Sie mich brauchen.«

Er schrieb eine Telefonnummer auf seine Visitenkarte und reichte sie Gunnar. »Hier haben Sie alle Informationen und auch meine Privatnummer.«

»Vielen Dank für Ihre Hilfe«, sagte Gunnar.

»Wollen Sie abgesehen von der Ermittlung hier in Berlin auch etwas unternehmen?«, fragte Fischer lächelnd.

Gunnar überlegte kurz und sagte schließlich: »Ich möchte in den Tiergarten.«

»In den Zoo? Gibt's dafür einen besonderen Grund?«

»Ich hab noch nie einen Elefanten gesehen.«

Fischer lachte. »Ach so«, sagte er. »Meine Tochter arbeitet im Aquarium. Heute ist übrigens der letzte Tag, an dem noch die Sommeröffnungszeit bis 18:30 Uhr gilt. Vielleicht schaffen Sie es heute noch, einen Elefanten zu sehen. Ab morgen ist dann von 9:00 Uhr bis 17:30 Uhr geöffnet. Ich weiß die Zeiten so genau, weil ich meine Tochter manchmal von der Arbeit abhole.«

Gunnar warf einen Blick auf seine Uhr und sagte: »Ich denke, dann mach ich das doch lieber erst morgen. Ich möchte mir aber auf jeden Fall heute Abend ein leckeres Schnitzel genehmigen. Wissen Sie, wo man das bekommt?«

»Gute Idee«, sagte Fischer. »Ein ordentliches Wiener Schnitzel bekommt man beispielsweise im Mövenpick Restaurant im Europa-Center. Das ist ganz leicht zu finden. Von den Fenstertischen hat man einen tollen Blick auf den Breitscheidplatz und den Kurfürstendamm.«

Gunnar folgte Fischer hinunter ins Foyer des Gemeinschaftshauses, wo sie sich verabschiedeten.

»Lasst mich wissen, wenn ihr den Mörder gefunden habt«, sagte Fischer und schüttelte Gunnar zum Abschied die Hand.

»Na klar«, sagte Gunnar. Er schloss die Tür hinter Fischer und wandte sich Birkir zu, der gerade die Treppe herunterkam. Es war Zeit für einen Informationsaustausch.

17:10

Birkir erhielt von Arngrímur den Namen und die Telefonnummer von Anton Eiríkssons Assistenten. Nach der Besprechung mit Gunnar wählte er die Handynummer. Der Mann meldete sich gleich, und sie verabredeten sich im Hotel. Birkir ließ sich vom Botschaftsfahrer dorthin bringen. Obwohl es ganz in der Nähe lag, brauchten sie mehr als zehn Minuten bis dorthin, die wegen des dichten Berufsverkehrs mit dem Warten vor Ampeln draufgingen.

Als Birkir in der Lobby des Hotels eintraf, wählte er erneut die Handynummer: »Birkir Li Hinriksson. Ich bin im Hotel.«

»Ich sehe dich«, war die Antwort.

Ein muskulöser, gedrungener Mann, der auf die vierzig zuging, erhob sich aus einem Sofa in der Hotelbar und kam auf Birkir zu.

»Bist du von der isländischen Kriminalpolizei?«, fragte er etwas verblüfft. Er hatte eine tiefe Stimme, war kahl geschoren, und seine Gesichtszüge verrieten Härte.

»Allerdings«, sagte Birkir und stellte sich noch einmal vor.

»Búi Rútsson«, sagte der andere und sah Birkir forschend an. »China?«, fragte er.

»Vietnam«, antwortete Birkir.

»Aber mit chinesischem Hintergrund?«

»Wahrscheinlich.«

»Aha.«

»Hast du den Schlüssel zu Antons Zimmer?«, fragte Birkir.

»Ja. Unsere Zimmer liegen nebeneinander, und es gibt eine Verbindungstür. Ich habe den Schlüssel dazu.«

»Gehen wir dann einfach aufs Zimmer«, sagte Birkir. »Ich nehme Antons Gepäck mit, wenn ich nachher gehe.«

»Ich verstehe.«

Búi ging mit Birkir zum Lift und drückte auf den Knopf für die vierte Etage. Am Ende eines langen Korridors öffnete Búi mit einer Karte die Tür zu einem gut ausgestatteten Zimmer, aus dem sie durch eine Zwischentür ins Nebenzimmer gelangten.

»Das ist Antons Zimmer«, erklärte Búi. Auf dem Bett lag ein geöffneter Koffer mit Kleidung und daneben ein ebenfalls geöffneter Aktenkoffer mit zahlreichen Unterlagen.

»Ich habe schon alles gepackt, und ich werde das Hotel gleich nachher verlassen. Gut, dass du dich um Antons Besitztümer kümmern willst, dann brauche ich mich nicht damit abzuschleppen.«

Birkir deutete auf zwei Sessel, die an einem niedrigen Tisch standen, und sie setzten sich. Birkir zog das Diktafon aus der Tasche und schaltete es ein.

»Dienstag, dreizehnter Oktober, siebzehn Uhr vierzig. Birkir Li Hinriksson spricht mit Búi Rútsson«, sagte Birkir ins Mikrofon. »Bist du damit einverstanden, dass ich unser Gespräch aufzeichne?«

»Ja, ich bin einverstanden«, antwortete Búi.

»Name?«

»Búi Rútsson, wie du gesagt hast.«

»Was für eine Verbindung hattest du zu Anton Eiríksson?«

»Ich habe für ihn gearbeitet.«

»In welcher Funktion?«

»Als Bodyguard.«

»Du meinst Leibwächter?«

»Ja.«

»Sonst nichts?«

Búis Antwort kam etwas zögernd. »Es ist mehr als genug Arbeit für eine Person, sich um das Sicherheitsprofil bei einem Geschäftsmann wie Anton zu kümmern. Er bereiste viele Länder.«

Birkirs Augenbrauen hoben sich. »Keine anderen Aufgaben?«, fragte er.

Búi zuckte die Achseln. »Das konnte vorkommen, wenn wir in einem sicheren Hotel waren«, sagte er. »Ich habe beispielsweise Telefondienst gemacht, wenn Anton beschäftigt war. Manchmal habe ich auch Flüge und Hotels gebucht. Außerdem war ich dafür zuständig, alles mit dem Dienstpersonal in den Hotels zu regeln, und ich habe dafür gesorgt, dass seine Sachen in die Reinigung oder in die Wäscherei kamen. All diese praktischen Dinge, die dazugehören, wenn man länger auf Reisen ist. Auf solchen Geschäftsreisen musste ich praktisch vierundzwanzig Stunden einsatzbereit sein.«

»Fühlte Anton sich bedroht?«

»Er kam weit herum und besuchte Orte, die nicht sicher waren.«

»Hatte er ein festes Zuhause?«

»Eine möblierte Mietwohnung in London.«

Búi griff in seine Jackentasche und zog eine Visitenkarte heraus. »Da ist die Anschrift«, sagte er. »Seine Firma ist ebenfalls unter dieser Adresse registriert«, fügte er hinzu.

Birkir stand auf und ging zum Bett, um den Aktenkoffer zu untersuchen. Ein Schlüsselbund mit einigen Schlüsseln war an einer Kette auf dem Boden des Koffers befestigt.

»Hatte er auch eine Wohnung in Island?«, fragte Birkir.

»Ich glaube nicht«, antwortete Búi. »Ich bin nie mit ihm

nach Island gefahren. Wenn er dorthin flog, bekam ich immer frei. Ich nehme an, dass er in einem Hotel gewohnt hat, wenn er in Reykjavík war.«

»Wo lebst du?«

»Ich besitze eine Wohnung in Spanien. Wenn ich frei habe, bin ich dort. Ich habe für morgen einen Flug nach Barcelona gebucht. Es dürfte wohl ein längerer Urlaub werden.«

»Besitzt du einen Schlüssel zu Antons Londoner Wohnung?«

»Ja.«

»Ich muss dich darum bitten, mir diesen Schlüssel auszuhändigen.«

Búi griff achselzuckend in seine Jackentasche. »Ich habe noch Klamotten und ein paar andere Dinge in der Wohnung, aber die kann ich später holen«, sagte er, während er den Schlüssel vom Ring klaubte und Birkir reichte.

»Wann hast du angefangen, für Anton zu arbeiten?«

»Vor drei Jahren.«

»Was hast du vorher gemacht?«

»Ich war zwei Jahre Polizist in Reykjavík, und dann habe ich in den USA eine Ausbildung als Personenschützer gemacht. Anschließend arbeitete ich für eine Firma, die Leute in die ganze Welt schickt, um Überwachungsaufträge auszuführen. Als sich Anton mit mir in Verbindung setzte und mir eine feste Stelle anbot, habe ich zugeschlagen. Das war besser als der Irak oder Afghanistan.«

»Weißt du von jemandem, der Anton nach dem Leben trachtete?«

Búi zuckte wieder mit den Achseln. »Er war ein gerissener Zeitgenosse und hat geschäftlich bestimmt manchen übers Ohr gehauen. Ich wüsste aber von niemandem, der ein Interesse daran gehabt hätte, ihn hierher nach Berlin zu verfolgen. Das mag eine falsche Einschätzung gewesen sein.«

»Du hast gesagt, dass du auf Reisen rund um die Uhr im Einsatz warst. Weshalb warst du am Sonntagabend nicht bei ihm?«

Búi zögerte. Ihm war anzusehen, dass ihm die Frage unangenehm war. »Ich bekomme manchmal frei, wenn Anton in einem sicheren Haus zu Gast ist«, sagte er. »Wir waren davon ausgegangen, dass die Botschaft sicher ist. Das war eindeutig ein Fehler. Wird nicht gut aussehen in meiner CV.«

»Was hast du selber am Sonntag gemacht?«

»Ich bin im Taxi mit Anton zur Botschaft gefahren und habe ihn bis ins Gebäude begleitet, während der Taxifahrer draußen wartete. Beim Eingang trennten sich unsere Wege.«

»Was hast du anschließend gemacht?«

»Ich bin in einen Puff gegangen.«

Birkir war ein wenig verblüfft über Búis Direktheit. »Kann das jemand bestätigen?«, fragte er.

Búi grinste spöttisch. »Keine Ahnung, wo ich war. Ich hab dem Taxifahrer nur gesagt, was für Bedürfnisse ich hätte, und er hat mich irgendwohin gefahren. Als ich meinen Service bekommen hatte, ließ ich den Türsteher ein Taxi für mich bestellen und fuhr zurück ins Hotel. Es könnte ziemlich kompliziert sein, das Etablissement zu finden. Ich hab mir nicht gemerkt, wo es war.«

»Wer wusste davon, dass Anton in die Botschaft wollte?«

»Davon wusste niemand. Das war eine spontane Aktion.«

»Wie meinst du das?«

»Wir kamen aus Djakarta und trafen spät am Samstagabend in Berlin ein. Am Sonntag sollte es um zwei Uhr nach Hamburg weitergehen, doch sonntagmorgens um elf wurde das Treffen in Hamburg telefonisch gecancelt. Anton ließ mich den Flug stornieren und führte in den folgenden Stunden mehrere Telefongespräche. Dann fiel ihm ein, dass er den Botschafter abends zum Essen einladen könnte. Konráð ist meist zu allem bereit, aber diesmal schien er dienstliche Verpflichtungen zu haben und schlug deswegen vor, dass Anton in die Botschaft käme. Da erst entschloss sich Anton zu diesem Besuch in der Botschaft, und wir haben ein Taxi bestellt.«

»Es wusste also niemand, dass er hier in Berlin war?«

»Wohl kaum. Anton hat seine Reisepläne nie an die große Glocke gehängt. Sogar ich erfuhr manchmal erst vom nächsten Reiseziel, wenn die Flüge gebucht wurden.«

»Was hatte Anton am Montag vor?«

»Zur nächsten Besprechung fliegen, nach Paris oder London, glaube ich. Entweder stand das noch nicht fest, oder er hat es mir einfach nicht gesagt.«

»Wäre Anton ohne dich mit dem Botschafter in ein Restaurant gegangen?«

»Nein. Er hätte mich angerufen, und ich wäre ihnen gefolgt. Mein Handy ist immer an, auch wenn ich frei habe. Einige von den besseren Restaurants hier in der Stadt sind daran gewöhnt, dass Gäste mit Bodyguards kommen. Da gibt es sogar Extratische für unsereins, von wo aus man alles im Blick hat. Die Oberkellner sind dafür zuständig, das scheint ziemlich lukrativ für sie zu sein.«

»Trägst du bei deiner Arbeit Waffen?«

»Das ist Berufsgeheimnis. Ich besitze allerdings diverse Waffenscheine.«

»Hatte Anton Familie in Island?«

»Nein. Seine Eltern sind tot, er hat keine Geschwister, und über seine restlichen Anverwandten sprach er immer sehr schlecht. Es gibt ein Testament.«

»Erbst du etwas?«

»Nein«, antwortete Búi grinsend. »Anton hat mir unmissverständlich klargemacht, dass ich keinen Cent bekommen würde, sollte er abkratzen. Er sagte, meine Aufmerksamkeit könnte nachlassen, wenn ich mir Hoffnung auf eine Erbschaft machte.«

»Hatte er recht damit?«

»Man kann nie wissen.«

»Weißt du, wer die Erben sind?«

Búi zuckte mit den Achseln. »Er hat manchmal darüber gesprochen, dass sein Besitz an Waisenkinder in Indonesien gehen sollte.«

»Was für eine schöne Geste von ihm«, bemerkte Birkir in abschätzigem Ton.

Búi lächelte schwach. »Ja, man kann sagen, dass Anton ein Kinderfreund war.«

»Wir wissen, dass Anton pädophil war. Wie ist er an diese Kinder herangekommen?«

Birkir stellte diese Frage so beiläufig, als handele es sich um eine ganz normale Fortsetzung der bereits gestellten Fragen, und einen Augenblick lang hatte es den Anschein, als sei Búi bereit, darauf zu antworten, doch dann sog er scharf die Luft ein.

»Ich weiß nicht, wovon du redest«, sagte er.

»Du kannst auspacken, der Mann ist tot. Du bist ihm keine Loyalität mehr schuldig.«

Búi schwieg.

»Sind die Interessen bei dir vielleicht ähnlich gelagert?«, fragte Birkir. »Müssen wir uns dahinterklemmen?«

»Ich kaufe nur erwachsene Frauen, die wissen, was Sache ist«, erklärte Búi. »Prostitution ist ein legales Gewerbe in Berlin.«

»Das kann sein«, entgegnete Birkir und fragte dann: »Ist es denkbar, dass Antons sexuelle Präferenzen etwas mit seinem Tod zu tun haben?«

Búi schüttelte den Kopf. »Ich habe keine Ahnung, wovon du redest. Dieses Gespräch ist beendet.«

Er stand auf, ging in das angrenzende Zimmer, machte die Tür hinter sich zu und schloss ab.

17:15

Die Mitarbeiter des deutschen Erkennungsdienstes nahmen unverzüglich ihre Arbeit im dritten Stock der isländischen Botschaft auf. Man hatte vereinbart, sich auf diesen Bereich zu konzentrieren, den Flur, die Toilette und das Büro des Botschafters, ebenso wie den Treppenaufgang zum zweiten Stock und die Aufzugkabine. Spurensicherungspulver wurde auf sämtliche Stellen gepinselt, die von jemandem hätten berührt werden können, dunkles Pulver auf helle Flächen und helles Pulver auf dunkle Flächen. Jeder Fingerabdruck wurde fotografiert und anschließend mit durchsichtiger Klebefolie abgezogen und auf einem Stück Pappe befestigt. Sämtliche Flächen wurden mit einer Speziallampe auf mögliche Blutflecke hin untersucht. Fußböden und Mobiliar wurden systematisch abgesaugt, wobei sich alles lose Material in den Filtern sammelte, die sorgfältig in Schachteln verpackt und beschriftet wurden.

Der Botschafter hatte bestätigt, dass sämtliche Gäste im Lauf des Abends und der Nacht irgendwann einmal oben in seinem Büro gewesen waren, also würden ihre Fingerabdrücke nur in eingeschränktem Maße Beweiskraft haben. Es war jedoch denkbar, dass man von ihrer Position und Beschaffenheit her Rückschlüsse auf den Gang der Ereignisse ziehen konnte. Die meisten Abdrücke stammten aber vermutlich von Botschaftsangehörigen oder anderen Besuchern, so dass es schwierig werden konnte, ein Gesamtbild zu erstellen. Auf jeden Fall ging es darum, den Tatort jetzt mit aller Gründlichkeit zu untersuchen, zu einem späteren Zeitpunkt würde das nicht mehr möglich sein. Es galt abzuwarten, ob sich daraus verwertbare Indizien ergeben würden.

Anna hatte nicht viel zu tun. Sie beobachtete die Deutschen bei ihrer Arbeit, setzte ihre Initialen unter sämtliche beschrifteten Proben und ging in regelmäßigen Abständen nach draußen, um zu rauchen.

Die Aufmerksamkeit konzentrierte sich auf das Büro des Botschafters. Der ausladende Schreibtischstuhl war beim Abtransport der Leiche etwas verrückt worden, aber auf dem Fußboden befanden sich weiße Kreidemarkierungen, die präzise anzeigten, wo der Stuhl am gestrigen Morgen gestanden hatte. Auf dieselbe Weise hatte man die Position der Füße auf dem Parkettboden gekennzeichnet. Eine bräunliche Schicht auf dem Boden zeigte die Konturen der Blutlache an. Was auf dem Boden gelegen hatte, war zwar von den Leuten, die die Leiche weggeschafft hatten, entfernt worden, aber sie hatten nicht den Fußboden geputzt, das gehörte nicht zu ihren Aufgaben. Auf dem Schreibtisch lag eine weiße Tüte mit einem beschrifteten Zettel. Darin befand sich eine große Zigarre, die aber nur zu einem kleinen Teil geraucht war. Der Hörer des Telefons lag nicht auf der Gabel, sondern hing an der Strippe fast bis zum Boden hinunter.

Der Leiter des deutschen Teams bearbeitete den Schreibtisch und den Stuhl mit extremer Sorgfalt. Er fand jede Menge Fingerabdrücke. Zum Schluss konzentrierte er sich auf einen auffälligen Handabdruck an der Tischkante beim Stuhl. Er demonstrierte Anna, dass sich da möglicherweise jemand mit der linken Hand aufgestützt und mit der rechten zugestochen haben konnte. Einer seiner Mitarbeiter fotografierte ihn in dieser Stellung. Der Handflächenabdruck war sehr deutlich und würde für einen Vergleich ausreichen.

In einer Ecke des Zimmers befand sich eine Sitzgruppe, bestehend aus einem Sofa, zwei Sesseln und einem niedrigen Couchtisch, auf dem zwei große Kerzenleuchter standen. Nach Annas Einschätzung waren sie mindestens fünfzig Zentimeter hoch. Die eine Kerze war ziemlich heruntergebrannt, die andere dagegen war angezündet und kurze Zeit später wieder gelöscht worden. Der Docht war schwarz, aber viel Wachs war nicht geschmolzen.

Anna beobachtete die Versuche eines der Teammitglieder, Spurensicherungspulver auf die Kerzenleuchter aufzutragen. Einige Münzen auf dem Tisch erregten ihre Aufmerksamkeit, ebenso wie Bruchstücke von einem weißen Material, das eher wie Gips als wie gebrannter Ton aussah. Der Mann vom Erkennungsdienst deutete darauf, und Anna nickte. Er sammelte die Münzen vorsichtig mit einer Pinzette auf und steckte sie in einen Umschlag, den er beschriftete. Anna zeichnete mit AÞ gegen. Auf die gleiche Weise verfuhr er mit den Gipsbröckchen.

Die Glasur des Leuchters wies alle möglichen Handabdrücke auf, doch der Mann hatte Probleme, komplette Abdrücke zu finden, die er sicherstellen konnte. Zum Schluss sah er achselzuckend zu Anna hinüber, und sie nickte. Das würde nichts bringen, und es war ohnehin unsicher, ob es Zusammenhänge gab.

Mit behandschuhter Hand griff sie vorsichtig nach dem Leuchter, in dem die Kerze länger gebrannt hatte, hielt ihn hoch und besah sich den Boden. In die gipsartige Bodenfüllung waren groß und grob die Buchstaben HK eingeritzt worden.

»Hallo«, sagte sie, um die Aufmerksamkeit des Technikers auf sich zu ziehen, der sich anderen Dingen zugewandt hatte. Als er zu ihr hinübersah, bedeutete sie ihm mit der freien Hand pantomimisch, Aufnahmen zu machen. Der

Mann nickte und machte einige Fotos von dem Leuchter, den Anna in alle Richtungen drehte. Schließlich stellte sie ihn wieder auf den Tisch und nahm den anderen Leuchter hoch. Als sie ihn umdrehte und sich den Boden besah, stellte sie fest, dass die Füllung herausgebrochen war. Ein großes Loch hatte sich gebildet, der Kerzenleuchter war von innen hohl.

»Það er nefnilega það«, sagte Anna.

»Wie bitte?«

Anna lächelte und schüttelte den Kopf, deutete dann auf den Zollstock in der Tasche des Mannes und steckte den Finger in das Loch im Boden des Kerzenständers.

Der Deutsche verstand die Bewegung, nahm den Zollstock und steckte ihn, so weit es ging, in den Leuchter. Sie sahen beide auf das Ergebnis, einunddreißig Zentimeter.

Anna holte Gunnar und den Botschafter nach oben und bat sie, sich den Kerzenleuchter anzusehen.

Konráð erklärte ihnen, weshalb sie dort auf dem Tisch standen. »Das sind Exponate für die Ausstellung im Januar. Helgi hat sie vorausgeschickt, damit sie im Zuge der Vorbereitungen für die Ausstellung verwendet werden können. Die Kiste kam vor einem halben Monat hier an, und wir haben die Leuchter gleich ausgepackt. Seitdem stehen sie dort. Der Ausstellungsleiter hat ein Foto von Helgi und mir und diesen Objekten gemacht, das er an die Presse in Island weiterleiten wollte.«

Anna zeigte ihnen den Leuchter mit dem offenen Boden. »Ist es denkbar, dass das Messer hier drin versteckt war?«, fragte sie Gunnar und Konráð. »Platz ist genug.«

»Aber wozu denn, zum Kuckuck?«, fragte Konráð.

»Zu der Tat, die damit verübt wurde«, sagte Anna.

»Ja, aber es konnte doch niemand im Voraus wissen, dass Anton in Berlin sein würde«, wandte Konráð ein.

»Anscheinend muss es aber jemand gewusst haben«, sagte Gunnar.

Anna zeigte ihnen die Münzen und die Gipsbröckchen, die der Mann vom Erkennungsdienst eingesammelt hatte, und erklärte ihnen, wo sie sie gefunden hatte. »Derjenige, der diese Münzen hier auf dem Tisch aufgestapelt hat, konnte den Boden des Leuchters durchstoßen, indem er ihn hochhob und auf die Münzen niedergehen ließ.«

»Helgi wird eine Erklärung dafür haben«, sagte Konráð. »Als wir hier am Tisch saßen, waren da nur die beiden Kerzenleuchter.«

»Die nehmen wir mit nach Island«, sagte Gunnar. »Helgi ist aller Wahrscheinlichkeit nach auf dem Weg dorthin, und wir werden mit ihm reden, wenn wir wieder zurück sind.«

»Die Verpackung ist unten im Keller«, entgegnete Konráð achselzuckend. »Das war eine spezialangefertigte Kiste, die wir für die Rücksendung aufbewahrt haben.«

17:55

Nachdem der Botschaftsfahrer Birkir vor dem Hotel abgesetzt hatte, war er zur Residenz des Botschafters gefahren, um dessen Frau abzuholen und sie zur Botschaft zu bringen.

Arngrímur brachte sie zu Gunnar. Der Botschafter war ins Felleshus gegangen, nachdem das Gespräch zwischen ihm und Birkir beendet war. »Frau Hulda Björnsson«, sagte er feierlich.

Gunnar stand auf. »Mein Name ist Gunnar«, sagte er.

Die Frau maß ihn einen Augenblick von Kopf bis Fuß und ging dann lächelnd auf ihn zu.

»Aha, ein waschechter isländischer Kriminalbeamter, wie reizend«, sagte die Frau und streckte ihre Hand aus.

Sie war von kleiner Statur, genau wie ihr Mann, und sah ihm sogar ein wenig ähnlich, zumindest was die Figur betraf. Nur ihr Alter hielt Gunnar davon ab, auf den fünften oder sechsten Monat zu tippen.

»Willst du mich verhören, Schätzchen?«, fragte sie, nachdem sie Gunnar die Hand gegeben hatte.

Um Menschen, die größer waren als sie selbst, in die Augen blicken zu können, hatte sie es sich zur Angewohnheit gemacht, ganz dicht an ihr Gegenüber heranzutreten und den Kopf so weit wie möglich in den Nacken zu legen. Ihr rundliches kleines, auf jugendliche Frische geschminktes Gesicht war umrahmt von einer blonden Dauerwelle.

»Ich muss von dir hören, was du über den Sonntagabend zu sagen hast«, entgegnete Gunnar, dessen Kinn im kräftigen Doppelkinn verschwand, als er seinen Kopf nach unten beugte, um der Frau ins Gesicht sehen zu können.

»Schätzchen, wie soll ich mich denn an so was erinnern können. Man trifft ja so viele Leute, und man vergisst das alles gleich wieder.«

Gunnar bekam einen steifen Hals von dieser Haltung, deswegen trat er vorsichtig ein paar Schritte zurück und ließ sich auf den Stuhl fallen.

»Bitte, nimm Platz«, sagte er und deutete auf den Stuhl auf der anderen Seite des Tischs.

Die Frau setzte sich und wandte sich an Botschaftsrat Arngrímur. »Mein lieber Arngrímur, lass mir bitte einen Caffè Latte bringen, und dem Polizisten dort auch.«

Sie wandte sich wieder Gunnar zu. »Du trinkst doch einen Latte, oder nicht, Schätzchen?«

Gunnar spürte, dass es zwecklos war, das Angebot auszuschlagen. Sie würde keine Ruhe geben, bis er etwas akzeptiert hatte. Er sah Arngrímur an, zuckte mit den Achseln und sagte: »Vielleicht auch zwei, drei belegte Brote dazu.«

Arngrímur nickte. »Ich rufe sofort in der Cafeteria an und bitte jemanden, uns Kaffee und belegte Brote zu bringen.«

»Gut«, sagte Hulda. »Und ich und der Polizist dürfen auf keinen Fall gestört werden.«

Arngrímur ließ sich nicht das Geringste anmerken, was er von dieser Bemerkung hielt. Er verließ das Zimmer und schloss die Tür hinter sich.

»Manchmal finde ich, dass er sich unnötig viel in alles einmischt«, flüsterte Hulda.

Gunnar schaltete das Diktafon ein und sagte müde: »Berlin, isländische Botschaft, Dienstag, dreizehnter Oktober. Gunnar Maríuson spricht mit Frau Hulda Björnsson.«

»Schätzchen, du brauchst doch nicht so förmlich zu sein«, erklärte Hulda mit einer abwehrenden Handbewegung.

»Du bist mit Botschafter Konráð Björnsson verheiratet, nicht wahr?«, fragte Gunnar.

»O ja, seit meinem achtzehnten Lebensjahr. Damit muss man sich wohl abfinden.«

»Erzähl mir vom Sonntag. Warst du bei der Lesung dabei?«

»Ja, ich war dort. Meine Eltern sind derzeit bei uns zu Besuch, und sie waren auch dort. Anschließend habe ich sie direkt nach Hause gebracht, weil sie etwas erschöpft waren. Sie gehen auf die neunzig zu.«

»Du bist aber am späten Abend noch einmal in die Botschaft gekommen?«

»Ja. Wir hatten zu einem kleinen Abendessen in die Residenz eingeladen, und als das vorbei war, fuhr ich wieder in die Botschaft. Eingeladen waren zwei alte Freundinnen von mir und ihre Männer, und dann natürlich meine Eltern. Konráð hätte natürlich auch pünktlich da sein sollen, aber dann rief er an und kam mir mit irgendwelchen albernen Entschuldigungen. Einfach unerträglich. Wir mussten ohne ihn essen.«

»Weshalb bist du danach in die Botschaft gefahren?«

»Ich wollte ihm nur klarmachen, was ich von einem solchen Benehmen halte. Ich ließ mir ein Taxi bestellen, nachdem die Gäste weg und Papa und Mama schlafen gegangen waren.«

»Hast du dich mit den Gästen des Botschafters unterhalten?«

»Ja, man weiß doch, was sich gehört, auch wenn der Ehemann ein Trottel ist. Ich habe Konráð beiseitegenommen und ihm zu verstehen gegeben, was ihm bevorstand. Selbstverständlich habe ich mich dann um die Gäste gekümmert. Da waren zwei reizende Schwule, unheimlich amüsant. Diese Jungs wissen so viel über Mode.«

»Was ihm bevorstand?«, fragte Gunnar.

»Wie bitte?« Hulda schien die Frage nicht zu verstehen.

»Was hast du deinem Mann zu verstehen gegeben?«

»Ach so.« Hulda lächelte. »Nun ja, ich habe da so einiges in petto, um meinem Mann das Leben zu vergällen, wenn er sich mir gegenüber unmöglich benimmt. Das ist aber nichts für deine Ohren.«

»Hast du auch Anton getroffen?«

»Natürlich, er hat mich doch begrüßt, das war ja wohl das Mindeste. In Anbetracht der Tatsache, wie beschissen sich die anderen ihm gegenüber verhielten, war ich eigentlich erstaunt, dass er so lange geblieben ist.«

»Hat ihm irgendjemand ganz direkt seine Abneigung gezeigt?«

»Meine Schwulen wollten überhaupt nicht mit ihm reden. Der Sonnendichter hat nur über ihn gespottet und ihn Menschenhändler genannt. Jóns Freund, dieser Künstler, der hat mit niemandem gesprochen, der ist irgendwie krank. Nur Helgi hat sich mit Anton unterhalten. Helgi ist ein richtiger Gentleman, er ist ja auch weltberühmt.«

»Weltberühmt?«

»Ja, seine Keramikarbeiten sind einzigartig. Kunstgalerien in aller Welt kaufen sie. Und hier in Berlin ist man außerordentlich gespannt auf diese Ausstellung.«

»Hast du beobachtet, wer noch den Raum verließ, als Anton zum letzten Mal zum Telefonieren nach oben ging?«

»Nein, Schätzchen. Ich war beschäftigt.«

»Beschäftigt?«

»Ja, Schätzchen. Während ich mit den Schwulen plauderte, hatte ich mir den linken Schuh ausgezogen, weil er so an der Ferse scheuerte. Irgendjemand hat ihn dann irgendwohin getreten. Als wir aufbrechen wollten, konnte ich ihn nicht finden. Ich wollte, dass Konráð mir bei der Suche half, aber der war zu betrunken. Da bin ich ausgerastet. Die Gäste verließen fluchtartig das Zimmer, während ich mein Hühnchen mit Konráð rupfte, diese Feiglinge. Aber dann kam Helgi und hat mich getröstet, er ist so höflich und liebenswürdig. Er versteht Frauen, schließlich ist er ja auch schon dreimal verheiratet gewesen, wie ich gehört habe. Aber den Schuh haben wir nicht gefunden, deswegen musste ich barfuß zum Taxi laufen.«

»Das war wahrscheinlich nicht sehr angenehm?«

»Helgi hat mich gestützt. Er bot mir sogar an, mich auf den Armen zu tragen, aber das war nun wirklich nicht nötig.«

21:00

Die Leute vom Berliner Erkennungsdienst hatten ihre Arbeit beendet und packten ihre Sachen zusammen. Arngrímur hatte Anna einen leeren Sektkarton besorgt, in dem sie sämtliche Proben unterbringen konnte. Die Kerzenleuchter waren wieder in die spezialangefertigte Kiste gepackt worden, die im Keller aufbewahrt wurde. Sie bestand aus wasserdichtem Sperrholz und war von innen mit zugeschnittenem Schaumgummi ausgepolstert. Der Deckel war mit soliden Schrauben befestigt.

Arngrímur hatte sich bereit erklärt, den Transport nach Island mit dem Express-Zustellungsdienst zu veranlassen, mit dem die Botschaft die besten Erfahrungen hatte, ebenso das Gepäck von Anton, das Birkir aus dem Hotel mitgebracht hatte. Die Sachen würden in zwei Tagen in Reykjavík eintreffen.

Anna hatte zum Schluss noch Finger- und Handabdrücke von allen Botschaftsangehörigen genommen. Damit war ihre Aufgabe in Berlin beendet, sie würde am nächsten Tag über Kopenhagen nach Island zurückfliegen.

Der Botschafter und seine Frau waren nach Hause gefahren, und auch die Botschaftsangehörigen hatten Feierabend gemacht. Nur noch Arngrímur war im Haus.

Birkir sah sich noch einmal gründlich im Konferenzraum um, in dem das Essen und die Party stattgefunden hatten. Wenn dort nichts Verdächtiges zutage kam, gab es keinen Grund, den Raum zusätzlich noch von Mitarbeitern des deutschen Erkennungsdienstes untersuchen zu lassen. Birkir kroch auf allen vieren herum, um nach Blutspuren oder etwas anderem zu suchen, was der Mörder aus der oberen Etage mit nach unten gebracht haben konnte, doch ohne Erfolg. In dem fast leeren Rotweinkarton unter dem Tisch fand er allerdings den Gästeausweis des Sonnendichters. Unter einem der Stühle lag der Karton einer Cognacflasche, und als er hineinguckte, steckte ein einzelner Damenschuh darin.

Zum Schluss lieh Birkir sich Annas Kamera aus und fotografierte das Zimmer systematisch. Danach ließ er Arngrímur wissen, dass die Aufräumarbeiten beginnen konnten. Der hatte eine spezielle Putzfirma engagiert, die dafür sorgen würde, dass die Botschaft am nächsten Morgen tadellos sauber war und für den Publikumsverkehr geöffnet werden konnte.

Anna gab grünes Licht für die Reinigung der dritten Etage. Außerdem musste ein Klempner bestellt werden. Die Leute vom Erkennungsdienst hatten den Siphon am Waschbecken auf der Toilette entfernt und den Inhalt in einen Plastikbehälter mit Schraubdeckel fließen lassen. Es war rötlich gefärbtes Wasser, was darauf hindeutete, dass jemand sich dort Blut abgewaschen hatte. Die Leute vom Erkennungsdienst durften das Waschbecken aber nicht selber wieder in Ordnung bringen, das musste ein Sanitärfachmann erledigen. Arngrímur schrieb »Defekt« auf ein weißes Blatt und klebte es an die Tür zur Toilette. Das hatte Zeit.

Obwohl Gunnar nach seinem Gespräch mit der Frau des Botschafters drei belegte Brote verputzt hatte, war er schon wieder hungrig. »Jetzt gehen wir essen«, sagte er zu Anna und Birkir, als sie ihr Gepäck holten.

Arngrímur fragte, ob sie irgendwelche besonderen Wünsche hätten. Ohne die anderen zu fragen, antwortete Gunnar: »Wiener Schnitzel im Mövenpick Restaurant im Europa-Center.«

Arngrímur lächelte. »Keine schlechte Wahl«, sagte er. »Da ist auch die Küche so spät noch offen, dort seid ihr gut bedient. Euer Hotel liegt auf dem Weg, ihr könnt also erst euer Gepäck einstellen.«

Arngrímur bestellte ein Taxi und begleitete sie nach draußen. Zu Anna sagte er: »Der Botschaftsfahrer holt dich morgen früh am Hotel ab und bringt dich zum Flughafen.«

Das Taxi traf ein, und der Fahrer verstaute das Gepäck im Kofferraum. Gunnar setzte sich auf den Beifahrersitz und nannte dem Fahrer den Namen des Hotels. Die Fahrt dorthin dauerte vier Minuten, und als das Taxi vor dem Eingang hielt, kam ein uniformierter Portier mit einem Handwagen heraus.

Gunnar stieg aus und wechselte ein paar Worte mit dem Portier, der nickte. Dann lud er das Gepäck, das Gunnar aus dem Kofferraum holte, auf seinen Handwagen.

»Europa-Center, Mövenpick«, sagte Gunnar zum Taxifahrer, nachdem er wieder zugestiegen war. Anschließend wandte er sich an Anna und Birkir und sagte ihnen, dass der Portier das Gepäck erst einmal auf sein Zimmer bringen würde.

Nach nicht einmal zehn Minuten hielt das Taxi erneut. Birkir bezahlte. Als sie ausstiegen, waren sie mitten ins Großstadtleben eingetaucht. Sie befanden sich auf einem großen Platz zwischen großzügigen Alleen mit lebhaftem Verkehr. Es waren aber keineswegs die vielen Autos, auf die sich ihre Aufmerksamkeit richtete, sondern die Ruine der alten Kirche mitten auf dem Platz. Das zerbombte Monument beschwor die Erinnerung an eine andere Wirklichkeit herauf, eine ewige Mahnung an die schlimmsten Jahre dieser bedeutenden Stadt. Neben der Kirche ragte ein moderner fünfeckiger Turm auf, der nicht ganz so hoch wie die Ruine war, und auf der anderen Seite befand sich ein niedriges, oktagonales Gebäude im gleichen Stil. Die Fenster waren aus bläulichem Glas und von innen erleuchtet.

»Die Kaiser-Wilhelm-Gedächtniskirche«, sagte Gunnar ehrfürchtig. »Und daneben der Glockenturm und die Kapelle.«

»Ich habe diese Gebäude auf Fotos gesehen«, sagte Anna und zündete sich eine Zigarette an. »Sehr eindrucksvoll.«

Birkir nickte. »Man spürt, dass diese Stadt von Geschichte durchdrungen ist«, sagte er. »Schade, dass wir im Dienst sind. Ich wäre gern ein paar Tage länger hiergeblieben, um mich umzusehen.«

»Ich habe Hunger«, erklärte Gunnar. Seine Blicke wanderten zum Europa-Center auf der anderen Seite hinüber, einem sehr viel weniger interessanten Gebäude. Das Mövenpick befand sich im ersten Stock dieses seelenlosen Kastens.

Der Kellner ließ sich nichts anmerken, als Gunnar eine doppelte Portion Wiener Schnitzel und zwei große Bier bestellte. Birkir und Anna entschieden sich für Hähnchenbrust und Wasser.

Nachdem sie bestellt hatten, fragte Birkir: »Was wissen wir nach diesem Tag über den Mord?«

»Wir haben einen hochinteressanten Handabdruck vom Schreibtisch«, antwortete Anna. »Und es ist ziemlich wahrscheinlich, dass die Mordwaffe in einem hohlen Kerzenleuchter in die Botschaft eingeschleust wurde. Wenn das nachzuweisen ist, sind wir einen großen Schritt weitergekommen. Ansonsten hat die Tatortanalyse keine besonderen Hinweise ergeben. Der Tathergang kann aber möglicherweise rekonstruiert werden, wenn wir Zeugenaussagen bekommen.«

»Der deutsche Kommissar und ich haben versucht, mit dem Messer durch die Eingangsschleuse aus dem Felleshus in den Innenhof zu kommen. Der Metalldetektor hat sofort reagiert, und die innere Tür öffnete sich nicht. Der Sicherheitsbeauftragte sagte aber, dass es am Sonntag möglicherweise etwas anders war. Da war der gesamte innere Bereich geschlossen, und der Botschafter hat die Gäste mit seiner Chipkarte eingelassen. Sonntags ist auch kein Wachposten an der Tür, und der Botschafter konnte sie öffnen, auch wenn der Metalldetektor sich gemeldet hätte. Es ist nicht laut und verstummt auch gleich wieder, wenn die Tür mit einer Karte geöffnet wird. Der Sicherheitsbeauftragte am Eingang kümmert sich nicht darum, und eine solche Abweichung wird auch nicht elektronisch registriert.«

»Ich gehe nicht davon aus, dass der Botschafter auf die Idee gekommen wäre, seine Gäste zu durchsuchen, selbst wenn da irgendetwas gesummt hätte. Die Möglichkeit müssen wir offenhalten«, sagte Birkir.

»Es hat sich außerdem herausgestellt, dass der Mörder vermutlich Rechtshänder ist«, sagte Gunnar. »Dadurch können wir wohl eventuelle Linkshänder in der Gruppe ausschließen. Die Frau des Botschafters ist Linkshänderin, zumindest hat sie ihre Kaffeetasse in der linken Hand gehalten.«

»Der Botschafter ist Rechtshänder«, sagte Birkir.

»Er ist also noch im Spiel«, sagte Gunnar. »Wir müssen die Aufnahmen der Sicherheitskameras genauer unter die Lupe nehmen, vor allem die Sequenz, wo die Gäste in der Nacht die Botschaft verlassen. Und außerdem müssen wir noch sechs Zeugen vernehmen und ihnen Finger- und Handabdrücke abnehmen.«

Birkir nickte und sagte: »Am meisten irritieren mich diese Aussagen, dass Anton erst am Sonntagmittag beschlossen hat, in die Botschaft zu gehen. Der Täter hat also nur ganz wenig Zeit gehabt, sich eine Waffe zu beschaffen, und das passt absolut nicht zu der Theorie, dass sich das Messer in dem Kerzenleuchter befunden hat.«

»Wie kann man das unter einen Hut bringen?«, fragte Gunnar.

»Meiner Meinung nach war der Mord nicht geplant«, sagte Birkir. »Meiner Meinung nach hat sich das Messer zu einem anderen Zweck dort befunden, kam aber auf einmal gut zustatten, als der Mörder befand, dass Anton lange genug gelebt hatte.«

»Glaubst du, dass der Mörder ein anderes Opfer im Visier hatte?«, fragte Gunnar.

»Ja. Möglicherweise hat er ihn aber auch mit jemandem verwechselt.«

»Und wer hätte dann das Opfer sein sollen?«, fragte Gunnar.

»Vielleicht der Botschafter«, antwortete Birkir. »Es passierte ja alles in seinem Büro. Anton und er haben auch eine ziemlich ähnliche Figur.«

»Dann ist der Botschafter möglicherweise in Gefahr. Und der Grund dafür?«

»Der Mann ist umstritten. Vielleicht weiß er etwas, was für jemand anderen hoch peinlich ist. Irgendjemand hat erwähnt, dass er an seinen Memoiren schreibt.«

»Müssen wir den Mann dann nicht warnen?«, fragte Gunnar.

»Ich rufe nachher noch diesen Sigmundur aus dem Ministerium an und werde ihm vorschlagen, dass der Botschafter in seiner Residenz bleibt, bis er nach Island fliegt«, sagte Birkir.

»Wenn das Messer tatsächlich in dem Kerzenleuchter versteckt war, steht der Künstler natürlich zuoberst auf der Liste der Verdächtigen«, sagte Gunnar. »Sollen wir ihn in Island verhaften lassen?«

»Nein, wir tun erst mal so, als wäre uns der Leuchter nicht aufgefallen. Ich glaube nicht, dass Helgi Kárason untertauchen wird, und falls er irgendwelches Beweismaterial vernichten musste, hat er das ohnehin schon längst getan.«

Der Kellner kam mit den Getränken und stellte sie auf den Tisch.

Gunnar hob sein Bierglas und sagte: »Und damit ist dieser Arbeitstag offiziell beendet. *Skål!* Prost!«

Mittwoch, 14. Oktober

09:30

Nach einem ausgiebigen Frühstück im Hotel fuhr Birkir im Taxi zur Botschaft. Arngrímur holte ihn an der Rezeption im Felleshus ab.

»Du bist allein?«, fragte Arngrímur.

»Ja.«

»Ist dein Kollege anderswo in der Stadt beschäftigt?«

»Er ist im Zoo«, sagte Birkir.

Arngrímur musste lächeln. »Gute Idee«, sagte er. »Das Wetter ist schön, aber es ist bereits ziemlich kühl geworden.«

Birkir ging nicht weiter darauf ein. »Wir sind ja auch schon fast fertig«, sagte er. »Wir brauchen von euch nur noch Informationen darüber, wo wir den Sonnendichter und seinen Begleiter auf der Messe finden, wir fliegen nachher nach Frankfurt. Morgen geht es zurück nach Island.«

»Die Buchmesse hat heute Morgen begonnen. Jón Sváfnisson ist am Stand H 251 in Halle 6. Heute ist auch eine Mitarbeiterin der Botschaft auf der Messe, und sie hat uns mitgeteilt, dass Jón dort eingetroffen ist.«

Birkir notierte sich das und sagte dann: »Ich wäre dir dankbar, wenn du mir noch etwas mehr über diese Häuser hier sagen könntest. Es hilft immer, wenn man ein klares Bild vom Tatort hat.«

»Selbstverständlich. Und nachher bringt euch dann unser Fahrer zum Flughafen«, sagte Arngrímur und blickte sich um, während er überlegte, wo er anfangen sollte. »Durch diesen Eingang gelangt man zunächst ins Felleshus, wo sehr viele Veranstaltungen stattfinden, und dann natürlich auch zu den Botschaften«, sagte er dann. »Es gibt aber an der Südseite noch einen anderen Eingang für die konsularischen Abteilungen der fünf Länder.«

»Aber es gibt keinen weiteren Eingang für die Botschaften?«

»Doch, durch die Tiefgarage, aber der Zugang zu ihr ist sehr begrenzt. Da waren wir gestern.«

Arngrímur führte Birkir zu einer Doppeltür gegenüber dem Haupteingang zum Felleshus. »Das ist unser Veranstaltungssaal«, sagte er und öffnete die Tür. Birkir warf einen Blick in das Auditorium.

»Hier hat Jón Sváfnisson gelesen«, sagte Arngrímur. »Der Saal hat Sitzplätze für rund hundert Menschen.«

Das Auditorium hatte eine hohe Decke und ansteigende Sitzreihen. Die Wände waren mit dunkelroten Platten verkleidet, die in Größe und Form an die Kupferplatten außen erinnerten. Die Bestuhlung hatte dieselbe rote Farbe.

»Ein sehr angenehmer Saal für nicht allzu große Veranstaltungen«, sagte Arngrímur. »Für Lesungen, Vorträge, Konzerte oder auch für Konferenzen.«

»Ist Jón Sváfnisson in Deutschland bekannt?«, fragte Birkir.

»Hast du seine Gedichte gelesen?«, war Arngrímurs zögernde Gegenfrage.

»Ja. Viele davon sind sehr gut.«

»Ja, sie sind gut, und in Island sind sie auch ziemlich bekannt. Vor allem die vertonten. Hierzulande nützt das leider nichts.«

»Aber dieser Gedichtband von ihm ist doch herausgegeben worden?«, sagte Birkir.

»Schon, aber nicht im normalen Verlagswesen. Ein deutscher Sonderling, der Island seit zwanzig Jahren jedes Jahr besucht, um Isländisch zu lernen, hat eine Auswahl seiner Gedichte ins Deutsche übertragen. Nicht sonderlich gut, um die Wahrheit zu sagen, aber Jón hat es sich einfach in den Kopf gesetzt, sie hier in Deutschland herauszubringen. Er ließ dem Botschafter keine Ruhe, und schließlich hat Konráð die Angelegenheit auf mich abgeschoben. Ich habe mich daraufhin mit einem Verlag in Verbindung gesetzt, der Bücher herausgibt, wenn man selber für die Kosten aufkommt. Der Sonnendichter ist wohlhabend, und er hat Konráð das erforderliche Geld überwiesen. Jón hat das als Provision oder Marketingkosten angesehen, und er glaubt oder macht sich was vor, dass so etwas einfach dazugehört, und dass es eine ganz normale Ausgabe ist.«

»Ist der Gedichtband in Buchläden erhältlich?«

»Es gibt einen sehr begrenzten Vertrieb in einigen Buchläden, mit denen der Verleger einen Vertrag hat, aber es verkauft sich natürlich nicht. Ich kannte dieses Unternehmen, denn ich habe vor einiger Zeit ein kleines Buch mit einer Zitatensammlung über Diplomaten und ihre Arbeit zusammengestellt, die ich im Lauf der Jahre gesammelt und ins Isländische übersetzt habe, es heißt Diplomatie. Diese Firma hat das für mich in Buchform gebracht, aber es ist nicht zum Verkauf gedacht. Ich verschenke es nur zu verschiedenen Anlässen. Ich würde mich beispielsweise freuen, dir ein Exemplar überreichen zu dürfen, wenn wir nachher in mein Büro gehen. Wenn du damit einverstanden bist.«

»Ja, vielen Dank«, sagte Birkir.

Sie verließen den Saal wieder und Arngrímur schloss die Tür. Dann ging er vor Birkir den schwerelos wirkenden Treppenaufgang in der Mitte des Innenraums hinauf. Als sie in der zweiten Etage angekommen waren, sagte er: »Das ist der Ausstellungsbereich, wo Helgi Kárason seine Werke zeigen wird. Im Augenblick ist hier eine Ausstellung mit finnischer Glaskunst. Und es gibt auch noch einen Ausstellungsbereich in der Etage darüber.«

»Hat der Botschafter hier den Empfang nach der Lesung gehalten?«, fragte Birkir.

»Ja, hier lassen sich sehr gut Stehempfänge veranstalten. Die Gäste haben dabei auch die Gelegenheit, sich die Ausstellungen anzusehen.«

»Weißt du, ob der Botschafter Feinde hat?«, fragte Birkir ohne jede Überleitung.

Die Frage überraschte Arngrímur. »Meinst du, die ihn angreifen oder …«

»Ja.«

Arngrímur schüttelte den Kopf. »Nein. Ich glaube, dass sowohl seine politischen Freunde als auch seine Gegner froh waren, als er sich aus der Politik zurückzog. Danach war er nämlich unschädlich.«

»Aber in seinem jetzigen Beruf?«

»Es wird größter Wert darauf gelegt, dass er keinen Schaden anrichtet.«

»Er wurde aber mir nichts, dir nichts zum Botschafter ernannt, das hat doch sicher irgendwelchen Leuten missfallen. Dir beispielsweise?«

»In diesem Metier ist man es gewohnt, dass Botschafterposten ehemaligen Politikern zugeschanzt werden. Häufig genug verfügen sie über eine Weltsicht und eine Erfahrung, die sie zu ausgezeichneten Diplomaten machen.«

»Ist das auch bei Konráð der Fall?«

»Er hat bestimmte Eigenschaften, die ihm in diesem Beruf zugutekommen. Das, was bei ihm fehlt, wird durch gute Mitarbeiter kompensiert.«

»Er schreibt seine Memoiren. Glaubst du, dass da vielleicht etwas enthüllt werden könnte, was jemand anderen kompromittiert?«

»Wohl kaum«, sagte Arngrímur. »Konráð weiß gewiss von irgendwelchen Dingen, die nicht ans Licht der Öffentlichkeit gelangen sollten, aber es wäre wenig ehrenhaft für ihn, seinen früheren Mitstreitern in den Rücken zu fallen. Und für so etwas hat er ein Gespür. Außerdem glaube ich, dass diese Memoiren nicht allzu weit fortgeschritten sind. Er sitzt zwar manchmal in seinem Büro und spricht irgendwelche alten Geschichten auf Band, aber da muss ihm noch jemand ordentlich unter die Arme greifen, bevor ein Buch daraus wird.«

Sie gingen die nächste Treppe hinauf. Arngrímur drehte sich nach links. »Und dort ist unsere Cafeteria.« Birkir sah einen hellen Saal mit etwa zwanzig Tischen. Drei von ihnen waren besetzt.

»In dieser Etage gibt es auch einige geschlossene Räume, wo man Arbeitsessen für kleine Gruppen ausrichten kann«, fuhr Arngrímur fort. »So etwas muss aber vorab gebucht werden. Kann ich dir einen Kaffee oder etwas anderes anbieten?«

»Nein, danke«, sagte Birkir. »Ich habe ausgiebig gefrühstückt. Wann habt ihr die Arbeit in diesem Haus aufgenommen?«

»Offiziell am 20. Oktober 1999. Die isländische Botschaft war aber schon vorher im Juli umgezogen. Als die Hauptstadt von Bonn nach Berlin verlegt wurde, mussten die Auslandsvertretungen neue Räumlichkeiten hier in der Stadt finden. Eine hochinteressante und ungewöhnliche Geschichte.«

Sie gingen wieder ins Erdgeschoss hinunter. An der Eingangsschleuse erhielt Birkir seinen Gästeausweis, nachdem er den Pass abgegeben hatte. Durch die doppelte Tür gelangten sie in den Innenhof zwischen den einzelnen Botschaftsgebäuden, die Plaza.

»Die Regierungen der Nordischen Länder trafen die Entscheidung, nach außen hin gemeinsam aufzutreten, und sie haben 1995 das Grundstück erworben. Es gab einen Wettbewerb über die Gestaltung des Geländes, und in dem preisgekrönten Entwurf war dieses Kupferband vorgesehen, das das ganze Gelände umschließt. Es ist fünfzehn Meter hoch, zweihundertsechsundzwanzig Meter lang und besteht aus dreitausendachthundertfünfzig Kupferplatten. Diese Einfassung der Nordischen Botschaften ist etwas ganz Besonderes in Berlin und gilt als außerordentlich gelungen. Ich glaube, die Berliner sind sehr zufrieden mit dem Ergebnis.«

Lächelnd fügte Arngrímur hinzu: »Die Stadtrundfahrten für Touristen führen hier entlang, und ich habe gehört, dass einige Stadtführer uns die IKEA-Botschaften nennen.«

Birkir betrachtete das kupferne Band. »Wäre es denkbar, dass da jemand drübergeklettert ist?«, fragte er.

»Wohl kaum«, antwortete Arngrímur. »Die Überwachung ist sehr streng. Soweit ich weiß, fliegt noch nicht einmal ein Vogel hier unbemerkt hinein.«

Birkir schaute auf das Haus, das ihnen direkt gegenüber lag.

»Das ist die dänische Botschaft«, sagte Arngrímur. »Sie ist zum Schutz vor der Sonne mit perforierten Edelstahlplatten verkleidet.«

Beim Weitergehen deutete Arngrímur nach rechts. »Dem gleichen Zweck dienen beim finnischen Gebäude die Lärchenholz-Paneele«, sagte er.

Birkir betrachtete die Paneele mit den starken Querträgern, die das Gebäude beinahe vollständig abschirmten. »Es liegt auf der Hand, dass jeder Staat landestypische Elemente eingebracht hat«, sagte er. »Ich würde allerdings ungern da jedes Jahr das ganze Holz beizen wollen.«

»Ich glaube, das erübrigt sich bei Lärchenholz«, entgegnete Arngrímur. »Aber es stimmt, alle Gebäude haben ihr eigenes Gepräge.«

Sie standen jetzt vor einer riesigen Granitplatte, die Teil der Fassade des nächsten Gebäudes war.

»Das ist die norwegische Botschaft«, sagte Arngrímur. »Der Granitblock wurde in einem Stück aus Norwegen importiert. Die Platte ist über vierzehn Meter hoch, fünf Meter breit und bis zu siebzig Zentimeter dick. Sie wiegt ungefähr einhundertzwanzig Tonnen. Es war wohl ein nicht ganz leichtes Unterfangen, diesen Brocken heil hierher zu schaffen.«

Birkir trat näher an den Granitklotz heran. »Ist er früher schon einmal hier gewesen?«, fragte er.

»Wie bitte?«

»Anton Eiríksson.«

»Ach so der. Nein, wahrscheinlich ist er nie zuvor in der Botschaft gewesen. Konráð sagte mir gestern, dass er nur einige Male in die Residenz gekommen ist. Er wollte sich wohl gern das Botschaftsgebäude ansehen, als sich am Sonntag die Gelegenheit dazu ergab.«

»Du hast ihn also vorher nie getroffen?«

»Nein, nicht zu Lebzeiten, sondern nur dieses eine Mal, als ich ihn tot aufgefunden habe.«

Ein nicht sehr großer, älterer Mann und ein jüngerer kamen aus der isländischen Botschaft. Arngrímur verneigte sich, als sie sich begegneten, und die beiden anderen taten es ihm im Vorbeigehen nach.

»Das ist der argentinische Botschafter. Er ist im Augenblick der Doyen«, sagte Arngrímur, als die beiden Männer im Felleshus verschwunden waren.

»Was bedeutet das?«

»Er hat die längste Dienstzeit aller Botschafter in Berlin und ist deswegen ihr Wortführer und Vertreter gegenüber der deutschen Regierung. Sein Besuch galt Konráð, um ihm wegen der tragischen Ereignisse in unserem Haus seine Anteilnahme auszusprechen.«

»Ist das eine wichtige Position?«

»Das kann sie manchmal sein. Das Dienstalter ist sehr wichtig, denn es ist die Grundlage für eine Rangordnung, die bei allen offiziellen Anlässen eine Rolle spielt.«

»Muss es so eine Rangordnung geben?«

»Mein Gott, ja. Das ist eine uralte Tradition. Früher stellte die Sitzordnung immer ein Problem dar, wenn die Gesandten anderer Länder zusammenkamen. Sie haben sich ständig darüber gestritten, in welcher Reihenfolge sie bei offiziellen Anlässen auftreten sollten.«

»Hätte nicht die alphabetische Reihenfolge genügt?«, fragte Birkir.

»Nein, nein. Das war sehr wichtig. Papst Julius der Zweite versuchte schon 1504, die Vertreter der Länder in eine Rangordnung zu bringen. Das Heilige Römische Reich kam zuerst, dann Frankreich, dann Spanien. Das hat sich in irgendeiner Form so bis ins achtzehnte Jahrhundert gehalten, aber durch die Wirrungen und Änderungen der Napoleonischen Kriege mussten sich beim Wiener Kongress, wo ja Europa neu geordnet werden sollte, die Kutscher der Botschafter um die Plätze für ihre Leute duellieren. Da hat man sich darauf geeinigt, die Botschafter rangmäßig nach der jeweiligen Dienstzeit in ihrer Position einzustufen. Wer am längsten an einem Ort akkreditiert ist, wird Wortführer der anderen.«

»Und das hat sich bewährt?«

»Generell ja. Aber es kann natürlich auch zu peinlichen Situationen kommen, wie zum Beispiel, als der Botschafter dieser schrecklichen Somoza-Regierung in Nicaragua einige Jahre der rangälteste Botschafter in Washington war.

Aber dieses System ist auf jeden Fall besser, als wenn die Kutscher oder Chauffeure den Kampf um die Plätze ausfechten.«

»Fechtkämpfe können interessant sein«, bemerkte Birkir. Er deutete nach rechts und fragte: »Und das ist wohl die schwedische Botschaft?«

»Ja, genau. Beim schwedischen Gebäude dominieren ebenfalls Stahl, Stein und Glas, genau wie bei den anderen Skandinaviern. Von hier aus blicken wir auf eine Kalksteinmauer, die in das Gebäude hineingeht. Sie wird innen höher und schirmt die Konferenzräume vom Foyer ab. Eine außerordentlich gelungene Lösung.«

»Kennst du sonst noch jemanden von den Gästen des Botschafters am Sonntagabend?«

»Ich bin Unnar Mathieu einmal hier in Berlin behilflich gewesen. Lúðvík hat auch schon andere Ausstellungen im Felleshus ausgerichtet, dabei haben wir uns kennengelernt. Mit den anderen bin ich, soweit ich mich erinnere, nie zusammengetroffen.«

»Hältst du es für wahrscheinlich, dass Unnar Anton ermordet hat?«

»Nein, ganz und gar nicht.«

»Wir haben also genau wie die Norweger Steine importiert«, sagte Birkir und drehte sich um. Die isländische Botschaft lag neben der norwegischen und war von außen mit rötlich braunen Platten verkleidet. »Was ist das für eine Gesteinsart?«

»Das ist Rhyolit aus dem Hamarsfjörður bei Djúpivogur. Das Material stammt aus den natürlichen Geröllhängen, die dort durch Gesteinsverwitterung entstanden sind, und wurde in Reykjavík in dünne Platten gesägt. Es hat einige Mühe gekostet, bevor die deutschen Baubehörden dieses Material akzeptierten, so etwas kannte man hierzulande überhaupt nicht. Es musste von zwei Prüfstellen gründlichst untersucht werden.«

Birkir wechselte wieder das Thema. »Du kennst also den Mann von Unnar, diesen Starkaður, nicht?«

»Möglicherweise ist er mir einmal vorgestellt worden, aber ich kann mich nicht daran erinnern.«

»Du weißt also nicht mehr über ihn.«

»Leider nein.«

Sie näherten sich jetzt der isländischen Botschaft.

»Es fällt auf, wie viel schlichter der Stil des isländischen Gebäudes im Vergleich zu den anderen ist«, sagte Birkir.

»Ja. Meines Erachtens passt das gut«, sagte Arngrímur. »Das Gebäude ist ein zweigeteilter Quader, zum einen der Treppenbereich, wo der wellenförmige, sandgestrahlte Beton im Vordergrund steht, und zum anderen der Büroteil mit der Rhyolitverkleidung.«

Sie standen jetzt am Eingang, und Arngrímur ließ Birkir mit seiner Chipkarte ein.

»Du kennst den Sonnendichter nicht persönlich?«, fragte Birkir.

»Nein.«

»Du hast ihn nie getroffen?«

»Nicht dass ich wüsste.«

»Nun gut«, sagte Birkir nachdenklich. »Wie viel Quadratmeter hat das Gebäude?«, fragte er dann.

»Insgesamt vierhundert«, sagte Arngrímur. »Jede Etage hat etwa achtzig Quadratmeter. Die Nutzfläche ist also relativ klein und auch nicht besonders praktisch, denn Servicebereich, Treppenaufgang und Aufzug beanspruchen viel Platz. Aber so ist es halt. Wir sind ja auch nur acht Mitarbeiter, deswegen kommen wir ziemlich gut zurecht.«

»Gab es keine bessere Lösung?«

»Nein, insgesamt betrachtet nicht. Als die Planungsarbeiten für das Gelände liefen, kam die Idee auf, die isländische Botschaft in einer Etage über der norwegischen Botschaft unterzubringen. Ich bin froh, dass daraus nichts wurde, und meiner Meinung nach nimmt sich das Gebäude sehr schön zwischen den anderen aus, auch wenn es vergleichsweise bescheiden ist.«

»Bist du Helgi Kárason irgendwann einmal begegnet?«

Arngrímur schien sich nicht daran zu stören, dass Birkir dauernd das Thema wechselte und dabei auch Fragen nach den Gästen des Botschafters wiederholte. Seine Antwort kam prompt: »Wir wollten uns wegen seiner bevorstehenden Ausstellung treffen, aber da ich verhindert war, hat der Botschafter mit ihm gesprochen. Ich bin Helgi nie begegnet.«

»Wann sollte diese Besprechung stattfinden?«, fragte Birkir.

»Am Sonntag.«

»Ist das nicht ungewöhnlich?«

»Ja, aber für Helgi kam kein anderer Termin in Frage. Soweit ich weiß, hat er ein dicht gedrängtes Programm. Hier in der Botschaft gehört es einfach dazu, dass wir manchmal auch sonntags Dienst haben. Daran sind wir gewöhnt.«

»Lúðvík war hier, weil er Helgis Ausstellung ausrichtet. Ihr seid euch aber schon vorher einmal begegnet, nicht wahr?«

»Ja, wie gesagt, einmal ganz kurz. Er hat schon einmal eine Ausstellung im Felleshus arrangiert. Er ist wirklich ein Fachmann auf seinem Gebiet. Ich hatte sonst aber nichts damit zu tun, wir haben uns bei der Vernissage getroffen.«

»Und er hat wahrscheinlich auch keinen Hang zur Gewalttätigkeit, genau wie die anderen Gäste?«

»Nein, davon kann wirklich keine Rede sein«, sagte Arngrímur, ohne eine Miene zu verziehen.

»Fabían, der Begleiter von Jón, ist der letzte Name auf der Gästeliste des Botschafters. Kennst du den?«

»Nein.«

Sie gingen die Treppe hoch in den ersten Stock. Die Türen zu den Büros standen offen, und man hörte Stimmen auf dem Korridor. Die Arbeit in der Botschaft schien wieder ihren normalen Gang zu gehen.

Auf der dritten Etage schloss Arngrímur sein eigenes Büro auf.

»Ihr lasst uns wissen, wenn wir euch noch weiter behilflich sein können«, sagte er. »Wir benötigen auch Anweisungen, wie mit der Leiche von Anton Eiríksson verfahren werden soll.«

»Wenn sich kein Angehöriger meldet, muss sich der Staat um irgendeine Form der Bestattung kümmern«, entgegnete Birkir. »Die Kosten lassen sich wohl durch das decken, was er hinterlassen hat.«

»Dann würde ich eine Kremation hier in Berlin vorschlagen«, erklärte Arngrímur. »Anschließend schicken wir die Urne nach Island, Beerdigung in aller Stille. Das ist das normale Prozedere im Falle eines isländischen Staatsangehörigen, der im Ausland stirbt und keine Angehörigen hat.«

Arngrímur zog ein kleines Buch aus dem Bücherregal und reichte es Birkir. »Das ist das Büchlein, das ich dir gerne schenken möchte. Sprüche und Zitate über die Arbeit von Diplomaten.«

Birkir nahm das schmale Buch entgegen. Auf der Umschlagseite stand in gotischer Schrift: *Die Diplomatie*, gesammelt und übersetzt von Arngrímur Ingason.

»Vielen Dank«, sagte Birkir und blätterte die ersten Seiten durch. Die Zitate waren meist kurz, und bei jedem waren die Quelle und der Name des Verfassers angegeben. Ganz am Anfang stand: Diplomatie, 1) diplomatischer Dienst an Auslandsvertretungen, 2) Feinfühligkeit, Geschick, und darunter stand kleingedruckt: »Isländisches Wörterbuch«.

Birkir las weiter:

»Es gab Zeiten, da haben Diplomaten bedeutende Verträge über Krieg und Frieden und königliche Ehen ausgehandelt. Heute geht es zumeist um Freihandelsverträge und die Größe von Schuhkartons. *The Diplomat*

Die erste Pflicht eines Diplomaten ist, sich durch nichts überraschen zu lassen. *Heinrich von Bülow*

Ein Diplomat ist imstande, dich auf eine Art und Weise zur Hölle zu wünschen, dass du dich auf die Reise freust. *Caskie Stinnet*

Diplomatisch ist derjenige, der nie unabsichtlich beleidigt. *The Diplomat's Dictionary*«

Arngrímurs Handy klingelte, und er nahm das Gespräch entgegen. Anschließend sagte er: »Dein Kollege Gunnar ist am Eingang. Ich habe veranlasst, dass er eingelassen wird.«

»Gut. Ansonsten sind wir fertig hier. Wir müssen auch los, um rechtzeitig zum Flughafen zu kommen.«

Sie gingen hinunter ins Foyer, und Arngrímur öffnete die Außentür. Gunnar kam ihnen entgegen und grüßte mit einem Kopfnicken. In der einen Hand hielt er eine Currywurst und in der anderen ein Brötchen.

»Hast du die Elefanten gesehen?«, fragte Birkir.

»Ja.«

»Und? Wie waren sie?«

»Ich hatte sie mir größer vorgestellt«, antwortete Gunnar und biss in seine Wurst.

14:00

Am Frankfurter Flughafen nahmen Birkir und Gunnar ein Taxi, und Gunnar sagte dem Fahrer den Namen des Hotels, das die Botschaft für sie gebucht hatte. Es lag in der Nähe des Flughafens. Gunnar brachte ihr Gepäck ins Hotel, während Birkir im Auto wartete.

»Alles klar hier«, sagte Gunnar, als er wieder herauskam, und bat den Fahrer, sie zur Buchmesse zu fahren.

»Zu welchem Eingang?«, fragte der.

»Wahrscheinlich zum Haupteingang«, sagte Gunnar.

Diese Fahrt dauerte wesentlich länger, doch endlich sahen sie ein Hinweisschild zur Buchmesse. Sie fuhren an einigen Parkhäusern vorbei, und dann tauchten mehrere große Hallen auf. Die Anlage wurde überragt von einem mächtigen Turm.

»In welchem Gebäude ist die Buchmesse?«, fragte Gunnar den Fahrer.

»Die Messe ist in allen Hallen auf dem Messegelände«, antwortete der Fahrer. Er hielt in dem für Taxis vorgesehenen Bereich und deutete auf ein Tor. »Dort können Sie reingehen«, sagte er.

Birkir zahlte und ließ sich eine Quittung geben. Anschließend gingen sie zum Eingangstor und trafen auf einen der Ordner.

»Wo kann man Eintrittskarten kaufen?«, fragte Gunnar.

»Heute gibt es keine Eintrittskarten«, antwortete der Mann. »Besuchertag ist erst am Sonntag.«

Gunnar schüttelte den Kopf und sagte: »Das geht nicht. Wir sind von der isländischen Kriminalpolizei und müssen einen Mann treffen, der heute hier ist.«

Der Aufseher musterte sie misstrauisch und sagte: »Warten Sie hier. Da muss ich mit meinem Vorgesetzten sprechen.«

Er wandte sich ab und sprach in ein Funkgerät. Er erhielt Antwort über sein Headphone.

»Wo wollen Sie diesen Gast finden?«, fragte er.

»Stand H 251 im Erdgeschoss, Halle 6«, las Gunnar von einem Blatt ab.

»Haben Sie Ausweise dabei?«

Gunnar und Birkir zeigten ihre Pässe und Dienstausweise vor. Der Aufseher sah sich alles genau an und setzte sich daraufhin wieder mit jemandem über sein Funkgerät in Verbindung. Schließlich fragte er: »Kann jemand Ihren Auftrag hier bestätigen?«

Gunnar zeigte Arngrímur Ingasons Visitenkarte mit dem Botschaftsaufdruck vor.

»Sie können den Mann in der Botschaft in Berlin anrufen. Er weiß, weshalb wir hier sind.«

Der Aufseher buchstabierte den Namen von Arngrímur in sein Funkgerät, und anschließend gab er die Telefonnummer weiter.

»Warten Sie hier«, sagte er und verschwand hinter einer Tür.

Zehn Minuten später tauchte er mit zwei Besucherkarten wieder auf. »Damit kommen Sie heute hinein«, sagte er. »Den Mann finden Sie dort«, fügte er hinzu und zeigte ihnen den Standort auf der Übersichtskarte des Messegeländes, die er ihnen zusammen mit der Besucherkarte aushändigte.

»Vielen Dank«, sagte Gunnar. Birkir und er steckten ihre Karten in den Kartenleser und betraten das Messegelände.

Mit Hilfe der Übersicht fanden sie nach einem langen Marsch über die freien Plätze zwischen den Gebäuden die Halle sechs. Obwohl es von Menschen und Büchern wimmelte, war es kein Problem, den Stand H 251 zu finden. Große Landschaftsaufnahmen von Island an den Wänden präsentierten einen neuen Bildband, ergänzt durch Porträtaufnahmen von bekannten isländischen Schriftstellern. Ein schlanker Mann mit dünnem Haar stand an einem Tisch und ordnete Informationsbroschüren.

»*Góðan daginn*«, sagte Birkir.

»Was? Ach so, *góðan daginn*«, antwortete der Mann und sah Birkir erstaunt an. »Du bist Isländer.«

Birkir nickte. »Ja. Wir sind von der isländischen Kriminalpolizei und suchen den Sonnendichter Jón Sváfnisson.«

»Du lieber Himmel. Hoffentlich seid ihr gekommen, um ihn festzunehmen.«

»Besteht da Bedarf?«

»Er macht uns hier wahnsinnig, und das schon am ersten Tag der Messe.«

»Inwiefern?«

»Wir haben hier einen gemeinsamen Stand mit einigen mittelgroßen Verlagen, und irgendjemand war so blöde, den Sonnendichter mit einzuladen. Den ganzen Tag hat er nichts als Ärger gemacht.«

»Inwiefern?«, wiederholte Birkir.

»Jón hat keinen blassen Schimmer, wie das auf so einer Messe abläuft. Hier kann man nur mit den Leuten reden, wenn man schon Wochen vorher einen Termin vereinbart hat. Jón marschiert einfach zu den großen Verlagen und verlangt, mit den Cheflektoren zu sprechen. Zwischendurch stiefelt er durch die Gänge und trägt lauthals brüllend seine Gedichte vor, als seien die ein Ort für künstlerische Aktionen und Happenings. Bei allen Lesungen handelt es sich um sorgfältig vorbereitete Veranstaltungen. Die Sicherheitsbeauftragten haben ihn sich schon dreimal geschnappt und wieder hierher gebracht, weil seine Zutrittskarte auf diesen Stand ausgestellt ist. Nehmt ihn um Himmels willen fest und schafft ihn uns vom Hals.«

»Soweit ich sehen kann, besteht im Augenblick keine Veranlassung dazu«, antwortete Birkir.

»Er ruiniert den guten Ruf der isländischen Literatur, ist das kein ausreichender Grund?«

»Sicher, aber …«

»Und da kommt er schon wieder. Ich muss dringend zu einem Termin. Ihr habt ein Auge auf den Stand und vor allem auf diesen Mann. Ihr seid dafür verantwortlich.«

Mit diesen Worten war der Verleger verschwunden.

Der Sonnendichter Jón Sváfnisson war eine stattliche und unübersehbare Erscheinung. Trotz seiner Größe war es ihm gelungen, eine Latzhose aus blauem Jeansstoff zu finden, die für seinen Körperumfang großzügig bemessen war. Die Hosenbeine waren bis über die alten ledernen Wanderschuhe hochgekrempelt, und um die Taille war die Hose so weit, dass sie nur von den Trägern hochgehalten wurde. Ein rot kariertes Baumwollhemd war nachlässig in das Oberteil gestopft worden. Das farblose, lange Haar stand an den Schläfen wirr ab, und eine kreisrunde Glatze war nicht zu übersehen. Er hatte sich ein rotes Schnupftabaktuch um den Kopf gebunden, um die Haare aus dem Gesicht zu halten. Ein ungepflegter Vollbart verhüllte den unteren Teil des Gesichts. Er starrte sie aus klaren und stechenden blauen Augen durchdringend an.

»Was wollt ihr von mir?«, donnerte er los, als Birkir sich und Gunnar vorgestellt hatte.

»Wir untersuchen den Mord in der Botschaft in Berlin«, antwortete Birkir. »Du hast vielleicht noch nicht davon gehört?«

»Mord, ein fürchterlicher Mord, in der Botschaft! Doch, wahrscheinlich hat mir irgendjemand so etwas zugesteckt. Hier sind Leute, die nichts anderes tun, als Klatsch und Tratsch zu verbreiten, obwohl sie vorgeben, mit Literatur zu handeln.« Jón gestikulierte wild, um seine Worte zu unterstreichen.

»Du warst an dem Abend in der Botschaft«, sagte Birkir.

»Wirklich?«

»Ja. Es passierte bei dieser Party nach deiner Lesung am Sonntag.«

»Ach ja. Es war der feiste ungebetene Gast, dieser widerwärtige Menschenhändler, der abgemurkst wurde. In dieser Nacht hat jemand der Menschheit einen großen Dienst erwiesen. Ich glaube, das war aber kaum ich, daran würde ich mich wahrscheinlich erinnern. Aber sicher ist es nicht. Wer weiß schon, wann man jemanden umbringt?«

»Und woher weißt du, dass dieser Mann ermordet wurde?«, fragte Birkir.

»Der Heilige Geist hat es mir offenbart«, antwortete Jón und hob die Hände zum Himmel.

Birkir und Gunnar warfen sich einen Blick zu.

»Es war die Mieze aus der Botschaft, die mir das heute Morgen gesagt hat«, erklärte Jón und wieherte vor Lachen. »Hieß er nicht Anton, dieses eingebildete Arschloch?«

»Ja, er hieß Anton«, antwortete Birkir.

»Dann sind wir uns ja einig. Wollen wir uns nicht einfach wieder dem Verkauf von Literatur zuwenden? Die Zeit ist kostbar, und ich muss heute noch mit vielen Leuten sprechen«, erklärte Jón.

»Anton ist einige Male ins Büro des Botschafters gegangen, um von dort aus zu telefonieren. Warst du irgendwann einmal zusammen mit ihm in diesem Büro?«

»Nein ... Doch ... Nein, wie zum Teufel soll ich das wissen? Ich war sturzbesoffen.«

Birkir sah ratlos zu Gunnar hinüber, der breit grinste.

»Dein Reisebegleiter Fabían, ist der auch mit dir hier auf der Messe?«, fragte Birkir.

Jón blickte sich mit übertriebenen Bewegungen um. »Nein, den Eindruck habe ich nicht«, sagte er dann mit gespielter Verwunderung.

»Wo können wir ihn finden?«, fragte Birkir geduldig.

»Fabían! Fabían! Faaaabían!«, rief Jón und steigerte die Lautstärke bei jedem Ruf.

Die Gäste an den benachbarten Ständen blickten neugierig zu ihnen herüber. Als Jón merkte, dass er die Aufmerksamkeit von einigen Leuten auf sich gezogen hatte, hielt er sein Buch hoch und rief: »Gedichte, isländische Gedichte zu verkaufen. Kommt und seht euch das an, liebe Freunde.«

Die Leute blickten sofort in eine andere Richtung, und einige machten sich schleunigst aus dem Staub.

»Ich muss mir einen Agenten zulegen«, sagte der Dichter und lachte dröhnend.

Birkir wollte etwas sagen, aber Gunnar legte ihm die Hand auf die Schulter. »Geh und trink irgendwo einen Tee. Ich denke, es ist am besten, wenn ich mich ein bisschen mit dem Dichter unterhalte.«

»Dann sehen wir uns in einer halben Stunde«, entgegnete Birkir achselzuckend.

Als Birkir sich entfernt hatte, deutete Gunnar auf einen Kühlschrank etwas weiter hinten am Stand. »Da drin befinden sich doch vermutlich irgendwelche geistigen Getränke?«

Jóns Interesse war ebenfalls erwacht, er ging zum Kühlschrank und öffnete ihn. Bierflaschen und isländischer Brennivín kamen zum Vorschein. Gunnar holte zwei Flaschen Bier heraus, ein Öffner lag auf dem Kühlschrank. Er machte die Flaschen auf, reichte Jón die eine und trank selber einen ordentlichen Schluck aus der anderen.

»Ist Fabían nicht mit dir nach Frankfurt gekommen?«, fragte er.

Jón leerte die halbe Flasche in einem Zug, bevor er antwortete. »Aah, das war eine gute Idee von dir. Du scheinst gar nicht so blöd zu sein.«

Gunnar wiederholte die Frage.

Jón nahm einen weiteren Zug. »Fabían, nein der ist nicht mit mir gekommen. Der arme Kerl ist elend dran. Er hatte genug von dieser verdammten Reiserei. Er ist am Montag direkt nach Island zurückgekehrt. Ich wäre besser mit ihm geflogen.«

Gunnar setzte sich auf einen Stuhl, und Jón tat es ihm nach. Sie tranken schweigend, und als die Flaschen leer waren, holten sie sich Nachschub.

Schließlich fragte Gunnar: »Wie gut kanntest du die Leute, die da am Sonntagabend in der Botschaft waren?«

»Alle kennen mich, und ich kenne alle, die Lust haben, mit mir zu trinken«, sagte Jón. »Wie heißt du?«, fragte er dann. Anscheinend hatte er wieder vergessen, dass Birkir Gunnar vorgestellt hatte. Gunnar sagte ihm seinen Namen und fragte: »Handelte es sich um Bekannte von dir aus Reykjavík?«

»Bekannte! Konráð und ich haben oft einen zusammen getrunken, sowohl daheim als auch im Ausland. Er hat keinen Sinn für Lyrik, aber er mag Stegreifgedichte, vor allem obszöne. Da kenne ich einige gute. Kostprobe gefällig?«

»Später. Woher kennst du Fabían?«

»Fabían ist mein Pflegesohn.«

»Dein Pflegesohn?«

»Ja, oder Pflegebruder oder Pflegevater. Ich habe ihn schon in jungen Jahren zu mir genommen, und er wohnt bei mir, wenn er nicht gerade im Krankenhaus ist. Wahrscheinlich ist er im Laufe der Zeit vernünftiger geworden als ich, er gibt mir manchmal gute Ratschläge. Das ist auch nötig.«

»Wieso im Krankenhaus?«

»In der Klapsmühle. Früher litt er unter außerordentlich merkwürdigen Depressionen, irgendeine Art geistiger Taubheit, hat der Seelenklempner gesagt. Er war auf irgendeinem Mond, und hat sich total vernachlässigt, ihm musste sogar das Essen eingetrichtert und der Hintern abgeputzt werden. Er war komplett hilflos. Das hat sich mit der Zeit wieder gegeben, er landete wieder auf der Erde und hat seine Sinne so ziemlich wieder beisammen. Dann bekam er aber Krebs und kämpft jetzt schon seit vielen Jahren gegen diese verfluchte Krankheit.«

Jón hob die leere Bierflasche, und Gunnar holte die nächste aus dem Kühlschrank, öffnete sie und reichte sie Jón.

»Hast du Anton gekannt?«

»Nur vom Hörensagen.«

»Ihr seid euch nie begegnet?«

»Nein.«

»Glaubst du, dass Fabían irgendwann allein mit diesem Anton im Büro des Botschafters war?«, fragte Gunnar.

»Du meinst, ob ich glaube, dass Fabían Anton umgebracht hat?«

»Ja, so kann man es auch ausdrücken.«

»Das glaube ich nicht. Wie wurde er ermordet?«

Gunnar ging nicht auf diese Frage ein, sondern stellte eine Gegenfrage: »Kannte Fabían diesen Anton?«

»Nein.«

»Die anderen Gäste, Helgi, Lúðvík, Unnar und Starkaður. Kanntest du die aus Reykjavík?«

»Alle kennen alle in Reykjavík.«

»Es sind also alte Bekannte von dir?«

»Das hängt davon ab, ob die Leute einen kennen wollen.«

»Glaubst du, dass einer von ihnen als Mörder von Anton in Frage kommt?«

Jón brach in lautes Gelächter aus. »Meiner Meinung nach hätte dieser Anton jeden x-Beliebigen zum Mörder machen können. Ich weiß nicht, wer der Glückliche ist, und ich bete auch nicht darum, dass man ihn findet. Was er getan hat, war schon lange überfällig.«

»Wieso?«

»Antons Business, das war nichts als Menschenhandel und Ausbeutung. Der Tod eines solchen Widerlings ist kein Verlust.«

»Woher weißt du das?«

»Gerüchte, Jungchen, Gerüchte.«

»Müssen die stimmen?«

»Nein, wahrscheinlich war der Kerl nur karitativ unter den Armen in Asien tätig. Warum zum Teufel fragst du mich danach? Es war doch nicht meine Aufgabe, dem Mann etwas nachzuweisen oder mich um ihn zu kümmern. Er geht mich einfach nichts an, weder lebend noch tot.«

Bevor Anna nach Island zurückgeflogen war, hatte sie Gunnar alles ausgehändigt, was er zum Fingerabdrucknehmen brauchte. Das holte er jetzt aus seiner Tasche und sagte: »Ich muss Fingerabdrücke von dir nehmen, damit du als Täter ausgeschlossen werden kannst.«

»Fingerabdrücke?« Jón sprang auf und drohte mit der Faust. »Kommt nicht in Frage, Jungchen. So was bekommt niemand von mir.«

»Aber es hilft uns bei der Ermittlung.«

»Mir ist es scheißegal, was euch hilft und was nicht. Ich lass euch nicht an mir herumfummeln. Meine Schuppen und mein Fingerfett sind meine Privatsache.«

»Das ist doch nicht gefährlich.«

»Für mich ist das Menschenjagd. Von mir kriegt ihr nichts.«

»Na schön. Und wo kann man dich in den nächsten Tagen erreichen?«

»In Island, verdammt noch mal. Hier habe ich nichts verloren. Niemand will mit einem reden, und außerdem hat Konráð den Empfang abgesagt, der hier stattfinden sollte. Planung geändert, sagte er. Meine Gedichte werden ihre

Leser an anderem Ort und zu anderer Zeit finden. Wahrscheinlich erst, wenn ich schon tot bin. Vor einem lebenden Lyriker muss man auf der Hut sein, der könnte die Wahrheit sagen.«

Gunnar stand auf und wollte sich verabschieden.

»Leck mich am Arsch«, erklärte der Dichter und stürmte den Gang entlang.

Gunnar hörte ihn laut rufen: »Lyrik, kauft isländische Lyrik! Liebe Freunde, hier gibt's ein Buch mit Gedichten!«

Gunnar hörte, wie eine Frau am nächsten Stand stöhnte: »Mein Gott, jetzt fängt dieser Isländer schon wieder an.«

Birkir war nicht am Kaffeestand, und Gunnar musste ihn anrufen, um ihn auf dem Gelände zu finden. Birkir sagte ihm die Nummer des Gangs, in dem er sich befand. Als Gunnar ihn endlich gefunden hatte, sah Birkir sich an einem großen Stand Bücher über klassische Musik an.

»Ich habe schon jede Menge Angebote bekommen«, sagte Birkir. »China ist Ehrengast auf der Buchmesse, und alle glauben, dass ich einer der chinesischen Herausgeber bin. Vielleicht ist das der richtige Moment, um den Beruf zu wechseln.«

»Ich kriege eine Erkältung«, sagte Gunnar und zog die Nase hoch.

»Was hat der Sonnendichter gesagt?«, fragte Birkir.

Gunnar berichtete ihm von seinem Gespräch mit Jón Sváfnisson. »Wir sind keinen Schritt weitergekommen«, sagte er und nieste in den Ärmel. »Verdammtes Ausland.«

»Wir fliegen morgen nach Hause«, sagte Birkir. »Die Botschaft hat einen Flug für uns hier von Frankfurt aus gebucht.«

Als Gunnar und Birkir sich dem Ausgang näherten, sahen sie, wie zwei Sicherheitsbeamte den Sonnendichter abführten. Sie blieben stehen und beobachteten, wie der Dichter sich von beiden Männern mit Handschlag verabschiedete und in ein Taxi stieg, das sie für ihn bestellt hatten. Die Mission des Sonnendichters auf der Buchmesse in Frankfurt war ganz offensichtlich beendet.

Donnerstag, 15. Oktober

17:30

Birkir war zwar nicht ganz so negativ gegenüber Auslandsreisen eingestellt wie Gunnar, doch sie gehörten auch nicht zu seinen Lieblingsbeschäftigungen. Eine solche Reise nahm meist einen ganzen Tag in Anspruch, oder zumindest die ganze Kraft, die Birkir für einen Tag zur Verfügung stand. Er hatte einmal gehört, dass auf Flugreisen die Seele nicht so schnell über die Meere fliegt wie der Körper, sie bräuchte immer einige Tage, um sich am Zielort einzufinden. Diese Theorie sagte ihm zu. Meist war er erst nach einer Woche wieder vollkommen im Gleichtakt mit dem Leben. Die einzigen Auslandsreisen, die er gern unternahm, waren die zu Marathonläufen in ausländischen Metropolen, denn da befand er sich in einer Gesellschaft, die ihm gefiel, und das Ziel war klar umrissen, 42,2 Kilometer mit Zigtausenden von anderen Läufern zu bewältigen, am liebsten in einer Zeit unter drei Stunden, aber das war ihm bislang noch nicht gelungen. Es raubte ihm sozusagen die gesamte Kraft eines Tages, etwa dieselbe Zeit in einem Flugzeug verbringen zu müssen.

Deswegen hatte Birkir eigentlich nach dem Rückflug von Frankfurt nach Reykjavík genug, aber sein Pflichtbewusstsein trieb ihn ins Kommissariat. Dort angekommen, begab er sich direkt ins Büro von Magnús, seinem Vorgesetzten.

»Ich hab das während des Flugs fertig gestellt«, sagte Birkir und legte einen ausführlichen Bericht über die Berlin-Reise vor Magnús auf den Tisch.

»Wo ist Gunnar?«, fragte Magnús, während er die Seiten überflog.

»Er liegt mit Erkältung zu Hause im Bett. Außerdem hat er einen Hexenschuss.«

»Wieso einen Hexenschuss?«

»Er hat so heftig niesen müssen.«

»Hat er es wegen ein paar Niesern im Rücken?«

»Ja, das ist im Flugzeug passiert. Die Sitze im Flugzeug sind viel zu eng für ihn.«

»Er ist ja auch viel zu dick.«

Birkir schüttelte den Kopf. »Er ist nicht nur dick, er ist auch groß. Dafür kann er nichts.«

»Vielleicht.«

»Nach der Landung hat er eine halbe Stunde gebraucht, um aus dem Flugzeug zu kommen. Ich habe einen Rollstuhl für ihn organisiert und ihn zu den Taxis kutschiert. Ich hatte vor, einen Krankenwagen für ihn zu bestellen, aber das wollte er nicht. Er war stinksauer.«

»Ja.«

»Er wollte Businessclass fliegen, aber es war nicht möglich, das Ticket zu ändern.«

»Businessclass?«

»Ja. Auf dem Flug nach Berlin hat er dort gesessen. Da ging es ihm besser, dort ist ja auch viel mehr Platz.«

»Wieso hat er denn dort gesessen?«

»Der Mann aus dem Außenministerium, der mit uns geflogen ist, war so liebenswürdig und hat den Platz mit ihm getauscht.«

»Na schön«, sagte Magnús. »Richte ihm aus, dass er zum Arzt gehen und seinen Rücken behandeln lassen soll. Dieser Fall muss so schnell wie möglich gelöst werden.«

»Ich bin mit ihm direkt zur Ambulanz gefahren. Er hat zwei Spritzen in die Lenden bekommen, und danach konnte er sich wieder etwas aufrichten. Die Erkältung wurde aber davon nicht besser, und seine Laune auch nicht.«

»Dieser Sturkopf. Aber genug davon. Wir müssen weiterkommen. Was für Leute waren das da in Berlin?«

Birkir holte eine Liste aus der Tasche und las die Namen vor.

»Alle zwischen vierzig und sechzig«, fügte er hinzu. »Anton und der Botschafter waren die ältesten.«

Magnús nahm das Blatt entgegen und besah sich die Namen genau.

»Die Medien machen uns die Hölle heiß, sie wollen diese Namensliste sofort veröffentlichen. Falls da irgendetwas durchsickert, haben wir keine Ruhe mehr vor denen. Wir müssen das ganz schnell über die Bühne bringen.«

Magnús blätterte in Birkirs Bericht.

»Was glaubst du?«, fragte er schließlich.

»Irgendetwas ist sehr seltsam an diesem Fall«, antwortete Birkir. »Alles deutet darauf hin, dass sich Anton Eiríksson ganz kurzfristig entschlossen hat, den Botschafter zu besuchen. Trotzdem war dieses Messer für den Mörder zur Stelle.«

»Kann es nicht eine andere Erklärung dafür geben?«, fragte Magnús.

»Wer schleppt sich denn mit so einer Waffe zu einer Dichterlesung und einem Empfang in einer Botschaft ab?«, fragte Birkir zurück.

»Vermutlich nicht viele«, gab Magnús zu. »Ist es völlig undenkbar, dass es sich um jemanden handelt, der gar nicht zu der Gruppe gehörte?«

»Ja. Das Sicherheitssystem schließt das aus.«

»Was für Indizien haben wir?«

Birkir berichtete ihm von dem Handabdruck auf dem Schreibtisch des Botschafters und den Kerzenleuchtern. »Mehr nicht«, sagte er zum Schluss.

»Dann hat es jetzt oberste Priorität, die Fingerabdrücke

von sämtlichen Personen auf der Liste zu bekommen. Wenn wir Glück haben, finden wir die Lösung dort. Was für einen Eindruck hattest du von diesen Leuten?«

»Wir haben nur mit dem Botschafter und seiner Frau und einem der Gäste gesprochen, dem Sonnendichter Jón Sváfnisson. Bei dem weiß man nicht, woran man ist.«

Magnús nickte und sagte: »Ich kenne ihn vom Sehen. Sein Benehmen ist ziemlich exzentrisch.«

»Wir waren Zeugen, wie sie ihn auf der Buchmesse in Frankfurt wegen Randalierens rausgeworfen haben«, sagte Birkir. »Außerdem war er heute auch mit uns im Flugzeug, aber da hat er sich manierlich aufgeführt. Er saß bloß die ganze Zeit da und las ein Buch von Günter Grass, *Die Blechtrommel*. Hat auch kein einziges Bier getrunken. Er ist noch größer als Gunnar und fühlte sich eindeutig sehr unwohl auf seinem Platz.«

»Ich glaube nicht, dass er zu Gewalttätigkeit neigt«, sagte Magnús. »Aber er könnte bei sich zu Hause etwas mehr Ordnungssinn an den Tag legen. Sein Haus liegt ganz in der Nähe von unserem, und es ist, milde ausgedrückt, keine Zierde des Viertels. Er hat es von seinen betuchten Eltern geerbt, ein großes, eindrucksvolles Haus, das aber überhaupt nicht instand gehalten wird. Der Garten ist völlig verwahrlost und voll von irgendwelchem Plunder. Er vermietet Zimmer, und unter den Mietern sind einige ziemlich schräge Typen.«

»Inwiefern schräg?«, fragte Birkir.

»Alle möglichen Sonderlinge und ausgeflippten Typen mit künstlerischen Ambitionen. Solche Leute können recht lästig sein, wenn sie so in geballter Form zusammenleben. Und außerdem dieses ganze Federvieh in seinem Garten.«

»Federvieh?«

»Ja, die Vögel. Die Autos von den Nachbarn sind oft total zugeschissen von den Vögeln, die bei Jón gefüttert werden. Und das Gekreisch ist ebenfalls nervtötend, wurde mir gesagt. Die Anwohner in dem Viertel haben versucht, etwas dagegen zu unternehmen, aber das ist schwierig, denn das Haus ist natürlich in Privatbesitz.«

»Es handelt sich ja wohl auch nicht um illegale Aktivitäten?«, fragte Birkir.

»Nein, streng genommen nicht, aber für Leute, die es gern ordentlich und gepflegt um sich herum haben, ist es bestimmt nicht schön, so etwas ständig vor Augen zu haben. Könnte sogar den Wohnungswert in diesem Viertel mindern.«

»Ich sehe mir das morgen an«, sagte Birkir. »Ich muss diesen Fabían als Zeugen vernehmen. Er wohnt zur Untermiete bei Jón.«

»Das Haus findest du leicht«, sagte Magnús. »Da hat jemand mit großen Buchstaben ›Jónshús‹ vorne drangemalt. Auch das ist nicht gerade eine Augenweide.«

20:30

Erst nachdem Birkir alle schriftlichen Unterlagen aus Berlin abgelegt hatte, fuhr er nach Hause. Niemand hatte ihm gesagt, dass er das sofort tun müsse, aber er wollte nicht den nächsten Tag mit unerledigtem Kram von gestern beginnen. Es würde genügend anderes zu tun geben. Was du heute kannst besorgen, das verschiebe nicht auf morgen, hatte ihm sein Pflegevater Hinrik beigebracht, mit dem Birkir sich um die paar Schafe gekümmert hatte, die der alte Mann in einem kleinen Stall in Vatnsleysuströnd hielt.

Birkirs Wohnung befand sich in einem alten, etwas sonderbaren Haus an der Bergstaðastræti. Die Wohnung war beengt und seltsam eingeteilt, aber er hatte sich in all den

Jahren, die er dort wohnte, daran gewöhnt. Er fand sie gemütlich, sie war sein Zuhause.

Zunächst machte er sich daran, seinen Koffer auszupacken. Die schmutzige Unterwäsche wanderte direkt in die Waschmaschine, die anderen Sachen in den Schrank. Das Einzige, was sich in Deutschland seinem Gepäck hinzugesellt hatte, war ein kleines Schwarz-Weiß-Foto von einer Geigerin in einem wunderschön geschnitzten Rahmen, das er am Vormittag vor dem Abflug in einem Antiquariat in Frankfurt erstanden hatte. Mit dem Bild in der Hand ging er durch seine Wohnung, um einen geeigneten Platz dafür zu finden. An sämtlichen Wänden hingen Bilder, die alle in irgendeiner Form dasselbe Motiv zeigten, Menschen oder Figuren mit Streichinstrumenten, Geigen, Bratschen, Cellos oder Kontrabässen. Fotografien, Ölgemälde, Aquarelle oder Grafiken in den unterschiedlichsten Größen. Auch die kleinen Figuren in den Regalen spielten Streichinstrumente.

Diese deutsche Fotografie schien mindestens hundert Jahre alt zu sein, der Rahmen ebenfalls. Er hatte seiner Meinung nach einen fairen Preis dafür gezahlt. Das Alter dieser Objekte spielte keine Rolle für ihn, wichtig war nur die Vielfalt der Sammlung.

Als Birkir einen guten Platz im Wohnzimmer gefunden hatte, holte er seinen Hammer und einen Stahlnagel, den er vorsichtig einschlug, und anschließend hängte er das Bild an den Nagel. Er betrachtete es eine ganze Weile und war eigentlich sehr zufrieden mit dem Ergebnis. Streichinstrumente gaben ihm wegen ihres Aussehens und ihrer Form eine Art von Sicherheitsgefühl. Eine unklare Erinnerung oder ein Bild aus der Kindheit waren der Grund dafür. Ansonsten waren seine Erinnerungen an Vietnam nur bruchstückhaft, erst seine Erlebnisse in einem Flüchtlingslager in Malaysia konnte er in einen gewissen Zusammenhang bringen. Damals war er als Waisenkind in der Obhut einer großen Familie gewesen.

Als Nächstes legte er eine CD ein, und die Unvollendete von Schubert, Andante con moto, erklang, während er durch seine Wohnung ging und siebenundzwanzig Topfblumen goss.

Freitag, 16. Oktober

09:30

Verschnupft und steif erschien Gunnar zur Arbeit. Er stützte sich auf zwei Krücken, die er seit einem Unfall besaß, als er sich bei Glatteis das Bein gebrochen hatte. Seine Mutter hatte sie in der Abstellkammer unter Tüten mit leeren Bierdosen wiedergefunden. An den Krücken konnte er sich zwar fortbewegen, aber nur sehr langsam.

»Ich kann nicht gerade gehen«, sagte Gunnar zu Birkir. »Ich muss mich auf etwas stützen, sonst kippe ich vornüber.«

Er klopfte mit einer Krücke auf den Boden, um seine Worte zu unterstreichen.

»Logisch«, entgegnete Birkir. »Dein Schwerpunkt befindet sich in dieser Stellung erheblich weiter vorn als deine Zehen.«

»Hol mir eine große Tasse Tee mit Zucker und Milch«, sagte Gunnar.

»Sonst noch etwas?«

»Du kannst auch eine Küchenrolle mitbringen, meine Nase trieft.«

»Bist du dir ganz sicher, dass du nicht besser im Bett aufgehoben wärst?«, fragte Birkir.

»Wir müssen einen Mordfall lösen«, erklärte Gunnar. »Ohne meine Hilfe schaffst du das nicht. Und jetzt geh und tu, was ich dir gesagt habe.«

Gunnar setzte sich und fuhr seinen Computer hoch, während er darauf wartete, dass Birkir den Auftrag ausführte. Er hatte kurz in die isländischen und deutschen Nachrichten hineingeschaut, als Birkir eine dampfende Tasse und eine Küchenrolle vor ihn hinstellte.

Gunnar riss zwei Blätter von der Rolle ab und putzte sich vorsichtig die Nase. Der Rücken vertrug keine Belastung.

»Gibt's was Neues?«, fragte er.

»Doch, ja«, antwortete Birkir. »Einen der Gäste in der Botschaft haben wir wegen früherer Vergehen im Strafregister gefunden, Körperverletzung.«

»Wer ist das?«

»Lúðvík Bjarnason.«

»Der Ausstellungsleiter?«

»Ja. In jüngeren Jahren war er wohl als Geldeintreiber aktiv.«

»War er Geldeintreiber?«

»Ja, etwas in der Art.«

»Wie lange liegt das zurück?«

»Der letzte Fall war vor zwanzig Jahren. Danach scheint er sich erbaulicheren Tätigkeiten gewidmet zu haben.«

»Dazwischen muss aber keine Verbindung bestehen«, sagte Gunnar. »Sonst nichts?«

»Nein, nichts von Belang«, sagte Birkir. »Ich versuche, die Leute auf der Liste zu erreichen.«

»Wie kommst du damit vorwärts?«

»Unterschiedlich. Wie hast du geschlafen?«

»Schlecht.«

»Der Rücken?«

»Der ist total lädiert. Ich hätte mich nie auf diese verdammte Reise einlassen sollen. Und die Erkältung macht es auch nicht besser.«

»Willst du nicht doch noch mal zum Arzt?«

»Nein, der labert mir nur lang und breit einen vor, dass ich zu schwer bin«, sagte Gunnar und hielt sich an der Schreibtischkante fest, als er wieder niesen musste.

»Aua, das tut weh«, sagte er, als er versuchte, sich aufzurichten.

»Hat er nicht recht damit, dass du zu schwer bist?«

»Fang du nicht auch noch damit an«, sagte Gunnar und schnäuzte sich.

»Ich bleib heute hier im Haus«, erklärte er mit verstopfter Nase.

»In Ordnung«, sagte Birkir. »Helgi Kárason kommt nachher vorbei. Wir hatten uns so gegen eins verabredet. Du unterhältst dich dann mit ihm. Ich mache mich jetzt auf den Weg zu Starkaður und Unnar, die werden heute beide zu Hause sein. Anschließend besuche ich Fabían Sigríðarson. Da er bettlägerig ist, spielt es keine Rolle, wann ich dort eintreffe. Ich habe das telefonisch mit allen arrangiert.«

»Und dieser Lúðvík?«, fragte Gunnar.

»Den habe ich noch nicht erreicht«, antwortete Birkir. »Ich habe seine Nummer, aber er geht nicht ans Telefon.«

»Dann werde ich versuchen, ihn zu erwischen«, sagte Gunnar. »Hör mal zu, du erinnerst dich, dass ich meiner Mutter gesagt habe, wir hätten nach Egilsstaðir fahren müssen. Du musst das bestätigen, falls sie danach fragt.«

»Ja. Ich sage ihr, du hast dir bei der Reise nach Egilsstaðir einen Hexenschuss und einen Schnupfen geholt.«

»Ja, mach das, aber nur, wenn sie fragt. Man muss ein gutes Gedächtnis haben, wenn man Mama etwas vorlügen will. Sie durchschaut alles. Meine Intuition habe ich von ihr.«

»Sie wäre gut bei der Kripo gewesen«, sagte Birkir.

»Besser als die meisten anderen«, entgegnete Gunnar.

11:30

Die Wohnung von Starkaður und Unnar befand sich im mittleren Stockwerk eines Dreifamilienhauses im Reykjavíker Westend. Birkir betätigte die Türklingel und wartete.

Ein großer, eleganter Mann um die vierzig öffnete die Tür.

Birkir stellte sich vor und wies sich aus. »Bist du Starkaður oder Unnar?«, fragte er.

»Starkaður«, sagte der Mann. Er hatte ein hellbraunes Hemd und eine Hose von ähnlicher Farbe an. Um den Hals trug er ein buntes Tuch, und über den Schultern hing ein heller Pullover, dessen Ärmel locker vor der Brust verschlungen waren. »Bitte komm herein.«

»Vielen Dank«, sagte Birkir und betrat die Wohnung.

Drinnen war es warm, und Rauch hing in der Luft.

»Entschuldige die Unordnung«, erklärte Starkaður. »Unnar bereitet eine Modenschau vor, und dann steht hier immer alles auf dem Kopf.«

Birkir sah sich um. An allen Wänden hingen große Entwürfe, an denen Stoffproben mit Stecknadeln befestigt waren. Abgesehen davon wirkte die Wohnung sauber und gemütlich.

»Nimm doch bitte hier in der Küche Platz. Tee oder Kaffee?«

»Lieber ein Glas Wasser«, sagte Birkir.

»Mit Kohlensäure oder ohne?«

»Einfach aus der Leitung, danke.«

Starkaður holte ein schönes, hohes Glas aus einem Schrank, ließ das Wasser eine Weile laufen und kontrollierte die Temperatur mit dem Finger. Als es kalt genug war, hielt er das Glas unter den Strahl und füllte es.

»Du weißt, weshalb ich gekommen bin«, sagte Birkir, als er das Glas entgegengenommen hatte.

»Vermutlich wegen dieser widerwärtigen Gestalt da in der Botschaft«, antwortete Starkaður, während er ein weiteres Glas füllte.

»Widerwärtige Gestalt?« Birkir schaltete sein Diktafon ein und sah Starkaður fragend an. »Wen meinst du damit?«

»Na, diesen Anton doch. Wurde der nicht umgebracht?«

Bevor Birkir antwortete, sprach er Ort, Zeit und Namen des Gesprächspartners aufs Band. Dann sagte er: »Ja, Anton Eiríksson wurde in der Nacht zum vergangenen Montag in der Botschaft in Berlin ermordet.«

»Das hätte schon viel eher geschehen sollen.«

»Ach?«

»Er war so grauenvoll pädo.«

»Was?«

»Pädo, pädophil.«

»Du meinst, er hat sich an Kindern vergriffen?«

»Ja, und das ist bereits seit Jahrzehnten bekannt. Nicht zu fassen, dass er nie angezeigt und vor Gericht gestellt wurde. Eine schlimme Sache.« Starkaður holte eine Schachtel Zigaretten aus einem Schrank und zündete sich mit einem Feuerzeug eine an. Birkir bemerkte, dass er dazu die rechte Hand benutzte.

»Kennst du Personen, die seine Opfer waren?«, fragte Birkir.

»Ich kenne niemanden persönlich, aber bei uns reden alle darüber.«

»Bei uns?«

»Im Schwulenverband.«

»War Anton Mitglied?«

»Du lieber Himmel, nein. Der wäre nie dort aufgenommen worden. Bei uns hatte er nichts zu suchen.«

»Wieso nicht?«

»Solche Leute können wir absolut nicht in unseren Reihen gebrauchen, denn ihretwegen gibt es die meisten Vorurteile uns gegenüber. Unaufgeklärte Menschen glauben nämlich, dass alle Homosexuellen Kinder verführen.«

»Ich verstehe, was du meinst«, sagte Birkir. »Es ist sicher schwierig, mit derartigen Vorurteilen zu leben.«

»Genau. Unsere menschlichen Kontakte und sexuellen Beziehungen bauen auf gegenseitiger Achtung, Zuneigung, Liebe und Gleichberechtigung auf. Jeglicher Missbrauch, in welcher Form auch immer, ist in unseren Augen unerträglich. Die sexuellen Präferenzen spielen dabei keine Rolle.«

»Ihr seid Anton bei der Besprechung mit dem Botschafter begegnet, nicht wahr?«

»Ja, sie war aber nur sehr kurz. Mir ist völlig schleierhaft, wieso der Botschafter glaubte, dass wir etwas miteinander zu besprechen hätten. Anton verließ fluchtartig das Zimmer, als wir ihm sagten, was wir von ihm hielten.«

»Was für ein Zimmer?«

»Wir waren im Büro des Botschafters.«

Birkir trank einen Schluck Wasser und sagte dann: »Anton ging danach einige Male ins Büro des Botschafters. Hast du bemerkt, dass jemand ihm gefolgt ist?«

»Du lieber Himmel, nein. Ich habe mir immer die Hand vor die Augen gehalten, wenn er in der Nähe war.« Starkaður hob die Hände an die Augen, um seine Worte zu unterstreichen.

»Unnar war die ganze Zeit bei dir?«

»Ja, selbstverständlich.«

»Bist du nach dieser Besprechung noch einmal in den dritten Stock gegangen?«

»Nein, natürlich nicht. Ich hatte dort nichts zu suchen.«

»Mit wem habt ihr euch an dem Abend unterhalten?«

»Hauptsächlich mit der Gattin des Botschafters, nachdem sie zu uns gestoßen war. Sie ließ sich über die Frühjahrsmode aus, und wir haben ihr zugehört, wie es sich für höfliche Gäste gehört.«

»Ihr seid dann als Erste gegangen?«

»Ja, und eigentlich hätten wir auch schon viel früher gehen wollen, aber Unnar ist manchmal auf die Unterstützung der Botschaft angewiesen, deswegen wollten wir den Botschafter und seine Gattin nicht vor den Kopf stoßen.«

»Habt ihr an diesem Abend Alkohol getrunken?«

»Ja. An so einem Abend blieb einem kaum etwas anderes übrig, als sich zu betrinken. Ich hatte am nächsten Tag einen fürchterlichen Kater, von dem ich mich eigentlich immer noch nicht richtig erholt habe. Aber ich weiß ganz genau, dass ich dieses Ekel nicht umgebracht habe, obwohl ich große Lust dazu verspürte. Hat ihm jemand den Schädel eingeschlagen?«

»Wieso fragst du?«

»Aus purer Neugierde.«

»Diese Frage kann ich nicht beantworten«, sagte Birkir.

»Na gut. Vielleicht bekommen wir es ja später zu wissen.«

»Wenn die Ermittlungen abgeschlossen sind, wird es sicher offiziell bekannt gegeben«, sagte Birkir. »Was machst du beruflich?«, erkundigte er sich anschließend.

»EDV. Ich bin Informatiker und arbeite selbständig, mein Arbeitsplatz ist hier unten im Keller. Du darfst dich gerne mit mir in Verbindung setzen, wenn du Probleme mit deinem Computer hast, dir einen Virus einfängst oder dergleichen. Ich bin billiger als die meisten.«

»Danke, ich werd's mir merken.«

Birkir überflog seine Notizen und fragte dann: »Kanntest du die anderen Gäste?«

»Die meisten hatte ich schon vorher irgendwann einmal getroffen.«

»War unter ihnen jemand, der deiner Meinung nach mehr als die anderen zu einer Gewalttat in der Lage wäre?«

»Nein, auf gar keinen Fall. Das sind keine Gewaltverbrecher«, sagte Starkaður lachend. Er lachte immer noch, als sich die Wohnungstür öffnete und jemand hereinkam.

»Liebling«, rief Starkaður, »komm herein. Hier ist ein Kriminalbeamter, der Witze reißt.«

»Guten Tag«, sagte Unnar Mathieu, ein ungewöhnlich schöner, schlanker Mann. Er war nicht mehr ganz jung und hatte die vierzig vermutlich schon um einiges überschritten. Sein Teint war mediterran, und das von Silberfäden durchzogene Haar war noch ganz dicht. Er trug einen gepflegten Oberlippenbart, der dunkler war als das Haar, und hatte eine schmale Nase, einen wohlgeformten Mund und ebenmäßige Zähne. Die Augen waren braun. Er hielt sich sehr gerade und bewegte sich elegant.

»Ich habe mit deinem Freund hier über euren Besuch in Berlin gesprochen«, sagte Birkir.

»Du meinst mit meinem Mann«, sagte Unnar.

»Ja, Starkaður«, sagte Birkir und sah von einem zum anderen.

»Starkaður ist mein Mann«, sagte Unnar. »Wir sind verheiratet.«

»Na gut. Also, Starkaður, dein Mann, hat mir gesagt, dass ihr Anton Eiríksson in der Botschaft getroffen habt, und zwar an dem Abend, als er starb.«

»Ja. Der Botschafter war der Meinung, dass ich mir seine Geschäftsverbindungen für die Herstellung meiner Couture zunutze machen könnte.«

»Wäre das möglich gewesen?«

»Nein, das kam überhaupt nicht in Frage.«

»Weshalb nicht?«

»Anton war ein Ausbeuter der schlimmsten Art, ein regelrechter Sklavenhändler. Seine Geschäfte beruhten darauf, sich an Produktionsfirmen zu wenden, um ihnen anzubieten, einen billigeren Hersteller zu finden. Er hat sich damit gebrüstet, dass es nichts gäbe, was er nicht für die Hälfte des derzeitigen Herstellungspreises produzieren lassen könnte.«

»Ist das angesichts der Globalisierung ungewöhnlich?«

»Ja, das ist es in der Tat, denn dieser Anton schnüffelte die armseligsten Großstadtviertel in Asien heraus, wo es keinerlei Kontrolle gibt, weder was Kinderarbeit betrifft noch generell die Rechte von Arbeitern. Er konnte unter Umständen sogar bei bekannten Designern vorstellig werden und ihnen fertig verarbeitete Erzeugnisse präsentieren, exakte Kopien von deren Produktion, dasselbe Material, dasselbe Finishing, und sogar mit demselben Label. Das bot er ihnen dann zur Hälfte des Preises an, den sie ihren eigenen Herstellern dafür bezahlen. Er ließ dabei auch einfließen, dass diese Ware mit oder ohne ihre Zustimmung auf den Markt gehen würde. Die meisten haben ihn selbstverständlich vor die Tür gesetzt, doch einige Spekulanten haben sich vermutlich mit ihm arrangiert.«

»War er auf Textilien spezialisiert?«

»Nein. Er hatte überall seine Finger drin. Er war immer auf der Suche nach Produktionsstätten, an denen Menschen zu guten Arbeitsbedingungen und menschenwürdigen Löhnen arbeiteten, besorgte sich die Produkte und ließ sie in irgendwelchen Sklavenpferchen nacharbeiten. Und dann tauchte er bei dem Unternehmen auf, das die Ware produzierte, und bot sie ihnen zum halben Preis an. Es brauchte gar nicht viele derartige Verträge, um einträgliche Einkünfte zu haben.«

»Woher weißt du das alles?«, fragte Birkir.

»In meiner Branche ist das ein sehr bekanntes Phänomen«, antwortete Unnar. »Und so etwas spricht sich schnell herum.

Anton war einer der Schlimmsten in diesem Metier, vollkommen skrupellos. Sein Tod ist kein Schaden für die Welt.«

»Weißt du vielleicht etwas, was uns bei der Ermittlung weiterhelfen könnte?«

»Nein. Und selbst wenn ich Zeuge von etwas geworden wäre, hätte ich es ganz schnell verdrängt. Ich bin nicht dafür, dass Leute umgebracht werden, auch wenn sie in meinen Augen das personifizierte Böse sind. Doch wenn es passiert, will ich nicht lange darüber nachdenken, sondern es so schnell wie möglich vergessen.«

»Wie kam es eigentlich, dass ihr an diesem Tag zu Gast in der Botschaft wart?«

»Der Botschafter wusste, dass wir in Berlin waren, und hat uns zu der Lesung eingeladen. Und dann hat er uns gebeten, anschließend noch ein wenig zu bleiben, weil er etwas mit uns zu besprechen hatte. Anscheinend ging es darum, uns mit diesem Anton zusammenzubringen. Der Botschafter wusste natürlich nicht, dass Anton kein Unbekannter für uns war. Doch da war es zu spät, um sich zurückzuziehen. Wir mussten der Einladung des Botschafters Folge leisten.«

»Starkaður und du, wart ihr in der Botschaft die ganze Zeit zusammen?«

»Ja, wir haben den ganzen Abend nebeneinander gesessen.«

»Ihr seid nicht irgendwann mal getrennt auf die Toilette gegangen?«

»Nein, immer zusammen.«

Starkaður bestätigte das durch ein Kopfnicken.

»Im Zuge der Ermittlung müsste ich Finger- und Handflächenabdrücke von euch nehmen. Seid ihr damit einverstanden?«

Starkaður und Unnar sahen sich an und schüttelten beide den Kopf.

»Da müssen wir erst mit unserem Rechtsberater sprechen, bevor wir dem zustimmen können. Wir haben keine guten Erfahrungen mit eurem System.«

13:00

Helgi Kárason hatte sich morgens bereit erklärt, zur Vernehmung ins Dezernat zu kommen, nachdem Birkir nach einiger Suche endlich eine Telefonnummer ausfindig gemacht hatte, unter der Helgi zu erreichen war. Helgi war mit Hauptwohnsitz in Seyðisfjörður registriert, und es bestand einige Ungewissheit in Bezug auf seine Adresse in Reykjavík.

Gunnar erwartete ihn im Eingangsbereich und führte ihn in die Abteilung für Gewaltverbrechen. Er hatte inzwischen bereits einige Übung im Umgang mit den Krücken erlangt und konnte sich relativ schnell fortbewegen.

»Hast du's im Rücken?«, fragte Helgi teilnahmsvoll.

»Ja«, antwortete Gunnar, »und außerdem habe ich eine widerliche Erkältung. Aber Mordermittlung ist Mordermittlung. Dieser Fall muss gelöst werden, auch wenn man nicht ganz auf dem Damm ist.«

»Das stimmt wahrscheinlich«, sagte Helgi, der den Eindruck eines zuvorkommenden, zurückhaltenden Menschen machte. Der braungebrannte Teint täuschte nicht darüber hinweg, dass seine Gesichtszüge verlebt waren. Die Stirn war von tiefen Falten zerfurcht, und die Wangen waren vernarbt. In seinen jüngeren Jahren hatte dieser Mann bestimmt ein exzessives Leben geführt, doch davon schien er sich einigermaßen erholt zu haben. Er trug einen braunen, seltsam altmodisch geschnittenen Anzug, und die Kopfbedeckung bestand aus einer ausladenden Wollmütze mit Schirm.

Gunnar ging vor Helgi in den Vernehmungsraum, wo die

beiden Kerzenleuchter aus der Botschaft auf dem Tisch standen. Er schaltete das Diktafon ein und sprach Ort und Zeit und ihre Namen auf das Band. Dann fuhr er den Laptop auf dem Tisch hoch und öffnete eine Datei mit Notizen.

»Als ich diese Objekte zuletzt sah, befanden sie sich in der Botschaft in Berlin«, sagte Helgi und betrachtete die Leuchter. Er setzte sich und nahm seine Mütze ab. »Ich nannte sie seinerzeit Sonnenleuchter.«

Gunnar nickte. »Das stimmt. Sie standen im Büro des Botschafters, wo der Mord begangen wurde«, sagte er. »Wir mussten sie nach Island schaffen, um sie besser untersuchen zu können.«

Helgis Augenbrauen hoben sich. »Ach, wirklich? Ich verstehe nicht, wieso«, sagte er. »Es wird aber hoffentlich möglich sein, sie rechtzeitig zur Ausstellung wieder nach Berlin zu schicken. Sie dokumentieren eine bestimmte künstlerische Schaffensperiode in meinem Leben, für die es nicht so viele andere Beispiele gibt.«

»Hoffen wir, dass diese Angelegenheit rechtzeitig zum Abschluss gebracht werden kann«, sagte Gunnar und kam dann zur Sache. »Du warst Gast bei der Einladung des Botschafters. Was kannst du mir über diesen Abend sagen?«

»Da gibt's nicht viel zu sagen«, erklärte Helgi. »Lúðvík Bjarnason und ich waren in Berlin, um die Ausstellung vorzubereiten, die im Januar eröffnet werden soll. Wir haben uns die Räumlichkeiten angesehen und die Gestaltung konzipiert. Wir hatten einen Termin mit dem Botschaftsrat, aber der war unvorhergesehenerweise verhindert, deswegen wollte der Botschafter selber mit uns reden. Er lud uns zu der Lesung von Jón Sváfnisson ins Felleshus ein. Das passte gut, denn die Ausstellungsräume befinden sich oberhalb des Auditoriums, und während der Pause bei der Lesung gingen die Gäste nach oben und sahen sich die finnische Glasausstellung an, die jetzt dort gezeigt wird. Es ist hervorragend, solche Räume in Augenschein zu nehmen, wenn dort viele Menschen sind. Man kann sich dann eine bessere Vorstellung davon machen, wie man die Objekte am besten präsentiert, damit sie Wirkung erzielen. Wir haben Fotos gemacht und skizziert, wie die Leute sich in den Räumlichkeiten bewegten.«

»Aber dann bliebt ihr noch länger in der Botschaft, nicht wahr?«

»Ja, es war vereinbart, dass wir mit dem Botschafter in die isländische Botschaft gehen sollten, und Lúðvík beabsichtigte, ein Foto mit dem Botschafter und mir und diesen Objekten zu machen. Der Botschaftsrat, mit dem wir über die finanziellen Dinge und anderes Organisatorische sprechen wollten, konnte jedoch nicht kommen, wie ich dir vorhin gesagt habe.«

»Wozu sollte das Foto gemacht werden?«

»Es ging darum, mit der PR-Arbeit zu beginnen. So wie die Dinge im Augenblick stehen, ist es bestimmt besser, damit noch zu warten.«

»Kann man an diese Fotos herankommen?«

»Ja. Ich war sogar so vorausschauend, sie mitzubringen. Lúðvík hat an dem Abend viel fotografiert, und ich war mir ziemlich sicher, dass ihr euch für diese Bilder interessieren würdet.«

Helgi holte einen USB-Stick aus der Tasche.

»Ich wäre dankbar, wenn du mir den wiedergeben könntest, nachdem du sie heruntergeladen hast.«

»Mach ich sofort«, sagte Gunnar, steckte den Speicherstick in den Laptop und führte das Gespräch fort, während der Download lief.

»Nach dieser Besprechung seid ihr aber noch länger in der Botschaft geblieben«, sagte er.

Helgi antwortete: »Ja, der Botschafter lud uns zum Abendessen ein. Er bestellte das Essen aus einem Restaurant in der Nähe.«

»Kanntest du die anderen Gäste?«

»In meiner Generation kennt jeder den Sonnendichter«, sagte Helgi lächelnd. »Jón und ich waren in jüngeren Jahren gute Freunde, aber heutzutage sehen wir uns nur selten. Unnar Mathieu und Starkaður habe ich ein paar Mal getroffen.«

»Kanntest du Anton Eiríksson?«

»Nein, dem bin ich nie zuvor begegnet.«

»Hast du dich an dem besagten Abend mit ihm unterhalten?«

»Ja, ein wenig. Er schien in dieser Gesellschaft nicht viele Freunde zu haben, und ich habe aus Höflichkeit einige Worte mit ihm gewechselt.«

»Worüber habt ihr gesprochen?«

»Ich musste mir in erster Linie seine Ausführungen über lukrative Geschäftsperspektiven in Asien anhören. Er bot mir seine Hilfe dabei an, zu einem sehr niedrigen Preis Repliken von meinen Werken anfertigen zu lassen. So etwas steht natürlich überhaupt nicht zur Debatte, trotzdem habe ich ihn einfach reden lassen. Es war allerdings hochinteressant zu erfahren, wie solche Leute arbeiten.«

Gunnar hob den einen Kerzenleuchter hoch und zeigte ihn Helgi. »Hier, aus diesem Ständer ist der Boden herausgebrochen worden. Die Bruchstücke lagen auf dem Couchtisch im Büro des Botschafters.«

Helgi zog die Augenbrauen hoch. »Das ist seltsam, aber es ist in dem Sinne keine Beschädigung des Objekts. Das lässt sich sehr leicht wieder in Ordnung bringen. Der Boden ist aus ungebranntem Gips, man muss nur wieder Gips anrühren und einen Klacks in die Öffnung geben und mit einem

Spatel glatt streichen. Vielleicht muss das auch zweimal gemacht werden.«

»Weshalb wird so verfahren?«

»Im Grunde genommen dient es überhaupt keinem Zweck. Manchmal fülle ich solche Objekte mit Sand, um sie stabiler zu machen. Das war bei diesen großen Leuchtern überflüssig, weil sie schwer genug sind. Wenn man sie von unten verschließt, kann kein Schmutz hineingelangen. Und außerdem signiere ich die Objekte mit meinen Anfangsbuchstaben, bevor der Gips hart wird.«

»Wann ist dieser Leuchter entstanden?«

»Wahrscheinlich vor etwa zwölf Jahren.«

»Könnte jemand den Boden geöffnet, ein Messer in den Hohlraum eingeführt und anschließend wieder mit Gips verschlossen haben?«

Helgi sah Gunnar verständnislos an. »Wozu in aller Welt?«

»Um ein Messer in die Botschaft einzuschmuggeln.«

Helgi schüttelte den Kopf. »Nein, das kann nicht sein. Wie denn?«

»Du kannst vielleicht für uns mal darüber nachdenken«, sagte Gunnar. »Wer besitzt diese Leuchter?«

»Sie befinden sich in meinem Besitz. Sie dokumentieren, wie gesagt, eine meiner künstlerischen Schaffensperioden. Über dieses Messer weiß ich nichts.«

»Wer hat die Leuchter für den Transport verpackt?«

»So etwas macht Lúðvík für mich.«

»Lúðvík Bjarnason ist telefonisch nicht zu erreichen. Er ist doch mit dir wieder nach Island zurückgekommen, nicht wahr?«

»Lúðvík? Nein, wie kommst du darauf?«

»So lauteten die Informationen, die wir in der Botschaft bekamen.«

»Da muss es sich um ein Missverständnis handeln. Lúðvík wollte sich noch eine Ausstellung in Europa ansehen. Ich weiß nicht, wann er wieder nach Island kommt.«

»Kann man ihn telefonisch erreichen?«

»Am besten per SMS. Seine Nummer steht im Telefonbuch. Auf Reisen schaltet er meist sein Handy ab.«

»Na schön, dann versuche ich es mit einer SMS. Kannst du dich genau an den Abend in der Botschaft erinnern?«

»Ja, selbstverständlich. Es ist ja erst ein paar Tage her.«

»Es hat den Anschein, als seien einige Gäste ziemlich betrunken gewesen. Was war mit dir, warst du nüchtern?«

»Seit fünfzehn Jahren rühre ich keinen Alkohol oder andere Rauschmittel mehr an. Ich war an diesem Abend so nüchtern wie immer.«

»Da kannst also alles rekapitulieren?«

»Ja. Aber was den Mord betrifft, da kann ich dir nicht behilflich sein. Anton habe ich zuletzt gesehen, als die anderen im Aufbruch waren. Der Botschafter wollte Taxis bestellen, doch da wurde seine Gattin unruhig. Sie hatte einen Schuh verloren, was sie ziemlich aus der Fassung zu bringen schien. Ich versuchte, sie zu beruhigen, während die anderen nach dem Schuh suchten. Der Auftritt war ein bisschen peinlich und hat uns ziemlich aufgehalten.«

»Weißt du noch, wer sich an der Suche beteiligt hat, oder ob außer Anton noch jemand anderes nicht anwesend war?«

»Nein. Ich habe die Botschaftergattin nach unten begleitet und versucht, sie zu beschwichtigen. Sie war ziemlich laut und hat geschimpft wie ein Rohrspatz. Nicht sehr ladylike, wenn man so sagen darf.«

»Und was geschah als Nächstes?«

»Unnar und Starkaður kamen nach unten und sagten, dass die Taxis eingetroffen seien. Daraufhin rannte die Dame wieder nach oben, und ich hinter ihr her. Sie ging in das Zimmer, wo wir gegessen hatten, setzte sich und erklärte rundheraus, keinen Schritt mehr zu tun, bevor nicht der Schuh gefunden wäre.«

»Aber sie hat sich nicht daran gehalten?«

»Nein. Ich gab auf und verabschiedete mich. Der Sonnendichter wollte ebenfalls gehen, und wir beschlossen, zu viert ein Taxi zu nehmen, Jón, Fabían, Lúðvík und ich. Dann hatte sich die Gattin des Botschafters aber eines anderen besonnen und wollte doch nach Hause, notfalls auch schuhlos.«

»Anton war da also schon nicht mehr anwesend. Hast du das bemerkt?«

»Ja, ich habe es bemerkt. Wir waren die Letzten, und wir waren zu sechst. Anton war nicht bei uns, deswegen ging ich davon aus, dass er mit Unnar und Starkaður zum Taxi gegangen war. Das schien der Botschafter auch zu glauben.«

»Ihr seid zu sechst hinausgegangen. Alle zusammen?«

»Ja. Und dann gab es wieder einen Zwischenfall bei der Rezeption, der Sonnendichter hatte seine Gästekarte verloren. Der Botschafter musste irgendetwas ausfüllen, damit Jón seinen Pass zurückbekam.«

»Und dann trennten sich die Wege, nicht wahr?«

»Der Sonnendichter setzte sich auf den Beifahrersitz und wollte den Fahrer per Handschlag begrüßen, aber der hat das nicht begriffen, und da hat Jón ihn etwas grob angefasst. Der Mann erschrak, stieg wieder aus und weigerte sich, uns zu fahren. Er drohte sogar damit, die Polizei zu rufen. Der Sicherheitsmensch kam daraufhin zu uns heraus, und gemeinsam gelang es uns, den Mann dazu zu überreden, uns zum Hotel zu fahren. Ich gab ihm hundert Euro extra und tauschte den Platz mit dem Sonnendichter. Jón war ziemlich müde, und er hat begriffen, dass er sich etwas zurückhalten musste. Wir sind dann ohne weitere Zwischenfälle zum Hotel gekommen.«

»Wart ihr alle im selben Hotel?«

»Ja. Die Botschaft hatte die Zimmer für uns alle gebucht, und zwar im selben Hotel.«

»Du sagst, dass du nicht gesehen hast, dass jemand mit Anton zusammen den Konferenzraum verlassen hat. Hast du vielleicht etwas Ungewöhnliches im Verhalten eines der Gäste bemerkt, als ihr hinausgingt?«

»Die meisten waren ziemlich betrunken, aber ansonsten habe ich nichts Besonderes bemerkt.«

»Du sagst die meisten. War außer dir noch jemand nüchtern?«

»Fabían ist schwer krank und nimmt starke Medikamente. Er hat an dem Abend keinen Tropfen Alkohol getrunken, sondern nur ein paar Joints geraucht. Das hilft ihm gegen die Übelkeit.«

»Du hast ihn also gekannt?«

»Fabían ist Künstler. Ja, ich kenne ihn gut, wir haben auch schon zusammen ausgestellt. Er ist ein eigenwilliger Mensch, aber wir haben einen guten Draht zueinander.«

»Hast du bemerkt, dass er sich mit Anton unterhalten hat?«

»Fabían hielt sich an diesem Abend zurück. Es ging ihm nicht gut.«

»Was fehlt ihm?«

»Er hat Krebs. Die Chemotherapie kann die Krankheit höchstens aufhalten, für alle anderen Methoden ist es zu spät.«

»Du meinst, er hat nicht mehr lange zu leben?«

»Ja. Er hat nicht mehr lange zu leben, und wir hoffen nur, dass ihm einige Monate mit erträglichem Zustand bleiben.«

Gunnar warf einen Blick auf den Laptop, auf den er inzwischen die Aufnahmen von Helgis USB-Stick heruntergeladen hatte. Gunnar zog ihn heraus, reichte ihn Helgi und öffnete die Datei.

»Was ist das?«

»Das sind die Ausstellungsräume im Felleshus. Die meisten Bilder sind von dort.«

Gunnar ging die Fotos langsam durch. Auf ihnen waren Menschen zu sehen, die sich die ausgestellten Exponate ansahen. Dann kamen Aufnahmen, die Helgi und Konráð im Büro des Botschafters zeigten. Zwischen ihnen standen die Kerzenleuchter auf dem Tisch. Die dicken Kerzen waren nicht angezündet worden.

»Diese Bilder sollten in die Präsentationsmappe«, sagte Helgi.

»Ihr habt die Kerzen nicht angezündet?«, fragte Gunnar.

»Nein, keiner von uns hatte Feuer. Außerdem wollte Lúðvík nicht, dass die Kerzen brannten, als er die Aufnahmen machte. Die Leuchter sollten so zur Geltung kommen.«

»Später am Abend waren die Kerzen angezündet. Wer hatte Feuer? Wer hat geraucht?«

»Anton rauchte Zigarren und er besaß ein Feuerzeug, glaube ich. Unnar und Starkaður rauchten Zigaretten, und Fabían natürlich sein Gras. Ob da an dem Abend noch andere geraucht haben, weiß ich nicht.«

»Hat der Botschafter das Rauchen in den Räumen gestattet?«

»Ich kann mich nicht erinnern, dass irgendjemand ihn danach gefragt hätte.«

Als Nächstes kamen Bilder vom Essen im Konferenzzimmer. Beim Essen gibt man keine gute Figur ab, das sollte man sich merken, dachte Gunnar, während er die Fotos betrachtete. Das letzte Foto zeigte den Sonnendichter, der auf einem Stuhl stand und wahrscheinlich ein Gedicht vortrug.

»Das ist das letzte Bild, das Lúðvík an diesem Abend gemacht hat«, sagte Helgi. »Nachdem der Botschafter Cognac aufgefahren hatte, ging es hoch her, und es gab keinen Grund, das zu fotografieren.«

»Hast du möglicherweise gegen Ende der Party Schreie aus dem oberen Stockwerk gehört?«

»Nein. Der Botschafter hatte eine CD mit deutschen Schlagern aufgelegt, und zwar sehr laut. Spätestens beim dritten Durchlauf war das ziemlich nervig.«

Gunnar grinste und sagte: »Noch eins zum Schluss. Ich muss dich bitten, mir im Rahmen dieser Ermittlung zu gestatten, Finger- und Handabdrücke von dir zu nehmen.«

»Haben die anderen Gäste dem zugestimmt?«, fragte Helgi.

»Wir haben noch nicht mit allen gesprochen.«

»Bevor ich dem zustimme, möchte ich mich mit meinem Anwalt über meine rechtliche Position beraten.«

»Deine rechtliche Position ist die eines Zeugen«, erklärte Gunnar achselzuckend. »Du kannst das verweigern. Wir lassen es dich wissen, falls sich daran etwas ändert.«

»Dann warten wir lieber damit.«

»Na schön. Aber wahrscheinlich werden wir uns noch einmal intensiver unterhalten müssen.«

»Ich stehe zur Verfügung.«

Helgi stand auf, verabschiedete sich und ging. Gunnar blieb zurück und betrachtete die Kerzenleuchter. Dann griff er zum Telefon und wählte die hausinterne Nummer von Anna, die kurze Zeit später das Vernehmungszimmer betrat. Gunnar deutete auf die Tischplatte und sagte: »Ich hatte sie sorgfältig abgewischt, bevor Helgi kam. Der Tisch ist voll mit Abdrücken von seinen Fingern und Handflächen. Sieh zu, ob du etwas Verwendbares bekommst, aber das geht nicht offiziell in die Datenbank, das bleibt unter uns.«

14:45

Birkir stellte den nicht als solchen gekennzeichneten Dienstwagen der Kriminalpolizei auf einem freien Parkplatz ab und legte die letzten Meter zum Haus von Jón Sváfnisson und Fabían Sigríðarson zu Fuß zurück. Es stand in einer friedlichen Straße in einem alteingesessenen Viertel westlich des Nationalkrankenhauses, einer engen, alten Einbahnstraße mit Parkstreifen zu beiden Seiten. Auf der Südseite standen die Häuser dicht an der Straße, nur ein schmaler Bürgersteig trennte sie von der Fahrbahn. An der Nordseite hingegen gab es große Gärten vor den Häusern, und auch zwischen ihnen gab es viel Platz. Es handelte sich um große, zweistöckige Einfamilienhäuser mit Keller und Mansarde. Zu ihnen gehörte auch das Haus des Sonnendichters, das Jónshús. Es war zwar ungefähr genauso groß wie die Nachbarhäuser, aber ansonsten unterschied es sich stark von ihnen.

Als Birkir ein verrostetes Gartentor öffnete, quietschten die Scharniere so laut, dass ein Schwarm Schneeammern aus den hohen Pappeln aufflatterte, die vor dem Haus standen.

Birkir blieb stehen und sah sich den Garten an, der größtenteils dicht bewachsen war. Pappeln, Ebereschen und Birken wuchsen wild durcheinander, und dazwischen ein paar niedrige Büsche, wahrscheinlich Johannisbeersträucher. Zwischen den Bäumen standen alle möglichen Skulpturen aus unterschiedlichem Material, und Wasser rieselte in kleine Teiche. Eine alte Bank an der Hauswand sah so aus, als hätte sie ursprünglich einmal als Sitzgelegenheit an einer Bushaltestelle gedient.

In der Garageneinfahrt stand ein altes amerikanisches Auto, und zwar allem Anschein nach schon lange, denn sämtliche Reifen waren platt und die Kotflügel durchgerostet. Birkir warf einen Blick durch eine halb geöffnete Seitenscheibe hinein, das Innere des Wagens war völlig verdreckt mit Vogelkot, und zwischen den Vordersitzen sah er ein kleines verlassenes Vogelnest.

»Unsere Bachstelze nistet da jeden Sommer«, hörte er eine weibliche Stimme hinter sich sagen. Birkir drehte sich um.

»In diesem Frühjahr waren es vier Eier«, sagte eine kleine ältere Frau, die in einen dicken Anorak vermummt war. Sie hatte sich die Kapuze übergezogen, auf der sich ein grüner Papagei festkrallte. »Und aus allen sind Junge geschlüpft«, fügte sie mit strahlendem Gesicht hinzu.

»Ich mache einen Spaziergang mit Konstantín«, erklärte sie, als Birkirs Blicke sich auf den Papagei richteten. *»Bless«*, sagte sie dann, drehte sich auf dem Absatz um und verließ den Garten. Bei dieser abrupten Bewegung flatterte der Vogel mit den Flügeln, doch als sie hinter der Betonmauer verschwanden, hatte er das Gleichgewicht wiedergefunden.

Birkir drehte sich zum Haus um und betrachtete es. Er sah, dass es dringend renoviert werden musste. Der dunkle Putz mit Obsidiansplittern war an einigen Stellen abgeblättert. Die größeren Stellen waren nachlässig mit hellem Zement verputzt worden, was sich mit dem ursprünglichen Aussehen des Hauses überaus schlecht vertrug. Ein Kellerfenster mit zerbrochener Scheibe war mit einer Spanplatte zugenagelt worden, auf die jemand mit schwarzer Farbe »Jónshús« gepinselt hatte.

Auf dem Vordach an der Haustür saßen drei gurrende Tauben. Birkir betätigte die Klingel und hörte es drinnen schellen. Kurze Zeit später öffnete sich die Tür und eine Frau erschien, die auf die sechzig zuging. Sie war ungeschminkt und hatte ihr dichtes graumeliertes Haar zu zwei Zöpfen geflochten. Sie trug eine abgetragene Jeans und ein buntes Baumwollhemd, das ihr bis zur Mitte der Oberschenkel reichte.

Birkir stellte sich vor und fragte nach Fabían.

»Ja, er erwartet dich. Bitte komm herein.« Die Stimme war ein wenig heiser, fast flüsternd.

»Fabíans Zimmer ist oben«, sagte die Frau. Birkir ging die Treppe hinauf, sie folgte ihm. An den Wänden hingen alle möglichen Bilder, und Birkir hielt auf einem Treppenabsatz inne, um sie zu betrachten.

»Jóns Untermieter bezahlen manchmal mit Bildern«, sagte die Frau. »Und er hängt sie alle auf.«

»Ist Jón zu Hause?«, fragte Birkir.

»Nein, er ist mit einem Bekannten in die Stadt gegangen.«

Birkir ging weiter nach oben und kam auf einen Flur, der durch das ganze Haus führte. Ein vollständig angekleideter Mann schlief auf einer Chaiselongue an der Wand.

Die Frau hinter ihm sagte leise: »Das ist Jóhannes. Er ist obdachlos, und ich gestatte ihm manchmal, sich hier auszuruhen, wenn es ihm sehr schlecht geht. Fabíans Zimmer ist das zweite rechts.«

Birkir blieb vor der geschlossenen Tür stehen.

»Bitte sehr«, sagte die Frau, die sich an ihm vorbeischob und die Tür öffnete.

»Danke«, sagte Birkir und betrat das Zimmer, in dem sich niemand befand. Rechter Hand war eine Tür, die einen Spalt offen stand, und in dem Raum dahinter brannte Licht.

»Ein Gast für dich, lieber Fabían«, sagte die Frau laut.

»Ich komme«, sagte eine Stimme aus dem angrenzenden Zimmer.

Die Frau lächelte Birkir zu und sagte: »Er kommt.« Dann ging sie hinaus, ließ aber die Tür halb offen stehen. Birkir blickte sich um. Das war das Zimmer eines chronisch kranken Menschen. Trotz des offenen Fensters war die Luft schwer, es roch nach Medikamenten und Desinfektionsmitteln, aber auch nach Räucherstäbchen. Oder vielleicht nach Cannabis.

Das große, solide Bett war verstellbar, und darüber befand sich ein Griff, um dem Kranken das Aufstehen zu erleichtern. Ein Fernseher war an der Wand am Fußende des Betts angebracht, und vom Bett aus konnten ein DVD-Player und andere Geräte bedient werden. Aus den Lautsprechern der Anlage erklang leise klassische Musik. Birkir kannte den Kanon von Pachelbel, der von einem Sinfonieorchester gespielt wurde.

Die Bücherregale im Zimmer waren voll mit Büchern und Zeitschriften. Auf einem großen Nachttisch sah Birkir Medikamente, Salben, ein Fieberthermometer, eine Banane und eine Wasserflasche. Ein schnurloses Telefon lag auf dem Bett. Mitten im Zimmer war ein Rollstuhl, und am Bett standen zwei Stühle.

Birkir hörte, wie die Toilette abgezogen wurde, und anschließend das Geräusch von Wasser, das in ein Waschbecken floss. Dann wurde der Hahn zugedreht, und Birkir hörte ein Husten. Die Tür öffnete sich weit, und Fabían kam aus dem kleinen Badezimmer.

»Guten Tag«, sagte Birkir und stellte sich vor.

»Hallo«, sagte Fabían, der einen blauen Baumwollschlafanzug und Wollsocken trug. Das schlohweiße Haar war dicht und voll wie bei einem jungen Mann. Es hing bis in die Stirn und war gerade abgeschnitten, an den Seiten reichte es bis unter die Ohren. Das Gesicht mit der kleinen Nase, den großen Augen, dem zierlichen Kinn, dem schmalen Mund mit den blutleeren Lippen, die kaum zu sehen waren, wirkte seltsam kindlich und gleichzeitig mitgenommen und erschöpft. Es war mit dem Körper gealtert, aber nie erwachsen geworden. Wie ein Wesen aus einer anderen Welt, dachte Birkir.

»Vielen Dank, dass du dich bereit erklärt hast, mich zu empfangen. Ich hoffe, ich komme nicht ungelegen«, sagte er.

»Nein, im Augenblick geht es mir so einigermaßen«, entgegnete Fabían.

Birkir war mit seinen 1,68 m nicht sonderlich groß, doch Fabían war wesentlich kleiner. Sein Körper wirkte schmächtig und winzig in dem viel zu weiten Schlafanzug.

Fabían nahm einen dicken Bademantel vom Haken und zog ihn an. Anschließend schaltete er die Musik ab.

»Mir ist immer kalt«, sagte er und bedeutete Birkir, Platz zu nehmen, während er sich auf den anderen Stuhl setzte. »Die Reise nach Berlin war einfach zu viel für mich. Ich bin seit meiner Rückkehr bettlägerig.« Die Stimme klang leise und sanft.

Birkir hob das Diktafon hoch, bedeutete Fabían, dass es eingeschaltet war, und begann mit den Formalitäten: »Birkir Li Hinriksson spricht am Freitag, den 16. Oktober mit Fabían Sigríðarson. Bist du damit einverstanden, dass ich unser Gespräch aufzeichne?«

Fabían nickte desinteressiert. Birkir sprach auf das Band: »Fabían Sigríðarson stimmt mit einer Kopfbewegung zu.«

Einen Augenblick herrschte Schweigen, als Birkir das Gerät auf den Tisch legte. Dann fuhr er fort: »Wir reden hier miteinander, um uns über die Ereignisse in der isländischen Botschaft in Berlin am Sonntag, den 11. Oktober und in der Nacht zum Montag, den 12. Oktober zu unterhalten. Du warst dort anwesend, nicht wahr?«

»Ja«, sagte Fabían und nickte wieder.

»Dir ist klar, weshalb ich dich nach diesem Abend frage, nicht wahr?«

»Ja, wir haben in den Nachrichten gehört, dass einer der Gäste tot aufgefunden wurde. Man konnte sich leicht denken, um wen es sich handelte.«

»Wie kam es dazu, dass du dort anwesend warst?«

»Mein Freund, der Sonnendichter, hatte mich eingeladen, ihn auf seiner Lesereise in Deutschland zu begleiten.«

»Wann seid ihr nach Berlin gefahren?«

»Am Freitag, dem 9. Oktober. Wir wollten eigentlich eine gute Woche bleiben.«

»Weshalb hat sich der Plan geändert?«

Fabían streckte seine Hand nach der Wasserflasche aus und trank einen Schluck. Er würgte, aber es gelang ihm den Mageninhalt unten zu behalten.

»Kann ich dir helfen?«, fragte Birkir.

Fabían schüttelte den Kopf. »Ich bin schwer krank, deshalb musste der Plan geändert werden. Mein Zustand verschlechterte sich, und nach zwei Tagen in Berlin war es einfach zu viel für mich. Es ist schon für gesunde Leute schwierig genug, mit meinem Freund Jón Schritt zu halten, und erst recht für einen Kranken wie mich. Der Flug konnte umgebucht werden, und ich bin am vergangenen Montag von Berlin aus zurückgeflogen.«

»Warst du denn imstande, ganz allein zu reisen?«

»Nein, das war ich nicht. Helgi Kárason flog mit mir. Er hat auch alles für mich erledigt, den Flug gebucht und uns eingecheckt. Und er hat mich auf den Flughäfen im Rollstuhl gefahren. Ich bin nie so kräftig gewesen, dass ich viel reisen konnte, und ich brauche jemanden, der mich begleitet. Zudem beherrsche ich keine Fremdsprachen, bin also im Ausland völlig hilflos. Helgi hat mir sehr geholfen.«

»Du warst Gast in der Botschaft, als dort ein Mann ums Leben kam. Kannst du mir schildern, was sich in diesen letzten Stunden in der Botschaft abgespielt hat?«

»Das, was sich normalerweise bei Besäufnissen abspielt, wenn sie ihrem Ende zugehen. Das innere Gleichgewicht und die Verfassung bei den Leuten waren unterschiedlich.«

»Inwiefern?«

»Der Botschafter und seine Frau haben sich unnötig heftig gestritten, und Unnar und Starkaður wurden reichlich theatralisch.«

Fabían hustete und trank noch einen Schluck Wasser, bevor er fortfuhr: »Ich hatte auch so langsam genug von meinem Freund, dem Sonnendichter, und fühlte mich elend. Lúðvík war auf der Toilette eingeschlafen, und Helgi tat sein Bestes, damit sich alles im Rahmen hielt. Er war ja auch völlig nüchtern.«

»Und Anton?«

»Er war die meiste Zeit oben im Büro des Botschafters, um zu telefonieren, oder er war auf der Toilette. Vielleicht hatte er sich den Magen verdorben. Ich fand das Essen nicht besonders gut.«

Ja, den Magen hat er sich verdorben, dachte Birkir, aber nicht wegen des Essens. »Hast du bemerkt, ob jemand anderes aus der Gruppe Anton nach oben gefolgt ist?«

»Es ist niemand nach oben gegangen.«

»Niemand?«

»Nein, ganz bestimmt nicht. Bist du sicher, dass Anton sich nicht selber umgebracht hat?«

»Wieso glaubst du das?«

»Er war eigentlich immer allein da oben.«

Fabían streckte die Hand nach der Nachttischschublade aus und holte eine selbstgedrehte Zigarette und Streichhölzer heraus.

»Ist dir aufgefallen, dass Anton nicht bei der Gruppe war, als ihr die Botschaft verlassen habt?«, fragte Birkir

»Nein. Die Gäste haben das Haus nicht alle zusammen verlassen. Ich ging davon aus, dass Anton sich schon vorher verabsentiert hatte. Meines Wissens hatte der Botschafter dafür gesorgt, dass alle im Taxi wegkamen«, sagte Fabían und zündete die Zigarette an, die nicht nach Tabak roch.

»Ich brauche das gegen die Übelkeit, die mir diese Chemotherapie verursacht«, sagte Fabían. »Ich hoffe, dass du den Rauch vertragen kannst.«

Birkir rückte mit seinem Stuhl ein wenig weiter ab und sagte: »Ich muss Finger- und Handflächenabdrücke von dir nehmen, bist du damit einverstanden?«

»Wie wird so etwas gemacht?«, fragte Fabían.

»Du drückst Fingerkuppen und Handfläche auf ein Stempelkissen mit spezieller Tinte und anschließend auf ein Blatt Papier.«

»Tinte? Ist da ein Farbstoff drin?«

»Ja, so kann man sagen.«

»Dann kann ich dir leider diesen Gefallen nicht tun, denn meine Haut reagiert außerordentlich allergisch auf alles. Ich vertrage absolut keine Farbstoffe.«

Fabían streckte seine Arme vor und zog die Ärmel der Schlafanzugjacke bis zu den Ellbogen hoch. Rote Exzemflecken reichten bis zum Handrücken.

»Wir können da vielleicht einen anderen Weg finden«, sagte Birkir. »Ich werde mit den Leuten vom Erkennungsdienst sprechen.«

Fabían schüttelte den Kopf. »Ich glaube nicht, dass wir uns da einig werden können. Ich muss im Hinblick auf alle chemischen Stoffe extrem vorsichtig sein.«

Birkir sah sich gezwungen, ein anderes Thema anzuschneiden: »Wir haben uns die Aufnahmen, die die Sicherheitskameras in der Botschaft von euch gemacht haben, sehr genau angesehen, und zwar sowohl beim Betreten als auch beim Verlassen der Botschaft. Wir wissen deswegen ziemlich genau, wie ihr gekleidet wart. Auf den Bildern sieht man, dass du Jóns Jackett anhattest, als du aus dem Haus gingst, und dein eigenes über dem Arm trugst.«

»Ja.«

»Weshalb?«

»Jóns Jackett war wärmer. Mir war kalt. Jón ist nie kalt.«

»Könnte ich mir dein Jackett ansehen?«

»Leider nein. Ich habe es im Hotel in Berlin vergessen, ich hatte es in den Schrank gehängt. Ziemlich blöd von mir, aber letzten Endes macht es eigentlich nichts aus, denn ich werde wohl kaum noch viel Verwendung dafür haben. Insofern ist es kein großer Verlust.«

»Ich werde die Botschaft bitten, sich wegen des Jacketts mit dem Hotel in Verbindung zu setzen«, sagte Birkir.

»Sehr freundlich von dir. Sie werden es dann wahrscheinlich an mich schicken«, entgegnete Fabían.

»Du bekommst es zurück, wenn wir es uns genauer angesehen haben«, sagte Birkir. »Du hast ein Hemd getragen?«

»Ja, ich hatte irgendein Hemd an.«

»Wo ist das?«

»Alle meine Sachen gingen in die Reinigung, nachdem ich wieder zurück war. Rakel hat sich darum gekümmert.«

»Rakel?«

»Sie hat dich in Empfang genommen und zu mir hoch gebracht. Sie wohnt hier im Haus und pflegt mich, wenn sie keinen Dienst im Krankenhaus hat. Es ist mein Glück, dass ich solche guten Freunde habe.«

»Kanntest du die anderen Gäste in der Botschaft?«

»Den Sonnendichter kenne ich seit meiner Kindheit, und Helgi ist ebenfalls ein guter Bekannter. Die anderen habe ich nie getroffen. Ich kenne nicht viele Leute.«

»Du bist Anton nie zuvor begegnet?«

Fabían antwortete nicht gleich. Sein Magen schien ihm Probleme zu machen, und sein Gesicht verzerrte sich zu einer Grimasse. »Nein«, sagte er. »Nicht, dass ich wüsste.«

»Hast du dich an dem bewussten Abend mit ihm unterhalten?«

»Ja, ich wollte ein Porträt von ihm zeichnen.«

»Wie reagierte er darauf?«

»Zunächst positiv.«

»Und was dann?«

»Dann hat er mich gefragt, warum ich ihn zeichnen wollte.«

»Und was hast du darauf geantwortet?«

»Ich habe ihm gesagt, dass mir noch nie eine Visage untergekommen ist, die einem Schweinearsch so ähnlich sieht.«

Draußen auf dem Flur hörte man schwere Schritte, und die Tür flog auf.

»Was geht hier vor?«, donnerte der Sonnendichter und stürmte ins Zimmer.

Birkir zuckte zusammen, und Fabían hob abwehrend die Hände. »Nur eine nette kleine Unterhaltung«, sagte er. »Ich bekomme nicht so oft Gäste«, fügte er hinzu.

Jón blickte von Birkir zu Fabían und beschloss, sich nicht weiter einzumischen.

»Fabían ist sehr krank«, sagte er zu Birkir. »Wir möchten nicht, dass er unnötigerweise belästigt wird.«

»Manchmal ist es ganz gut, wenn man belästigt wird«, erklärte Fabían etwas pikiert.

»Wir sind auch fertig«, sagte Birkir, griff nach seinem Diktafon und stand auf.

»Kein Grund, die Flucht zu ergreifen«, sagte Jón leicht beschämt.

»Schon in Ordnung«, erwiderte Birkir. »Du zeigst mir, wo es hinausgeht.« Er drehte sich noch einmal zu Fabían um und sagte: »Vielen Dank für das Gespräch. Möglicherweise muss ich mich noch einmal mit dir unterhalten.«

»Es wäre mir ein Vergnügen«, sagte Fabían. »Komm aber vielleicht lieber abends, dann geht es mir immer am besten. Du hast eine angenehme Ausstrahlung.«

»Dann bis bald«, sagte Birkir. Fabían hatte sein Interesse geweckt, und es war bestimmt interessant, sich einmal inoffiziell mit ihm zu unterhalten.

»Darüber würde ich mich sehr freuen«, sagte Fabían.

Birkir verließ das Zimmer und ging die Treppe hinunter. Jón kam hinter ihm her.

In der Diele hielt Birkir inne und fragte: »Ist dir vielleicht noch etwas eingefallen, was uns bei der Ermittlung helfen könnte? Etwas, was du uns in Frankfurt nicht gesagt hast?«

»Komm ins Wohnzimmer«, sagte Jón und bedeutete Birkir, ihm zu folgen.

Das Wohnzimmer war voll mit Möbeln, die ziemlich zusammengewürfelt wirkten. In einer Ecke stand ein großer Flügel, an dem ein junger Mann mit dicker Brille saß.

»Das ist Jörundur«, erklärte Jón. »Er ist Komponist.«

Wie um dies zu unterstreichen, schlug Jörundur zwei Tasten auf dem Instrument an und notierte sich etwas auf ein Notenblatt.

Der Papagei, der Birkir bei seinem Eintreffen in Empfang genommen hatte, befand sich jetzt in einem großen Käfig neben dem Flügel. Er kreischte laut, als der Komponist zwei weitere Töne produzierte.

»Manchmal macht er auch einen brauchbaren Vorschlag«, sagte Jón und deutete auf den Vogel.

»Das ist äußerst selten«, sagte Jörundur. »Er macht bloß Krach.«

»Ist da vielleicht noch etwas, was du mir über diesen Abend in Berlin sagen kannst?«, fragte Birkir wieder.

»Ich habe angestrengt darüber nachgedacht«, sagte Jón. »Soweit ich mich erinnern kann, war der Mann gegen Ende der Party wirklich ganz allein da oben. Hat er sich nicht einfach selber umgebracht?«

»Du bist dir sicher, dass niemand mit ihm hochgegangen ist?«

»Ich weiß nur noch, dass Lúðvík sich auf der Toilette eingeschlossen hat und dort eingeschlafen ist. Einige haben an die Tür geklopft, um ihn zu wecken, und als das nichts nützte, sind sie einfach zum Pinkeln nach oben gegangen. Das hat aber nie lange gedauert. Ich hab ein paar Strophen zum Besten gegeben, und alle haben sich köstlich amüsiert. Wenn jemand auf dem Klo war, hab ich jedes Mal eine Pause gemacht. Auf Anton habe ich natürlich nicht gewartet, weil der praktisch die ganze Zeit oben war. Als Lúðvík rausmusste, hab ich ziemlich lange gewartet, genauer gesagt, bis Helgi nach ihm geschaut hat. Als der zurückkam, sagte er, dass das Klo abgeschlossen wäre, wahrscheinlich hätte Lúðvík kotzen müssen und sei danach auf dem Klo eingepennt. Konráð bot an, nach dem Schlüssel für die Toilette zu suchen, aber Helgi fand, dass man ihn am besten eine Weile in Ruhe lassen sollte.«

»Jón, Jón!« Die kleine Frau, die den Papagei spazieren geführt hatte, kam aufgeregt ins Wohnzimmer getrippelt. »Im Garten ist eine Katze!«, rief sie.

Jón sauste wie ein geölter Blitz aus dem Wohnzimmer und kehrte mit Pfeil und Bogen bewaffnet zurück. Unterdessen hatte die kleine Frau das Fenster geöffnet. Jón eilte zum Fenster und spähte hinaus.

»Da ist sie«, sagte die kleine Frau und deutete mit dem Finger in die Richtung. Der Sonnendichter spannte den Bogen und zielte hinaus in den Garten.

»Wo, wo?«, fragte er hektisch.

»Keine Angst«, sagte eine Stimme neben Birkir. »Er trifft nie.« Rakel war ins Zimmer gekommen. »Außerdem hat der Pfeil nur eine harmlose Gummispitze«, fügte sie hinzu.

Kaum hatte sie das ausgesprochen, schoss Jón den Pfeil ab. »Habe ich getroffen?«, fragte er.

»Nein«, sagte die kleine Frau. »Aber die Katze ist weg.«

»Das tun diese Viecher immer«, sagte Rakel. »Unsere Vögel wissen, dass ihnen in diesem Garten keine Gefahr droht.«

16:30

Gunnar, Birkir und Magnús hielten Lagebesprechung im Kommissariat. Gunnar ließ sich einen Streifen Kopenhagener schmecken und trank Kaffee aus einem großen Becher.

»Komisch, was für einen Kohldampf man bekommt, wenn man krank ist«, sagte er.

»Du bist doch ewig hungrig«, entgegnete Birkir.

»Aber nicht so schlimm«, entgegnete Gunnar. »Möchtest du ein Stück abhaben?«

»Nein, danke.«

Gunnar wischte sich den Mund mit dem Ärmel ab. »All diese Männer verweigern uns erstaunlich solidarisch ihre Fingerabdrücke«, sagte er, während er sich ein weiteres Stück von dem Blätterteiggebäck abbrach.

»Ich habe eine gerichtliche Verfügung beantragt«, erklärte Magnús. »Die Unterlagen bekommen wir morgen, und dann knöpfen wir sie uns der Reihe nach vor, wir gehen zu ihnen nach Hause. Dóra und Anna werden sich darum kümmern.«

Birkir nickte. Das war eine akzeptable Regelung. Dóra würde diese Aufgabe geschickt und feinfühlig durchführen. Birkir schätzte sie sehr. Nach einem Verkehrsunfall war sie lange Zeit körperlich nicht fit genug für den Streifendienst gewesen, und man beschäftigte sie mit Büroarbeit in der Abteilung für Gewaltverbrechen. Es stellte sich heraus, dass sie gut mit Menschen umgehen konnte und sehr systematisch und genau arbeitete, Eigenschaften, die bei Ermittlungen besonders wichtig waren. Deswegen erhielt sie die nächste frei werdende Stelle.

Birkir hatte mit Anna über eine Methode gesprochen, wie man Fabían Finger- und Handabdrücke abnehmen konnte, ohne Tinte oder andere chemische Stoffe zu verwenden. Sie wollte es mit einer eingefärbten Glasplatte versuchen.

»Mann, das ist doch echt verdächtig«, sagte Gunnar heftig kauend. »Mir gefällt das nicht, wie einig die sich alle sind. Als hätten sie gemeinsam beschlossen, ihre Fingerabdrücke geheim zu halten. Sehr ungewöhnlich. Zeugen, die nichts zu verbergen haben, sind normalerweise gern bereit, uns zu helfen.«

»Es ist aber ihr Recht«, sagte Birkir.

Gunnar zog eine Grimasse. »Das wäre nicht passiert, wenn man sofort die Kripo in Deutschland an den Fall rangelassen hätte. Die hätten sich die ganze Truppe gleich am Montagmorgen einzeln vorgeknöpft, und dann hätten die gar keine Möglichkeit gehabt, irgendwelche Absprachen zu treffen. Der Schuldige hätte allein und ohne Alibi dagestanden. Uns wäre die Reise erspart geblieben, und ich wäre gesundheitlich besser dran.«

»Das wird sich alles zeigen«, sagte Magnús. »Wir gehen systematisch vor und vergleichen die Handabdrücke. Wenn wir denjenigen gefunden haben, von dem der Abdruck auf dem Schreibtisch stammt, ist der Fall geklärt. In welcher Reihenfolge sollen wir vorgehen?«

»Helgi zuerst?«, schlug Birkir vor.

»Er ist es nicht«, sagte Gunnar. »Ich habe nämlich Handabdrücke von ihm bekommen, ohne sein Einverständnis und ohne dass er es gemerkt hat. Anna hat den Tisch untersucht, an dem er saß, als ich mit ihm sprach. Der Handabdruck, den wir auf diese Weise bekamen, wäre zwar vor Gericht kein unanfechtbares Beweismittel, aber wir konnten ihn zumindest damit ausschließen. Helgi ist nicht unser Mann, genauso wenig wie der Botschafter oder seine Frau. Wir haben uns das bereits angesehen.«

»Also Unnar«, sagte Birkir, »und als Nächster Starkaður.«

Magnús sah Gunnar an, der die Achseln zuckte und anscheinend keine besondere Meinung dazu hatte.

»Und zum Schluss unser Sonnendichter und Fabían«, sagte Birkir. »Falls es keiner von ihnen war, kommt nur noch Lúðvík in Frage.«

Als die Besprechung zu Ende war, verputzte Gunnar den Rest des Blätterteiggebäcks und trank Kaffee dazu. Anschließend wählte er zum zwanzigsten Mal Lúðvíks Handynummer an, und diesmal hatte er Erfolg.

Gunnar stellte sich vor und fragte, ob Lúðvík ein paar Minuten Zeit hätte, um mit ihm zu sprechen.

»Ja«, antwortete Lúðvík. »Die nächste halbe Stunde habe ich nichts vor.«

»Es war ganz schön schwierig, dich zu erwischen. Wo befindest du dich?«

»Auf dem Flughafen in Keflavík. Ich bin vorhin gelandet.«

»Du weißt, weshalb ich dich anrufe, nicht wahr?«

»Ja, wegen des Mordes in der Botschaft. Ich habe vorhin mit Helgi telefoniert, und er hat mir davon erzählt. Entsetzlich, dass so etwas direkt vor der eigenen Nase passiert, und man hat nichts bemerkt.«

»Kannst du mir etwas über die letzten Stunden sagen, als ihr in der Botschaft wart?«

»Leider nein.«

»Wieso nicht?«

»Ich war krank. Normalerweise halte ich mich in Sachen

Alkohol zurück, doch an dem Abend habe ich einfach zu viel von dem Cognac getrunken. Ich musste mich auf der Toilette übergeben und bin dort eingeschlafen. Als alle im Aufbruch waren, hat Helgi mich geweckt, indem er an die Tür hämmerte.«

»Tatsächlich?«

»Ja. Mir ist es peinlich, das zugeben zu müssen, aber so war mein Zustand an dem Abend. Leider.«

»Wie lange hast du schätzungsweise geschlafen?«

»Mindestens eine Stunde.«

»Und währenddessen hat niemand anderes die Toilette benutzt?«

»Nein, ich hatte die Tür zum Flur abgeschlossen. Ich wusste, dass es noch andere Toiletten in den oberen Stockwerken gab.«

»Kanntest du die anderen Gäste?«

»Nein. Natürlich kenne ich Helgi, und Jón bin ich früher schon einmal begegnet. Von den anderen kannte ich niemanden persönlich.«

»Was meinst du mit persönlich?«

»Es sind ja bekannte Leute, deswegen wusste ich natürlich, wer sie waren. Aber ich war nie vorher mit ihnen zusammen eingeladen.«

»Hast du dich an dem Abend mit Anton Eiríksson unterhalten?«

»Nur im Rahmen der allgemeinen Unterhaltung. Ich fand ihn uninteressant.«

»Wie meinst du das?«

»Er wirkte arrogant und unverschämt. Er schien der Ansicht zu sein, dass er der Ehrengast bei dieser Einladung war. Der Sonnendichter gab ihm deutlich zu verstehen, dass das keineswegs zutraf, und danach hielt er sich die meiste Zeit oben auf.«

»Wo oben?«

»Im Büro des Botschafters, um auf Kosten des isländischen Staates zu telefonieren.«

»Bist du auch dort oben gewesen?«

»Helgi und ich führten ein kurzes Gespräch mit dem Botschafter in dessen Büro. Ich habe Aufnahmen gemacht, und wir haben organisatorische Dinge besprochen. Dann bin ich später noch einmal hochgegangen.«

»War Anton dann auch oben?«

»Wahrscheinlich nicht. Ich habe die Toilette oben benutzt, denn unten war besetzt.«

»Was hattest du in Berlin zu erledigen?«

»Ich helfe Künstlern bei der Ausrichtung von Ausstellungen. Helgi und ich haben bereits früher zusammengearbeitet, deswegen bat er mich um meine Hilfe. Vor drei Jahren habe ich in diesen Räumlichkeiten eine Gemäldeausstellung arrangiert, ich kannte also das Ambiente. Trotzdem mussten wir nach Berlin fliegen und uns das gemeinsam ansehen. Eine Ausstellung mit Keramik ist etwas ganz anderes.«

»Kümmerst du dich um den Transport der Exponate?«

»Ja, das übernehme ich meistens. Ich lasse die Kisten von Tischlern anfertigen, kontrolliere das aber alles sehr genau und gebe die Anweisungen.«

»Du hast die beiden Kerzenleuchter verschickt, die auf dem Tisch im Büro des Botschafters standen?«

»Ja, das habe ich.«

»Hast du sie dort im Büro gesehen?«

»Ja, ich habe Helgi und den Botschafter mit den Kerzenleuchtern fotografiert.«

»Da waren sie in Ordnung?«

»Ja, natürlich. Ist etwas nicht in Ordnung mit ihnen?«

»Nein.«

»Gott sei Dank, es sind unschätzbare Objekte. Helgi arbeitet nicht mehr in diesem Stil.«

»Kannst du mir beschreiben, wie das mit dem Transport vor sich gegangen ist?«

»Was haben diese Objekte mit dem Fall zu tun?«

»Wahrscheinlich nichts, aber wir müssen eine Erklärung für gewisse Dinge bekommen.«

»Na schön. Helgi hat eine Liste über die Werke zusammengestellt, die auf der Ausstellung gezeigt werden sollen, und dabei habe ich ihm assistiert. Er beschloss dann, dass diese beiden Exponate vorausgeschickt werden sollten, um sie im Rahmen der Präsentation zu verwenden, und wie gewöhnlich hat er mich darum gebeten, den Transport zu organisieren. Ich habe ihn im Atelier besucht und die Leuchter ausgemessen, und anschließend ließ ich in meiner Werkstatt eine Kiste aus wasserdichtem Sperrholz anfertigen. In die Kiste kam Schaumstoff, der genau für die Objekte zugeschnitten wurde. Und dann bin ich mit ihr zum Atelier gefahren, habe die Leuchter verpackt und die Deckel zugeschraubt. Bei dieser Spezialverpackung konnte nichts passieren. Ein Transportunternehmen hat die Kiste abgeholt und nach Berlin geschickt.«

»Du hast dir die Objekte genau angesehen, bevor du sie verpackt hast?«

»Ja, selbstverständlich.«

»Wie sahen die Böden der Leuchter aus?«

»Sie waren genau wie bei allen anderen Objekten dieser Art, mit Gips verschlossen und mit den Initialen HK gekennzeichnet.«

»Du hast nichts Ungewöhnliches an ihnen bemerkt?«

»Nein, nichts Ungewöhnliches.«

Gunnar überlegte kurz. »Na, gut«, sagte er. »Mehr will ich im Augenblick nicht von dir wissen. Ich muss dich aber bitten, hierher zu kommen, damit wir dir Finger- und Handflächenabdrücke abnehmen können, um sie mit den Ergebnissen der Tatortanalyse zu vergleichen.«

»Fingerabdrücke? Muss das sein?«

»Ja, so bald wie möglich, bitte.«

»Na schön, ich sehe zu, wann es sich einrichten lässt.«

20:30

Birkir beschloss, sein Versprechen in die Tat umzusetzen und Fabían zu besuchen. Er hatte an diesem Abend nichts anderes vor, und er war ohnehin nicht imstande, an etwas anderes als an diesen Mordfall zu denken. Vielleicht würde Fabían ihm etwas sagen können, was Licht auf die Lebensumstände der Menschen werfen würde, die in der schicksalhaften Nacht zu Gast in der Botschaft gewesen waren.

Nachdem er zehn Kilometer durchs Reykjavíker Westend gejoggt war, aß er die Reste einer Gemüsesuppe und eine Scheibe selbstgebackenes Brot, goss sich einen Zitronentee auf und hörte eine halbe Stunde Musik. Daraufhin zog er sich seinen Mantel an und ging zum Jónshús.

Es lag ganz in der Nähe, und obwohl es gegen Abend empfindlich kalt geworden war, machte er einen Umweg, um den Skólavörðustígur hinaufzugehen. Er sah sich gern die Auslagen der kleinen Geschäfte an, die Kunsthandwerk und andere künstlerische Objekte anboten. Diese kleinen Läden hatten etwas Genügsames. Mit einem älteren Mann, der in einem Hinterhaus eine kleine Goldschmiede betrieb, unterhielt er sich manchmal. Bei ihm war einmal eingebrochen worden, und Birkir hatte den Fall untersucht. Und gelöst. Seitdem schaute er ab und zu bei dem alten Mann vorbei, um mit ihm zu plaudern und die Sicherheitsanlage zu überprüfen. In diesem Viertel war das Sozialgefüge noch intakt.

Als Birkir zum Jónshús kam, öffnete wie zuvor Rakel die Tür. Sie schien nicht überrascht zu sein, Birkir zu sehen.

»Fabían ist in der Küche«, sagte sie und führte ihn hin.

»Willkommen«, sagte Fabían. Er war allein in der Küche, trug einen dicken Baumwollsweater mit Kapuze, die er sich über den Kopf gestreift hatte. Die Hose war aus ähnlichem Stoff, und sie war viel zu groß. Seine Füße steckten in gefütterten Halbstiefeln aus Leder.

»Nimm doch Platz«, sagte er und deutete mit dem Kopf zum Küchentisch. Er schnitt gerade Äpfel in dicke Scheiben.

»Ich bereite gerade die Futterration für morgen früh vor«, fügte er hinzu. »Normalerweise kümmert sich Úlfheiður um die Vögel, aber heute Abend war sie verhindert. Sie ist Wahrsagerin und strickt Pullover. Eine gute Kombination.«

»Wie ist sie als Wahrsagerin?«, fragte Birkir.

»Das geht ihr unterschiedlich von der Hand«, antwortete Fabían. »Manchmal trifft sie aber ins Schwarze, und dann ist es immer von großer Bedeutung. Zwei Jahre vor dem Zusammenbruch der Banken hat sie Jón aufgefordert, sämtliche Aktien, die er von seinen Eltern geerbt hatte, abzustoßen und stattdessen Euros und Dollars zu kaufen. Das war, nachdem sie geträumt hatte, dass die Kunsthochschule in das Haus der Notenbank verlegt werden sollte. So gesehen vielleicht gar keine schlechte Idee.«

Fabían lachte leise und bekam einen Hustenanfall.

»Jón hat auf sie gehört?«, fragte Birkir.

»Ja«, antwortete Fabían, nachdem er sich wieder gefangen hatte. »Und das war ein Glück für diesen Haushalt. Bei der Jahresabrechnung stellen sich meist Defizite heraus, und deswegen ist es gut, auf eine zuverlässige Reserve zurückgreifen zu können. Jón ist sehr großzügig uns gegenüber.«

Fabían legte die Apfelscheiben nebeneinander auf ein Holzbrett und stach den Kern mit einem kleinen runden Gerät aus.

»Die Löcher sind dazu da, um die Äpfel an Zweigen zu befestigen«, sagte er.

Als Nächstes holte er eine Schüssel aus dem Kühlschrank.

»Jörundur hat gestern Lammeintopf gekocht«, sagte er. »Ich habe etwas von dem Fett abgeschöpft. Es ist gut für die Drosseln, zusammen mit Brot.«

Er stellte die Schüssel in die Mikrowelle und stellte sie auf eine Minute.

»Erzähl mir etwas über dich«, bat Birkir.

»Über mich?«

»Ja. Wo bist du geboren? Wo hast du gelebt?«

»Weshalb möchtest du das wissen?«

»Ich bin neugierig. Ich hoffe, du hast nichts dagegen.«

»Nein, ich wundere mich nur, denn es gibt nicht viele, die sich für mich und mein Leben interessieren. Ich wurde im Frühjahr 1961 in Ísafjörður geboren.«

»Bist du dort auch aufgewachsen?«

»Ja, die ersten Jahre, solange ich noch ein richtiges Zuhause hatte.«

»Erzähl mir darüber.«

Fabían überlegte ein wenig, bevor er begann. »Meinen Vater habe ich schon vor meiner Geburt verloren«, sagte er. »Als meine Mutter im sechsten Monat war, stellte er fest, dass ihm das Zusammenleben mit ihr nicht passte. Ich habe diesen Mann nie in meinem Leben getroffen.«

»Weshalb wurdest du Fabían genannt? Das ist ein ungewöhnlicher Name.«

»Ich mag ihn. Er ist das Einzige, was ich von meiner Mutter habe. Mama hörte gern Musik, und sie nannte mich nach ihrem amerikanischen Lieblingssänger, der hieß Fabian oder

Fabiano. Er war in diesen Jahren sehr populär und wurde häufig im Radio gespielt.«

»Ist deiner Mutter etwas passiert?«

»Ja. Sie wurde krank und starb.«

»Erzähl mir davon.«

Die Mikrowelle gab einen Ton von sich und Fabían holte die Glasschüssel heraus.

»In den ersten Jahren hat sie sich als alleinerziehende Mutter sehr gut durchgeschlagen«, sagte er. »Sie arbeitete in der Fischfabrik und hat bestens für mich gesorgt. Sie hatte das Glück, dass eine Frau, die selber drei Kinder hatte und tagsüber zusätzlich auf fünf aufpasste, sich auch meiner annahm. Ich war ein pflegeleichtes Kind, und deshalb war es auch kein Problem, wenn ich bis zum Abend dort bei den Leuten blieb, falls sie im Gefrierhaus Überstunden machen musste. Manchmal schlief ich im Bett bei einem der Kinder ein, und dann durfte ich die ganze Nacht dort bleiben. Mama schaute vielleicht noch kurz herein, um mir einen Gutenachtkuss zu geben, bevor sie nach Hause in unsere kleine Wohnung ging. Ich hatte also anfangs eine gute Kindheit. Als ich sieben war, erkrankte meine Mutter an einer Nervenkrankheit und war nicht mehr imstande zu arbeiten. Damals war ich natürlich schon in der Schule, aber ansonsten wuchs ich frei auf. Mama war noch ein paar Monate zu Hause, doch dann schaffte sie es nicht mehr, für uns beide zu sorgen. Sie wurde in eine Institution in Reykjavík eingewiesen. Ein Jahr später war sie tot.«

Während er redete, wendete Fabían Brotscheiben in dem heißen Fett.

»Als Mama keinen eigenen Haushalt mehr führen konnte, kam ich auf einen Bauernhof, wo Kinder aus schwierigen Verhältnissen untergebracht wurden. Der Hof war nicht groß, dort gab es Schafe und sieben Kühe, und er lag ziemlich isoliert weit draußen an einem Fjord. Das Leben dort war nicht schlecht, aber ganz und gar ohne Liebe. Wir waren fünf Jungen in unterschiedlichem Alter und hatten panische Angst vor dem Hausherrn, der uns ständig ausschimpfte und uns drohte. Zwar erinnere ich mich nicht daran, dass er uns geschlagen hat, aber irgendwie lag das ständig in der Luft. Ich war ungewöhnlich klein und zart für mein Alter, deswegen war ich keine große Hilfe bei den Arbeiten auf dem Hof, und das habe ich zu spüren bekommen. Ich litt auch sehr unter dem Verlust meiner Mutter, und niemand hat mir geholfen, darüber hinwegzukommen. Ich war seelisch ziemlich am Ende.«

Fabían nahm das Brett mit dem Brot und brachte es im Kühlschrank unter. »Das lassen wir jetzt erst mal noch etwas abkühlen, bevor wir es hinausbringen«, sagte er und setzte sich zu Birkir an den Tisch. »Kann ich dir etwas anbieten?«

Birkir schüttelte den Kopf. »Erzähl doch einfach weiter«, sagte er.

»In einem Herbst wurde ich schwer krank, und man musste mich ins Bezirkskrankenhaus in Ísafjörður bringen. Ich hatte eine Infektion und war zudem unterernährt, denn mein Appetit hat immer zu wünschen übrig gelassen. Ich war auch sehr verschlossen, habe nie aus eigenem Antrieb den Mund aufgemacht, und ich hatte Probleme mit der persönlichen Hygiene. Das wurde als tief greifende Entwicklungsstörung ausgelegt, und als die Leute auf dem Hof mich nicht wieder aufnehmen wollten, wurde ich in einem Heim für geistig Behinderte untergebracht. Dort ging es mir nicht schlecht, ich wurde in Ruhe gelassen. Gemessen an anderen war ich ein pflegeleichter Fall. Therapieversuche wurden kaum mit uns gemacht. Jeder Tag war wie der andere, ich saß fast immer am Fenster und sah in den Garten. Jemand hat mir irgendwann einmal Papier und Bleistift in die Hand gedrückt, und ich begann, das zu zeichnen, was ich draußen sah. Die Anfänge waren ziemlich unbeholfen, doch mit der Zeit entwickelte ich einige Techniken. Meine Zeichnungen habe ich aber immer gleich wieder vernichtet, weil ich keine Aufmerksamkeit auf mich ziehen wollte. Ich fühlte mich wohl, wenn niemand mich beachtete, und so verbrachte ich die nächsten Jahre in diesem Heim.«

Fabían stand auf, holte zwei Plastikschüsseln aus einem Schrank und füllte sie mit Korn aus großen Tüten, die in der Vorratskammer hinter der Küche standen.

»Das hier ist eine Mischung aus Weizenkörnern und geschrotetem Mais, das mögen die Schneeammern«, sagte er und stellte die Schüsseln vor Birkir auf den Tisch. »Und das hier sind Sonnenblumenkerne für die Birkenzeisige.«

»Wie hast du den Sonnendichter kennengelernt?«, fragte Birkir.

Fabían holte das Brot wieder aus dem Kühlschrank und antwortete: »Das ist eine Geschichte für sich. Ein junger Hippie aus Reykjavík bewarb sich um einen Sommerjob in dem Heim, in das sie mich gesteckt hatten. Er hieß Jón Sváfnisson und bekam später den Beinamen Sonnendichter. Jón führte sich zwar ziemlich wild auf, hatte aber ein sehr feines Gespür für seine Umgebung und für andere Menschen. Und einmal beobachtete er mich, wie ich in einem Wochenmagazin las, als ich glaubte, niemand sähe mich. In diesem Heim war es keineswegs die Regel, dass die Insassen lesen konnten. Jón hat es trotzdem nicht der Heimleitung gemeldet. Er begann einfach, sich mit mir über alles Mögliche zu unterhalten, und machte sich nichts daraus, wenn er keine Antworten von mir bekam. In dem Sommer arbeitete dort auch ein Mädchen aus einem der Nachbardörfer, die Sunna hieß, sie half in der Küche mit und putzte. In ihren Freistunden sang sie immer und spielte Gitarre dazu, und zwar so gut, dass ich sogar meinen sicheren Platz am Fenster verließ und mich in ihre Nähe setzte. Und dann habe ich ein Bild von ihr mit der Gitarre gezeichnet. Das gelang mir so gut, dass ich es nicht vernichten mochte. Deswegen steckte ich es in ihren Gitarrenkasten, als niemand hinsah. Als das Blatt gefunden wurde, waren alle äußerst erstaunt, doch niemandem wäre eingefallen, dass der Idiot am Fenster so etwas Schönes gezeichnet haben könnte. Nur Jón, aber der sagte nichts. Jón war Dichter und hatte schon sehr schöne Gedichte gemacht, von denen Sunna begeistert war, und sie hat zu einigen davon Melodien komponiert. Jón und Sunna wurden ein Paar und gingen im Herbst gemeinsam nach Reykjavík.«

Fabían griff nach dem Brett mit den Apfelscheiben und dem Brot und bedeutete Birkir, die Schüsseln mit dem Vogelfutter zu nehmen. »Das muss jetzt nach draußen«, sagte er.

In der Diele stellte Fabían das Brett ab und zog sich einen dicken Anorak an. Aus den Fenstern des Hauses drang Licht in den Garten und auch von der Straßenbeleuchtung. Der volle Mond schien am Nordhimmel. Es war windstill, und man hörte nur das Plätschern von Wasser, das von einem Teich in den anderen lief.

Birkir war erstaunt über das Geräusch.

»Es wird mit einer kleinen Pumpe durch ein Rohr wieder in den oberen Teich zurückgeführt«, sagte Fabían. »Wir geben etwas von dem warmen Abwasser aus dem Heizungssystem hinzu, damit es nicht gefriert. Unsere Vögel haben ständig Zugang zu frischem Wasser.«

Birkir sah sich die beiden Teiche genauer an. Die Ränder waren sorgfältig aus flachen Steinen aufgeschichtet worden, und Moos hatte sich am Rand angesiedelt.

Fabían deutete auf eine zusammengeklappte Leiter, die unter den Bäumen lag.

»Würdest du die bitte für mich aufstellen?«, bat er. »Die Äpfel kommen in die Eberesche«, fügte er hinzu.

Fabían wies auf den Baum, an dem der Sturm in der vergangenen Woche nur noch ganz wenige Blätter gelassen hatte. »Bislang konnten die Drosseln noch Beeren finden, aber davon ist nun so gut wie nichts mehr übrig. Deswegen ist es wichtig, ihnen Äpfel und Fett zu geben, damit sie diesen Futterplatz kennen, wenn der Frost kommt. Im Übrigen glaube ich, dass immer dieselben Vögel zu uns kommen, wahrscheinlich merken sie sich ganz genau, wohin sie sich Jahr für Jahr wenden können.«

Birkir hob die Leiter hoch, und Fabían zeigte ihm, wo sie stehen sollte. »Stütz sie bitte ab, während ich hochklettere, und halt das unterdessen für mich«, bat er und reichte Birkir das Brett. »Hier in diesem Viertel gibt es so viele Katzen, dass wir das Futter sehr hoch anbringen müssen. Wir versuchen immer, sie zu verscheuchen, wenn sie hier herumschleichen.«

Birkir hielt die Leiter fest, und als Fabían unsicher hochgeklettert war, ließ er sich die Apfelscheiben reichen. »Hier sind Zweige, die wir eigens dafür zurechtstutzen«, sagte er, während er die Apfel- und die Brotscheiben eine nach der anderen an den Zweigen befestigte.

»Das liegt dann bereit für die Vögel, wenn sie morgen früh von ihren Übernachtungsplätzen kommen«, sagte Fabían, während er vorsichtig die Leiter herunterstieg. »Rotdrosseln und Stare schlagen sich darum, und manchmal auch die eine oder andere Amsel.«

Fabían hielt eine kleine Weile inne, als er unten angekommen war. »Ich muss das Gleichgewicht wiederfinden«, sagte er. »Ich bekomme Schwindelanfälle auf der Leiter.«

»Und was wurde aus dir in den Westfjorden, nachdem Jón weggegangen war?«, fragte Birkir.

»Ich wurde wieder krank und verbrachte den größten Teil des Winters im Krankenhaus«, antwortete Fabían, nachdem er sich wieder etwas erholt hatte. »Da gab es eine kleine Bibliothek mit interessanten Büchern, und ich versuchte nicht mehr geheim zu halten, dass ich lesen konnte. Es kam auch regelmäßig ein Lehrer ins Krankenhaus, der einem chronisch kranken Mädchen Unterricht gab. Weil er Interesse an mir zeigte, durfte ich am Unterricht teilnehmen. Ich lernte in kurzer Zeit sehr viel, und den Leuten wurde klar, dass ich wohl kaum geistig behindert war. Trotzdem schickten sie mich wieder in dieses Heim zurück, als es mir wieder besser ging, aber sie suchten auch nach einer anderen Lösung. Im Sommer darauf bereisten Jón und Sunna in einem alten Russenjeep die Westfjorde, und sie besuchten den alten Arbeitsplatz. Als sie erfuhren, wie schwierig es war, mich irgendwo unterzubringen, fragten sie mich, ob ich nicht für sie arbeiten wollte. Sie hatten vor, irgendwo im Süden aufs Land zu ziehen. Ich hatte Bedenken, weil ich dachte, dass das mit schwerer körperlicher Arbeit verbunden sein würde. Jón versicherte mir aber, dass das überhaupt nicht in Frage käme, und das Versprechen hat er gehalten. Solange ich bei ihnen lebte, habe ich nie irgendwelche anstrengenden Arbeiten verrichten müssen.«

Fabían drehte sich um, ging zu den großen Pappeln im Garten und wies nach oben. In drei Metern Höhe befanden sich waagerechte Bretter, die sicher an den Ästen befestigt waren.

»Du bist vielleicht so nett und verteilst dort das Futter für die Schneeammern«, sagte er. »Ich werde die Leiter abstützen.«

Birkir stellte die Leiter auf und kletterte hoch.

»Die Schneeammern sind in diesem Winter ungewöhnlich früh gekommen, gleich beim ersten Schneesturm.«

Birkir streute den Inhalt der Schüssel auf die Bretter und kletterte wieder nach unten.

»Das reicht für die Morgengäste«, sagte Fabían. »Úlfheiður gibt ihnen dann morgen Mittag wieder etwas. Im Hellen ist es auch einfacher.«

»Erzähl mir von diesem Aufenthalt auf dem Land«, bat Birkir.

Fabían hustete, bevor er antwortete. »Ich bin also mit Jón und Sunna auf einen Hof in die Fljótshlíð gezogen. Dort richteten sie zusammen mit einem anderen Paar eine kleine Kommune ein. Das waren Helgi Kárason und Rakel Árnadóttir. Helgi war mit Jón und mir in Berlin, wie du weißt, und Rakel hast du hier getroffen.«

»Was für ein Hof war das da in Fljótshlíð?«

»Jóns Vater hatte dort Ländereien und ein altes Haus geerbt, in Sandgil. Es lag ziemlich abgeschieden im Inneren der Fljótshlíð. Jón hat das Haus einfach besetzt. Als überzeugter Hippie und Anarchist hat er sich natürlich gegen seine Eltern aufgelehnt, die ziemlich wohlhabend waren. Der Vater von Jón tat so, als wüsste er nichts von dem, was sein Sohn da auf dem Hof trieb, deswegen kam es nicht zu Konflikten. Dort habe ich meine besten Tage verlebt, seit ich das Zuhause bei meiner Mutter verlor, und mir ist es nie so gut gegangen. Die Leute in der Kommune waren immer sehr nett zu mir, und das Leben dort hat Spaß gemacht. Es kamen noch andere Leute, die zeitweilig dort lebten, doch nur wir fünf hatten dort die ganze Zeit unseren festen Wohnsitz.«

Fabían ging um die Ecke des Hauses und zeigte Birkir ein weiteres Brett, das in einer geschützten Ecke an der Westseite des Hauses angebracht war.

»Dorthin kommen die Sonnenblumenkerne für die Birkenzeisige. Wärst du so nett?«

Birkir stellte die Leiter ein weiteres Mal auf und kletterte hoch. Er verteilte das Futter sorgfältig und stieg dann wieder nach unten.

»Wovon habt ihr gelebt?«, fragte er.

»Es war nicht ganz einfach, über die Runden zu kommen, denn es gab ja kaum Einkünfte«, antwortete Fabían. »Geplant war, dass die Ausgaben durch den Verkauf von Kunsthandwerk, Keramik, Kerzen und meinen Zeichnungen bestritten werden sollten. Jón beabsichtigte, seine Gedichte in Heften herauszugeben, und Sunna wollte Geld durch Singen und Gitarrespielen verdienen. Das brachte aber alles nicht viel ein, und deswegen kam Jón auf die Idee, die Heimproduktion zu erweitern und auf dem Dachboden Cannabis zu züchten. Der Dachboden war nicht sehr hoch, eignete sich aber für Gartenanbau dieser Art, nachdem wir die elektrische Beleuchtung installiert hatten. Auf ihrer Reise durch Europa hatten Jón und Helgi gelernt, diese Pflanzen zu züchten. Ich war als Gärtner mindestens ebenso geschickt wie als Zeichner. Das Geschäft florierte knapp ein Jahr, doch dann schöpfte die Obrigkeit Verdacht. Jón, Helgi und Rakel wurden auf einer Fahrt nach Reykjavík geschnappt, als sie die Ware unter die Leute bringen wollten, und kamen in Untersuchungshaft.«

»Was wurde aus dir?«, fragte Birkir.

Fabían hustete ein paar Mal. Seine Stimme klang gebrochen, als er fortfuhr: »An demselben Abend, an dem unsere Freunde festgenommen wurden, brannte das Haus nieder, und Sunna kam dabei ums Leben. Ich hatte mich gerade noch ins Freie retten können, irrte die ganze Nacht umher und wurde erst am nächsten Morgen gefunden. Ich hatte einen Nervenzusammenbruch erlitten und wurde in die psychiatrische Klinik eingeliefert.«

Wieder bekam Fabían einen schlimmen Hustenanfall und musste sich plötzlich übergeben. Er würgte ein paar Mal, und als er wieder aufblickte, sah Birkir, dass er Nasenbluten hatte.

»Entschuldige«, sagte Fabían, »mir geht es sehr schlecht.«

»Ich helfe dir ins Haus«, sagte Birkir und stützte Fabían. Sie gingen durch den Garten zurück zu der Treppe am Eingang, wo Fabían zusammenbrach. Birkir bückte sich, hob ihn hoch und richtete sich wieder auf. Er war überrascht, wie leicht die Bürde war.

»Kannst du ihn ins Haus tragen?«, fragte jemand am Eingang. Rakel war herausgekommen und hielt die Tür auf.

»Ja«, sagte Birkir und ging mit Fabían auf den Armen die Stufen hoch.

»Auch bis nach oben in sein Zimmer?«, fragte Rakel.

»Ja«, antwortete Birkir und stieg die Treppe hinauf. Er brachte den Kranken in sein Zimmer und legte ihn dort aufs Bett.

»Vielen Dank«, sagte Rakel. »Ich übernehme jetzt.«

»Darf ich noch etwas bleiben?«, fragte Birkir. »Bis es ihm wieder besser geht?«

»Mach dir keine Gedanken«, sagte Rakel. »Ich gebe ihm eine Spritze, dann schläft er ein. Komm einfach morgen wieder.«

22:30

Gunnar beschloss, den Tag mit einem Besuch in der Bar am Smiðjustígur zu beenden, in der er zu den Stammkunden zählte. Er hatte nichts Besseres zu tun. Zunächst aß er zu Hause bei seiner Mutter eine reichliche Portion Frikadellen mit brauner Zwiebelsauce, und anschließend isländischen Quark mit Sahne. Dann legte er sich noch eine halbe Stunde hin.

Nach dem Nickerchen bestellte sich Gunnar ein Taxi. Normalerweise ging er zu Fuß zur Kneipe, aber wegen des schmerzenden Rückens war er auf die Krücken angewiesen, mit deren Hilfe er sich zwar einigermaßen fortbewegen konnte, doch bis zum Smiðjustígur war es zu weit. Die Erkältung plagte ihn immer noch, aber er versprach sich Linderung von der Wirkung einiger Kräuterschnäpse.

Kaum hatte Gunnar die Kneipe betreten, gab er dem Kellner ein Zeichen und blickte sich nach einem freien Platz um. Am Tresen zu sitzen oder zu stehen, war für ihn ein Ding der Unmöglichkeit. Einen freien Tisch gab es nicht, aber er sah einen freien Stuhl an einem Tisch für zwei, und dort war auch ein Gesicht, das er kannte. Es gehörte einem schlanken Mann mit spitzer Nase und graumeliertem, leicht gewelltem langen Haar, das in der Mitte gescheitelt war. Der kurz getrimmte Kinnbart war gepflegt. Der Mann schrieb etwas auf ein Blatt, und als Gunnar sich zu ihm setzte, sah er durch dicke Brillengläser hindurch zu ihm hoch.

»Emil Edilon, nett, dich zu sehen, Meister«, sagte Gunnar.

»Himmel hilf! Bist du der Wiedergänger des germanischen Bergriesen?«, sagte Emil und blickte auf die Krücken, die Gunnar an den Tisch lehnte. »Du willst wohl an Behindertengeld herankommen? Ich kenne einen Arzt, der einem gern so etwas attestiert.«

Gunnar überhörte das geflissentlich und fragte zurück: »Wie kommst du mit dem Schreiben vorwärts?«

Emil starrte tieftraurig auf das Blatt Papier vor ihm. »Ich denke zu viel. Man sollte nicht denken, man sollte einfach drauflosschwadronieren, das ist äußerst beliebt. Aber du hast ja keine Ahnung von Literatur oder anderen Genüssen, die man nicht fressen kann.«

Der Kellner kam an den Tisch und stellte eine Flasche

Holsten-Bier und eine kleine viereckige Flasche mit Kuemmerling vor Gunnar hin.

»Wo hast du eigentlich gelernt, so etwas zu trinken?«, fragte Emil.

»Bei Muttern. Sie trinkt gern mal einen Bitter.«

Der Wirt hatte sowohl das Bier als auch den Kräuterlikör speziell für Gunnar im Kühlschrank auf Lager, denn kein anderer Kunde bat um diese Kombination von Bier und Bitter.

»Jetzt mach dich vom Acker und stör jemand anderen«, sagte Emil. »Ich arbeite.«

Gunnar blickte sich um, sah aber nirgends einen freien Platz. »Hör zu«, sagte er, »kennst du den Sonnendichter?«

Emil fragte misstrauisch: »Wieso willst du das wissen?«

»Ich habe ihn in Deutschland getroffen.«

»Was hast du denn in Deutschland gemacht?«

»Spielt keine Rolle. Kennst du den Sonnendichter?«

»Ja, früher, als ich noch Spaß am Kiffen hatte, besorgte ich mir das Gras bei ihm. Er züchtete gute Pflanzen und konnte sie auch verarbeiten. Aber das ist lange her. Mehr als dreißig Jahre.«

»Und heute?«

»Es ist schon lange her, seit ich meinen letzten Joint geraucht habe. So was spielt den Hirnen von denkenden Menschen übel mit. Du brauchst dir natürlich deswegen keine Sorgen zu machen.«

»Ich meine, kennst du den Dichter immer noch?«, fragte Gunnar ungeduldig.

»Wir kennen uns eher flüchtig«, erklärte Emil zögerlich. »Mit dieser Trollgestalt kann man sich ganz vernünftig unterhalten, wenn man das Glück hat, den Kerl in guter Verfassung anzutreffen. Am Interessantesten ist er beim dritten und vierten Glas. Danach wird er unausstehlich.«

»Ist er ein guter Dichter?«

»Gedichte schreibt er schon lange nicht mehr. Er ist ein gebrochener Mensch. Er hat sich nie von diesem schrecklichen Unglück damals erholt.«

»Was für ein Unglück?«, fragte Gunnar.

Emil Edilon sah Gunnar müde an und legte den Stift auf den Tisch. »Anfang der Siebzigerjahre lebte der Sonnendichter in einer Hippiekommune auf einem abgelegenen Hof in Fljótshlíð. Diese Wohngemeinschaft löste sich auf, als das Haus einem Brand zum Opfer fiel und Jóns Freundin in den Flammen ums Leben kam. Das war tragisch. Das Mädchen war ein echtes musikalisches Talent und noch dazu ein unglaublich bezauberndes Wesen. Wir anderen haben nie verstanden, was sie an diesem Troll gesehen hat.« Emil machte eine Pause, während er sich an den Namen zu erinnern versuchte, dann fiel er ihm wieder ein. »Der Troll heißt Jón Sváfnisson«, sagte Emil. »Er hatte sicher auch seine guten Seiten, obwohl er nicht damit hausieren ging.«

Gunnar kannte Emils Problem, dass er sich keine Namen merken konnte. Häufig baute er sich mit anderen Namen oder Spitznamen eine Eselsbrücke, und deswegen war Gunnar der germanische Bergriese für ihn.

»Was meinst du damit, dass er sich nie wieder davon erholt hat?«

Emil antwortete ernst: »Der Mann war wie ausgewechselt. Früher war er in seinem lyrischen Schaffen ideenreich, konzentriert und diszipliniert. Nach dem Brand wurde er richtig merkwürdig. Manchmal schimmert ein fruchtbarer Gedanke bei ihm durch, aber er schafft es nicht, ihn zu Papier zu bringen.«

»Neigt er zu Gewalttätigkeit?«

Emil schüttelte den Kopf, und ein winziges Lächeln zuckte um seine Lippen. »Der Troll ist groß, und früher war er auch baumstark. Ich bin Zeuge gewesen, wie er Leute, die auf ihn losgehen wollten, einfach mit ausgestrecktem Arm von sich weggehalten hat. Es ist nicht seine Art, sich auf Schlägereien einzulassen, so viel steht fest.«

»Und Helgi Kárason?«

»Der Künstler?«

»Ja.«

»Was ist mit ihm?«

»Kennst du ihn?«

»Nein.«

»Kennst du Lúðvík Bjarnason?«

»Ich weiß, wer er ist.«

»Kannst du mir etwas über ihn sagen?«

Emil sah in sein Glas, es war leer. Er nahm es in die Hand und hielt es Gunnar unter die Nase. »Es würde helfen, wenn da etwas im Glas wäre.«

Gunnar drehte sich zum Tresen um und rief laut: »Kellermeister! Noch einmal dasselbe für den Dichter und für mich. Die Runde geht auf meine Rechnung.«

Der Barkeeper bestätigte die Bestellung mit einer Handbewegung.

»Wer ist dieser Lúðvík?«, fragte Gunnar.

»Als junger Mann wollte er eigentlich Künstler werden, aber er hatte keinerlei Talent, sodass aus diesem Traum nichts wurde. Inzwischen hat er seine Lebensaufgabe darin gefunden, Künstlern zu assistieren, die es weiter gebracht haben als er. Geht ihnen bei Ausstellungen zur Hand und dergleichen. Ihm ist es zwar nie gelungen, ein Kunstwerk zu schaffen, das mehr als den Materialwert besitzt, aber er hat ein Händchen dafür, Bilder aufzuhängen.«

»Kann man von so etwas leben?«

»Ich denke schon. Er kümmert sich auch um die Verpackung und den Transport der Exponate. Bei großen Ausstellungen kann das schon einen Haufen Arbeit bedeuten.

Er arbeitet im Übrigen nur für Leute, die zahlungskräftig sind. Zwischendurch macht er sich in den Ateliers nützlich und zieht Leinwand auf Keilrahmen und solchen Schnickschnack. Grundiert vielleicht sogar für Künstler, die riesige Bilder malen. Er hat genug zu tun.«

»Er steht im Strafregister«, flüsterte Gunnar.

»Ich weiß«, antwortete Emil.

»Was hat er gemacht?«

»Warst du zu faul, im Archiv nach den Gerichtsurteilen zu suchen?«, fragte Emil.

»Ich bin einfach noch nicht dazu gekommen«, antwortete Gunnar.

Der Barkeeper kam mit den Getränken und stellte sie auf den Tisch.

Emil wartete, bis er sich wieder entfernt hatte, und fuhr dann fort: »Der Mann, über den wir redeten, wie hieß der noch?«

»Lúðvík«, sagte Gunnar.

»Ja. Als junger Mensch in den Siebzigerjahren hatte Lúðvík ungewöhnliche Hobbys. Er trainierte Gewichtheben. Das war damals in der Hippiezeit alles andere als angesagt, trotzdem hat der junge Mann das neben dem Kunststudium sehr intensiv betrieben. Außerdem war er Exhibitionist und befriedigte diese Bedürfnisse, indem er splitternackt in der Kunstakademie Modell stand.«

»Wurde er etwa deswegen vor Gericht gestellt?«, fragte Gunnar.

»Nein, verurteilt wurde er wegen etwas anderem. In diesen Jahren war natürlich so einiges an Drogen im Handel, und obwohl *Love and Peace* ganz zuoberst auf der Rangliste standen, bestand doch ein gewisser Bedarf an rührigen und kompetenten Geldeintreibern, die zupacken konnten. Die Hippies waren zwar sehr dafür, sich Dope zu beschaffen, hatten es aber mit der Bezahlung meist nicht so eilig, und manchmal vergaßen sie solche Nebensächlichkeiten einfach. Wenn sich die Begleichung der Schulden allzu lange hinzog, wandte man sich an den Gewichtheber. Er konnte den Jungs derartige Angst einflößen, dass ihnen der Rausch auf der Stelle verflog, und sie sich sogar nach Arbeit umtaten, um das Minus auszugleichen. Oder sie haben ihre Väter um Geld angehauen, was vermutlich die verbreitetere Methode war.«

»Nimmt Lúðvík immer noch solche Aufträge an?«

»Nein, nein. Er hat vor vielen Jahren damit aufgehört, nachdem er einmal beinahe jemanden umgebracht hat.«

»Weißt du, ob er irgendeine Verbindung zum Sonnendichter hat?«

»Vermutlich hat er damals auch für den Sonnendichter Geld eingetrieben, genau wie für die anderen, die hinter den Kulissen arbeiteten.«

Samstag, 17. Oktober

07:00

Birkir wachte auf, als der Wecker klingelte. Es war sein freier Tag, und wenn es nach ihm ging, sollte das auch so bleiben. Zumindest für den Anfang.

Er nahm sich ausgiebig Zeit für sein Frühstück. Ein Schluck Lebertran bildete den Anfang, und auf ihn folgten starker Tee und zwei Toastscheiben mit Käse und Gurken. Während er das zu sich nahm, las er die Zeitung, die er gleich nach dem Aufstehen aus dem Briefkasten geholt hatte.

Anschließend bereitete er sich auf sein Lauftraining vor, ein langes Training. Zunächst ging er auf den Balkon, um nach dem Wetter zu sehen. Der Wind hatte auf Ost gedreht und war aufgefrischt, aber es war trocken. Die Temperatur lag bei knapp über null, und nun wusste er, wie er sich anzuziehen hatte. Doch bevor er loslaufen konnte, gab es noch einiges zu tun.

Birkir cremte sämtliche der Reibung ausgesetzten Stellen an seinem Körper mit einer dicken Schicht Vaseline ein, Brustwarzen, den vorstehenden Bauchnabel, Hals und Hüften. An diesen Stellen hatte er sich bei Langstreckenläufen schon blutig gescheuert, und er war sehr darauf bedacht, dass so etwas nicht wieder vorkam. Anschließend schlüpfte er in enge Laufhosen, dicke Kompressionssocken, einen dünnen Pullover und eine leichte Windjacke. Über die Jacke zog er noch eine knallgelbe Weste mit breiten phosphoreszierenden Streifen, und zum Schluss schnürte er die Asics-Laufschuhe zu.

Er füllte ein selbstgemixtes Energiegetränk in zwei kleine

Plastikflaschen, und in zwei weitere kam kaltes Wasser aus der Leitung. Die Flaschen brachte er in seinem Gürtel an. Zum Schluss stopfte er noch zwei Bananen in die Jackentaschen. Die übrige Schutzkleidung bestand aus einer Strickmütze, dicken Fingerhandschuhen und einer gelb eingefärbten Sportbrille.

Eine Tasche mit einem kompletten Satz sauberer Sachen, Badehose, Handtuch und Kulturtasche stand bereits fertig gepackt im Flur. Er trug sie nach unten zu seinem Toyota Yaris, der auf einem reservierten Parkplatz hinter dem Haus auf ihn wartete.

Zehn Minuten vor neun parkte er sein Auto auf dem Parkplatz am Westbad und gesellte sich zu einer Gruppe von fünf Männern und zwei Frauen, die sich in der Eingangshalle des Schwimmbads verabredet hatten und ähnlich ausgerüstet waren wie er selber. Sie unterhielten sich kurz über die Strecke, die sie an diesem Morgen laufen wollten, und entschieden sich für die gleiche wie beim letzten Training. Pünktlich um neun machten sie sich auf den Weg und liefen zunächst über die Hofsvallagata hinunter zur Ægisíða. Von dort ging es bei einer Geschwindigkeit von knapp fünf Minuten pro Kilometer gegen den Wind in östlicher Richtung. Die Läufer an der Spitze, die den Wind für die anderen abfingen, wechselten sich ab. Am Flughafen entlang gelangten sie nach Nauthólsvík, und anschließend überquerten sie die Kringlumýrarbraut auf der Fußgängerbrücke. Im Fossvogur-Tal gab es weniger Gegenwind, sodass sie für einen Kilometer nur viereinhalb Minuten brauchten. Auf diese Weise erreichten sie das Tal der Elliðaá, der sie flussaufwärts folgten. In den Steigungen verkürzten sich die Schritte, und dabei verringerte sich die Geschwindigkeit. Die Läufer überquerten die beiden Flussarme auf einer Fußgängerbrücke, und von da aus ging es entlang der Pferderennbahn zurück.

Beim Árbær-Schwimmbad wurde Pause gemacht, sie nutzten die Toiletten, füllten die Wasserflaschen auf und nahmen dann praktisch den gleichen Weg zurück in die Weststadt, allerdings mit einem kleinen Abstecher zur Öskjuhlíð, der dafür sorgte, dass die Laufstrecke an diesem Morgen genau dreißig Kilometer betrug.

Es war halb zwölf, als sie verschwitzt und müde wieder beim Schwimmbad in der Weststadt eintrafen. Nach zwanzig Minuten Dehnübungen gingen alle unter die Dusche und trafen sich anschließend im heißen Pool, um sich über das weitere Trainingsprogramm und bevorstehende Langstreckenläufe in Island und im Ausland auszutauschen. Außerdem ging es um abwesende Trainingskameraden und abenteuerliche Geschichten von Langläufen in allen Teilen der Welt. Über andere Dinge wurde nicht geredet, und Birkir dachte erst um halb eins wieder an den ungelösten Mordfall, als er sich angezogen hatte und draußen vor dem Schwimmbad stand.

Er fuhr nach Hause und leerte seine Sporttasche, bevor er sich etwas zu essen machte. Sein Mittagessen bestand aus Orangensaft, Roggenbrot mit eingelegtem Hering, einem gekochten Ei und einem Joghurt. Danach machte er sich noch einmal auf den Weg zum Jónshús.

Sie waren zu dritt draußen im Garten. Die kleine Frau, von der Birkir jetzt wusste, dass sie Úlfheiður hieß, stand ganz oben auf der Leiter und verteilte die nächste Futterration. Die Birkenzeisige flatterten um sie herum und pickten die Körner auf, kaum dass sie sie gestreut hatte. Fabían und Rakel saßen auf der Bank an der Hauswand und genossen die Sonnenstrahlen, die sich mittags Bahn durch die Wolken gebrochen hatten.

Birkir grüßte.

Rakel stand auf und bot ihm ihren Platz an.

»Ich muss sowieso los, um fürs Essen einzukaufen«, sagte sie und verabschiedete sich.

Birkir setzte sich und fragte Fabían nach seinem Befinden.

»Ich fühle mich etwas besser als gestern«, sagte Fabían. Er nahm eine gedrehte Zigarette zur Hand und zündete sie an. »Ich darf mich nur nicht überanstrengen«, fügte er hinzu.

»Kannst du mit der Geschichte fortfahren, die du mir gestern erzählt hast?«, fragte Birkir.

»Wo war ich stehen geblieben?«

»Du hast mir gesagt, dass das Haus in Sandgil abgebrannt ist, und eure Freundin dabei ums Leben gekommen ist.«

»Ja, aber darauf möchte ich nicht näher eingehen.«

»Ich verstehe«, sagte Birkir. »Was ist nach diesem tragischen Unglück aus dir geworden?«

»Dieses Ereignis hat mich völlig aus der Bahn geworfen«, antwortete Fabían. »Ich wurde in die psychiatrische Anstalt eingewiesen. Ich war psychisch völlig am Ende und von schwärzester Finsternis umgeben. Ich war vollkommen unfähig zu menschlicher Kommunikation und verlor jegliche Eigeninitiative. Ich saß in der Anstalt nur am Fenster und starrte hinaus, ohne etwas zu sehen oder zu hören. Ich musste sogar gefüttert werden, denn ich war noch nicht einmal imstande, mir das Essen, das mir vorgesetzt wurde, selber zum Munde zu führen. Zudem hatte ich Probleme mit der Körperhygiene. Nach einigen Monaten fiel das Urteil: Ich war chronisch geisteskrank und bekam einen festen Platz in der ruhigen Abteilung. Dort blieb ich viele Jahre.«

Fabían verstummte und beobachtete ein paar Stare, die sich um die Apfelscheiben stritten, die er am Abend vorher in der Eberesche befestigt hatte.

»Es ist seltsam, aber ich habe mein ganzes Leben lang Vögel beobachtet«, sagte er. »In den Westfjorden, als ich klein war, hat mir meine Mutter beigebracht, wie die Vögel hießen, und von anderen Vogelfreunden habe ich gelernt, auch seltene Irrgäste zu kennen. Ich habe hier im Garten schon Seidenschwänze beobachtet. Vögel haben mir immer Freude bereitet, auch wenn es mir schlecht ging.«

»Was wurde aus den anderen Leuten, die in Sandgil lebten?«, fragte Birkir.

»Sie kamen wegen Herstellung und Vertrieb von Cannabis vor Gericht und wurden verurteilt, aber ich glaube, sie haben nicht einsitzen müssen. Genau wie ich hat keiner von ihnen jemals den Tod von Sunna verwinden können, und unweigerlich trennten sich die Wege. Sie hatten zu der Zeit ganz andere Sorgen und wenig Zeit, um an mich zu denken, aber sie kamen mich hin und wieder besuchen, mehr konnten sie nicht für mich tun. Ich war Zeuge von Sunnas tragischem Tod, und mein armer Verstand wurde damit einfach nicht fertig. Das Leben war zu Ende.«

»Aber seitdem hast du doch große Fortschritte gemacht«, warf Birkir ein.

»Ja, aber das war erst viel später«, sagte Fabían. »Nachdem ich zwölf Jahre mehr oder weniger nur dahinvegetiert hatte, nahm eine junge Frau ihre Tätigkeit an der Anstalt auf, die erst kurz zuvor ihr Studium in klinischer Psychologie an einer Universität im Ausland absolviert hatte. Sie hatte fachliches Interesse an meiner Erkrankung und entschied sich dafür, es mit Hypnose und einer Gesprächstherapie zu versuchen. Die verlief allerdings in den ersten Monaten sehr einseitig. Nach und nach gelang es ihr aber, mich ins Leben zurückzurufen, und ich begann auch wieder zu zeichnen. Nach zwei Jahren funktionierte ich dann wieder so einigermaßen. Der Sonnendichter hat mich ein oder zweimal im Jahr besucht und sich über mein Befinden informiert. Einmal waren wir sogar für zwei Wochen Zimmergenossen, denn im Suff kann er manische Anfälle bekommen. Es war nicht langweilig auf der Station, solange er sich dort aufhielt.«

Fabían nahm den letzten Zug aus dem Joint und drückte ihn aus, bevor er mit seiner Erzählung fortfuhr: »Und dann stellte ich eines Tages fest, dass ich Blut im Stuhl hatte. Ich war aber immer noch so lethargisch, dass ich niemandem davon erzählte. Es wurde immer schlimmer, und schließlich kam es zu Blutungen aus dem Darm. Irgendjemand bemerkte einen Blutfleck an meiner Hose, doch zunächst ging man davon aus, dass es sich um Hämorrhoiden handelte. Als es sich nicht besserte, wurde ich untersucht. Das Ergebnis kam schnell, ein bösartiges Karzinom im Darm. Bei der Operation wurden Teile des Darms entfernt, dann Strahlen- und Chemotherapie, das übliche Prozedere. Ich bekam einen künstlichen Darmausgang, und ich erholte mich so langsam. Erstaunlicherweise besserte sich mit dem Aufenthalt auf der Krebsstation auch mein geistiger Zustand, dort war ich unter geistig gesunden Menschen, die mich wie ihresgleichen behandelten. Deswegen wollte ich auch nicht wieder in die Anstalt zurück, aber ich hatte im Grunde genommen keine andere Wahl. Und da kam mir der Sonnendichter ein weiteres Mal zu Hilfe. Nach dem Brand war er in die Kellerwohnung seines Elternhauses gezogen. Nachdem seine Eltern verstorben waren, erbte Jón dieses große Haus und vermietete Zimmer. Er bot mir an, bei ihm einzuziehen, und sagte mir, dass sich das mit der Miete schon regeln würde.«

Fabían stand auf und ging zu einem kleinen Rasenstück im Garten. Birkir folgte ihm.

»Jón hat sich seine Mieter gut ausgewählt«, sagte Fabían und betrachte sein Zuhause mit dankbarem Blick. »Alle Bewohner, Frauen und Männer unterschiedlichen Alters, haben irgendwie eine künstlerische Ader, und jeder für sich ist ein Unikum. Dieses Haus ist im Grunde genommen eine lebendige Akademie. Hier durfte ich sein, seit ich aus der psychiatrischen Anstalt entlassen wurde, und in dieser Umgebung habe ich mich wohlgefühlt.«

»Und wie ist dein gesundheitlicher Zustand jetzt?«, fragte Birkir.

»Der Krebs hat sich zweimal wiedergemeldet. Beim ersten Mal konnte man ihn noch behandeln, aber inzwischen gibt es Metastasen im ganzen Körper. Die Chemotherapie kann den Prozess angeblich verlangsamen, aber ansonsten besteht die Behandlung darin, mir das Leben erträglich zu gestalten. Viel Zeit bleibt mir nicht mehr, was ich schade finde, denn jetzt lebe ich ein Leben, das ich zu schätzen weiß.«

»Und wovon lebst du hier?«, fragte Birkir.

»Ich bekomme Behindertenunterstützung, und außerdem zeichne ich. Wenn Jón seine Gedichte neu auflegt, lässt er mir freie Hand beim Illustrieren seiner Gedichte.«

Noch während Fabían sprach, klingelte Birkirs Handy. Er nahm den Anruf entgegen und lauschte eine Weile. Unterdessen schob sich eine Wolke vor die Sonne, und Fabían schickte sich an, ins Haus zu gehen.

»Kann ich dir einen Kaffee oder etwas anderes anbieten?«, fragte er, als Birkir das Gespräch beendet hatte.

»Nein, ich muss mich wohl um jemand anderen kümmern«, antwortete Birkir. »Vielen Dank, dass du mir das alles erzählt hast.«

15:00

Der Anruf war von Dóra gekommen. Sie war mit Anna und zwei Polizisten zu der Wohnung von Unnar und Starkaður gefahren, um gemäß richterlicher Verfügung Finger- und Handabdrücke von ihnen zu nehmen. Es hatte einige Mühe gekostet, die beiden dazu zu bringen, aber es war schließlich gelungen. Noch an Ort und Stelle verglich Anna die Abdrücke ihrer Handflächen mit dem Handabdruck auf dem Schreibtisch des Botschafters, er stammte von Starkaður. Dóra hatte ihn unverzüglich verhaftet, und auf dem Weg zum Hauptkommissariat hatte sie mit Birkir telefoniert.

Birkir leitete diese Informationen an Gunnar weiter, und sie kamen überein, Starkaður gemeinsam zu verhören. Es konnte ein sehr wichtiges Gespräch werden.

Dóra wartete mit dem Gefangenen im Verhörzimmer auf sie. Starkaður war abweisend und ging nicht auf ihren Gruß ein.

»Du weißt, weshalb du hier bist«, sagte Gunnar, nachdem er das Aufnahmegerät und die Videokamera eingeschaltet und die anwesenden Personen genannt hatte.

»Ja, weil ihr mich persönlich verfolgt und völlig ungesetzlicherweise hier festhaltet«, antwortete Starkaður. »Mein Mann wird mir einen Rechtsanwalt besorgen, der mich hier herausholt.«

»Möchtest du, dass wir mit diesem Gespräch warten, bis dein Rechtsanwalt eingetroffen ist?«

»Das tut nichts zur Sache«, erklärte Starkaður, »ich habe nichts zu verbergen.«

»Dann fahren wir fort«, sagte Birkir und nickte Gunnar zu, der sich am Tisch festhielt, während er sich aufzurichten versuchte.

»Es geht um den Mord in der Botschaft in Berlin. Aus deinem Handabdruck auf dem Schreibtisch des Botschafters lässt sich für uns ablesen, dass du optimal für einen Angriff auf das Opfer positioniert warst«, sagte Gunnar laut und deutlich ins Mikrofon. »Kannst du uns eine Erklärung dafür geben?«

»Ich habe bereits den Polizisten, die in meine Wohnung

eingedrungen sind, gesagt, wie der zustande gekommen sein kann«, entgegnete Starkaður.

»Sei bitte so freundlich und wiederhole das noch einmal«, bat Birkir ihn.

»Ich habe gesagt, dass ich an dem Abend das Büro des Botschafters einmal betreten habe«, erklärte Starkaður. »Das war wegen unserer Besprechung mit dem Botschafter. Als der Botschafter kurz hinausging, setzte sich Anton an den Schreibtisch und machte Anstalten zu telefonieren. Unnar und ich sind aufgestanden, aber bevor wir den Raum verließen, haben wir ihm gesagt, was wir von ihm und seinen sogenannten Geschäften hielten. Es kann sein, dass ich mich auf den Tisch gestützt habe, als ich diesem Kerl rundheraus sagte, was für ein Widerling er war. Ich gebe zu, dass ich mich über ihn gebeugt habe. Er legte den Telefonhörer auf die Gabel und flüchtete aus dem Zimmer. Ich habe ihn aber weder da getötet noch später. Ich habe für den ganzen Abend ein Alibi. Unnar und ich waren die ganze Zeit zusammen.«

Birkir hatte einige Bilder von den Aufzeichnungen der Sicherheitskameras ausgedruckt, ebenso wie die Fotos, die Lúðvík an dem Abend gemacht hatte. Er fand Bilder von Unnar und Starkaður, wie sie mit dem Botschafter nach der Lesung ins Botschaftsgebäude gingen, und wie sie es dann in der Nacht wieder verließen. Starkaður trug einen hellen Anzug und ein dunkles Hemd. Birkir besah sich die Bilder genau, konnte aber nicht erkennen, ob der Jackettärmel dunkle Flecken aufwies. Dazu war die Auflösung nicht gut genug.

Birkir reichte Starkaður ein Bild, das einigermaßen deutlich war. »Dieser Anzug, den du da getragen hast, befindet der sich in deinem Haus?«

Starkaður sah auf das Bild. »Nein, der ging nach unserer Rückkehr in die Reinigung. Er hätte gestern nach fünf fertig sein sollen, aber ich kam nicht dazu, ihn abzuholen.«

»Und das Hemd?«, fragte Birkir.

»Ich habe in dieser Woche alle meine Hemden gewaschen. Ich weiß nicht mehr, welches ich an dem Abend anhatte.«

»Falls das Blut des Opfers an diesen Sachen gewesen ist, können unsere Leute im Labor trotz der Reinigung die Spuren finden.«

»Davor brauche ich keine Angst zu haben«, erklärte Starkaður.

Birkir ließ sich von Starkaður den Namen der Reinigung nennen.

»Bist du damit einverstanden, dass der Polizei dieser Anzug zur Analyse ausgehändigt wird?«, fragte Birkir, während er sich den Namen der Reinigung notierte.

»Ja. Ihr bezahlt dann aber auch die Rechnung und liefert die Sachen in dem Zustand ab, in dem sie waren«, antwortete Starkaður.

»Wir werden uns Mühe geben«, sagte Birkir.

Jetzt schaltete Gunnar sich ein. »Hast du an dem bewussten Abend ein Messer mit in die Botschaft genommen?«, fragte er.

»Ein Messer! Wozu in aller Welt sollte ich das denn getan haben? Nein, selbstverständlich nicht«, erklärte Starkaður kopfschüttelnd.

»Hatte einer der anderen Gäste an diesem Abend ein Messer dabei?«

Wieder schüttelte Starkaður den Kopf. »Natürlich nicht.«

Nun übernahm Birkir wieder. »Du hast mir gestern gesagt, dass du die anderen Gäste kanntest. Wie gut kennst du sie? Habt ihr euch nach dem Mord wiedergetroffen?«

Starkaður lehnte sich auf seinem Stuhl zurück. »Ich habe die Frage, ob ich diesen Anton ermordet habe, mit Nein beantwortet, und das ist die Wahrheit. Mehr braucht ihr nicht zu wissen. Ich glaube, ich berate mich mit meinem Rechtsbeistand, bevor ich mich weiteren Fragen stelle. Dieses Gespräch hier dreht sich anscheinend um sehr weitreichende Dinge, und ich will nicht Gefahr laufen, euch etwas zu erzählen, was ihr missinterpretieren und zu meinen Ungunsten auslegen könnt.«

»Schön und gut«, sagte Gunnar. »Du bleibst in U-Haft, bis wir das vorliegende Material untersucht haben. Das kann einige Tage dauern. Wir werden uns bemühen, dir den Aufenthalt so angenehm wie möglich zu machen.«

»Ich werde auf Schadensersatz klagen. Das wird euch teuer zu stehen kommen«, entgegnete Starkaður.

»Das ist dein gutes Recht. Es wäre aber nicht schlecht, wenn du deine Aussage hier zu Papier bringen würdest, das beschleunigt die Sache«, entgegnete Gunnar, indem er Papier und einen Stift über den Tisch schob.

Starkaður seufzte, nahm den Stift in die rechte Hand und begann zu schreiben.

Gunnar und Birkir verließen den Raum. Dóra blieb bei dem Gefangenen.

Als sie sich an ihre Schreibtische gesetzt hatten, sagte Birkir: »Starkaður ist Rechtshänder und kommt also in Frage. Es würde aber nie zu einer Verurteilung reichen. Wir müssen an weitere Beweise herankommen.«

Gunnar suchte in seiner Schublade nach etwas Essbarem. »Ich glaube, wir haben den richtigen Mann«, sagte er und blickte triumphierend auf eine halbe Tafel Schokolade, die er zwischen Bleistiften und Briefklammern gefunden hatte.

Birkir schüttelte den Kopf. »Ich bin mir da nicht so sicher.«

»Wieso nicht?«

»Ich weiß es nicht«, sagte Birkir achselzuckend.

»Wir müssen auf jeden Fall versuchen, einen Keil in die wundersame Eintracht bei dieser Truppe zu treiben«, erklärte Gunnar. »Allein die Tatsache, dass sie alle durch die Bank uns ihre Fingerabdrücke verweigern, zeigt doch, dass Sie irgendwie gemeinsame Sache machen. Ich bin sicher, dass die alle mehr wissen, als sie sagen wollen. Wenn wir uns einen von ihnen ein bisschen intensiver vorknöpfen, könnte der Zusammenhalt Risse bekommen. Auch wenn er nicht der richtige Mann ist, oder vielleicht sogar gerade deswegen.«

»Hältst du das wirklich für eine gute Idee?«, fragte Birkir.

»Nein, die Idee ist natürlich absurd, aber es ist das Einzige, was wir im Augenblick tun können. Wir haben den Handabdruck und können uns das zunutze machen. Wir verschaffen uns eine Verfügung auf Untersuchungshaft und sehen zu, was dabei herauskommt, wenn Starkaður ein paar Tage einsitzt.«

»Überschreiten wir da nicht unsere Befugnisse? Wir haben doch nur dieses eine Indiz.«

»Ja, nein, ich meine, es ist eine Notlösung. Dieser Abdruck ist das einzige stichhaltige Indiz. Sonst können wir ja gleich den ganzen Kram hinschmeißen.«

»Mir gefällt das nicht«, sagte Birkir.

»In Ordnung«, sagte Gunnar. »Ich nehm das auf meine Kappe. Wir lassen ihn in ein paar Tagen frei. Falls sich jemand beschwert, führe ich zu meiner Entschuldigung an, dass ich vor lauter Schnupfen und Rückenschmerzen nicht klar denken konnte. Was in gewisser Weise ja auch stimmt.« Gunnar blies Staub von der Schokolade und biss grinsend hinein.

Birkir verabschiedete sich und verließ das Kommissariat, um die Sachen, die Starkaður in Berlin getragen hatte, aus der Reinigung zu holen.

16:40

Birkir hatte auf der Webseite des Unternehmens Namen und Telefonnummer des Geschäftsführers der chemischen Reinigung gefunden und den Mann dazu bringen können, selber in den Laden zu kommen und ihm den frisch gereinigten Anzug von Starkaður Gíslason auszuhändigen. Birkir brachte die Sachen ins Labor des Erkennungsdienstes, wo Anna sie entgegennahm. Falls sich auch nur die geringsten Spuren von Blut an den Sachen befanden, würden sie ihr nicht entgehen. Wenn nötig, würde sie bis tief in die Nähte gehen, wo eine chemische Reinigung nicht hinkam.

»Das wird sich herausstellen«, sagte sie, als Birkir sie fragte, ob der Anzug nach der Analyse wieder genauso aussehen würde wie vorher.

»Es wäre besser«, sagte er.

»Jetzt hör mal zu«, sagte Anna. »Es geht hier um einen Mord. Da kann doch wohl ein Anzug kaum von Bedeutung sein.«

»Trotzdem«, sagte Birkir. Er wusste schöne und gut geschnittene Anzüge aus hochwertigem Stoff zu schätzen und konnte gut verstehen, dass Starkaður sich nur ungern von ihm trennen würde.

»Geh einfach raus an die frische Luft, wenn du da nicht zusehen möchtest«, sagte Anna lächelnd.

Birkir verließ das Haus, aber nicht, weil er nicht dabei sein wollte, wie Anna den Anzug von Starkaður malträtierte, sondern um den Künstler Helgi Kárason zu besuchen und etwas über seine Vergangenheit in der Kommune des Sonnendichters zu erfahren. Die Gäste in der Botschaft verband offensichtlich mehr, als es zunächst den Anschein gehabt hatte. Birkir war entschlossen, alles darüber in Erfahrung zu bringen. Er schaute zunächst in einer kleinen Galerie im Stadtzentrum vorbei, deren Besitzer er kannte, und nach ein paar Telefonaten hatte dieser die Adresse von Helgis Atelier in Reykjavík herausgefunden.

Es befand sich im zweiten Stock eines Hauses in der Nähe des Hafens, in dem früher Fischereinetze hergestellt worden waren. Der Saal war sehr groß, und das kam ihm gut zustatten, denn im Lauf der Jahre war Helgi in seiner künstlerischen Produktion von kleineren Objekten wie Kerzenleuchtern und Dekorationsgegenständen zu größeren Werken wie Skulpturen und Wandreliefs übergegangen. Unvollendete Werke nahmen den größten Teil des Arbeitsraums ein.

Birkir klopfte an die Tür, und als niemand darauf reagierte, versuchte er, sie zu öffnen. Sie war unverschlossen, und er betrat das Atelier. Aus riesigen Boxen erklang laute Musik, Janis Joplin. Birkir wusste, dass es sich um anerkannten, klassischen Rock aus den Siebzigerjahren handelte, aber er hörte so etwas nur selten. Wahrscheinlich zu selten, dachte er, während er wie gebannt der Musik lauschte: »Cry-y-y-y – baaaby.«

Helgi stand vor einem drei Meter hohen, aus verschiedenen Komponenten zusammengesetzten Wandrelief und war gerade dabei, ein weiteres kleines Element einzufügen. Die einzelnen Teile waren aus gebranntem Ton und von unterschiedlicher Farbe. An der richtigen Stelle in der Montage platziert, ergaben sich ausdrucksvolle Figuren.

»Guten Tag«, rief Birkir mit gezücktem Ausweis. »Ich bin von der Kriminalpolizei.«

»Du bist was?« Helgi sah zu ihm hinüber und hielt sich die Hand hinters Ohr.

»Von der Kriminalpolizei. Ich muss dir ein paar Fragen stellen.«

Helgi ging zu der Stereoanlage und regelte die Lautstärke so, dass die Musik gerade eben noch zu hören war.

»Na schön«, sagte er.

»Du hast hoffentlich nichts dagegen?«, fragte Birkir.

»Was willst du wissen?«

»Ich untersuche den Mord in Berlin. Es gibt da einige Punkte, zu denen ich dich befragen möchte.«

»Ich habe meine Aussage bereits zu Protokoll gegeben.«

»Ja, aber ich brauche noch mehr Informationen. Du musst dich in den nächsten Tagen auf weitere Störungen gefasst machen, das ist unvermeidlich.«

»Na schön.« Helgi legte das Element zur Seite, das er gerade fertiggestellt hatte.

»Ich weiß, dass du mit dem Sonnendichter, Fabían und einigen anderen Anfang der Siebzigerjahre in einer Kommune gelebt hast. Kannst du mir Näheres darüber sagen?«

»Du meinst über diese Kommune?«

»Ja.«

»Was versprichst du dir davon?«

»Es steht in Zusammenhang mit dem Mordfall. Ich versuche, mir Klarheit über die privaten Verbindungen zwischen den Botschaftsgästen zu verschaffen.«

»Meinetwegen. Es ist ja so gesehen auch kein Geheimnis, dazu wissen viel zu viele davon. Du würdest sowieso dahinterkommen. Wahrscheinlich ist es besser, ich erzähl es dir selber, dann gibt es keine Missverständnisse.«

»Genau.«

»Wo soll ich anfangen? Das ist lange her.«

»Fang mit dem Anfang an«, sagte Birkir. »Ich höre dir zu.« Er hielt das Diktafon hoch, und Helgi schien keine Einwände zu haben.

»In Ordnung, dann hör gut zu. Ich werde weiterarbeiten, während ich dir davon erzähle. Es handelt sich um eine lange Geschichte, und meine Zeit ist kostbar. Falls du Fragen hast, heb sie dir für später auf.«

Birkir nickte zustimmend. »Ich verstehe«, sagte er. »Ich werde zuhören.«

Helgi überlegte kurz, bevor er fortfuhr: »Jón und ich haben uns in jungen Jahren kennengelernt, und bis zu dem Brand in Sandgil waren wir eng befreundet. Danach trennten sich unsere Wege viele Jahre lang. Wir trafen uns zuerst im Gymnasium, wir waren in derselben Klasse. Ich hatte eine schwierige Jugend, war irgendwie aus der Spur gekommen und habe kaum die Aufnahmeprüfung geschafft. Jón und ich fanden schnell zueinander, wir waren beide sehr rebellisch und provozierten alle um uns herum. Nach dem ersten Winter an der Schule hatten wir genug von dem kleinbürgerlichen Dasein in Reykjavík und reisten im Sommer 1969 nach Europa. Da sind wir drei Jahre lang rumgeflippt, hauptsächlich in Kopenhagen, Amsterdam und in Spanien, immer blank und total crazy. Gereist sind wir per Anhalter oder schwarz mit der Eisenbahn. Unser Gepäck bestand aus nichts als einem Seesack mit ein paar Klamotten darin. Unglaublich, wie lange man sich mit Betteln, und wenn es gar nicht anders ging, mit kleinen Diebstählen über Wasser halten kann. Überall hatte sich die Hippiekultur ausgebreitet, und wenn die Haare lang genug waren, hatten diese jungen Leute in ihren Kaftanen nichts dagegen, einem etwas zu essen zu geben. Und manchmal wurde man auch in irgendwelche Kommunen reingelassen und ist da so lange geblieben, bis die Kommunarden die Schnauze voll von einem hatten. Alles, was an Stoff im Angebot war, wurde ausprobiert, und die Erfahrungen damit waren unterschiedlich. Diese Art der Wissenschaft von den chemischen Stoffen wurde jedenfalls gründlichst studiert. Die Sommer verbrachten wir irgendwo am Mittelmeer und schliefen einfach am Strand, dort brauchte man kein Dach über dem Kopf. In Spanien lernten wir Typen kennen, die Cannabis züchteten, und wir haben das Gras für sie verkauft. Tagsüber lungerten wir in den Bars am Strand herum und nachts in den Amüsierschuppen. Junge Leute mit Geld strömten im Sommer in den Süden, und wir haben dabei ganz gut Kohle gemacht. Unser Verkaufssystem war todsicher. Ich hatte die abgepackte Ware in ein Handtuch gewickelt und sonnte mich am Strand, während Jón den Leuten ihre Kicks verkaufte. Er trug nie viel bei sich, denn die Bullen machten manchmal Razzias am Strand. Wenn er eine Ration verkauft hatte, hockte er sich irgendwo in meiner Nähe hin und rauchte eine Zigarette. Während er rauchte, verbuddelte er die Einnahmen im Sand und ich die nächste Ration. Dann standen wir auf und tauschten die Plätze, ich nahm das Geld an mich, und er bekam die nächste Ration. Das haben wir direkt vor der Nase der Bullen gemacht, aber die haben nie etwas spitzgekriegt. Jón war am Strand als »The Weed Man« bekannt, aber mich kannte keiner, und niemand wusste von seiner Verbindung zu mir. Abends in den Tanzschuppen hatten wir ein ähnliches System.

Wir haben da unten auch gelernt, Cannabis zu züchten, und davon haben wir später profitiert, als wir in Sandgil lebten. Wir haben aber in Spanien nicht nur mit dem Zeug gedealt, sondern wir waren auch User in großem Stil. Das meiste von den Einnahmen ging für den eigenen Konsum drauf, aber das spielte keine Rolle, es war uns ja noch nie darum gegangen, Geld zu horten. Diese ganze Reise war also ein Trip im doppelten Sinne des Wortes. Trotzdem gab es zwei folgenreiche Lichtblicke für uns beide. Von den Mädchen, die sich mit Kunsthandwerk beschäftigten und ihre Erzeugnisse auf den Hippiemärkten verkauften, lernte ich, mit Ton zu arbeiten, und Jón traf im zweiten Sommer am Strand einen isländischen Gymnasiallehrer, der ihm innerhalb von drei Wochen die Regeln der Dichtkunst beibrachte. Als Gegenleistung dafür bekam der Mann gutes Gras. Daraufhin begann Jón nach allen spezifisch isländischen Regeln dieser Kunst zu dichten. Für moderne Lyrik hat er nie etwas übrig gehabt. Da im Süden sind schöne Gedichte entstanden, von denen einige heute schon als klassisch gelten. Irgendwann waren wir dann diese Herumtreiberei leid, und als wir genügend Geld für den Flug beisammen hatten, flogen wir zurück nach Island.

Die nächste Reise sollte nach Amerika gehen, dafür mussten wir aber erst mal die Kohle zusammenkratzen. Jón ging in die Westfjorde und arbeitete in einem Heim für geistig Behinderte. Die hat er bestimmt munter gemacht. Aber er hat da im Westen auch seine Sunna gefunden, und deswegen verzögerte sich die Reise nach Amerika. Sunna war kaum je in Reykjavík gewesen, und sie hatte auch nicht das geringste Interesse daran, mit zwei ausgeflippten Gestalten ohne Geld nach Amerika zu fahren. Sie liebte Jón, aber sie stand mit beiden Beinen auf der Erde.

1973 hatte Jón dann diese fantastische Idee, in die Fljótshlíð zu ziehen und das Haus in Sandgil zu besetzen, das seinem Vater gehörte. Es hatte schon zwei Jahre leer gestanden. Der alte Sváfnir hatte die Heuwiesen als Pferdeweiden verpachtet und wollte das Haus als Ferienhaus verwenden. Jón hat niemanden um Erlaubnis gebeten, sondern dem Alten einfach die Schlüssel geklaut, und wir nisteten uns dort ein. Dahinter steckte die Idee der Squatter-Bewegung, die 1968 in London entstand und sich mit der Hippiekultur über die ganze Welt verbreitete. Leute ohne festen Wohnsitz besetzten leer stehende und ungenutzte Häuser, um dort mit anderen Menschen friedlich und glücklich zusammenzuleben. Wie gesagt, diese Idee machte Furore, und viele von diesen Hippiekommunen, in denen wir uns während unserer Europatour zeitweise aufhielten, befanden sich in solchen besetzten Häusern.

Der alte Sváfnir tat so, als wüsste er nichts von dieser

Hausbesetzung. Eigentlich glaube ich, dass er damals eine Heidenangst vor seinem Sohn hatte. Irgendwann bezahlte er aber die Stromrechnungen nicht mehr, und es endete damit, dass uns der Strom abgestellt wurde. Wir mussten also an Geld herankommen, denn ohne Strom ließ sich dort nicht leben. Nachdem Jón sich mit den Leuten von der Stromversorgung arrangiert hatte, funktionierte das Ganze zumindest am Anfang ganz gut, denn zunächst hatten wir alle noch etwas Geld. Auf die Dauer wurde es aber eng. Wir hielten ein paar Hühner und hatten einen kleinen Gemüsegarten. Auf den Wiesen waren die Pferde, wir konnten also kein Heu machen, sonst hätten wir Schafe halten können, auch wenn wir von so etwas keinen blassen Schimmer hatten. Wir beschäftigten uns alle mit künstlerischen Dingen. Ich hatte mir einen primitiven alten Brennofen organisiert, und der reichte für solche simplen, hippiemäßigen Objekte aus, mit denen ich mich damals beschäftigte, in dem Stil, wie ich es auf unserem Trip gelernt hatte. Für den Brennofen und die grobe Arbeit gab es Platz in einem Schuppen neben dem Wohnhaus. Das Wohnzimmer im Haus war aber unsere wichtigste Arbeitsstätte, dort arbeiteten wir nämlich zusammen. Jón schrieb Gedichte, Rakel einen Roman und Fabían zeichnete. Sunna komponierte, und sie stellte Kerzen her. Ich modellierte. Davon wollten wir leben.

Freitagsnachmittags fanden wir uns vor dem Genossenschaftsladen in Hvolsvöllur ein und versuchten, unsere Erzeugnisse an den Mann zu bringen. Sunna spielte Gitarre und sang ihre Lieder dazu, und wir anderen boten unsere Werke zum Verkauf an. Wir verkauften natürlich so gut wie nichts, aber immerhin warfen die Leute ein paar Münzen in Sunnas Gitarrenkasten, sie fanden sich wahrscheinlich großzügig. Die hatten ja keine Ahnung, was ihnen da geboten wurde. Zufälligerweise gibt es sogar eine Aufnahme von den Festveranstaltungen zum 17. Juni, die der staatliche Rundfunk gemacht hat. Da trägt Sunna drei ihrer Vertonungen von Jóns Gedichten vor. Die sind inzwischen zu richtigen Klassikern geworden, vor allem *Wenn hellere Tage und Träume sich mehren.* Die Qualität dieser Rundfunkaufnahme war alles andere als gut, trotzdem werden sie auch heute noch immer wieder mal gespielt und gelten als musikalische Rarität. Leider gibt es keine anderen Aufnahmen von Sunnas Liedern.

Diese Zeit in Sandgil war zwar schön, doch die Einkünfte blieben weit hinter den Erwartungen zurück. Wegen der Schulden beim Genossenschaftsladen waren wir gezwungen, irgendwelche anderen Einnahmequellen aufzutun. Und da kam Jón auf die Idee, oben auf dem Dachboden Cannabis zu züchten. Eine dauerhafte Lösung war das natürlich nicht, aber wir hofften, uns dadurch besser etablieren zu können.

Die Grundkosten waren erheblich. Wir mussten uns Treibhausbeleuchtung und Samen beschaffen, aus denen wir die Pflanzen heranzüchten konnten. Dazu nahmen wir bei irgendeinem Wucherer in Reykjavík ein Darlehen auf, und der größte Teil des Ertrags ging mit der Abzahlung drauf. Wir mussten also die Produktion erheblich steigern, um davon leben zu können. Der Dachboden bot ausreichend Platz, sodass wir über Pflanzen in allen Entwicklungsstadien verfügten. Das Pflanzensubstrat mischten wir selber aus Erde, Pferdemist und Sand unten vom Fluss. Das Bewässern war absolute Präzisionsarbeit, und da war Fabían besser als alle anderen. Die Pflanzen müssen nämlich zwischendurch immer ein wenig trocken stehen, dafür hatte er ein fabelhaftes Händchen. Die Lampen hingen in angemessenem Abstand über den Pflanzen, und um die Helligkeit optimal zu nutzen, hatten wir alles ringsherum mit Alufolie ausgekleidet. Das Ernten war eine komplexe Angelegenheit, der Zeitpunkt musste genau stimmen, um die beste Konzentration des Wirkstoffs in der Pflanze abzupassen. Das hatten Jón und ich in Spanien gelernt, und wir stellten gutes Gras her, das sich in Reykjavík bestens verkaufen ließ. Es dauerte aber nicht lange, bis die Polizei auf uns aufmerksam wurde. Wir verwendeten ein ähnliches Vertriebssystem wie in Spanien. Eine Freundin von uns in Reykjavík nahm die Vorräte in Verwahrung, Jón und ich verkauften, und Rakel versorgte uns mit den abgepackten Rationen. Wir wurden ein paar Mal durchsucht, aber die Mengen, die die Bullen bei uns fanden, waren so geringfügig, dass sie gut für den eigenen Verbrauch bestimmt sein konnten, deshalb sah man von Anzeigen ab. Als sich aber bei der Obrigkeit die Verdachtsmomente verdichteten, endete es damit, dass sie uns an einem Freitagnachmittag auf dem Weg nach Reykjavík auflauerten. Eine riesige Polizeiaktion am Rauðavatn, viele Streifenwagen und viel Buhei. Unser gesamter Vorrat war im Auto. Jón, Rakel und ich wurden festgenommen.

Wir kamen in Isolationshaft, und drei Tage lang hat niemand mit uns gesprochen. Erst dann kam der Gefängnispfarrer und führte Einzelgespräche mit uns. Von ihm erfuhren wir, dass Sunna tot war. Sie war an dem Abend, als wir verhaftet wurden, im Haus verbrannt.

Ich will gar keinen Versuch machen, dir zu schildern, was für eine Wirkung das auf uns hatte. Wir wurden nach einer Woche U-Haft entlassen, und später verurteilt, aber da die Strafe zum größten Teil auf Bewährung ausgesetzt wurde, mussten wir nie in den Knast. Es war, als hätte sich das System für irgendetwas geschämt.

Meine einzige Zuflucht waren Alkohol und Drogen, die nächsten zwanzig Jahre lebte ich nur noch im Rausch. Anders hätte ich keinen einzigen Tag überstehen können. Rakel und ich hatten einige Wochen nach dem Brand Schluss gemacht, denn die Erinnerung an Sunna war so mit unserer eigenen Beziehung verbunden, dass wir damit nicht klarkamen. Ich ging nach Amsterdam, wo ich die längste Zeit von diesen zwanzig Jahren gelebt habe. Dort konnte man am leichtesten an Stoff herankommen, und zur Finanzierung des eigenen Konsums habe ich mit stärkeren Mitteln gedealt. Ein Großteil der harten Drogen, die damals auf den isländischen Markt gelangten, ging in diesen Jahren durch meine Hände. Trotz der Ausschweifungen habe ich aber irgendwie noch funktioniert, ich habe sogar offene Seminare an Kunstschulen besucht. Ich machte weiter mit dem Ton, und mir gelang es, einen Stil zu entwickeln, der Aufmerksamkeit erregte. Um die Mittagszeit war ich meist imstande, für zwei oder drei Stunden zu arbeiten, und dabei kam das ein oder andere Objekt zustande. Meine Sachen waren gefragt, und die Preise zogen an, weil die Produktion so gering war. Das war gut so, denn inzwischen hatten mich sehr viel härtere Typen aus dem Drogenmarkt abgedrängt. Ich war inzwischen selber auf Heroin, und versumpfte total. Das sprach sich bis nach Island herum, und eines Tages tauchten der Sonnendichter und meine frühere Freundin Rakel bei mir auf. Sie holten mich im wahrsten Sinne des Wortes aus der Gosse und richteten mich auf. Zwar besorgten sie mir zuerst noch die nächste Spritze und eine Unterkunft und ein Bad, und dann begann der Entzug. Nach Sunnas Tod in den Flammen war Rakel nicht imstande gewesen, ihren Roman zu vollenden, und ihre Trauerbewältigung hatte darin bestanden, sich zur Krankenschwester ausbilden zu lassen. Im Anschluss daran hatte sie in einem Therapiezentrum für Alkoholiker und Rauschgiftsüchtige gearbeitet, deswegen kannte sie die harte Methode. Nach drei Wochen war ich imstande zu reisen, und wir flogen zusammen zurück nach Island. Das folgende Jahr verbrachte ich bei ihnen im Jónshús. Seitdem habe ich weder Alkohol noch Drogen angerührt und mich nur meinem Kunstschaffen gewidmet. Ich gehe fast jeden Tag zu den Treffen der Anonymen Alkoholiker und danke meinem Gott für jede Stunde, in der ich schaffen kann. Darin besteht heute für mich der Rausch. Ich kann von Glück reden, dass ich noch am Leben bin. Heroin kann jederzeit tödlich sein.«

Janis Joplin hatte während dieses Berichts leise im Hintergrund gesungen, jetzt stellte Helgi die Musik wieder lauter und lauschte schweigend.

»And that'll be the end of the road, babe, I know you got more tears to share, babe.«

Noch einmal regelte er den Ton herunter und fragte: »Weißt du, wie Janis Joplin gestorben ist?«

»Nein«, sagte Birkir und schüttelte den Kopf.

»Ihr Heroindealer war selber völlig clean«, sagte Helgi. »Der musste bei einer neuen Lieferung die Stärke immer erst von einem erfahrenen Fixer testen lassen. Man wusste nie genau, wie stark der Stoff war, der von den Zwischenhändlern kam. Der Dealer bekam also eine neue Sendung, und obwohl diesmal sein Versuchskaninchen nicht zur Verfügung stand, brachte er das Zeug in Umlauf, auch Janis bekam ihre Fünfzig-Dollar-Ration. Sie war allein auf ihrem Hotelzimmer, als sie sich die Spritze setzte. Anschließend ging sie nach unten in die Lobby und ließ sich eine Fünfdollarnote kleinmachen, um sich Zigaretten für fünfzig Cent aus dem Automaten ziehen zu können. Sie war gerade wieder auf ihrem Zimmer angekommen, als dieser Schuss zum goldenen wurde. Das Zeug war achtmal stärker, als sie gewohnt war. Achtzehn Stunden später wurde sie mit vier Dollar und fünfzig Cent in der Hand aufgefunden. Acht Heroinabhängige, die aus dieser Sendung beliefert worden waren, starben am gleichen Wochenende.«

Helgi schwieg eine Weile und fügte dann hinzu: »Jedes

Mal, wenn ich gefixt habe, hätte mir das Gleiche passieren können.«

»Erzähl mir vom Sonnendichter«, bat Birkir. »Wie ist sein Leben weitergegangen?«

Helgi lächelte schwach und sagte: »Mein Freund Jón hat keine einzige Zeile mehr geschrieben, nachdem die Sonne aus seinem Leben verschwunden war. Man hatte angefangen, ihn den Sonnendichter zu nennen, denn Sunnas Vertonungen seiner Gedichte waren inzwischen bekannt und beliebt. Seine Gedichte werden immer mal wieder herausgegeben, aber es kommen keine neuen hinzu. Er rezitiert sie zu jeder Gelegenheit. Sein Geist ist mit Sunna gestorben. Nach dem Brand in Sandgil gestatteten seine Eltern ihm, zu ihnen in den Keller zu ziehen, und sie haben sich seiner angenommen, solange sie lebten. Er war arbeitsunfähig und wäre vermutlich in irgendeiner Anstalt gelandet, wenn sie sich nicht um ihn gekümmert hätten. Später hat er dann das Haus und die anderen Besitztümer geerbt. Er lebt hauptsächlich davon, Zimmer zu vermieten, aber mit dem Kassieren der Mieten nimmt er es nicht so genau. Irgendwie könnte man sagen, dass er sich so etwas wie eine neue Kommune geschaffen hat, so wie es ihm in Sandgil vorschwebte. Rakel kümmert sich um die praktischen Dinge. Die Mieter werden nicht danach ausgesucht, ob sie zahlungskräftig sind, sondern ob sie etwas zur kulturellen Atmosphäre im Haus beitragen können. Im Jónshús herrscht nie Langeweile. Es ist so etwas wie eine Akademie des freien Denkens und des ungezügelten Schaffens in den unglaublichsten Bereichen. Da lebt noch so ein kleiner Rest der Hippiekultur in geschützter Umgebung weiter. Jón verfolgt alles mit, aber er dichtet schon seit Langem nicht mehr. Er genießt es jetzt, andere Künstler zu unterstützen.

Jón trinkt mehr, als gut für ihn ist, aber nicht so, dass man um sein Leben fürchten müsste, und er nimmt auch nichts anderes. Manchmal vergisst er den Alkohol sogar wochenlang und vertieft sich in irgendwelche Literaturstudien. Falls dann aber auf einmal ein alter Kumpel auftaucht und ihn in die nächste Kneipe abschleppt, kann daraus unter Umständen ein Quartalsbesäufnis werden. Im Suff bekommt er allerdings manchmal seine manischen Anfälle, und wenn es so um ihn steht, muss er immer für ein paar Tage in die Psychiatrie. Rakel hat das aber, genau wie alles andere im Jónshús, bestens unter Kontrolle.«

Helgi stand auf. »Das war die Geschichte vom Sonnendichter und mir, und jetzt wäre ich dir dankbar, wenn du mich in Frieden meiner Arbeit nachgehen ließest.«

Zum Zeichen, dass das Gespräch beendet war, drehte Helgi die Musik wieder auf.

Birkir fuhr zurück in die Hverfisgata, um die Aufzeichnungen seiner Gespräche mit Fabían und Helgi auf dem Computer abzuspeichern. Anschließend rief er Gunnar an, um ihn über das zu informieren, was er tagsüber erreicht beziehungsweise nicht erreicht hatte.

»Ich bin mir nicht sicher, ob wir auf dem richtigen Weg sind«, sagte er zum Schluss.

»Was meinst du damit?«, fragte Gunnar.

»Der Mann in der U-Haft ist ganz bestimmt nicht der Richtige.«

»Natürlich nicht, aber es wird etwas in Bewegung setzen, da bin ich mir sicher.«

»Es ist kein korrektes Vorgehen«, beharrte Birkir.

»Hör zu«, erklärte Gunnar grantig. »Geh nach Haus und bügel deine Hose, oder mach, was du willst, um zu relaxen. Wir unterhalten uns morgen.«

21:20

Gunnar wusste genau, wie er selber den Tag zu Ende bringen wollte, nämlich in der Kneipe am Smiðjustígur. So verhielt es sich im Übrigen an den meisten Abenden, auch wenn er sich Mühe gab, hin und wieder Pausen einzulegen, in denen er nichts Alkoholisches zu sich nahm und dem Körper gestattete, sich zu erholen. Heute hatte er aber Grund genug, sich einen hinter die Binde zu kippen.

Das Erste, was Gunnar beim Hereinkommen sah, war Botschafter Konráð Björnsson, der allein an einem Tisch saß und den *Spiegel* las. Vor ihm stand ein Whisky on the rocks. Gunnar gab dem Barkeeper das Zeichen für die übliche Kombination und ließ sich, ohne um Erlaubnis zu bitten, auf einen Stuhl am Tisch des Botschafters fallen.

»Wir haben uns in Berlin getroffen«, sagte Gunnar und lehnte die Krücken an den Tisch.

Konráð brauchte einen Augenblick, um sich an ihn zu erinnern, doch dann begrüßte er Gunnar erfreut.

»Die Deutschen schreiben über den Mord in der Botschaft«, sagte er und deutete auf den *Spiegel.* »Und verdammt noch mal, bei denen stimmt einfach alles. Da steht genau drin, was passiert ist. Keine Spekulationen, nur Tatsachen. Das mag ich an der deutschen Art der Berichterstattung.«

Gunnar merkte, dass das Glas, das vor Konráð stand, nicht das erste an diesem Abend war. Er fragte: »Ist dir vielleicht in der Zwischenzeit etwas im Zusammenhang mit diesem Abend eingefallen, was du uns noch nicht gesagt hast?«

»Es handelt sich bestimmt um eine Verschwörung«, erklärte Konráð. »Eine verdammte Verschwörung, um mich in Schwierigkeiten zu bringen. Und das ist gelungen. Der Außenminister hat einige Posten im Ausland umbesetzt. Ich kriege einen Schreibtisch in Reykjavík und irgendwelche Negerländer in Afrika, um die ich mich aus dem Koffer heraus kümmern muss. Entschuldige die Ausdrucksweise.«

»Wird Botschaftsrat Arngrímur deine Stellung in Berlin übernehmen?«

»Arngrímur!« Konráð lachte laut. »Nein, Arngrímur Ingason wird niemals Botschafter werden.«

»Weshalb denn nicht? Ist er nicht ein sehr fähiger Diplomat?«

»Fähiger Diplomat? Doch, das ist er, der verdammte Kerl, aber Botschafter wird er nie.«

»Wieso nicht?«

»So ist es einfach. Das ist irgendeine ungeschriebene Regel im Außenministerium, und niemand weiß, wieso.«

»Was meinst du damit?«

Konráð lehnte sich zu Gunnar hinüber und flüsterte: »Jedes Mal, wenn ein neuer Außenminister ins Amt eingeführt wird, geht der Ministerialdirigent diverse außenpolitische Angelegenheiten mit ihm durch, und natürlich auch sehr viele praktische Einzelheiten. Ich weiß, dass Arngrímur Ingason da auf einer Liste steht, er wird niemals Botschafter der Republik Island werden, niemals! Weshalb steht da nicht. Im Gegenzug hat er allerdings gewisse Sonderrechte, er braucht keinen Heimatdienst zu machen und darf in jeder Stellung so lange bleiben, wie es ihm passt. Deswegen ist er auch nicht so häufig wie andere versetzt worden. Es ist natürlich außerordentlich angenehm für einen Botschafter, ihn zur Seite zu haben, denn er schont sich nicht bei der Arbeit. Leider ist er aber unheimlich langweilig, er rührt keinen Alkohol an.«

Konráð trank einen ordentlichen Schluck Whisky und gab dem Barkeeper ein Zeichen, ihm ein neues Glas zu bringen, obwohl er das andere erst halb geleert hatte.

»Darf ich dich auch zu etwas einladen?«, fragte er Gunnar.

Gunnar deutete auf die Gläser, die vor ihm standen: »Dasselbe noch einmal. Weshalb gibt es diese Sonderregelung in Bezug auf Arngrímur?«

»Das ist die große Frage. Arngrímurs Vater war der verstorbene Ólafur Ingi Esjar, seines Zeichens Parlamentsabgeordneter und Großimporteur. Hinter den Kulissen war er zu seiner Zeit einer der mächtigsten Männer dieses Landes, und Arngrímur war der Kronprinz mit dem silbernen Löffel im Mund. Er absolvierte das juristische Staatsexamen mit der allerbesten Note und wurde Bezirksamtmann in Hvolsvöllur, noch bevor er dreißig war. Das war 1972. Das habe ich in einer älteren Ausgabe des Juristenverzeichnisses gelesen. Dort wird er noch als Arngrímur Esjar geführt. Er änderte seinen Namen in Arngrímur Ingason, als er 1975 ins Außenministerium wechselte.«

»Weißt du, weshalb er seinen Namen geändert hat?«

»Nein.«

»Hat er vielleicht als Bezirksamtmann Mist gebaut?«

»Sollte das der Fall gewesen sein, wurde es unter den Teppich gekehrt.«

»Es muss doch möglich sein, das wieder auszugraben, falls jemand Interesse hat«, sagte Gunnar. »Aber das geht mich eigentlich gar nichts an. Es hat ja nichts mit unserem Fall zu tun.«

Der Barkeeper brachte Gunnar die nächste Runde Bier und Kuemmerling, und dem Botschafter einen weiteren Whisky on the rocks. Konráð trank noch einen Schluck aus dem Glas, das vor ihm stand, kippte dann den Rest in den neuen Drink und reichte dem Kellner das Glas und einen Fünfzigeuroschein.

»Hast du keine Kronen?«, fragte der Kellner.

»Nein. Der Rest ist für dich, mein Lieber«, sagte er zu dem

Mann und wandte sich dann wieder Gunnar zu. »Es macht keinen guten Eindruck, wenn man mehrere Gläser vor sich stehen hat. Die Leute könnten den Eindruck gewinnen, man würde sich volllaufen lassen.«

»Wir haben herausgefunden, dass zwischen den Gästen in der Botschaft engere Verbindungen bestanden, als sie anfangs zugeben wollten«, sagte Gunnar. »Der Sonnendichter und Helgi Kárason waren schon seit jungen Jahren befreundet und haben eine Zeit lang in einer Kommune in Fljótshlíð zusammengelebt, der Hof hieß Sandgil. Fabían war ebenfalls dort. Jóns Verlobte kam ums Leben, als das Haus 1975 in Brand geriet.«

»Daran kann ich mich erinnern«, sagte Konráð. »Der arme Jón hat furchtbar darunter gelitten, dass er diese Frau verloren hat.«

»Drei der Gäste in der Botschaft stehen also in Verbindung zu dem Brand damals?«

Konráð hatte das Glas schon an den Lippen, setzte es aber wieder ab.

»Nein«, sagte er, »es sind vier.«

»Ach ja?«

»Der eine der beiden Schwulen ist der Bruder des Mädchens, das bei dem Brand ums Leben kam.«

»Welcher?«

»Starkaður.«

»Woher weißt du das?«

»Das kam an dem Abend in der Botschaft zur Sprache. Ziemlich dramatisch.«

»Inwiefern?«

»Starkaður fing an zu weinen, als Jón sein Gedicht *Wenn hellere Tage und Träume sich mehren* vortrug. Helgi versuchte, ihn zu beruhigen, und aus seinen Worten ging hervor, dass dieses Mädchen seine Schwester war.«

Gunnar dachte eine Weile nach. »Besteht die Möglichkeit, dass Anton Eiríksson auch in diese Sache verwickelt war?«, fragte er schließlich.

»Nein, das würde ich ausschließen«, antwortete Konráð. »Er lebte zu dieser Zeit in einem ganz anderen Landesteil. Wir standen Seite an Seite in der Politik.«

»Gut«, sagte Gunnar. »Das bringt uns also nicht weiter. Es war also einfach ein Zufall.«

»Wahrscheinlich«, sagte Konráð und trank einen ordentlichen Schluck. »Aber da gibt es trotzdem noch einen anderen Aspekt. Arngrímur Ingason Esjar war zu dieser Zeit Amtmann im Rangárvellir-Bezirk, und Sandgil gehörte zu seinem Amtsbereich. Er hatte irgendwie mit der Sache zu tun.«

»Hat da irgendetwas nicht gestimmt?«

»Auf keinen Fall. Arngrímur hält sich immer an Gesetze und Vorschriften. Ziemlich unerträgliche Eigenschaft.«

»Und er war ja auch nicht in der Botschaft, als Anton umgebracht wurde«, sagte Gunnar.

»Nein, leider«, sagte Konráð. »Eigentlich gehörten diese Besprechungen in seinen Zuständigkeitsbereich, aber er musste andere Aufgaben wahrnehmen. Ich wäre immer noch Botschafter in Berlin, wenn er an Ort und Stelle gewesen wäre. Er achtet immer auf einen ordnungsgemäßen Ablauf. Wäre er dort gewesen, wäre Anton nicht umgebracht worden.«

Nach diesem Statement leerte Konráð sein Glas in einem Zug.

»Geh nach Haus und bügel deine Hose«, hatte Gunnar zu Birkir gesagt, und genau das tat Birkir. Mitten im Wohnzimmer stand ein großes, stabiles Bügelbrett, zu dem er Zuflucht nahm, wenn er nachdenken musste. Zuerst bügelte er die Hose, die er angehabt hatte, und hängte sie auf. Anschließend nahm er sich neun Hemden vor, die er unter der Woche gewaschen hatte. Sie hatten darauf gewartet, dass er sich Zeit für sie nahm, und jetzt war es so weit. Er ging fachmännisch mit dem Bügeleisen um und bearbeitete jedes Hemd mit denselben Handgriffen. Erst die Ärmel, dann den Rücken. Er hatte keine Eile und genoss die Feinarbeiten mit dem Bügeleisen, die das Hemd wieder wie neu aussehen ließen.

Über die Stereoanlage erklang Tschaikowski, Serenade für Streicher, Elégie, gespielt von einem Kammerorchester. Birkir hörte fast ausschließlich solche Musik, langsame klassische Werke, die er auf seinem Computer sammelte. Irgendeine dumpfe Erinnerung sagte ihm, dass er in ganz jungen Jahren von solcher Musik umgeben gewesen war. Trotzdem gelang es ihm nie, diese Erinnerungen zu konkretisieren, die seltenen Male, wenn er einen Versuch dazu machte. Es war auch nicht wirklich wichtig.

Birkirs Gedanken kreisten um die Männer, die in der Mordnacht in Berlin Gäste des Botschafters gewesen waren. Alle waren sie eigenwillige Typen, und es war interessant, sie kennenzulernen. Inzwischen hatte er sich bereits ein recht gutes Bild von diesen Leuten machen können, doch er musste mehr Informationen über sie sammeln, und es hatte ganz den Anschein, als müssten auch Ereignisse aus der Vergangenheit einbezogen werden. Er war sich sicher, dass er auf diese Weise irgendwann auf den Gast stoßen würde, der in der bewussten Nacht das Büro des Botschafters als Letzter verlassen hatte.

Er beschloss, am nächsten Tag in die Fljótshlíð zu fahren und sich den Ort anzusehen, an dem vor vielen Jahren eine junge Frau ums Leben gekommen war.

Sonntag, 18. Oktober

01:20

Gunnar hatte für diesen Abend genug getrunken. Der Botschafter hatte noch ein paar Runden springen lassen und sich dann zu einem Lokalwechsel entschlossen. In der Bar am Smiðjustígur war es zu laut geworden. Gunnar hingegen entschied sich dafür, nach Hause zu fahren, und ließ den Barkeeper ein Taxi bestellen. Er humpelte mit Hilfe der Krücken auf die Straße. Das Taxi kam bald, und die Fahrt zur Skúlagata dauerte nicht lange. Gunnar bezahlte und bat den Fahrer, die Tür zu öffnen und die Krücken entgegenzunehmen. Dann hievte er sich aus dem Wagen.

»Es ist der Rücken«, erklärte Gunnar dem Fahrer. »Hexenschuss.«

»Gute Besserung, und sei vorsichtig«, rief der Fahrer ihm zu, als er sich wieder in sein Taxi setzte.

Gunnar stützte sich mit dem Arm auf eine Krücke und hielt die andere mit derselben Hand, während er in seiner Jackentasche nach dem Hausschlüssel suchte. Das bedurfte seiner gesamten Aufmerksamkeit, und deshalb bemerkte er die Gestalt nicht, die sich von hinten anschlich.

Urplötzlich wurde gegen die Krücke getreten, auf die Gunnar sich stützte. Er sackte sofort zusammen, und als ihn ein weiterer Tritt heftig in die Seite traf, kippte er um.

»Verdammte Scheiße«, brüllte Gunnar und versuchte, dem nächsten Tritt auszuweichen.

»Jetzt bist du nicht mehr so gut drauf, was, du verfluchter Niggerlakai«, kreischte eine Stimme, die Gunnar kannte.

»Hat man dich tatsächlich entlassen?«, sagte Gunnar,

während er versuchte, sich gegen den nächsten Tritt zu schützen.

»Ja, hast du das nicht gewusst, du schwule Sau?«

»Schwul? Willst du dich vielleicht an mich ranmachen?«, fragte Gunnar und stöhnte unter einem Tritt auf, der ihn an der Stirn traf, sodass die Augenbraue platzte.

»Komm mir bloß nicht mit irgendwelchen Zicken«, sagte der blonde Brandstifter, den Gunnar am Montagmorgen verhört hatte. Er versuchte, noch einmal zuzutreten, aber Gunnar wehrte mit dem Arm ab.

»Wie hast du mich gefunden?«, fragte Gunnar.

»Du stehst im Volksregister, du verdammter Idiot. Glaubst du, dass ich nicht mit dem Computer umgehen kann? Ich warte schon den ganzen Abend hier.«

»Ach ja, das Volksregister, klar«, sagte Gunnar. »Hör zu, ich hab keine Lust, mich jetzt mit dir zu prügeln. Verpiss dich. Au.«

Der Blonde versetzte ihm einen schweren Tritt gegen die Brust.

»Wer soll sich hier verpissen, hä?«, sagte er triumphierend.

»Du«, sagte eine heisere weibliche Stimme an der Tür. »Marsch nach Hause mit dir, oder ich knall dich ab.«

Als der Blonde hochblickte, sah er direkt in einen Gewehrlauf, der zwischen seine Augen zielte. Er wich ein paar Schritte zurück, drehte sich dann um und rannte davon, so schnell ihn die Beine trugen.

»Danke, Mama«, sagte Gunnar und holte sein Handy aus der Jackentasche. Er wählte drei Zahlen.

»Notruf«, hörte er eine Stimme sagen.

Gunnar gab Namen und Adresse an. »Ich brauche einen Krankenwagen, und zwar sofort. Ich glaube, ich habe die eine oder andere gebrochene Rippe und wahnsinnige Rückenschmerzen. Gar nicht zu reden von der Erkältung.«

Birkir wurde in der Unfallambulanz zu einem Krankenzimmer verwiesen. Gunnar lag auf der Seite und stopfte sich platt gedrückte Schokoladenrosinen aus einer zerknitterten Tüte in den Mund. Über dem dick angeschwollenen rechten Auge klebte ein großes Pflaster.

»Die hatte ich in meiner Tasche«, sagte Gunnar zur Erklärung. »Zu futtern gibt's hier nichts.«

»Deine Mutter hat mich angerufen«, sagte er. »Sie hat gesagt, dass jemand versucht hat, dich umzubringen.«

»Ach, das war dieser blonde Kotzbrocken, der Brandstifter, den wir am Montag geschnappt haben. Er hat sich von hinten an mich rangemacht.«

Birkir zückte sein Handy. »Ich lass ihn sofort festnehmen«, sagte er.

Gunnar griff nach Birkirs Hand. »Nein, auf keinen Fall.«

»Weshalb denn nicht?«

»Der kommt doch sowieso bald wegen Brandstiftung in den Knast«, sagte Gunnar kurzatmig. »Was meinst du, wie der sich damit dicketun würde, wenn ihm eine Anzeige droht, weil er auf mich losgegangen ist. Das sollten wir ihm nicht gönnen.«

»Sollten wir nicht besser nach den Vorschriften vorgehen?«

»Nein. Sonst erzählt er überall rum, dass er mich untergekriegt hat. Wenn aber keine Anzeige erfolgt, glauben ihm die Leute nicht und lachen ihn nur aus. Das ist eine viel bessere Strafe für so einen Typ. Ich rechne später mit ihm ab.«

»Na schön, das ist deine Entscheidung«, sagte Birkir. »Wie geht's dir?«

»Der Arzt sagt, dass nichts gebrochen ist. Schlimme Prellungen, aber ansonsten bin ich in einigermaßen guter Verfassung. Eine kleine Platzwunde und ein blaues Auge. Sie geben mir nachher eine Spritze wegen des Rückens, und ich bleibe hier über Nacht. Das kannst du Mama ausrichten.«

Birkir lächelte. »Mach ich«, sagte er. »Deine Mutter will auf keinen Fall, dass du noch einmal nach Egilsstaðir fährst. Sie sagt, dass bei dir seitdem alles Mögliche kaputt ist.«

»Da hat sie auch völlig recht. Hat sie dich nach unserer Reise gefragt?«

»Das wollte sie, aber ich habe gesagt, ich müsste dringend zu dir, um mit dir zu reden.«

»Gut. Unsere Versionen müssen übereinstimmen, aber das können wir später durchgehen.«

»In Ordnung«, sagte Birkir lächelnd.

»Weißt du was«, sagte Gunnar, »die alte Dame hat mich vorhin vor diesem Kerl gerettet.«

»Wirklich?«, sagte Birkir mit gerunzelten Brauen. »Davon hat sie mir nichts erzählt.«

»Sie war noch wach, als ich im Taxi nach Hause kam. Sie hat das Taxi gehört und einen Blick aus dem Fenster geworfen, weil sie sich Sorgen wegen meines Rückens machte. Und dann hat sie gesehen, wie der Typ über mich hergefallen ist. Sie hat sich mein Gewehr geschnappt und ist die Treppe runtergekraxelt. Der Kerl hat sich wie der Blitz verkrümelt, als er die Waffe sah.«

»Da hast du Glück gehabt«, sagte Birkir. »Aber muss diese Art der Verwendung einer Schusswaffe nicht gemeldet werden?«

»Nein, verdammt noch mal«, sagte Gunnar. »Der Überfall wird nicht angezeigt, und deswegen braucht es auch nirgendwo erwähnt zu werden, dass Muttern ihm mit der Flinte gedroht hat. Verstanden?«

»Ja.«

»Außerdem war das Ding nicht mal geladen.«

»Gut.«

»Aber da ist noch etwas anderes«, sagte Gunnar. »Ich habe heute Abend den Botschafter getroffen.«

»Tatsächlich?«

»Ja, und ich habe mich ausführlich mit ihm über die Hippies in Sandgil unterhalten. Konráð ist ganz in Ordnung, sehr umgänglich und großzügig.«

»Es macht bestimmt Spaß, mit ihm zu trinken«, sagte Birkir.

»Hör auf, darum geht es doch gar nicht. Er hat mir da ein paar wichtige Hinweise gegeben«, sagte Gunnar und berichtete Birkir von seinem Gespräch mit dem Botschafter über die Leute in Sandgil und den Bezirksamtmann in Hvolsvöllur.

»Die Fäden, die nach Sandgil führen, mehren sich«, sagte Birkir, als Gunnar geendet hatte.

»Ja«, sagte Gunnar und steckte sich die letzte Schokorosine in den Mund. »Willst du dir nicht die alten Unterlagen über diesen Brand ansehen?«

»Das habe ich vor«, sagte Birkir.

»Und vielleicht organisierst du mir was zu essen«, fügte Gunnar hinzu.

11:20

Birkir war abends kurz nach elf ins Bett gegangen, doch dann hatte Gunnars Mutter María ihn um zwanzig vor zwei in der Nacht angerufen. Er war sofort zur Ambulanz gefahren und hatte eine Stunde bei Gunnar verbracht. Als er wieder nach Hause kam, hatte er versucht, noch einmal einzuschlafen, aber ohne Erfolg. Um sieben war er völlig wach, blieb aber noch eine Stunde im Bett liegen und dachte nach.

Dann stand er auf, machte sich Frühstück und fuhr anschließend in seinem kleinen Yaris auf der Ringstraße eins Richtung Osten.

Auf dem Polizeirevier in Hvolsvöllur war nichts los, und der diensthabende Beamte, ein korpulenter Mann, der auf die fünfzig zuging, beschloss, selber mit Birkir in die Fljótshlíð zu fahren und ihm den früheren Hof Sandgil zu zeigen, wo der Sonnendichter Jón Sváfnisson 1973 eine Hippiekommune eingerichtet hatte.

Der Himmel war wolkenlos, und die Luft war kalt und klar. Allein schon die Aussicht, die sich Birkir bot, hätte genügt, um diesen Ausflug zu rechtfertigen. Im Südosten ragte der majestätische Gletscher Eyjafjallajökull auf, und die Herbstfarben am langgezogenen Berghang der Fljótshlíð leuchteten intensiv im Sonnenlicht.

Birkir fragte den Wachtmeister, ob man von da aus in die Þórsmörk hineinsehen könne, doch der Mann sagte, dass die Entfernung zu groß sei. Man müsse noch ein ganzes Stück auf einer schlechten Piste am Hang entlangfahren, um den Wald in der Þórsmörk jenseits des Gletscherflusses Markarfljót sehen zu können.

Birkir dachte dabei vor allem an das Húsadalur. Im vergangenen Sommer hatte er am Laugavegur-Lauf teilgenommen, der von Landmannalaugar nach Þórsmörk führte, eine Strecke von fünfundfünfzig Kilometern. Er hatte den 58. Platz von 320 Teilnehmern belegt, in einer Zeit von sechs Stunden und drei Minuten. Im nächsten Sommer beabsichtigte er, die Strecke in weniger als sechs Stunden zurückzulegen.

Sie fuhren etliche Kilometer auf einer schmalen, asphaltierten Straße, und dann noch ein kurzes Stück auf einer Schotterpiste. Sowohl am langgestreckten Hang zur Linken als auch im Flachland zur Rechten lagen bewirtschaftete Höfe und Ferienhäuser. Schließlich hielt der Wachtmeister bei einem schönen Wäldchen, das ziemlich weit vom nächsten bewohnten Haus entfernt war. Sie stiegen aus und betrachteten den Ort.

»Die Brandruine wurde bald nach dem Unglück entfernt, soweit ich gehört habe«, erklärte der Polizist. »Danach wurde das Land zum Schutz gegen die Schafe eingezäunt und dieses Wäldchen gepflanzt. Der Sonnendichter besitzt das Land immer noch, aber er kommt nie hierher.«

Sie kletterten über den Zaun und mussten über gefrorenes, verwelktes Gras stapfen, um zu der Stelle zu gelangen, wo das Haus gestanden hatte. Sie war von der Straße aus nicht zu sehen. Von dem Haus war nichts als das Fundament übrig geblieben. Gras hatte sich in Rissen im Beton angesiedelt, und die ebene Fläche war fast vollständig von sattgrünem Moos bedeckt. In den Beton waren Zeichen gemeißelt worden, ein Kreis von etwa zwei Metern Durchmesser und darin ein Kreuz. Die Linien waren etwa zehn Zentimeter breit und zwei Zentimeter tief. Es hatte bestimmt einige Mühe gekostet, dieses Symbol hier anzubringen.

»Das Sonnenkreuz«, sagte Birkir.

»Ich habe gehört, dass Leute mit Fürbitten hierher kommen, wenn ihnen etwas Wichtiges am Herzen liegt«, sagte der Wachtmeister. »Es heißt, dass man mittags um zwölf mit ausgestreckten Armen mitten auf dem Kreuz stehen und in Richtung der Sonne blicken muss. Dann fällt der Schatten des Betreffenden auf das Kreuz und bildet ein weiteres.«

»Und an wen richtet man die Fürbitte?«, fragte Birkir. »Das ist doch ein heidnisches Zeichen.«

»Genau«, sagte der Wachtmeister, »aber es spielt keine Rolle, an wen du dich wendest, an Christus, an Gott, den Heiligen Geist, an Allah, Buddha, Óðinn oder Þór, oder sogar an den Sagahelden Gunnar von Hlíðarendi. Dieser Ort hat angeblich direkte Verbindung zur Allmacht, wer immer sie ist. Die hört sich die Bitten an und macht sich keine Gedanken darüber, wie oder mit welchem Namen oder in welcher Sprache sie angeredet wird. Es reicht, an das zu denken, was auf dem Spiel steht, aber es darf sich nicht um nichtige Dinge handeln.«

»Es hört sich so an, als hättest du das schon einmal ausprobiert«, sagte Birkir.

Der Polizeibeamte errötete. »Mein Sohn war einmal sehr krank. Da bin ich hierher gekommen.«

»Ich hoffe, er ist wieder gesund geworden«, sagte Birkir.

Der Polizeibeamte nickte.

Birkir blickte auf die Uhr und sah, dass es gerade zwölf wurde. Er trat mit dem Rücken zur Sonne in die Mitte des Kreuzes und breitete die Arme aus. Sein Schatten lag auf den Balken des Kreuzes und bildete auf ihnen ein weiteres Kreuz.

»Hast du vor, ein Gebet zu sprechen?«, fragte der Wachtmeister.

Birkir schüttelte den Kopf. »Nein, ich könnte nur um nichtige Dinge bitten«, sagte er. »Oder um Frieden und Glück für die ganze Welt. Aber damit ist die göttliche Allmacht wohl überfordert, solange die Menschheit sich die größte Mühe gibt, genau das Gegenteil herbeizuführen. Aber es ist gut, von diesem Ort zu wissen.«

Birkir war es ernst mit dem, was er sagte. Dieser Ort hatte etwas Sakrales. Er verspürte einen seltenen inneren Frieden und nahm sich vor, einmal im Sommer hierher zu kommen.

Sie fuhren zurück nach Hvolsvöllur. Auf dem Polizeirevier tranken sie Kaffee und aßen eine Scheibe Brot.

»Kann ich die Unterlagen über den Brand in Sandgil einsehen?«, fragte Birkir.

»Heute nicht«, sagte der Wachtmeister. »Das Archiv ist

verschlossen, und den Schlüssel hat der Bezirksamtmann. Ich mache morgen eine Kopie und schicke sie dir.«

»Vielen Dank«, sagte Birkir.

»Aber vielleicht gibt's auch einen kürzeren Weg für dich«, sagte der Polizeibeamte. »Euer Chef da in der Abteilung für Gewaltverbrechen, das ist doch Magnús Magnússon?«

»Ja, und?«

»Er war damals Wachtmeister hier in Hvolsvöllur. Nach dem Unfall wurde er nach Reykjavík versetzt. Soweit ich weiß, fuhr er mit dem Amtmann nach Sandgil, als das Haus in Flammen stand, und hat den Bericht verfasst.«

15:00

Auf dem Weg nach Reykjavík rief Birkir seinen Vorgesetzten an.

»Wir müssen miteinander reden«, sagte Birkir. »Und zwar über den Brand in Sandgil.«

»Muss das wirklich wieder aufgerollt werden?«, fragte Magnús. »Das liegt doch Jahrzehnte zurück.«

»Ja. Ich finde es nicht gut, dass ich erst nach Hvolsvöllur fahren muss, um dort zu erfahren, dass du damals an der Ermittlung beteiligt warst.«

»Ich sehe nicht, was dich das angeht«, erklärte Magnús kurz angebunden.

»Bei sämtlichen Personen in unserer Ermittlung führen die Spuren in die Vergangenheit, nach Sandgil«, entgegnete Birkir ruhig. »Selbstverständlich geht mich das etwas an. Ich benötige alle verfügbaren Informationen in dieser Sache.«

»Na schön«, sagte Magnús. »Komm bei mir zu Hause vorbei, wenn du wieder in Reykjavík bist.«

Magnús und seine Frau lebten in einem schönen alten Einfamilienhaus in einer Straße etwas nördlich vom Jónshús. Birkirs Wohnung lag ebenfalls in diesem Viertel, aber etwas weiter westlich. Trotz seiner bequemen Nähe zum Zentrum war es ein ruhiger Stadtteil. Meist war es aber schwierig, Parkplätze zu finden, deshalb fuhr Birkir zunächst nach Hause, stellte den Wagen auf seinem reservierten Parkplatz ab und ging zu Fuß zum Haus seines Vorgesetzten.

»Du hast das schöne Wetter gut genutzt«, sagte Magnús, als er Birkir an der Tür in Empfang nahm und in sein Arbeitszimmer führte. Es war sein Rückzugsort, an dem er seinem Hobby nachging. Er knüpfte Köderfliegen, mit denen er im Sommer Forellen fischte. An den Wänden hingen ausgestopfte Süßwasserfische und Fotos, die ihn beim Angeln an Seen und Flüssen zeigten. Farbenprächtige Köderfliegen hingen in gerahmten Glaskästen an der Wand, jede Fliege war mit Namen beschriftet. Bücher über das Forellenfischen und Angelstorys standen auf dem Arbeitstisch und in den Regalen.

Magnús bot Birkir einen Platz an und setzte sich selber hinter seinen Tisch. Ein kleiner Angelhaken klemmte unter einem Vergrößerungsglas, und die erste Feder war bereits daran befestigt worden. Über dem Arbeitstisch befand sich ein Regal mit durchsichtigen Kunststoffschublädchen, die das Material für die Kreationen enthielten.

»Erzähl mir, was damals in Sandgil passiert ist«, bat Birkir. »Wie war die Lage, als du und Amtmann Arngrímur dort eingetroffen seid?«

Magnús starrte angestrengt durch das Vergrößerungsglas. »Na schön«, sagte er schließlich. »Ich will versuchen, das auf die Reihe zu kriegen. Seinerzeit wurden allerdings auch zahlreiche Berichte geschrieben, die solltest du dir ansehen, wenn die Sache wirklich so wichtig ist. Es ist keineswegs sicher, dass ich mich noch genau daran erinnere.«

»Alles klar«, sagte Birkir. »Ich bekomme die Unterlagen morgen.«

Magnús begann zögernd mit seiner Erzählung. »Am besten fange ich ganz am Anfang an, als Arngrímur Esjar sein Amt als Bezirksamtmann in Hvolsvöllur antrat. Wenn du schon einmal dabei bist, das Ganze aufzurollen, hörst du dir am besten die ganze Geschichte an. Bei der Ermittlung wird dir das aber meiner Meinung nach nicht im Geringsten helfen.«

»Das wird sich herausstellen«, sagte Birkir. »Fahr fort.«

»Ich war damals Polizist im Rangárvellir-Bezirk«, sagte Magnús. »Ich stamme zwar aus der Gegend, aber es war nicht meine Traumstelle, denn ich wollte unbedingt nach Reykjavík. Ich habe meine Frau in Laugarvatn kennengelernt, sie war auf dem Gymnasium dort und ich auf der Sportschule. Dann habe ich einen Sommerjob bei der Polizei in Hvolsvöllur bekommen, und das gefiel mir besser als die Sportlehrerausbildung, darum bin ich auch bei der Polizei geblieben. Meine Frau hat nach dem Abitur Jura studiert, und ich wollte unbedingt zu ihr in die Stadt. Zu dieser Zeit war es aber nicht einfach, eine Stelle bei der Polizei in Reykjavík zu bekommen, vor allem nicht für Leute vom Land.«

Während Magnús erzählte, fasste er mit einer Pinzette nach einem winzigen Federbüschel und hielt es an die Fliege, die er gerade knüpfte.

»Im Frühjahr 1972 wurde Arngrímur Esjar zum Amtmann im Rangárvellir-Bezirk ernannt. Mit seinen knapp dreißig Jahren war er der jüngste, der je mit so einem hohen Posten betraut wurde. Er hatte sein Jurastudium abgeschlossen und sich als Referendar am Strafgericht bewährt, aber das allein hätte nie genügt, um eine derartige Stelle zu erhalten. Eine viel größere Rolle spielte seine Abstammung. Arngrímurs Vater, Ólafur Ingi Esjar, war Parlamentsabgeordneter und einer der einflussreichsten Männer in Island. Der einzige Grund, weshalb Ólafur Ingi nicht Minister wurde, waren seine weitläufigen und lukrativen geschäftlichen Unternehmungen, die er nicht aufgeben wollte. Mit seinen Pflichten als Abgeordnetem war das vielleicht noch zu vereinbaren, aber nicht mit dem zeitraubenden Job eines Ministers. Er hatte seine Finger überall drin, und ohne sein Wissen und sein Einverständnis unternahm die Regierung nichts. Es hieß, dass Ólafur Ingi auch die Arbeit seiner Partei zum größten Teil finanzierte.«

Magnús machte eine kurze Pause, während er einen schwierigen Knoten an der Sportfliege knüpfte.

»Arngrímur und ich haben uns da in Hvolsvöllur recht gut kennengelernt. Er war Junggeselle und kannte sich in seinem Bezirk überhaupt nicht aus, und ich lebte allein, weil meine Frau ja in Reykjavík studierte. Wir trafen uns auch außerhalb der Arbeit, sind zusammen ausgeritten und haben in der Sporthalle der Volksschule Badminton gespielt.«

Magnús sah von seiner Arbeit hoch und wandte sich Birkir zu.

»Und damit bin ich bei deiner Frage«, sagte er. »Kurz nachdem Arngrímur seine Stellung in Hvolsvöllur angetreten hatte, zog diese seltsame Truppe nach Sandgil, einer unbedeutenden Klitsche ganz weit hinten in Fljótshlíð. Es handelte sich um Hippies aus Reykjavík, drei junge Männer und zwei junge Frauen. Die Männer hießen Jón, Helgi und Fabían, und die Frauen Sunna und Rakel. Sie lebten ständig dort, aber sie hatten auch viele Gäste, von denen sich einige zeitweilig länger dort aufhielten.«

»Diese drei Männer waren am 11. Oktober Gäste in der isländischen Botschaft. Und auch der Bruder von Sunna, er heißt Starkaður.«

»Ja, aber das war ganz sicher ein Zufall. Da besteht keine Verbindung dazwischen.«

»Bitte erzähl weiter«, bat Birkir. »Soweit ich hören kann, hast du das alles noch ziemlich präsent.«

»Ja, die Erinnerung kommt langsam wieder«, antwortete Magnús. »Jón und Sunna waren ein Paar, und Rakel und Helgi dito. Fabían arbeitete angeblich für Jón, aber er war letzten Endes einfach nur ein entwurzelter und entwicklungsgestörter Junge, den sie in ihre Kommune aufgenommen hatten. Das Haus, in dem sie lebten, hatte Jóns Großonkel gehört. Der starb ohne Nachkommen, deswegen erbte Jóns Vater Sváfnir das Haus des alten Mannes. Meines Wissens ist Jón da ohne die Zustimmung seines Vaters eingezogen, doch der hat nichts dagegen unternommen. Die jungen Leute betätigten sich alle irgendwie künstlerisch, und davon wollten sie da auf dem Land leben. Jón dichtete, Helgi arbeitete mit Ton, Sunna musizierte und zog nebenbei auch Wachskerzen, Rakel wollte Schriftstellerin werden und Fabían zeichnete. Bei gutem Wetter stellten sie sich freitagsnachmittags vor den Genossenschaftsladen und versuchten, ihre Erzeugnisse zu verkaufen. Sunna spielte Gitarre und sang ihre Lieder, die anderen boten ihre Sachen an. Das Geschäft lief nicht besonders, nur in Sunnas Gitarrenkasten landete meist ein bisschen Kleingeld. Infolgedessen mussten sich die Hippies wohl oder übel eine andere Einnahmequelle suchen, von ihrer Kunst konnten sie nicht leben. Sie haben oben im Dachgeschoss des Hauses Cannabis angebaut und das Zeug in Reykjavík verkauft. Zunächst nur in kleinem Stil, doch dann steigerten sie die Produktion. Das konnte natürlich nicht lange verborgen bleiben, denn der Stromverbrauch auf dem Hof schnellte gewaltig in die Höhe. Jón war als säumiger Zahler bekannt, doch auf einmal bezahlte er pünktlich auf den Tag, und das, obwohl sich die Summe verdreifacht hatte. Wer im Dunkeln an dem Haus vorbeikam, sah oben auf dem Dachboden seltsames Licht durch irgendwelche Ritzen schimmern. Wir haben nur ein paar Monate gebraucht, um herauszufinden, was dahintersteckte. Freitags fuhren sie in ihrem alten Russenjeep nach Reykjavík und verteilten sich auf die Vergnügungslokale, um den Stoff, abgepackt in kleine verbrauchsfertige Portionen, an den Mann zu bringen. Es wurde beschlossen, sie auf einer solchen Verkaufsfahrt vor den Toren von Reykjavík zu schnappen, und während diese Aktion stattfand, fuhren der Amtmann und ich nach Sandgil, um eine Hausdurchsuchung durchzuführen und die beiden, die zu Hause waren, festzunehmen. Helgi, Jón und Rakel wurden kurz vor Reykjavík mit einer großen Sendung festgenommen, Sunna und Fabían waren zu Hause. Als wir nur noch wenige Kilometer vom Hof entfernt waren, sahen wir auf einmal Rauch aufsteigen, und kurze Zeit später schlugen bereits die Flammen zum Himmel. Wir haben uns beeilt, aber wir kamen zu spät. Fabían hatte es geschafft, nach draußen zu kommen, er irrte da irgendwo im Dunkeln herum. Sunna war noch im Haus, und es ist uns nicht gelungen, sie herauszuholen, obwohl der Amtmann versuchte, zu ihr vorzudringen. Wir hörten ihre Hilfeschreie, konnten aber nichts ausrichten. Arngrímur hatte Glück, dass er mit dem Leben davongekommen ist. Auf dem Weg nach draußen verlor er das Bewusstsein, doch ich konnte ihn die letzten Meter hinausziehen. Das Haus brannte nieder, noch bevor die Feuerwehr angerückt war. Es brauchte einen ganzen Suchtrupp, um Fabían zu finden. Der Junge war absolut nicht imstande, sich über die Ursache des Brandes zu äußern. Als sich herausstellte, dass er sowohl körperlich als auch geistig völlig am Ende war, wurde er in eine entsprechende Institution eingewiesen.«

»Und wodurch ist der Brand entstanden?«, fragte Birkir.

Magnús ließ sich Zeit mit der Antwort, aber schließlich

sagte er: »Die Untersuchung der Brandruine ergab, dass der Gasherd in der Küche an gewesen sein musste. Ein großer Topf, in dem das Wachs geschmolzen wurde, lag auf dem Fußboden. Zeugen haben ausgesagt, dass sie im Wohnzimmer die Formen für die Kerzenherstellung sowie Farbstoffe, Dochte und dergleichen gesehen hatten. Und die überlebenden Bewohner des Hauses bestätigten, dass dort Kerzen angefertigt worden waren. Als Ergebnis der Ermittlung wurde festgehalten, dass Fabían wahrscheinlich unter sehr fahrlässigen Bedingungen Wachs geschmolzen hatte. Das Wachs hatte sich vermutlich überhitzt und Feuer gefangen. Fabían rettete sich durch die Hintertür ins Freie, aber Sunna war oben im Dachgeschoss und beschäftigte sich mit den Cannabispflanzen, sie hat das Feuer wahrscheinlich zu spät bemerkt. Ihre Leiche wurde unter dem eingestürzten Dach bei einer winzigen Fensterluke gefunden, durch die sie wohl versucht hat, ins Freie zu gelangen.«

»Es war also ein Unfall.«

»Ja, ein äußerst tragischer Unfall. Arngrímur trug einen solchen Schock davon, dass er seine Stelle kündigte und zum diplomatischen Dienst überwechselte. Ich bekam kurze Zeit später eine Stelle in Reykjavík und versuchte, diesen Fall zu vergessen. Es war einfach zu entsetzlich, darüber nachzudenken.«

»Weshalb hat Arngrímur einen neuen Namen angenommen?«, fragte Birkir.

»Das weiß ich nicht«, antwortete Magnús. »Vielleicht, um mehr im Hintergrund bleiben zu können. Der Familienname Esjar war sehr auffällig, und sein Vater Ólafur Ingi eine äußerst dominante Persönlichkeit, wo immer er auftrat.«

»Arngrímur hat seinen neuen Nachnamen aus dem zweiten Vornamen seines Vaters abgeleitet«, hakte Birkir nach. »Weißt du warum?«

»Nein«, antwortete Magnús ungeduldig. »Ich habe Arngrímur seit diesen Ereignissen nicht wieder getroffen. Er hat Verbrennungen und eine Rauchvergiftung davongetragen. Ich glaube, er hat lange gebraucht, um sich davon zu erholen. Er ist auch nie wieder nach Hvolsvöllur zurückgekehrt.«

17:30

Birkir wusste, dass Gunnar die Ermittlung mitverfolgte, obwohl er offiziell krankgeschrieben war. Er beschloss deshalb, einen Krankenbesuch in der Skúlagata zu machen.

María nahm ihn an der Tür in Empfang. »Birkir Li, du bist mein Favorit«, sagte sie lächelnd und ließ ihn in die Wohnung, in der es verlockend nach Essen roch.

»Du achtest bitte darauf, dass Gunnar nicht wieder nach Egilsstaðir muss«, flüsterte sie, während sie mit ihm ins Wohnzimmer ging. Gunnar saß in einem alten Ohrensessel und hatte die Beine auf einen Schemel gelegt.

»Mama kocht Lammeintopf«, sagte er strahlend und sah Birkir mit dem rechten Auge an. Das linke war völlig zwischen dicken Schwellungen und Blutergüssen versunken. »Du bleibst zum Essen, es gibt genug davon. Der Eintopf soll für die ganze Woche reichen.«

»Wie geht's dir?«

»Prima«, sagte Gunnar. »Der Arzt glaubt aber, dass ich mich morgen schlechter fühlen werde, wegen der Prellungen an der Brust. Ich habe Mama gesagt, dass sie das Fleisch besonders lang kochen soll, mindestens zwei Stunden. In so einem Zustand sollte man nicht unnötig kauen.«

»Wie hast du geschlafen?«

»Unheimlich gut. Die ganze Station da im Krankenhaus brauchte eine Extraration Schlaftabletten, weil ich so geschnarcht habe. Die Nachtwache behauptete, dass sie noch nie in ihrem Leben so etwas gehört hätte«, erklärte Gunnar selbstzufrieden.

»Du lügst«, sagte Birkir.

»Vielleicht übertreibe ich ein bisschen, aber ich habe hervorragend geschlafen, danke der Nachfrage. Sie haben mir auch starke Schmerztabletten mitgegeben, die soll ich heute Nacht auch nehmen, wenn ich nicht schlafen kann.«

Birkir berichtete Gunnar von seinem Ausflug nach Sandgil und seinem Gespräch mit Magnús. Anschließend ließen sie sich den Lammeintopf schmecken und sahen sich CSI im Fernsehen an. Als Gunnar in seinem Sessel eingeschlafen war, ging Birkir nach Hause.

Montag, 19. Oktober

09:00

Genau in dem Augenblick, als Birkir sein Büro betrat, begann das Telefon zu klingeln.

Eine weibliche Stimme sagte: »Guten Tag, hier ist die Sekretärin der isländischen Botschaft in Berlin. Der stellvertretende Botschafter möchte dich sprechen, bitte sehr.«

Eine Weile hörte Birkir nichts, dann meldete sich eine Stimme am anderen Ende der Leitung.

»Spreche ich mit Birkir Li Hinriksson?«

»Am Apparat.«

»Hallo, hier ist Sigmundur in der Berliner Botschaft.«

»Ja, hallo.«

»Ich brauche eure Hilfe«, sagte Sigmundur. »Hast du ein paar Minuten Zeit für mich?«

»Ja, natürlich«, sagte Birkir. »Was kann ich für dich tun?«

»Unser Botschaftsrat Arngrímur Ingason ist am Freitag nach Island geflogen, und seitdem können wir ihn nicht mehr erreichen.«

»Ist das eine Angelegenheit für die Polizei?«

»Nein, oder ja, eigentlich vielleicht doch. Die Sache ist äußerst merkwürdig.«

»Merkwürdig?«

»Ja. Arngrímur wurde am Freitagmorgen aus dem Außenministerium angerufen und erhielt die Weisung, unverzüglich zu einer Unterredung mit dem Minister nach Island zu kommen. Gleich im Anschluss daran kam sein Flugticket per E-Mail.«

»Ist das nicht ganz normal, nach dem, was vorgefallen ist?«

»So gesehen ist es vielleicht normal, dass er nach Island beordert wurde, vielleicht etwas ungewöhnlich, aber nicht direkt unnormal. Irgendetwas stimmt da aber nicht. Im Zusammenhang mit einer Angelegenheit, die er bearbeitete, hätten wir am Wochenende unbedingt mit Arngrímur telefonieren müssen, aber auf seinem Handy war er nicht zu erreichen. Daraufhin habe ich unsere Sekretärin bei allen Hotels in Reykjavík anrufen lassen, er war nirgendwo registriert. Heute Morgen haben wir uns dann mit dem Ministerium in Verbindung gesetzt, um zu hören, um was es ging. Dort erfuhren wir aber, dass niemand ihn nach Island beordert hat.«

»Willst du damit sagen, dass da jemand unter falscher Flagge gesegelt ist?«

»Es hat ganz den Anschein. Wir haben uns sein Postfach angeschaut und die E-Mail mit dem Flugticket gefunden. Auf den ersten Blick scheint sie aus dem Ministerium geschickt worden zu sein, aber der Absender ist kein Mitarbeiter. Das Flugticket war auf die Business-Class und den nächsten Flug ausgestellt, der noch am selben Tag abging.«

»Du willst also sagen, dass Arngrímur unter falschen Voraussetzungen nach Island gelockt wurde und seit seiner Ankunft hier verschwunden ist?«

»Ja, da stimmt etwas nicht.«

»Möchtest du, dass wir nach ihm fahnden?«

»Nein, auf keinen Fall. Ich meine, nicht gleich. Hoffentlich gibt es eine normale Erklärung. Ihr könntet euch aber vielleicht unauffällig umhören.«

»Hat Arngrímur Verwandte hier?«

»Keine, zu denen er Verbindung hatte. Soweit ich weiß, ist er seit Jahrzehnten nicht in Island gewesen.«

»Wo sollten wir denn anfangen, uns umzuhören?«

»Das weiß ich doch nicht. Ich bin kein Polizist.«

»Wir können unsere EDV-Experten auf die E-Mail ansetzen. Ich sage ihnen, dass sie Verbindung mit dir aufnehmen sollen. Sie verstehen sich auf so etwas. Und wir versuchen herauszufinden, wer das Ticket bezahlt hat.«

»Gut. Aber kann man nicht noch etwas mehr tun?«

»Vielleicht sollte man sich die Aufzeichnungen der Überwachungskameras am Flughafen ansehen.«

»Gut, sehr gut. Der Ministerialdirigent im Außenministerium will mit seinem Kollegen im Justizministerium sprechen. Die haben mich darum gebeten, gleich Verbindung mit euch aufzunehmen, um die Sache zu beschleunigen. Deswegen hab ich dich angerufen. Du kennst dich hier in der Botschaft etwas aus, und du hast Arngrímur getroffen. Das muss Priorität haben. Wir möchten aber nicht, dass es publik wird, falls sich die Sache auf ganz normale Weise klären sollte. Es gibt ohnehin schon genug Probleme. Hoffentlich ist Arngrímur nur irgendwo zu Besuch.«

Als das Gespräch beendet war, rief Birkir bei der Polizeiwache auf dem Flughafen in Keflavík an und bat um die Aufzeichnungen der Überwachungskameras im Ankunftsbereich, und zwar eine zweistündige Sequenz von dem Zeitpunkt an, als die Maschine aus Berlin gelandet war. Anschließend ging er zu Magnús, um ihn in Kenntnis zu setzen. Wahrscheinlich würde es bald Anweisungen von oben geben, aus dem Polizeipräsidium oder vom Ministerium, und dann war es besser, wenn man sagen konnte, dass die Angelegenheit bereits bearbeitet wurde. Arngrímurs Verschwinden war ganz anders als normale Vermisstenmeldungen, mit denen sie sich befassen mussten. Meist waren es pubertierende Jugendliche, die nach sich suchen ließen.

Magnús war durch Birkirs Bericht sichtlich aus der Ruhe gebracht.

»Wissen die Leute in der Botschaft wirklich nicht, bei wem Arngrímur sich hier in Island aufhalten könnte?«, fragte er.

»Nein, sie haben absolut keine Ahnung.«

Magnús dachte laut: »Hoffentlich ist er irgendwo in netter Umgebung und hat sein Handy nur abgestellt, um ein paar Tage seine Ruhe zu haben. So was ist schon vorgekommen.«

Birkir antwortete nicht darauf und ging das Ganze im Geiste durch. Schließlich sagte er: »Da ist immer noch die Sache mit diesem seltsamen Messer in der Botschaft. Ich habe bereits darauf hingewiesen, dass es sich zu irgendeinem anderen Zweck dort befunden haben muss. Eigentlich hätte Arngrímur an diesem Tag in der Botschaft sein sollen, aber er musste anderen dienstlichen Verpflichtungen nachkommen. Ist es denkbar, dass dieses Messer für ihn bestimmt war?«

»Aber wieso denn in aller Welt?«

»Arngrímur hatte etwas mit dem Rauschgiftfall in Sandgil zu tun. Könnten die damaligen Bewohner vielleicht der Meinung sein, dass sie ihm wegen des Brandes etwas heimzuzahlen haben?«

Magnús schüttelte energisch den Kopf. »Nach all diesen Jahren? Wie kommst du denn auf die Idee?«

»Das ist die einzige Spur, die sich zurückverfolgen lässt«, sagte Birkir.

»Der Amtmann spielte letzten Endes nur eine Nebenrolle bei der Ermittlung«, entgegnete Magnús. »Die eigentliche Ermittlung unterstand mir, und zwar in Zusammenarbeit mit der Kriminalpolizei in Reykjavík. Da gibt es viele, die bei dieser Ermittlung und bei der Festnahme der Leute eine wichtigere Rolle gespielt haben. Weshalb in aller Welt sollte sich nach all diesen Jahren irgendeine Rache gegen ihn richten? Vor allem, wenn sie mit einem derartigen Aufwand verbunden ist. Nein. Da muss etwas ganz anderes dahinterstecken, falls er tatsächlich verschwunden sein sollte.«

09:50

Als Birkir nach der Besprechung mit Magnús in sein Büro zurückkehrte, klingelte wieder sein Telefon. Es war die Zentrale.

»Hier fragt irgendein Anwalt nach jemandem, der mit dem Mord an Anton Eiríksson befasst ist. Nimmst du das Gespräch entgegen?«

»Kann ich machen«, sagte Birkir und nannte seinen Namen, als der Anruf zu ihm durchgestellt wurde.

Sein Gesprächspartner stellte sich als Mitarbeiter einer Rechtsanwaltskanzlei vor.

»Was kann ich für dich tun?«, fragte Birkir.

»Der verstorbene Anton Eiríksson war hier in Island unser Klient«, sagte der Mann.

»Aha«, sagte Birkir. »Wisst ihr vielleicht irgendetwas, was uns bei unseren Ermittlungen weiterhelfen könnte?«

»Nein, wohl kaum. Ich fand es aber richtig, euch zu kontaktieren. Wir gehen gerade seine Akte durch.«

»Ist da etwas, was ihr uns zeigen wollt?«, fragte Birkir.

»Es dreht sich eigentlich nur um die Buchhaltung, Steuererklärungen und das Testament, das erst eine Woche nach seinem Ableben eröffnet werden durfte. Deshalb haben wir das auch erst heute Morgen gemacht.«

»Ist das etwas Ungewöhnliches?«

»Ist was etwas Ungewöhnliches?«

»Mit der Eröffnung des Testaments zu warten?«

»Da gibt es alle möglichen Varianten. Manche finden es angebracht, einige Tage nach dem Ableben verstreichen zu lassen.«

»Na schön. Aber was steht in diesem Testament?«

»Sein gesamter Besitz soll an Waisenkinder in Indonesien gehen. Beigefügt sind die Namen von Institutionen, die in diesem Teil der Welt arbeiten.«

»Das stimmt mit dem überein, was uns bekannt ist«, sagte Birkir.

»Tja, dann ist das wohl in Ordnung so.«

»Ja, wahrscheinlich. Worin besteht der Besitz?«

»Es gibt diverse Bankkonten hier in Island und auch im Ausland, und außerdem Bargeld, das in einem Safe aufbewahrt ist.«

»Wie viel?«

»Zirka vierhunderttausend Euro.«

»Eine stattliche Summe.«

»Ja. Wir hätten nicht empfohlen, so viel Geld in einem Safe aufzubewahren. Die Zinsen für einen solchen Betrag sind beträchtlich.«

»Vielleicht hat Anton den Banken nicht vertraut«, gab Birkir zu bedenken.

»Möglich«, entgegnete der Rechtsanwalt.

Birkir überlegte kurz. »Wo befindet sich dieser Safe?«, fragte er dann.

»In seiner Wohnung.«

»In London?«

»Nein, hier in Reykjavík.«

»Uns ist gar nicht bekannt, dass er eine Wohnung hier in Reykjavík hatte. Wir haben überprüfen lassen, ob es eine auf seinen Namen eingetragene Immobilie gibt. Das schien nicht der Fall zu sein.«

»Nein, diese Wohnung ist auf eine Privatfirma registriert, und dahinter steckt wieder eine andere Firma. Es geht natürlich um die Steuer.«

»Wo ist diese Wohnung?«

»In einem der Hochhäuser in Austurbrún.«

»Die müssen wir uns ansehen.«

»Selbstverständlich. Mir würde es am ...«, der Rechtsanwalt zögerte, »... am Donnerstag um elf passen.«

»Nein, nicht am Donnerstag«, erklärte Birkir. »Heute.«
»Das ist nicht möglich.«
»Es muss möglich sein.«
Nach einigem Schweigen erklärte der Anwalt: »Ich habe mittags eine Besprechung, die ich verschieben könnte. Wie wäre es mit halb eins?«
»Das geht«, sagte Birkir. »Um halb eins wird jemand von uns dort sein. Hast du einen Schlüssel?«
»Nein.«
Birkir streckte seine Hand nach dem Schlüsselbund aus, das sich in Anton Eiríkssons Reisekoffer befunden hatte. Daran hingen etliche Schlüssel, die zu einer Wohnungstür passen konnten.
»Wir haben hier Schlüssel, die wir probieren können. Wenn sie nicht passen, ziehen wir einen Experten hinzu.«

11:15

Die Polizei auf dem Flughafen in Keflavík reagierte schnell auf Birkirs Anfrage. Telefonisch erhielt er Auskunft, wo und wie die Bildsequenzen abzurufen waren, die sich inzwischen bereits in einer Datenbank der Polizei befanden. Es folgte eine E-Mail mit präzisen Angaben zur Position der Kameras, und in welcher Reihenfolge man sich die Dateien ansehen solle, um die Passagiere, die mit der Maschine aus Berlin eingetroffen waren, vom Flugsteig an im Auge zu behalten.
Birkir hatte Gunnar schon am Morgen angerufen und von den Neuigkeiten über Arngrímur berichtet.
»Ich komme sofort«, hatte Gunnar geantwortet. Birkirs Proteste schlug er in den Wind.
Eine halbe Stunde später humpelte er an seinen Krücken über den Korridor.

»Wie geht's dir?«, fragte Birkir, als sie sich trafen.

»Wegen dieser Blessuren an der Brust darf ich nicht tief durchatmen. Ich darf weder niesen noch husten, bin aber erkältet wie sonst was. Ich glaube, ich kann aber am Schreibtisch sitzen und dir gute Ratschläge geben.«

»In Ordnung«, sagte Birkir. »Dann gucken wir uns jetzt die Aufnahmen vom Flughafen an.«

»Das wird bestimmt spannend«, sagte Gunnar, nachdem er sich vorsichtig auf dem Stuhl vor dem Computer niedergelassen hatte. Birkir sah ihm über die Schulter. Nach einigen Mausklicks lief die erste Bildsequenz ab. Die Digitalanzeige im Bild gab die genaue Zeit an, und sie spulten die Bilder bis zu dem Zeitpunkt vor, als die Maschine aus Berlin gelandet war.

»Da ist er«, sagte er, als sie die ersten Passagiere aus der Gangway herauskommen sahen. Die Passagiere der Business-Class gingen als Erste von Bord. Arngrímur trug einen Mantel über dem Arm und blickte sich verwirrt nach allen Seiten um. Dann folgte er den anderen Passagieren, die sich offensichtlich besser auskannten und wussten, in welche Richtung man zu gehen hatte.

Birkirs Handy klingelte. Gunnar hielt die Aufzeichnung an, während Birkir das Gespräch entgegennahm und eine Weile schweigend lauschte. Dann bedankte er sich und steckte das Handy wieder ein.

»Man hat herausgefunden, wie das Flugticket für Arngrímur bezahlt wurde«, sagte Birkir. »Die Karte ist auf den Namen Anton Eiríksson ausgestellt.«

»Anton? Mann, der ist doch tot«, sagte Gunnar.

»Da benutzt jemand seine Kreditkarte«, antwortete Birkir.

»Da waren einige Karten in der Brieftasche, die die deutsche Kripo in seiner Jacketttasche gefunden hat.«

Birkir nickte. »Er muss also noch eine gehabt haben.«

Sie wandten sich wieder dem Computer zu.

»14:43 Uhr«, sagte Gunnar. »Und jetzt gehen wir zu den Aufnahmen in der nächsten Kamera über und fangen zum selben Zeitpunkt an und bleiben ihm auf den Fersen.«

Auf diese Weise konnten sie Arngrímur auf seinem Weg zu den Gepäckbändern in der Ankunftshalle verfolgen, wo er eine Zeit lang auf seinen Koffer warten musste.

»Wahrscheinlich gibt es solche Aufnahmen auch von unserer Ankunft am Donnerstag«, sagte Gunnar. »Als du mich im Rollstuhl durch das ganze Gebäude geschoben hast. Ich hatte eine Scheißwut.« Gunnar ließ die Bilder auf dem Monitor jetzt schnell durchlaufen.

Birkir grinste. »Wir sollten uns vielleicht eine Kopie besorgen und sie auf unserem nächsten Betriebsfest vorspielen.«

»Da nimmt er seinen Koffer«, sagte Gunnar und verlangsamte die Bildabfolge wieder.

Sie sahen, wie Arngrímur auf die grüne Zollschranke zuging und durch die Tür verschwand. Die nächste Bildsequenz stammte aus der Ankunftshalle, wo viele Menschen warteten. Endlich tauchte Arngrímur mit dem Mantel über dem Arm auf, mit der anderen Hand zog er einen kleinen Koffer auf Rädern hinter sich her. Beim Ausgang hielt er zunächst inne und blickte sich um, doch dann ging er schnurstracks auf einen Mann zu, der ein weißes Pappschild hochhielt. Die beiden wechselten ein paar Worte und verließen das Gebäude.

»Wer war das?«, fragte Gunnar.

»Ich weiß es nicht«, antwortete Birkir. »Aber irgendwie kommt er mir bekannt vor.«

Das Telefon klingelte, und Birkir hob ab. Es war Dóra, die mit dem Rechtsanwalt zu Antons Wohnung gegangen war.

»Am Schlüsselbund waren Schlüssel, die sowohl zur Haustür als auch zur Wohnungstür passten«, sagte Dóra.

»Gut«, sagte Birkir.

»Nein, gar nicht gut«, sagte Dóra. »Da drinnen liegt ein Toter mit Verletzungen am Kopf.«

12:50

Die Tür zur Wohnung in Austurbrún stand halb offen, und Dóra wartete draußen auf dem Flur auf sie. Anna und Birkir begrüßten sie. Sie hatten sich für die Untersuchung des Tatorts beide in weiße Tyvek-Anzüge gekleidet.

»Wo ist der Rechtsanwalt?«, fragte Birkir.

»Zur nächsten Besprechung«, sagte Dóra. »Er hatte hier ja auch eigentlich nichts mehr verloren. Wir haben die Wohnung sofort wieder verlassen, als wir sahen, was Sache war.«

Anna ging zur Tür und schnupperte. »Drei Tage«, sagte sie.

Birkir folgte Anna, die vorsichtig die Wohnung betrat. Ein schwacher Geruch schlug ihm entgegen, den er schon früher gerochen hatte. Nicht oft, aber oft genug. Anna kannte ihn besser. Sie konnte allein vom Geruch her sagen, wie alt eine Leiche war, bis zu einer Woche. Danach war der Gestank pestilenzartig.

Die Wohnung war mit Parkett ausgelegt. Aus der offenen Diele gelangte man ins Wohnzimmer, die Küche war links, und rechts befanden sich zwei Zimmer und das Badezimmer. Die Leiche lag in dem Zimmer, in dem sich auch der Safe befand. Er stand weit offen und war leer. Eine große Bohrmaschine erklärte die Löcher in der Safetür, wo die Schlösser herausgebohrt worden waren.

Der Tote lag auf dem Rücken mit dem Gesicht zur Wand. Die Ohrenschützer, die er verwendet hatte, waren hochgerutscht.

»Zwei Hiebe«, erklärte Anna.

Sie deutete auf den blutigen Nacken. »Hier ist der erste Hieb gelandet. Der Angreifer kam von hinten und hat fest zugeschlagen.«

Sie zeigte auf ein Metallrohr, das neben der Leiche lag.

»Der Nacken ist der stärkste Teil des Kopfs, und der Hieb reichte nicht aus, um das Opfer bewusstlos zu schlagen. Die Haut platzt, es blutet. Das Opfer weicht zurück und dreht sich zum Angreifer um. Der schlägt wieder zu, diesmal fester, und zwar direkt gegen die Stirn.«

Anna deutete auf die entstellte Stirn des Toten.

»Die Stirn ist schwächer, und die Hirnschale bricht. Der Hieb ist wohl auch wesentlich kräftiger gewesen. Der Mann verliert das Bewusstsein und geht zu Boden.«

Birkir nickte. Das klang wahrscheinlich. Er blickte auf die Leiche. Er kannte diesen Mann und hatte mit ihm gesprochen. Búi Rútsson, der Leibwächter von Anton Eiríksson, hatte Birkir nicht die Wahrheit gesagt, als er erklärte, von Berlin aus nach Spanien zu fliegen. Er hatte offensichtlich etwas Dringendes in der Wohnung seines Arbeitgebers zu erledigen gehabt und dort nach einem brutalen Angriff den Tod gefunden.

Anna zeigte auf die Bohrmaschine, die auf einem Stativ vor dem Safe festgeklemmt war.

»Er hat eine Kernbohrmaschine verwendet, um die zwei Schlösser aus der Safetür zu entfernen«, sagte sie. »Keine sehr fachmännische Arbeit, aber erfolgreich. Er hat allerdings etliche Stunden gebraucht, um sie herauszubohren.«

»Und sein Gehörschutz war mit Rundfunkempfang ausgestattet«, sagte Birkir. »Damit hat er sich die Zeit vertrieben, aber das hat es auch dem Angreifer leichter gemacht, sich hinterrücks anzuschleichen.«

»Ja. Aber er hätte nicht die ganze Zeit bei der Bohrmaschine stehen müssen«, sagte Anna. »Diese Vorrichtung hält die Maschine in der richtigen Position, und der Druck geht in die Bohrrichtung. Sehr bequem. Ein gewiefter Einbrecher hätte sich eher mit den Schlössern beschäftigt, das ist schneller, leiser und sauberer.«

Birkir deutete auf einen auf dem Boden liegenden Schlüsselbund mit Dutzenden von Schlüsseln. »Das hier deutet aber doch wohl auf einen Fachmann hin?«, fragte er.

Anna warf einen Blick auf die Schlüssel und nickte. »Die hat er benutzt, um in die Wohnung hineinzukommen. So ein Safe ist aber schwieriger.«

Birkir kannte die Methode. An dem Schlüsselbund befanden sich sämtliche Prototypen von Schlüsseln, die in Privathäusern verwendet werden. Die Bärte waren auf kleine Spitzen heruntergeschliffen, sodass sich mit ihnen praktisch sämtliche Schlösser öffnen ließen. Man steckte den Schlüssel ins Schloss, klopfte leicht darauf und drehte ihn behutsam. Durch das Klopfen wurden die Stiftsäulen nach oben gedrückt, und der Schlüssel konnte gedreht werden. Als Birkir so etwas zum ersten Mal gesehen hatte, brachte er an seiner Wohnungstür einen Riegel an.

»Der Angreifer hat in dem Moment zugeschlagen, als sich der Safe öffnete«, sagte Anna.

»Vielleicht sind sie aber auch zusammen hier eingedrungen«, entgegnete Birkir. »Und dann hat der eine von ihnen beschlossen, dass es überflüssig war, die Beute zu teilen.«

»Vielleicht«, sagte Anna.

Birkir verließ die Wohnung in Austurbrún, nachdem weitere Leute vom Erkennungsdienst eingetroffen waren. Er überließ es Anna und Dóra, etwas am Tatort zu finden, was ihnen weiterhelfen würde. Er musste sich anderen Dingen zuwenden.

Starkaður bereitete ihm keinen freundlichen Empfang, als Birkir ihn im Untersuchungsgefängnis begrüßte.

»Erst sperrt ihr mich hier ein, und dann redet ihr die ganze Zeit überhaupt nicht mit mir«, sagte er. »Mein Rechtsanwalt hat Beschwerde beim obersten Gericht eingelegt.«

Birkir hatte Gewissensbisse. »Bei uns sind einige Leute ausgefallen, und außerdem hat es neue Entwicklungen gegeben«, sagte er.

»Ach ja, und deswegen kann ich hier einfach verrotten«, sagte Starkaður.

»Ich hoffe, das wird sich bald alles klären«, sagte Birkir. »Ich möchte dich jetzt gerne nach deiner Schwester fragen.«

»Nach meiner Schwester? Meinst du Sunna?«

»Ja.«

»Was hat sie mit der Sache zu tun? Als sie starb, war ich noch sehr jung.«

»Das weiß ich«, sagte Birkir. »Aber ich habe gehört, dass sie ein ganz besonderer Mensch war. Alle, die sie gekannt haben, scheinen sie nicht vergessen zu können.«

»Wenn du meine Schwester Sunna gekannt hättest, würdest du das verstehen«, entgegnete Starkaður. »Sie war so gut zu allen, und ihr Tod war so grauenvoll ungerecht.«

»Erzähl mir über dein Verhältnis zu Sunna«, sagte Birkir.

»Weshalb sollte ich das tun?«

»Du musst es nicht tun. Ich kümmere mich gleich darum,

dass du freigelassen wirst. Ich werde es damit begründen, dass du die Ermittlung nicht behindern kannst, selbst wenn du auf freiem Fuß bist.«

»Du meinst, ich käme noch heute raus?«

»Ich werde mein Bestes tun.«

»Du möchtest mehr über Sunna wissen?«

»Das ist keine Bedingung, aber ich wäre dir dankbar.«

»Na schön, ich werde dir von Sunna erzählen«, sagte Starkaður. »Sie hat es mehr als verdient, dass ihr Andenken hochgehalten wird.«

»Ich verstehe«, sagte Birkir.

»Sunna und ich hatten keine anderen Geschwister«, begann Starkaður. »Unser Vater war Lehrer in einem Dorf in den Westfjorden und unsere Mutter Hausfrau. Sie waren beide sehr altmodisch und konservativ, und unser Verhältnis zu ihnen war kein vertrauensvolles. Sie waren schon fast vierzig, als ich zur Welt kam. Sunna war fünf Jahre älter als ich, und sie hat immer auf mich aufgepasst. Mit fünfzehn entdeckte ich, dass ich in einen meiner Schulkameraden verknallt war. Ich war völlig verunsichert aufgrund dessen, was sich in mir abspielte, denn in meiner Vorstellung war Homosexualität etwas Grauenvolles. Es gab einen Mann im Dorf, der unter diesem Verdacht stand, er war vollkommen isoliert. Er trank und war verwahrlost. Kinder und Jugendliche wurden vor ihm gewarnt, was zum schlimmsten Mobbing führte. Wenn die Kinder etwas anstellen wollten, sammelten sie sich vor seinem Haus und warfen ihm Abfälle an die Fenster, bis alles völlig verdreckt war. Das war die Zukunft, die ich vor mir sah, und ich trug mich mit Selbstmordgedanken. Sunna war die einzige Person, der ich mich anvertrauen konnte, und sie hat mir das Leben gerettet. Sie sagte mir, ich solle auf meine Gefühle vertrauen und mir von niemandem sagen lassen, was in dieser Beziehung richtig oder falsch ist.

Wenn mein Herz in diese Richtung weisen würde, dann sei das der Weg, den ich einschlagen müsste. Niemand sollte seinen Gefühlen Gewalt antun. Sunna sagte mir, es gäbe Orte, wo Menschen wie ich leben könnten, ohne sich verstecken zu müssen. Sie versprach, mir dabei zu helfen, dorthin zu kommen.«

Starkaður kamen die Tränen, und unter Schluchzen fuhr er fort: »Und dazu hat Sunna gestanden, auch wenn sie aus diesem Leben verschwand. Ihre Worte haben mir dabei geholfen, mir Ziele zu setzen, nach denen ich streben konnte, auch wenn ich noch viele Jahre in meinem Schrank blieb und mich erst heraustraute, als meine Eltern gestorben waren. Ich bereue nur eines, nämlich mich mit dieser Lüge von ihnen verabschiedet zu haben. Und der Ort, den Sunna mir versprochen hatte, der existierte wirklich. Aber ich musste ihn nicht suchen und dorthin fahren, er war ja sozusagen vor der Haustür. Reykjavík war im Begriff, genau dieser Ort zu werden, und ich habe alles dazu beigetragen, dass es so werden konnte.«

Starkaður hatte seine Erzählung beendet und weinte still vor sich hin, als Birkir sich verabschiedete.

15:20

Die Leiche war aus der Wohnung entfernt worden, und Anna war beinahe fertig mit ihrer Arbeit. Sie hatte zwei weitere Experten vom Erkennungsdienst hinzugerufen und alle anderen hinausgeschickt. Dóra ging von Tür zu Tür, um festzustellen, ob die Bewohner des Hauses irgendetwas bemerkt hatten, was bei der Ermittlung hilfreich sein konnte.

Der Rechtsmediziner deutete nach der Untersuchung der Leiche an, dass Annas Ansicht vermutlich korrekt war. Der

Mord war allem Anschein nach am Freitag verübt worden, aber endgültige Klarheit darüber könnten erst die Obduktionsergebnisse bringen. Im Mülleimer befanden sich Verpackungen von Essen, die darauf hindeuteten, dass sich Búi zwei Tage in der Wohnung aufgehalten hatte, aber es gab keine Anzeichen dafür, dass er dort übernachtet hatte. In der Küche lagen Zeitungen vom Donnerstag und Freitag.

Obwohl beim Bohren einiges an Metallspänen und Staub angefallen war, hatte sich nichts davon über die Wohnung verteilt, sodass es keine Fußabdrücke gab. Der Fußboden war erstaunlich sauber und schien erst kürzlich gewischt worden zu sein.

Die Schlagwaffe zog die meiste Aufmerksamkeit auf sich. Es waren keine Fingerabdrücke an der Metallstange, und es hatte den Anschein, als sei sie mit einem Lappen, der in der Küche auf dem Fußboden lag, abgeputzt worden. Die Blutflecken an dem Lappen konnten sehr gut von der Stange stammen. Sie fanden auch ein wenig verschmiertes Blut an der Klinke der Wohnungstür, aber keine Fingerabdrücke. Alles deutete darauf hin, dass der Lappen dazu verwendet worden war, alle Stellen abzuwischen, an denen sich Fingerabdrücke befunden haben konnten.

Der gesamte Bereich um die Stelle herum, wo die Leiche gelegen hatte, wurde sorgfältig untersucht. Winzige Blutströpfchen waren infolge der Hiebe in alle Richtungen gespritzt. Ihre Größe und Form gaben wichtige Hinweise auf die Schwere der Hiebe, den Aufprallwinkel der Waffe und die Position des Angreifers. Jeder Tropfen wurde mit einem Maßstab daneben fotografiert, damit waren die genauen Informationen über Größe und Position dokumentiert.

Die Schlagwaffe selbst war aus glänzendem, glatten Stahl, ein Rohr von etwa vier Zentimetern Durchmesser und achtzig Zentimetern Länge. Erst nachdem Anna es eine Weile angesehen hatte, fiel bei ihr der Groschen. »Na klar, das ist eine Stange aus einem Kleiderschrank.«

In dem Zimmer, wo der Mord begangen worden war, stand ein Schrank, in dem sich eine solche Stange befand. Das eine Ende steckte in einer kreisförmigen Halterung, und das andere ruhte auf einer u-förmigen, sodass die Stange leicht herausgehoben werden konnte. In dem anderen Schlafzimmer stand ebenfalls ein Schrank mit einer halb geöffneten Schiebetür. Die Befestigungen waren die gleichen wie in dem anderen Schrank, doch die Stange fehlte. Anna besah sich den Schrank genau. Auf seinem Boden waren frische Fußabdrücke in einer dünnen Staubschicht zu erkennen.

16:00

Gunnar erhob keine Einwände, als Birkir ihm sagte, dass er Starkaðurs Freilassung in die Wege geleitet hatte. Diese Untersuchungshaft war völlig sinnlos. Anna hatte in Starkaðurs Anzug keinerlei Blutspuren gefunden, und es gab keine anderen Beweismittel. Noch nicht einmal vernünftige Fragen.

»Alles klar, alles klar«, sagte Gunnar nur. Sein Interesse konzentrierte sich inzwischen auf etwas ganz anderes. Der Mann, der Arngrímur Ingason auf dem Flughafen in Keflavík in Empfang genommen hatte, war ihnen zwar bekannt vorgekommen, aber sie konnten ihn nicht zuordnen. Gunnar hatte sich die Bildsequenz mehrfach sorgfältig angesehen, und schließlich kam ihm eine Idee. Er öffnete die Datei mit den Aufnahmen der Sicherheitskameras in der Berliner Botschaft und spielte sie einige Male ab. Damit war er beschäftigt, als Birkir sich wieder zu ihm setzte.

Die Aufnahmen von den Gästen des Botschafters waren zwar nicht besonders deutlich, aber alle waren gut zu erkennen. Starkaður und Unnar waren vor den anderen gegangen, daran bestand überhaupt kein Zweifel. Der Sonnendichter war ebenfalls unschwer zu erkennen, und Birkir konnte auf Fabían deuten. Der Botschafter war klein und humpelte, und Helgi stützte die Frau des Botschafters. Es blieb also nur Lúðvík Bjarnason übrig, von dem sie nicht wussten, wie er aussah. Er war auch nicht auf den Fotos zu sehen, die Helgi Kárason ihnen überlassen hatte, denn er hatte die Bilder geschossen. Die Sicherheitskamera in Berlin zeigte aber ein relativ deutliches Bild von ihm.

Gunnar kopierte ein Bild heraus und stellte es neben die Aufnahme vom Flughafen in Keflavík. Seine Eingebung war richtig gewesen. Es war aller Wahrscheinlichkeit nach derselbe Mann.

»War er nicht angeblich im Ausland?«, fragte Birkir.

»Nein, er war zurück in Island, als ich mit ihm telefonierte«, sagte Gunnar. »Zumindest hat er mir das gesagt.«

»Setz dich mit ihm in Verbindung«, sagte Birkir.

Gunnar versuchte es unter der zuvor gewählten Nummer. »Abgeschaltet«, sagte er.

»Ich glaube, ich muss mich noch einmal mit Helgi Kárason unterhalten«, erklärte Birkir.

17:20

Birkir fuhr im Taxi zu Helgi Kárasons Atelier in der Weststadt. Dort brannte Licht, Helgi musste also bei der Arbeit sein. Birkir gelangte durch eine unverschlossene Tür in das Gebäude, aber als er an die Tür zum Atelier klopfte, erhielt er keine Antwort. Das war auch nicht weiter verwunderlich, denn drinnen wurde Musik auf höchster Lautstärke gespielt. Birkir drückte die Klinke herunter, aber die Tür war abgeschlossen. Er schlug ein paar Mal mit der flachen Hand dagegen, doch die Musik, *White Room* von Cream übertönte alles. Birkir wusste, dass es ein Ding der Unmöglichkeit war, die Tür aufzubrechen. Er blickte sich um und sah etwas weiter hinten im Korridor ein Schränkchen an der Wand. Als er einen Blick hineinwarf, bestätigte sich seine Vermutung, dass es sich um den Sicherungskasten für dieses Stockwerk handelte. Ein vorsintflutliches Stück mit altmodischen Schraubsicherungen und ein paar Ersatzsicherungen. Da Birkir nicht wusste, worauf sich die Beschriftungen bezogen, drehte er die Hauptsicherung heraus. Im gleichen Augenblick verstummte die Musik, und auf dem Korridor ging das Licht aus. Als sich die Ateliertür öffnete, drehte er die Sicherung wieder hinein.

»Was zum Teufel machst du da?«, fragte Helgi Kárason, als das Licht auf dem Korridor wieder angegangen war und er Birkir beim Sicherungskasten sah.

»Wir müssen miteinander reden. Du hast mein Klopfen nicht gehört.«

»Ich arbeite.«

»Damit kannst du weitermachen, das stört mich nicht. Falls du dich weigerst, meine Fragen zu beantworten, lasse ich dich festnehmen, und dann ist nichts mit Arbeit.«

»Festnehmen?«

»Ja. Es gibt hinreichende Gründe. Muss ich das näher erklären?«

»Ja, das musst du.«

»Ein Angehöriger der Berliner Botschaft, Arngrímur Ingason, ist seit seiner Ankunft hier in Island am letzten Freitag verschwunden. Meiner Meinung nach hängt sein Verschwinden mit dem Brand in Sandgil zusammen. Ich möchte die Geschichte zu Ende hören.«

»Ist Arngrímur Esjar verschwunden?«

»Ja. Du kennst ihn also?«

»Er war Bezirksamtmann in Hvolsvöllur.«

»Bist du ihm damals begegnet?«

»Nein. Ich hatte nie etwas mit ihm zu tun, ich habe ihn höchstens mal von Weitem im Dorf gesehen. Und seitdem nie wieder.«

»Habt ihr, die ehemaligen Bewohner von Sandgil, etwas mit dem Verschwinden von Arngrímur Ingason zu tun?«

»Ich nicht.«

»Aber die anderen?«

»Das weiß ich nicht.«

»Wäre es möglich?«

»Komm herein«, sagte Helgi und bedeutete Birkir mit einer Handbewegung, ihm zu folgen. Helgi ging zu einer kleinen Küchenzeile in einer Ecke des Ateliers. Dort stand eine Thermoskanne, und er schraubte den Deckel ab.

»Möchtest du Kaffee?«

»Nein, danke. Höchstens ein Glas Wasser.«

Helgi holte ein Glas aus dem Schrank und reichte es Birkir. »Wasser ist dort«, sagte er und zeigte auf ein Waschbecken. Dann goss er sich selber Kaffee ein.

Birkir wiederholte seine Frage. »Ist es denkbar, dass Jón Sváfnisson, Rakel und Starkaður etwas mit dem Verschwinden von Arngrímur zu tun haben?«

»Rakel nicht.«

»Aber Jón und Starkaður?«

»Ich weiß es nicht.«

»Hast du Grund zu glauben, dass es sich so verhalten könnte?«

»Ich weiß überhaupt nichts mehr. Die Sache entwickelt sich langsam viel zu dramatisch für meinen Geschmack, das halten meine Nerven nicht aus.«

»Was meinst du damit?«

»Ich werde dir die Geschichte erzählen, aber ich will nicht, dass du das aufnimmst. Mir ist es egal, wie es ausgeht, aber ich will auf keinen Fall, dass das hier aufgezeichnet wird.«

»In Ordnung«, sagte Birkir.

Helgi setzte sich auf einen Sessel neben der Küchenzeile und bedeutete Birkir, Platz zu nehmen.

»Die Lust an der Arbeit ist mir ohnehin für heute vergangen«, sagte er, trank einen Schluck Kaffee und schwieg.

Birkir schwieg ebenfalls und sah auf das Wasserglas in seiner Hand. So verging eine geraume Weile, bis Helgi bereit schien, mit seinem Bericht zu beginnen. »Als der Sonnendichter und Rakel nach Amsterdam kamen, um mich aus der Gosse zu holen, hatten sie mir einiges zu erzählen«, sagte er. »Nachdem Sunna bei dem Brand ums Leben gekommen war, wurde Fabían in eine geschlossene Anstalt gesteckt. Er war unfähig, sich mitzuteilen, denn er stand unter schwerem psychischen Schock. Er war in wachem Zustand ohne Bewusstsein, und erst viele Jahre später änderte sich das. Einer jungen Frau, die als Psychologin an der Anstalt tätig war, gelang es mit Geduld und Ausdauer, ihn durch irgendeine Form von Hypnose zurück ins Leben zu holen. Der erste Schritt bestand darin, dass er aus eigenem Antrieb einen Schluck Wasser zu sich nahm, und als Nächstes brachte er das ein oder andere Wort heraus. Es hat zwei Jahre gedauert, bis er den Zustand erreichte, in dem er sich auch heute noch befindet. Er ist mental wieder einigermaßen im Gleichgewicht. Teil dieses Genesungsprozesses war, das zu verarbeiten, was er bei dem Brand erlebt hatte. Es stellte sich heraus, dass jeder einzelne Sekundenbruchteil dieses Abends in sein Gehirn eingebrannt war wie ein Film auf einer DVD. Er konnte den Gang der Ereignisse und die Umstände bis ins winzigste Detail beschreiben, und er konnte auch Zeichnungen von dem, was er gesehen hatte, anfertigen. Seiner

Schilderung zufolge haben Sunna und er an dem bewussten Abend Kerzen gegossen. Er passte auf den Topf in der Küche auf, während Sunna die Formen herrichtete, die sich im Wohnzimmer befanden. Unsere Wachsschmelze war primitiv, man musste sehr auf der Hut sein. Eigentlich muss man den Topf mit dem Wachs ins Wasserbad stellen, damit es sich nicht über hundert Grad erhitzen kann. Wir haben aber das Wachs stattdessen auf einem kleinen Gasherd geschmolzen, auf diese Weise ging es einfach schneller. Es stand aber immer jemand neben dem Topf. Sobald das Zeug flüssig war, wurde der Topf vom Herd genommen und das Wachs in die Formen gegossen. Wie gesagt, Fabían hielt Wache beim Topf, als er hörte, dass ein Auto vorfuhr. Jemand kam herein und unterhielt sich mit Sunna. Er hat aber nicht gesehen, wer das war, denn er musste sich ja auf das Wachs konzentrieren. Das undeutliche Gespräch setzte sich noch eine Weile fort, ohne dass er verstehen konnte, was gesagt wurde. Auf einmal hörte er Schritte und Gepolter, Sunna sauste die Stiege zum Dachgeschoss hoch und schlug den Lukendeckel zu. Der Gast kletterte hinter ihr hoch und hämmerte von unten gegen die Luke. Da konnte Fabían sich nicht mehr zurückhalten, er warf einen Blick in die Diele. Er sah den Mann, und der Mann sah ihn. Der Mann sprang die Treppe hinunter, und Fabían flüchtete durch die Hintertür, die aus der Vorratskammer neben der Küche nach draußen führte. Er rannte hinter die Scheune und versteckte sich dort, während der Mann in der Dunkelheit nach ihm suchte. Dann sah er, wie der Mann wieder ins Haus ging, und kurz darauf drang Rauch zur offenen Hintertür heraus. Fabían schrie laut nach Sunna. Der Qualm wurde immer dichter, und dann schlugen plötzlich Flammen aus der Vorratskammer. Das Wachs musste sich entzündet haben. Das Feuer breitete sich in Windeseile aus, denn das Haus war aus Holz. Es war trocken, und an den Wänden befanden sich Tapeten. Als das ganze Haus lichterloh brannte, brachte Fabían sich in Sicherheit. Er sah noch, wie ein kleines Dachfenster geöffnet wurde, durch das Sunna versuchte, ins Freie zu gelangen. Dann stürzte das Dach ein, und sie verschwand in den Flammen. Dieser Anblick stand Fabían die ganzen Jahre vor Augen. Er sah und hörte nichts anderes. Erst viele Jahre später gelang es mit Hilfe von Hypnose, eine kleine Bresche in diese schwärzeste Finsternis zu schlagen, die sich seiner Seele bemächtigt hatte. Das Bild des Mannes, der ins Haus gekommen war, stand ihm lebendig und unauslöschlich vor Augen. Als er endlich wieder einigermaßen im Gleichgewicht war, fertigte er eine Zeichnung von ihm an. Seine zeichnerischen Fähigkeiten hatten unter der Katastrophe nicht gelitten. Das Bild zeigte einen Mann, den er nie zuvor gesehen haben konnte, weil er nie mit uns anderen nach Hvolsvöllur gefahren war. Jón und Rakel erkannten in der Zeichnung sofort den jungen Bezirksamtmann aus Hvolsvöllur wieder. Der Amtmann hat offiziell ausgesagt, dass alles in hellen Flammen gestanden hätte, als er und der Wachtmeister eingetroffen waren. Angeblich hätten sie versucht, in das Haus hineinzukommen, aber da sei nichts mehr zu retten gewesen. Der Amtmann hätte bei diesem Versuch Verbrennungen davongetragen. Die ganze Geschichte wurde so dargestellt, als sei dieser Vorfall dem jungen Bezirksamtmann so nahegegangen, dass er sich außerstande sah, weiter im Amt zu bleiben, und darum in den diplomatischen Dienst wechselte. Laut Fabíans Aussage hat es aber nicht gebrannt, als dieser Mann das Haus betrat. Sein Vorgehen führte dazu, dass Fabían das schmelzende Wachs vergaß und das Haus fluchtartig verließ. Vermutlich überhitzte sich das Wachs, und deswegen brach das Feuer aus. So gesehen trug eindeutig dieser Mann die Schuld an dem Brand und an Sunnas Tod. Aufgrund der Zeugenaussage des Amtmanns wurde aber Fabían die Schuld an dem Feuer gegeben. Das Ergebnis der Ermittlung besagte, dass Fabían beim Wachsschmelzen nicht aufgepasst hatte und für das Feuer verantwortlich war. Und wir, seine besten Freunde, haben ihm das zugetraut.«

Birkir fragte: »Könnte es nicht sein, dass er diese Geschichte vom Bezirksamtmann erfunden hat, weil er die Schuld von sich abwälzen wollte?«

»Nein«, antwortete Helgi. »Fabían hatte nicht die geringste Ahnung, was im Ermittlungsbericht stand oder was die Leute über den Vorfall dachten. Als er endlich wieder so weit bei Verstand war, um sich zu der Sache zu äußern, erzählte er ganz einfach seine Geschichte. Für ihn spielte es keine Rolle, was andere glaubten. Diese Geschichte kann er gar nicht erfunden haben. Sein Bild vom Bezirksamtmann ist so präzise wie ein Foto, sogar das Wappen auf den Knöpfen seiner Uniform ist zu erkennen. Und das, obwohl er den Mann nie zuvor gesehen hatte. Er war nie mit uns nach Hvolsvöllur gefahren, und der Amtmann kam an diesem Abend zum ersten Mal nach Sandgil.«

»Na schön«, sagte Birkir achselzuckend. »Gehen wir also davon aus, dass seine Geschichte wahr ist.«

»Sie ist wahr. Es besteht kein Zweifel daran, dass Arngrímur Esjar schuldig ist. Er hat den Tod von Sunna auf dem Gewissen. Unserer Meinung nach bestand allerdings keine Hoffnung, dass die Gerechtigkeit ihn je erreichen würde. Fabían war kein Zeuge, den man vor Gericht ernst genommen hätte. Außerdem war es ungewiss, ob das Verbrechen inzwischen nicht sogar längst verjährt war. Selbst wenn wir die Sache an die Öffentlichkeit gebracht hätten, gab es kaum Chancen, dass jemand ihr Glauben schenken würde. Unsere einzige Hoffnung bestand darin, Arngrímur Esjar zu zwingen, die Wahrheit zu sagen, und genau das war unsere Absicht. Wir brachten in Erfahrung, wo Arngrímur tätig war. Damals bekleidete er einen Posten in Washington, und von dort ging er zuerst nach Bonn und später nach Berlin. Wir sahen keine andere Möglichkeit, als ihn in unsere Gewalt zu bringen und ihn zu einem Geständnis zu zwingen. Entweder schriftlich oder mündlich auf Band.«

»Wer waren in diesem Zusammenhang *wir*?«, erkundigte sich Birkir.

»Das waren ich, der Sonnendichter, Rakel und Starkaður, Sunnas jüngerer Bruder.«

»Und wie habt ihr euch das vorgestellt?«

»In all den Jahren, die seitdem vergangen sind, konzentrierten sich unsere Pläne darauf, Arngrímur in unsere Gewalt zu bringen, sobald er nach Island kommen würde. Das Warten zog sich in die Länge, er kam einfach nie nach Island. Starkaður ist mit einer jungen Frau bekannt, die als Sekretärin im Außenministerium arbeitet, und die hat er gebeten, uns zu benachrichtigen, wann Arngrímur zu erwarten wäre. Er gab vor, dass es um eine alte Grundbucheintragung ginge, aus der Zeit, als Arngrímur Bezirksamtmann in Hvolsvöllur war, angeblich eine so unbedeutende Sache, dass man ihn deswegen nicht eigens in Berlin belästigen müsste. Diese Sekretärin kontaktierte er immer wieder, erhielt aber stets die gleiche Antwort, dass Arngrímur nicht auf dem Weg nach Island sei.«

»Und zum Schluss habt ihr dann beschlossen, selber nach Berlin zu fahren?«, fragte Birkir.

»Ja. Da kamen auf einmal mehrere Dinge zusammen. Ich wurde zu einer Ausstellung im Felleshus eingeladen, und Jón hatte die deutsche Übersetzung seiner Gedichte erhalten. Jón kannte den Botschafter, der erst kürzlich seinen Posten in Berlin angetreten hatte, persönlich, mit seiner Hilfe hat er auch seine Gedichte in Deutschland herausgeben können. Es war allerdings keine normale Ausgabe, Jón musste sie nämlich selber finanzieren. Als ich auf einer Kunstausstellung die Frau des Botschafters kennenlernte, ließ ich durchblicken, dass Jón zur Buchmesse nach Frankfurt reisen würde, und fragte sie, ob das nicht eine gute Gelegenheit sei, ihn zu einer Lesung in die Botschaft einzuladen. Ich schlug ihr Sonntag, den 11. Oktober als Termin vor, da ich an diesem Tag zur Vorbereitung der Ausstellung auch in Berlin sein würde. Für diesen Sonntag ließ ich mir dann einen Termin mit Botschaftsrat Arngrímur Ingason geben. Starkaður hatte vor, an demselben Wochenende mit seinem Mann Unnar nach Berlin zu fliegen, um sich die Modenschau eines bekannten Designers anzusehen. Auf diese Weise meinten wir drei, Arngrímur endlich in der Hand zu haben, und zwar allein, denn an einem Sonntag würden wohl kaum andere Botschaftsangehörige in ihren Büros sein. Wir hatten vor, ihn mit Fabían als Zeugen zu konfrontieren und ihn dazu zu bringen, ein Geständnis niederzuschreiben. Wir gingen davon aus, dass er dazu nur unter Androhung von Gewalt bereit sein würde, und deshalb wurde das Messer im Kerzenleuchter in die Botschaft geschmuggelt. Der Hohlraum bot ausreichend Platz für ein solches Messer. Der Boden wurde mit einer Gipsfüllung verschlossen, die einfach herauszubrechen war.«

»Aber wer nicht erschien, war Arngrímur«, warf Birkir ein.

»Nein, Arngrímur war nicht da. Bis zu der Lesung verlief alles nach Plan. Ich fragte den Botschafter nach seinem Botschaftsrat, mit dem ich einen Termin hatte, und da sagte Konráð mir, dass er unvorhergesehenerweise nach Stuttgart hätte reisen müssen. Stattdessen wollte er persönlich das Gespräch mit uns führen. Was für eine Enttäuschung! Alle Mühen umsonst, die ganze umständliche Vorbereitung, die ganze Planung für die Katz. Arngrímur war uns durch die Lappen gegangen.«

»Und was habt ihr dann gemacht?«

»Jón hat natürlich die Lesung gehalten, und wir spielten unsere Rollen, als sei nichts vorgefallen. Anschließend sind wir mit dem Botschafter in die Botschaft gegangen, was dann zu dieser Party ausuferte, bei der auf einmal dieser seltsame Anton Eiríksson auftauchte. Jón und Starkaður waren so frustriert über diesen Strich, der uns durch unsere schöne Rechnung gemacht wurde, dass beide dem Alkohol reichlich zusprachen. Jón gab ein Stegreifgedicht nach dem anderen zum Besten, und der Botschafter amüsierte sich königlich. Er bestellte Essen für uns, wir blieben dort bis spät in die Nacht, wie du weißt.«

»Aber wer hat Anton ermordet? Wer wusste von dem Messer?«

»Keine Ahnung, wer Anton ermordet hat. Von dem Messer wussten alle.«

»Auch Unnar?«

»Ja.«

»Und Lúðvík?«

»Ja. Lúðvík war die Aufgabe zugedacht, Arngrímur notfalls unter Druck zu setzen. Er kannte sich mit solchen Methoden aus, er hat ja schließlich Erfahrung als Geldeintreiber. Er hat keine Probleme damit, Leuten Angst einzujagen.«

»Weshalb gehörte er auch zu eurer Gruppe?«

»Er ist sozusagen angeheuert worden. Für Geld macht er fast alles, und Jón hatte vor, ihn gut zu bezahlen.«

»Ist es dann nicht mehr als wahrscheinlich, dass er Anton ermordet hat?«

»Ich weiß es nicht.«

»Keiner von euch wusste, was er in dieser Stunde gemacht

hat, in der er angeblich krank auf der Toilette hockte. Er hätte unterdessen jederzeit in den dritten Stock gehen können, nicht wahr?«

»Wir waren in diesem Konferenzraum. Wir haben nicht darauf geachtet, was draußen vor der Tür passierte.«

»Lúðvík hat also kein Alibi.«

»Nein, wahrscheinlich nicht.«

»Wo finde ich ihn?«

»Ich glaube, er ist noch im Ausland.«

»Nein, das ist er nicht. Wo wohnt er?«

»Er lebt in Mosfellsbær mit einer Frau zusammen. Da wird er wohl auch polizeilich angemeldet sein.«

18:00

Als Birkir wieder auf der Straße stand, rief er Dóra an. Sie befand sich noch in dem Wohnblock in Austurbrún und befragte die Hausbewohner. Sie erklärte sich bereit, ihn sofort abzuholen, mit der Befragung hatte es ja keine Eile. Anschließend rief Birkir seinen Vorgesetzten Magnús auf seinem Handy an. Nach ein paar Mal Klingeln nahm Magnús das Gespräch an.

»Ich muss dringend mit dir reden«, sagte Birkir. »Es geht immer noch um den Brand in Sandgil. Ich habe neue Informationen, die stark von dem abweichen, was du mir erzählt hast. Der Sache muss auf den Grund gegangen werden.«

»Ich bringe gerade Gunnar nach Hause«, sagte Magnús. »Wir können uns danach bei mir zu Hause treffen.«

»Bring Gunnar mit zu dieser Besprechung«, sagte Birkir. »Er muss auch Bescheid wissen. Ich kümmere mich nachher darum, dass er nach Hause kommt.«

Birkir hörte im Hintergrund, wie Magnús mit Gunnar

sprach, dann meldete er sich wieder: »In Ordnung. Gunnar kommt auch. Wir sehen uns bei mir zu Hause.«

Eine Viertelstunde später traf Dóra ein, und Birkir setzte sich zu ihr ins Auto.

»Entschuldige, dass es so lange gedauert hat«, sagte Dóra. »Auf dem Weg nach draußen habe ich einen Mann aus der Wohnung darunter getroffen. Er sagt, er habe zwei Tage lang ab und zu eine Bohrmaschine gehört. Nicht ständig, und nie abends.«

»Hat er jemanden gesehen?«

»Nein. Aber Anna scheint etwas Spannendes gefunden zu haben. Mir wurde gesagt, dass sie sogar zwei Stunden lang nicht geraucht hat, während sie damit beschäftigt war.«

»Weißt du, was sie gefunden hat?«

»Fußspuren oder so etwas.«

»Ach, bloß Fußspuren«, sagte Birkir enttäuscht. Mit solchen Indizien zu verwertbaren Ergebnissen zu kommen, war meist sehr schwierig.

»Das ist doch etwas, womit man arbeiten kann«, sagte Dóra.

Birkir bat sie, zu Magnús nach Hause zu fahren.

»Dieser Fall wird immer seltsamer«, sagte er. Als Dóra mehr wissen wollte, schwieg er jedoch.

»Hören wir uns erst einmal an, was Magnús dazu zu sagen hat«, erklärte er schließlich nach längerem Überlegen.

Magnús' Landcruiser stand im Dunkeln in der Auffahrt zur Garage neben dem Haus.

»Komm mit«, sagte Birkir zu Dóra. »Du solltest bei dieser Besprechung unbedingt dabei sein.«

Sie gingen hinauf zum Haus, in dem nirgendwo Licht war. Niemand kam zur Tür, als Birkir die Klingel betätigte, und sie hörten keinerlei Lebenszeichen von drinnen.

»Sie müssen hier sein«, sagte Birkir. Er wählte ein weiteres Mal Magnús' Handynummer, doch jetzt meldete sich nur die elektronische Stimme mit der Standardmitteilung, dass das Handy entweder abgeschaltet sei oder sich außerhalb des Netzbereichs befinde. Daraufhin rief er Gunnar an. Bei ihm klingelte es lange, und schließlich meldete sich die Voicemail.

»Was für einen Klingelton hat Gunnar?«, fragte Dóra.

»Er ändert ihn doch dauernd«, antwortete Birkir. »Zuletzt war es eine Schiedsrichterpfeife.«

»Ich hab das Gefühl, als hätte ich die gerade eben gehört«, sagte Dóra. »Ruf noch mal die Nummer an.«

Birkir tat das, und Dóra deutete in Richtung der Auffahrt. Sie gingen dem schwachen Geräusch nach und bogen um die Ecke des Hauses, wo das Auto stand. Das Trillern der Pfeife wurde lauter, je mehr sie sich dem Landcruiser näherten.

»Da sitzt jemand rechts vorne«, sagte Dóra.

Birkir öffnete die Tür zum Beifahrersitz, wo Gunnar schwer keuchend mit beiden Händen an einem starken Klebeband zerrte, mit dem jemand ihn am Hals an der Kopfstütze festgebunden hatte. Gunnar versuchte, mit seinen klobigen Fingern das Klebeband zu lockern, um Luft zu bekommen. Sein Telefon klingelte immer noch, es lag auf dem Boden hinter seinem Sitz.

»Ich hab eine Schere dabei«, erklärte Dóra ruhig und schob Birkir zur Seite. Sie holte eine zierliche Nagelschere aus ihrer Tasche und nahm das Klebeband vorsichtig in Angriff. Als sie es zerschnitten hatte, riss Gunnar es sich vom Hals, sank nach vorn und blies wie ein Wal.

»Wo ist Magnús?«, fragte Birkir.

»Die … die haben ihn sich geschnappt«, ächzte Gunnar.

Birkir griff zum Telefon, um einen Krankenwagen zu rufen.

»Welche die?«, fragte Birkir, als er die Bestätigung erhalten hatte, dass der Wagen unterwegs sei.

»Ich ... ich ... weiß es nicht.«

»Hast du Verletzungen am Hals?«, fragte Birkir.

»Weiß nicht ... Es tut weh beim Atmen«, sagte Gunnar.

Nach einiger Zeit wurden seine Atemzüge ruhiger.

»Es geht schon etwas besser«, sagte er. »Aber da ist irgendwie immer noch so ein Kloß im Hals.«

»Du musst zum Arzt.«

Gunnars Kopf sank auf die Brust. »Verdammt, hab ich Schiss gehabt«, flüsterte er. »Ich dachte, die würden mich strangulieren.«

»Was ist passiert?«, fragte Birkir.

»Nachdem Magnús hier vorgefahren war, haben sie auf beiden Seiten die hinteren Türen aufgerissen, nach den Gurten gegriffen und sie straff angezogen.«

»Waren es viele?«

»Ich hab nur drei gesehen.«

»Habt ihr versucht, euch zu wehren?«

Gunnar fiel das Sprechen schwer. Er flüsterte: »Ich konnte mich wegen der Schmerzen im Rücken und in der Brust nicht rühren, deswegen fiel ich sofort aus, und sie hatten ein leichtes Spiel, mich mit dem Klebeband an die Kopfstütze zu binden. Magnús hat sich nach Kräften gewehrt. Ich glaube, er hat zum Schluss das Bewusstsein verloren, weil sie so fest an dem Gurt gezogen haben, der ihm die Kehle abschnürte. Und dann haben sie ihm Hände und Füße mit diesem Klebeband umwickelt. Er war schlaff wie ein Sandsack, als sie ihn aus dem Auto gezerrt haben.«

»Hast du ihre Gesichter gesehen?«

»Die hatten Strickmützen auf und irgendwelche Tücher vor dem Gesicht. Ich konnte eigentlich gar nichts erkennen.«

»Hältst du es für möglich, dass es der Sonnendichter und Lúðvík gewesen sein könnten?«

»Keine Ahnung, aber einer von ihnen war mindestens so groß wie der Dichter. Wieso denkst du, dass sie es waren?«

»Sie sind der Meinung, dass Magnús damals im Zusammenhang mit dem Brand in Sandgil eine falsche Aussage zu Protokoll gegeben hat, ebenso wie Arngrímur Ingason. Sie haben vermutlich vor, von den beiden ein Geständnis zu erzwingen, dass Arngrímur die Schuld an dem Brand trug.«

Gunnar sah Birkir an. »Mann, da eröffnet sich ja eine ganz neue Dimension in diesem Fall«, sagte er. »Du musst dich sofort mit dem Polizeipräsidenten in Verbindung setzen.«

20:30

Im Polizeihauptgebäude an der Hverfisgata stand alles auf dem Kopf, als bekannt wurde, dass Hauptkommissar Magnús Magnússon entführt worden war, und dass sich mit großer Wahrscheinlichkeit noch eine weitere Person in den Händen der Kidnapper befand. Terroranschlag war ein Wort, das häufig fiel. Birkir musste wiederholt und in allen Einzelheiten schildern, wieso er an diesem Abend eine Besprechung mit Magnús verlangt hatte, und wie das mit dem Brand in Sandgil zusammenhing. Nach langem Hin und Her kam man zu dem Ergebnis, dass der Sonnendichter Jón Sváfnisson zuoberst auf der Liste der Verdächtigen stand. Deswegen musste unverzüglich eine Hausdurchsuchung bei ihm vorgenommen werden. Birkir bat darum, sie gemeinsam mit Dóra durchführen zu dürfen. Das wurde zwar akzeptiert, aber man hielt es für notwendig, dass das SEK ebenfalls daran teilnahm. An den höchsten Stellen im Polizeipräsidium befürchtete man, dass es zu bewaffneten Auseinandersetzungen kommen könnte. Ein weiterer Einsatztrupp wurde zum Haus von Lúðvík Bjarnason nach Mosfellsbær geschickt.

Birkir und Dóra fuhren im Gefolge von sieben SEK-Leuten zum Jónshús. Zwei bezogen hinter dem Haus Position, zwei vorne und die anderen bei den Ausgängen.

»Sollen wir uns gewaltsam Zutritt verschaffen?«, fragte der Leiter des Kommandos.

»Wir geben ihnen zwei Minuten, um zur Tür zu kommen«, antwortete Birkir.

Eine halbe Minute, nachdem Dóra geklingelt hatte, öffnete Rakel die Tür.

Dóra sagte ihr, dass sie eine gerichtliche Verfügung hätten, das Haus zu durchsuchen, und wies das Schreiben vor.

Rakel gab den Weg frei, ohne einen Blick auf das Blatt zu werfen. »Hier sind immer alle willkommen«, sagte sie, und ihr war keinerlei Reaktion anzumerken. »In diesem Haus haben wir nichts zu verbergen.«

Birkir betrat das Haus als Letzter. »Wer ist im Augenblick im Haus?«, fragte er.

»Nur Fabían und ich«, antwortete Rakel. »Die anderen sind alle zusammen essen gegangen.«

»Ist Jón Sváfnisson bei ihnen?«

»Nein. Jón ist nicht in der Stadt.«

»Weißt du, wo er sich befindet?«

»Nein.«

»Weißt du, was er vorhat?«

»Nein.«

»Weißt du, ob er mit Lúðvík Bjarnason zusammen ist?«

»Nein, das weiß ich nicht.«

»Hat sein plötzliches Verschwinden etwas mit Arngrímur Ingason zu tun?«

»Ich weiß es wirklich nicht«, sagte Rakel. »Hör zu, Fabían ist sehr elend. Er kann kein Essen bei sich behalten, ich musste ihn an den Tropf legen. Falls Jón und Lúðvík irgendwelche Aktionen machen – mich haben sie da nicht informiert. Ich muss an Fabíans Seite bleiben. Sie haben mich im Krankenhaus freigestellt, damit ich mich um ihn kümmere. Mehr kann ich euch nicht sagen.«

»Warum ist Fabían nicht im Krankenhaus?«

»Dort können sie nicht mehr für ihn tun als ich hier. Für ihn ist es am erträglichsten, wenn er hier in seinem Zimmer sein und sein Gras rauchen kann. Zweimal in der Woche sieht der Arzt nach ihm, und ich arbeite nach seinen Anweisungen.«

»Darf ich Fabían stören?«, fragte Birkir.

»Ja. Ich war bei ihm, als es klingelte. Er war wach.«

»Weiß er etwas über Jóns Unternehmungen?«

»Nein«, sagte Rakel ernst. »Bitte erspar ihm Fragen nach Jón. Er weiß noch weniger als ich, und derartige Fragen würden ihn nur unnötig aufwühlen.«

Birkir ging die Treppe hoch. Die Tür zu Fabíans Zimmer, in dem eine kleine Nachttischlampe brannte, stand halb offen. Über dem Bett hing eine Flasche mit einer Flüssigkeit, die durch einen Schlauch mit einer Kanüle auf Fabíans Handrücken verbunden war. Er selber saß aufrecht im Bett und las zu den Klängen von schöner Musik in einem Buch. Ein Klavierkonzert von Mozart, vermutete Birkir.

»Guten Abend«, sagte Birkir.

Fabían nickte und lächelte schwach.

»Du liest«, sagte Birkir.

Fabían zeigte ihm das Buch, eine Anthologie von übersetzten Kurzgeschichten. »Ich fange keinen langen Roman mehr an«, sagte er. »Es ist ein unangenehmes Gefühl, wenn man nicht weiß, ob man ein Buch bis zu Ende lesen kann. Ich lese nur noch Novellen oder noch kürzere Texte. Und auch immer nur ein paar Zeilen auf einmal.«

»Ich habe mich heute mit Helgi Kárason unterhalten«, sagte Birkir.

»Helgi ging es hoffentlich gut?«, fragte Fabían. Er sprach zwar leise, aber sehr klar.

Birkir nickte. »Er hat mir gesagt, dass du mehr über den Brand in Sandgil weißt, als bislang bekannt war.«

»Es fällt mir schwer, darüber zu sprechen«, sagte Fabían.

»Ich verstehe. Ich will dir auch keinesfalls zu nahe treten. Helgi hat mir alles gesagt, was ich wissen muss, glaube ich.«

»Das ist gut. Ich bin heute Abend etwas unmäßig im Rauchen gewesen, ich habe einen kleinen Rausch. Dann steht es nicht gut um mein Erinnerungsvermögen.«

»Es ist heute Abend sehr friedlich in diesem Haus«, sagte Birkir.

»Hier ist es immer friedlich. Nach acht wollen wir Ruhe haben. Die meisten gehen früh zu Bett.«

»Heute Abend sind nur wenige zu Hause«, sagte Birkir.

»Ja. Alle sind ausgegangen.«

»Aber der Sonnendichter ist nicht bei ihnen. Hast du eine Ahnung, wo er sein könnte?«

Fabían schüttelte den Kopf und wich Birkirs Blick aus. »Habe ich dir von Sunna erzählt?«, fragte er.

»Ja, aber ich würde gern mehr hören.«

Fabían sah Birkir an. »Sunna ist die wunderbarste Person, die ich auf meinem gesamten fragilen Lebensweg kennengelernt habe. Alles Böse war ihr fremd, sie war durch und durch gut und wollte für alle das Beste.« Die Worte kamen stockend, so als müsste er jedes einzelne abwägen, bevor er sich traute, es auszusprechen.

»Wie hat sie ausgesehen?«, fragte Birkir, als Fabían nichts mehr sagte.

»Ausgesehen?«, wiederholte Fabían, die Frage überraschte ihn anscheinend. Nach einigem Überlegen sagte er: »Es ist ziemlich geistlos zu sagen, dass sie schön war. Sie hatte rote Haare und war ein bisschen sommersprossig. Aber trotz ihrer Stupsnase und dem schiefen Schneidezahn hätte sie mit ihren grünen Augen und dem Lächeln, das einen ins Herz traf, jede Schönheitskönigin in den Schatten gestellt.«

»Sie konnte auch gut singen, habe ich gehört«, sagte Birkir.

»Ja, das konnte sie. Ihre Stimme war ziemlich tief, aber so melodisch und rein, dass eine Begleitung eigentlich überflüssig war. Trotzdem hat sie Gitarre dazu gespielt, sie hatte diese angeborenen Fähigkeiten. Viele Griffe kannte sie nicht, aber das brauchte sie auch gar nicht, denn sie schaffte es, damit Töne und Melodien hervorzuzaubern, auf die auch professionelle Komponisten stolz gewesen wären.«

»Ich habe gehört, dass ihr Tod dich völlig aus der Bahn geworfen hat«, sagte Birkir.

Fabían antwortete sehr langsam. »Dieses Kind der Sonne musste aus irgendwelchen unbegreiflichen Gründen sterben, und wir, ihre Freunde, wurden nie wieder das, was wir vorher gewesen waren. Weshalb musste das geschehen, und was hätten wir tun können, um diese Schrecknisse abzuwenden? Das ist die Frage, mit der wir abends einschlafen und morgens aufwachen. Jemand, der ein solches Wesen kennenlernen durfte, und dem es durch einen vollkommen sinnlosen Tod genommen wird, verliert jegliche Orientierung im Leben.«

Fabían brach plötzlich ab, und sie schwiegen beide. Birkir wusste nicht, wie er auf diese Worte reagieren sollte. Schließlich fragte er: »Hast du vielleicht bemerkt, dass hier im Haus in letzter Zeit ungewöhnlich viele Leute ein- und ausgegangen sind?«

Fabían sah Birkir verwundert an. »Hier ist nichts gewöhnlich oder ungewöhnlich«, sagte er. »Mal kommt einer, und mal geht einer. Wie der Mond, der zunimmt und abnimmt.«

»Hast du den Sonnendichter heute Abend gesehen?«

Ein schwaches Lächeln umspielte Fabíans Lippen. »Mein ganzes Leben lang haben mir die Leute Fragen gestellt. Wer bist du? Wo bist du? Wer steckt hinter der Dunkelheit? Vielleicht habe ich eine oder zwei mit Gewissheit beantworten können«, sagte er.

Dóra steckte den Kopf zur Tür herein. »Wir finden hier niemand«, sagte sie. »Wir sind fast fertig mit dem Keller.«

»Danke, dass du dich mit mir unterhalten hast«, sagte Birkir zu Fabían und stand auf.

Vor der Tür wartete Rakel auf ihn. »Ich habe Angst«, sagte sie. »Ich weiß, dass du ein guter Mensch bist, deswegen kann ich im Vertrauen mit dir reden.«

»Wovor hast du Angst?«, fragte Birkir.

»Ich habe Angst um Jón. Ich glaube, er ist wieder einmal in einer manischen Phase, und es ist nicht gut, dass er nicht zu Hause ist. Wenn es so um ihn steht, weiß er unter Umständen nicht, was er tut.«

»Und du hast keine Idee, wo er sich befinden könnte?«, fragte Birkir.

»Nein. Er wurde am Samstagabend von irgendeinem Mann angerufen. Jón besitzt kein Handy, deswegen wird er immer unter unserer Festnetznummer angerufen, wenn jemand etwas von ihm will. Gestern Morgen hat er das Haus mit einem alten Kassettengerät verlassen, und seitdem habe ich ihn nicht wieder gesehen.«

»Hast du gehört, um was es da in dem Gespräch ging?«

»Nein. Jón hat eigentlich auch kaum etwas gesagt, sondern nur zugehört. Und etwas auf ein Blatt gekritzelt, aber das hat er mitgenommen.«

»Was für ein Blatt?«

»Ein weißes liniertes.«

»Ich meine, woher hatte er das Blatt?«

»Neben dem Telefon liegt ein Schreibblock für Mitteilungen und dergleichen. Wenn jemand ans Telefon geht und gebeten wird, etwas auszurichten, schreibt er das auf ein Blatt und pinnt es an die Korktafel neben dem Telefon.«

»Kann ich den Schreibblock sehen?«, fragte Birkir.

Rakel nickte und ging vor ihm die Treppe hinunter. Auf einem niedrigen Tisch hinten in der Diele stand das Telefon und daneben ein Stuhl. Rakel deutete auf einen kleinen Schreibblock und einen Kugelschreiber auf dem Tisch.

»Wird der viel verwendet?«, fragte Birkir, während er den Block vorsichtig in die Hand nahm.

»Nein«, sagte Rakel. »Wir haben fast alle Handys, auf denen man uns erreichen kann. Wenn irgendetwas ausgerichtet wird, ist es fast immer für Jón.«

»Hat jemand den Block benutzt, seit Jón am Samstag darauf geschrieben hat?«

Rakel warf einen Blick auf die Korktafel. »Nein, das sind alles alte Zettel. Es ist keiner hinzugekommen. Ich glaube nicht, dass jemand den Block benutzt hat.«

»Darf ich ihn mitnehmen?«, fragte Birkir.

»Selbstverständlich.«

»Danke.«

»Noch eins.«

»Ja?«

»Bitte behandle Jón gut, wenn du ihn findest. Jón ist eine Seele von Mensch. Er ist bloß im Augenblick krank.«

21:40

Der Polizeipräsident hatte einen eigenen Raum für die Koordinierung der Fahndung nach Magnús und Arngrímur bereitgestellt. Birkir schaute kurz herein und sah etliche Leute, die entweder telefonierten oder große Stadtpläne von Reykjavík studierten. Es ging darum, sich systematisch die leer stehenden Häuser in Reykjavík vorzunehmen. Von denen gab es seit dem Bankencrash genug. Einige waren damit beschäftigt, eine Liste solcher Liegenschaften zusammenzustellen. Und dann gab es andere, die sich offensichtlich etwas davon versprachen, sich lautstark bemerkbar zu machen und mit irgendwelchen Papieren zu wedeln.

In Mosfellsbær fanden die SEK-Angehörigen in der Wohnung, die auf den Namen von Lúðvík Bjarnason registriert war, eine kleine, ängstliche Frau vor. Sie schwor, dass er im Ausland sei und auch in nächster Zeit nicht zurückkehren werde. Sie war sich allerdings gar nicht so sicher, ob er überhaupt in der Wohnung zu Hause war, denn ihre Beziehung war ziemlich unklar. Lúðvík kam und ging und hielt sie kaum über seine Unternehmungen auf dem Laufenden. Die Frau konnte den Männern vom SEK ein paar Kartons mit persönlichen Besitztümern von Lúðvík Bjarnason und einen Kleiderschrank mit ein paar Sachen von ihm zeigen, sonst nichts.

Birkir ging ins Labor. Als Anna Schritte hörte, ging sie schnell zum Waschbecken und löschte ihre Zigarette unter dem Wasserstrahl.

»Ach, du bist es«, sagte sie erleichtert.

»Du arbeitest also noch«, sagte er.

»Ja, ich bin dabei, die vorläufigen Untersuchungsergebnisse vom Tatort in Austurbrún zusammenzufassen. Wir machen morgen weiter.« Sie wies mit dem Kopf auf ausgedruckte Fotos auf dem Tisch. »Wir haben Fußspuren.«

Birkir betrachtete eines der Fotos. Es zeigte einen undeutlichen Abdruck in etwas, was wie eine dünne Staubschicht aussah. Daneben lag eine rot-weiße Messlatte. Die Konturen des Fußabdrucks waren im Computer mit schwarzen Linien umrissen worden. Es handelte sich um einen Abdruck mit glatter Sohle.

»Sieht ganz normal aus«, sagte er.

Anna nahm ein anderes Foto und reichte es ihm. »Es geht um den anderen Fuß.«

Birkir starrte auf das Bild. Dieser Abdruck war etwas breiter und wesentlich kürzer.

»Es scheint sich um einen spezialangefertigten Schuh für einen verkrüppelten Fuß zu handeln«, sagte Anna. »Das sollte uns doch weiterhelfen können.«

»Wo bekommt man solche Schuhe?«, fragte Birkir.

»Das finden wir morgen heraus«, antwortete Anna. »Das reicht für heute Abend.«

»Da ist aber noch etwas«, sagte Birkir und zog den Schreibblock des Sonnendichters vorsichtig aus einem Umschlag.

»Ich muss wissen, was auf dem letzten Blatt gestanden hat, das abgerissen wurde«, sagte er und legte den Block auf den Arbeitstisch.

Anna nahm ein Vergrößerungsglas zur Hand und richtete es auf das Blatt. »Ich befass mich damit. Geh jetzt nach Hause, ich leg dir das Ergebnis auf den Schreibtisch.«

»Danke«, sagte Birkir. »Aber falls es eine Adresse oder irgendeine andere Ortsangabe ist, musst du mich sofort anrufen.«

Anna nickte.

22:10

Birkir fuhr zu Gunnar nach Hause. Der saß mit einem steifen Kragen um den Hals in der Küche und ließ sich von seiner Mutter beim Essen helfen.

»Möchtest du noch etwas von den Eintopfresten?«, fragte Gunnar heiser.

»Ja, danke, aber nur ein wenig.«

María holte einen Teller und setzte ihn Birkir vor.

»Was haben die Ärzte gesagt?«, fragte Birkir, nachdem er ein paar Löffel gegessen hatte.

Gunnar hatte Schwierigkeiten beim Schlucken. »Sie haben den Hals geröntgt«, sagte er schließlich. »Es hat sich herausgestellt, dass es nur Zerrungen sind. Ziemlich schlimme allerdings und erhebliche Prellungen. Ich muss mit diesem Kragen rumlaufen, bis sich das bessert.«

»Na, da scheinst du ja noch einmal glimpflich davongekommen zu sein«, sagte Birkir. »Ich hoffe, du bleibst in den nächsten Tagen zu Hause und pflegst dich.«

»Ich erscheine morgen zum Dienst«, sagte Gunnar. »Solange der Fall nicht geklärt ist, kann ich nicht einfach so zu Hause rumhängen. Telefonwache schieben kann ich allemal.«

»Bist du sicher?«, fragte Birkir.

»Ziemlich sicher«, sagte Gunnar. »Das wird sich im Übrigen morgen früh zeigen. Wenn es mir nicht schlechter geht, bin ich da. Wie läuft es im Hauptquartier?«

»Der Polizeipräsident hat ein Spezialteam für die Fahndung zusammengestellt, das seiner persönlichen Leitung untersteht. Wir sollen mit ihnen zusammenarbeiten.«

22:30

Für Anna wurde es ein langer Tag. Sie tendierte dazu, sich selber das Leben schwer zu machen, weil sie nur widerwillig Arbeiten an andere delegierte, sie vertraute niemandem. Bei einer Tatortanalyse kümmerte sie sich um alles selber. Das konnte unter Umständen Nachtarbeit bedeuten, so wie jetzt, nachdem ihr Birkir den Schreibblock gebracht hatte.

Anna begann damit, das oberste Blatt abzulösen und es unter diversen Lichtquellen zu betrachten. Das brachte aber nicht viel, deshalb machte sie eine Pause und ging nach unten auf den Parkplatz, um eine Zigarette zu rauchen. Dabei überlegte sie, wie am besten vorzugehen sei. Mit solchen Aufgaben wurde sie nicht oft konfrontiert.

Nach zwei Zigaretten draußen wusste sie, wie sie vorzugehen hatte. Im Gerätefundus gab es einen Apparat, der ESDA hieß, das war die Abkürzung für Electrostatic Detection Apparatus. Ein kleiner Kasten, der in einer Tasche untergebracht werden konnte. Beim Einschalten begann ein Ventilator zu surren. Anna legte das Blatt auf die dafür vorgesehene perforierte Platte. Durch den vom Ventilator erzeugten Luftstrom wurde das Blatt angesaugt. Dann breitete sie eine hauchdünne, durchsichtige Folie über das Blatt. Mit dem Gerät war ein elektrisches Kontaktstäbchen verbunden, und wenn man es einige Male über dem Papier hin und her bewegte, baute sich eine positive Ladung auf. Sie stäubte schwarzen Toner auf die Folie. Durch die Elektrostatik sammelte sich der Tonerstaub an den Enden der unter dem Druck der Kugelschreiberspitze geknickten Papierfasern.

Wie durch Zauberhand bildete der schwarze Staub deutlich ab, was zuletzt auf den Block geschrieben worden war. Darunter ließ sich sogar noch die Schrift vom Blatt darunter erkennen, wahrscheinlich eine Einkaufsliste für den Haushalt im Jónshús.

Anna konnte aber keine Adresse auf dem oberen Blatt erkennen, nur einige neben- und untereinander geschriebene Zahlen. Also brauchte sie Birkir auch nicht anzurufen. Es würde nicht einfach sein, sich einen Reim auf die Zahlen zu machen.

23:00

Als Birkir seinen Wagen auf seinem Parkplatz hinter dem Haus abstellte, hatte es angefangen zu schneien. Er blieb noch eine Weile im Auto sitzen, dachte nach und traf dann die Entscheidung, noch nicht Feierabend zu machen, sondern noch einmal zum Jónshús zu gehen und sich dort umzusehen.

Der dichte Schnee fiel in nassen und schweren Flocken, und schon nach kurzer Zeit war alles weiß. Der Schnee setzte sich auf Birkirs Schultern und im Haar fest, und er blieb ab und zu stehen, um ihn abzuschütteln. Schräg gegenüber dem Jónshús stand ein Auto auf einem Parkplatz. Der Motor lief, und die Scheibenwischer sorgten dafür, dass die Windschutzscheibe frei blieb. Es waren zwei Polizisten in Zivil, die der Polizeipräsident dort postiert hatte, falls der Sonnendichter sich dort blicken lassen sollte.

Birkir klopfte an die Seitenscheibe. »Guten Abend«, sagte er, als der Mann am Steuer die Scheibe herunterließ.

»Hallo«, sagte der Mann.

»Irgendein Lebenszeichen hier?«, fragte Birkir.

»Nein.«

»Hatte ich auch nicht erwartet«, sagte Birkir. »Ich wollte nur noch einmal kurz mit den Leuten sprechen.«

»Tu das«, sagte der Mann gähnend.

Im Jónshús brannte nur in einem Zimmer ein schwaches Licht, und er konnte Rakel hinter der Scheibe erkennen.

Er durchquerte den dunklen Garten mit vorsichtigen Schritten und stieg die Treppen zur Haustür hinauf. Das Außenlicht war ausgeschaltet. Er tastete nach der Klingel und läutete kurz. Wenig später ging das Licht über ihm an, und jemand spähte durch die Gardinen in dem kleinen Fenster neben der Haustür. Birkir klopfte. »Kriminalpolizei, Birkir Li Hinriksson.«

Die Tür öffnete sich einen Spalt, und Rakel blickte ihn an.

»Entschuldige die Störung«, sagte Birkir.

»Was willst du?«, fragte Rakel. »Ich habe nichts von Jón gehört, und Fabían schläft. Ich musste ihm ein starkes Schmerzmittel verabreichen.«

»Ich würde dir gern ein paar Fragen stellen«, sagte Birkir.

»Ach, tatsächlich? Da kann ich wahrscheinlich nicht Nein sagen.«

»Ich wäre dir sehr dankbar.«

Rakel öffnete die Tür ganz und trat einen Schritt zur Seite. »Komm herein. Wir werden sehen, ob ich deine Fragen beantworten kann.«

Birkir betrat die dunkle Diele. Rakel trug einen warmen Hausmantel und ging vor ihm in die Wohnung. »Alle sind schon längst in ihren Zimmern«, sagte sie über die Schulter hinweg zu Birkir. »Meine lieben Hausgenossen waren heute Abend ziemlich bedrückt.«

»Weshalb?«

»Es liegt Unheil in der Luft.«

»Wisst ihr, was das sein könnte?«

»Nein, es ist nur so ein Gefühl.«

Im Wohnzimmer brannte das Feuer im Kamin nieder, und Rakel legte zwei Holzscheite auf die Glut. Leise Musik erklang aus einer alten Stereoanlage. Auf einem Plattenspieler drehte sich knisternd und rauschend eine verkratzte Vinylplatte. Birkir kannte das Lied, konnte sich aber nicht auf die Interpretin besinnen.

»Wer singt da?«, fragte er.

»Joni Mitchell. Die Platte heißt *Blue* und ist von 1971. Das ist meine Musik, die alten Hippieplatten. Wir besitzen eine ganz hübsche kleine Sammlung.«

»Und du hast dir das gerade angehört. Entschuldige, dass ich dich gestört habe.«

»Ich hab hier ganz allein gesessen und nachgedacht«, sagte Rakel und bedeutete Birkir, sich zu setzen. »Es passiert so viel. Die Zeiten sind so anders geworden.«

Sie sang leise mit: *»Blue songs are like tattoos«*, verstummte aber nach einer Zeile.

»Diese Hippiekultur bedeutete dir viel?«, fragte Birkir.

»Die Hippies hatten die schönsten Ideale des vergangenen Jahrhunderts, doch es ist auch vieles schiefgelaufen. Woodstock stellte in gewissem Sinne den Höhepunkt dieser Zeit dar, und die Morde der Manson Family waren der absolute Tiefpunkt, tiefer konnte man nicht sinken. Beides geschah in ein und derselben Woche, im August 1969. Nur wenige waren imstande, richtig mit der Freiheit umzugehen, die die Hippies zu dieser Zeit für sich und andere beanspruchten. Leider. Ich versuche, mich an die schönen Erinnerungen zu halten.«

»Du machst dir Sorgen wegen Jón, nicht wahr?«, fragte Birkir.

»Ja.«

»Er ist in letzter Zeit nicht im Gleichgewicht gewesen?«

»Er war unruhig und rastlos.«

»Sind das Voranzeichen für seine manischen Anfälle?«

»Ich weiß es nicht. Vielleicht. Auf jeden Fall ist er nicht im Gleichgewicht. Normalerweise leidet er nicht unter psychischen Schwankungen, höchstens, wenn er zu viel oder zu lange trinkt. Er hat aber in den letzten Tagen keinen Alkohol angerührt. Er hat auch überhaupt nicht mit uns gesprochen. In seinen manischen Phasen hat er aber normalerweise einen starken Rededrang und ist übertrieben gesellig.«

Birkir sagte: »Soweit ich weiß, habt ihr alle, die ihr in Sandgil mit Sunna zusammengelebt habt, unbedingt ein Treffen mit dem damaligen Bezirksamtmann Arngrímur Esjar herbeiführen wollen. Helgi hat mir die ganze Geschichte erzählt. Führt Jón da einen Plan aus, von dem du nichts weißt?«

»Keine Ahnung.«

»Findest du das nicht wahrscheinlich?«

»Vielleicht.«

»Was wolltet ihr mit Arngrímur machen?«

»Ich weiß es nicht, denn in den letzten Jahren haben sie mich nicht mehr in ihre Pläne eingeweiht. Mir ging es immer darum, vorsichtig vorzugehen. In ihren Augen war das Angst.«

»Aber du hättest auch ein Geständnis von Arngrímur haben wollen?«

»Ja, es wäre gut gewesen. Wir sind alle durch dieses Ereignis gezeichnet. Wir haben es überlebt, jeder auf seine Weise, aber die Frage, weshalb es geschehen musste, blieb unbeantwortet.«

»Ich weiß, dass ihr alle Sunna sehr geliebt habt. Inwiefern war sie ein so außergewöhnlicher Mensch?«

»Sie war meine beste Freundin.«

»Erzähl mir mehr.«

Rakel deutete auf eine gerahmte Zeichnung an der Wand. Das Blatt war vergilbt und wies Knicke auf, die beim Zusammenfalten entstanden sein mussten.

»Dieses Bild von Sunna hat Fabían vor sehr, sehr langer Zeit gezeichnet, es ist das einzige, das wir besitzen.«

Birkir trat näher an das Bild heran, das ein hübsches, Gitarre spielendes Mädchen zeigte.

»Es ist viel besser, als ein Foto je hätte sein können«, fuhr Rakel fort. »Sunna schlief singend ein und wachte singend auf. Sie liebte das Leben, wie es nur junge Menschen tun. Sie hatte nie mit jemandem Streit, und sie söhnte alle aus, die bittere Gefühle hatten. Wir anderen haben uns bemüht, uns die Philosophie und die Lebensprinzipien der Hippies anzueignen, Sunna war ein Naturtalent. Sie stammte aus den dünn besiedelten Westfjorden. Sie brauchte niemanden zu imitieren, sie war einfach ein Blumenkind. Wir beide haben zusammen lange Wanderungen in der Umgebung von Sandgil unternommen, manchmal bis auf den Þórólfsfell hinauf. Von da aus konnte man bei schönem Wetter bis in die Þórsmörk sehen. Sunna liebte alles Schöne, Landschaft, Musik, Gedichte, Bilder.«

»Hatte sie überhaupt keine Fehler?«, fragte Birkir.

Rakel musste lächeln. »Sie hatte Angst vor Mäusen.«

Das Lächeln verschwand, als Rakel hinzufügte: »Und vor Feuer.«

Dienstag, 20. Oktober

06:20

Birkir kam kurz nach zwölf nach Hause und schlief die ersten Stunden gut und tief. Gegen Morgen erwachte er aber plötzlich aus einem Albtraum, in dem der Sonnendichter ihn gepackt hatte und versuchte, ihn in einen übelriechenden Jutesack zu stopfen. Er dachte lange über den Traum nach, nicht weil er sich vor Jón fürchtete, sondern über den Geruch, den er wahrgenommen hatte. Es kam manchmal vor, dass er von Gerüchen träumte, die er nicht kannte. Sie konnten angenehm oder unangenehm sein, aber es war immer etwas, was er aus seinem täglichen Leben nicht kannte. Etwas aus seiner Kindheit, wahrscheinlich aus Vietnam. Er schloss die Augen, atmete durch die Nase ein und versuchte ein Bild heraufzubeschwören, das zu diesem Geruch passte, aber da kam nichts. Es schien, als gäbe es seit dem Tag, als er in das Flüchtlingslager in Malaysia gebracht worden war, eine Wand. Er konnte sich an nichts Zusammenhängendes aus der Zeit vorher erinnern. Nur unklare Gedankenfetzen, die aufblitzten, wenn er etwas erlebte, was diese Empfindungen in ihm hervorrief.

Doch dann erinnerte er sich an die Arbeit, die im Büro auf ihn wartete, und er stand rasch auf. Es würde genug zu tun geben an diesem Tag, und je früher man das anpackte, desto besser. Er duschte kurz und rasierte sich. Unterdessen war das Wasser für den Tee heiß geworden, den er zu einer Schnitte Toastbrot mit Käse trank. Anschließend machte er sich auf den Weg.

Auf seinem Schreibtisch lag ein Umschlag von Anna, in

dem sich ein Foto von der Seite des Schreibblocks aus dem Jónshús befand. Anna hatte die älteren Kritzeleien entfernt, sodass jetzt nur das zu sehen war, was sich der Sonnendichter notiert hatte.

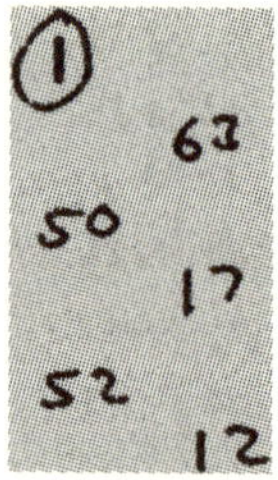

Birkir überlegte angestrengt, was diese Zahlen bedeuten könnten, als Gunnar auf Krücken und mit der dicken, steifen Halsmanschette hereingehumpelt kam. Es kostete ihn einige Mühe und Zeit, sich auf dem Bürostuhl niederzulassen.

»Meiner Meinung nach wärst du besser zu Hause geblieben«, sagte Birkir.

»Ja, ja, ja, das hat Muttern auch gesagt.« Gunnar nieste und wischte sich die Nase am Ärmel ab. »Verdammter Schnupfen«, entfuhr es ihm röchelnd.

Birkir reichte Gunnar die Küchenrolle, die er tags zuvor für ihn besorgt hatte.

»Danke«, sagte Gunnar und putzte sich die Nase. »Gibt's was Neues?«

Birkir reichte ihm das Blatt mit den Zahlen.

»Bingozahlen«, war Gunnars Kommentar.

»Meiner Meinung nach führen sie zu einem Ort«, sagte Birkir und berichtete, wie er zu diesem Bild gekommen war.

»Ich muss passen«, sagte Gunnar. »Ich kann keinen Sinn darin erkennen.«

Birkirs Telefon meldete sich, jemand rief vom Empfangsbüro aus an. »Hier ist eine Frau, die dich sprechen möchte«, sagte der wachhabende Beamte.

Es war Rakel. Als Birkir das Empfangsbüro betrat, überreichte sie ihm einen Umschlag.

»Ich habe heute meinen gewohnten Morgenspaziergang gemacht. Bei der Hallgrímskirche lauerte Jón mir auf, er weiß genau, welchen Weg ich gehe. Er sagte, unser Haus würde polizeilich überwacht, deswegen könne er nicht nach Hause kommen. Er hielt es auch für wahrscheinlich, dass das Telefon abgehört wird.«

»Gut möglich«, sagte Birkir. Er wusste nicht, was der Polizeipräsident angeordnet hatte.

»Jón hat mir diesen Umschlag gegeben«, fuhr Rakel fort. »Er bat mich darum, ihn zu dir zu bringen, und ich bin direkt hierher gekommen.«

Birkir öffnete den Umschlag, in dem nichts als eine alte Kassette steckte.

»Mehr weiß ich nicht darüber«, erklärte Rakel, »das schwöre ich. Nehmt es und hört es euch an, dann tut, was ihr tun müsst. Ich hoffe, dass ich wieder nach Hause darf, um mich um Fabían zu kümmern. Du kannst mich dort jederzeit erreichen.«

Birkir nickte und sah ihr nach, als sie hinausging. Anschließend informierte er den Polizeipräsidenten, der gerade ins Haus gekommen war, über die Kassette.

»Ich gehe davon aus, dass wir uns diese Aufnahme anhören sollen«, sagte Birkir. Er erklärte seinem Vorgesetzten, wie sie in seine Hände gelangt war.

»Besitzen wir überhaupt noch so ein Kassettengerät?«, fragte der Polizeipräsident.

»Das Radio im Kaffeeraum hat so ein Kassettendeck«, sagte Birkir.

»Dann hören wir es uns dort an«, sagte der Polizeipräsident und stand auf. Im Kaffeeraum wurde es ziemlich eng, denn noch etliche andere Angehörige des Einsatzkommandos hatten sich ihnen angeschlossen.

»Mein Name ist Arngrímur Esjar Ingason.« Arngrímurs Stimme klang zwar müde, war aber gut zu verstehen. »Am 4. April 1972 wurde ich als Bezirksamtmann im Rangárvellir-Bezirk vereidigt, und in dieser Funktion war ich bis zum 16. Februar 1975 tätig. Seit dem 5. Mai 1975 bin ich im diplomatischen Dienst.«

Nach kurzem Schweigen fuhr Arngrímur fort: »Ich befinde mich in der Gewalt von gewissen Personen, die von mir verlangen, dass ich diese Erklärung abgebe. Auch wenn ich hierzu gezwungen worden bin, ist es doch eine Erleichterung, mich in einer Angelegenheit äußern zu können, die mein Gewissen vierunddreißig Jahre lang schwer belastet hat. Weshalb habe ich das nicht schon früher getan? Feigheit und Charakterschwäche haben mich davon abgehalten. Ich habe mir vielleicht die ganze Zeit einzureden versucht, dass ich für mein Fehlverhalten eher büßen könnte, wenn Schweigen über diesen Fall bewahrt würde. Aber damit ist es vorbei, die Wahrheit wird nun ans Licht kommen. Das ist auch mein eigener aufrichtiger Wunsch.

In meiner Tätigkeit als Diplomat habe ich versucht, meinem Land und meinen Landsleuten immer nach besten Kräften zu dienen. Ich bin nicht nur tagsüber, sondern auch nachts im Einsatz gewesen, ich war immer zur Stelle, wenn jemand meine Hilfe brauchte. Ich habe versucht, Einfühlsamkeit und Anteilnahme zu zeigen. Ich habe versucht, ein guter Mensch zu sein. Alles in der Hoffnung, mir am letzten Tag meines Lebens sagen zu können: Ich habe in meinem Leben mehr Gutes als Böses getan. Aber blinde Leidenschaft und ein grauenvolles Unglück haben mehr Gewicht als alle guten Taten, die ein Mensch in einem langen Leben verrichten kann. Mein ganzes Leben lang habe ich versucht, Sühne für mein Fehlverhalten am Abend des 13. Februar 1975 zu leisten.

Ich war etwas mehr als ein Jahr als Amtmann in Hvolsvöllur tätig gewesen, als im Sommer 1973 fünf junge Leute nach Sandgil zogen, Jón, Sunna, Helgi, Rakel und Fabían, und dort in dem alten Wohnhaus eine Hippiekommune gründeten. Zunächst habe ich mich einfach nur darüber amüsiert, dass sie sich da auf dem Land als Künstler durchschlagen wollten. Ich unternahm nichts, obwohl dafür wohl eine Genehmigung notwendig gewesen wäre. Freitagsnachmittags kam bei schönem Wetter Sunna mit ins Dorf, sie spielte Gitarre vor dem Genossenschaftsladen und sang dazu. Bald dachte ich mir immer neue Vorwände aus, um dabei zu sein, wenn diese schöne junge Frau dort stand und ihre Musik spielte. Ich schämte mich für die schäbigen Münzen, die die Leute zum Dank dafür in den Gitarrenkasten warfen, wobei sie sich auch noch für großzügig hielten. Ihre Musik war einmalig, weil sie von Herzen kam. Ich verliebte mich in dieses wunderbare Wesen. Sehr viel später ist mir klar geworden, dass uns Welten trennten. Der Altersunterschied spielte dabei wohl nicht die größte Rolle, viel eher aber die Tatsache, dass ich der Vertreter der Macht und des Systems war, von dem Sunna und ihre Freunde, die anderen Hippies, nichts wissen wollten. Meine Uniform war für sie eine lächerliche Kostümierung, ein Symbol für die staatliche Macht und eine Bedrohung.

Ich fing an, sie zu grüßen, wenn sie vor dem Genossenschaftsladen spielte, ich steckte ihr heimlich Scheine in den Gitarrenkasten, manchmal auch größere Summen. Ich bildete mir ein, dass das Lächeln, das ich zum Dank erhielt, mehr war und mehr bedeutete als nur die Lebensfreude, die sie ausstrahlte und großzügig mit anderen teilte. In mir hatte sich der absurde Gedanke festgesetzt, dass ich die Liebe dieser schönen Fee gewinnen könnte.

Doch dann kam bei den Behörden der Verdacht auf, dass die Hippies in ihrem Haus in Sandgil Cannabis züchteten. Bei mir ging eine Anfrage der Kriminalpolizei in Reykjavík ein, irgendjemand hatte durchblicken lassen, dass Jón und Helgi in den Reykjavíker Vergnügungslokalen Rauschgift unter die Leute brachten. Hinzu kam ein Hinweis des Stromversorgers in meinem Bezirk, der Stromverbrauch in Sandgil war auf einmal extrem gestiegen. Die Hippies wurden beschattet, und dabei stellte sich heraus, dass regelmäßig freitags zwei oder drei von ihnen nach Reykjavík fuhren und erst am Sonntag wieder zurückkamen. Sie waren in den Tanzlokalen von Reykjavík hinlänglich bekannt. Dort verkauften sie ihre Produktion. Im nächsten Schritt lauerte die Reykjavíker Polizei ihnen am Rauðavatn kurz vor den Toren der Stadt auf, und dabei wurden Jón, Helgi und Rakel mit einer erheblichen Menge Marihuana geschnappt, das zum Verbrauch bestimmt und entsprechend abgepackt war. Parallel zu dieser Aktion erhielt ich Anweisung, nach Sandgil zu fahren, um die beiden anderen festzunehmen, Sunna und Fabían, sowie die Pflanzen und die ganze Ausrüstung zu beschlagnahmen.

Gegen Abend fuhr ich mit Magnús Magnússon, dem damaligen Polizeiwachtmeister in Hvolsvöllur, nach Sandgil. Als wir auf dem Hof vorfuhren, bat ich Magnús, im Auto zu warten, ich wollte zunächst allein ins Haus, um mit Sunna zu reden. Ich bildete mir ein, ihr begreiflich machen zu können, in was für einer üblen Gesellschaft sie sich befand, und dass ich sie vor Schlimmerem bewahren könnte, wenn sie zu mir in die Residenz des Bezirksamtmanns ziehen würde. Heute weiß ich natürlich, wie unglaublich albern dieser Versuch war, doch damals machte mich die Liebe zu diesem Mädchen blind. In meiner Einfalt ging ich sogar davon aus, dass ich durch mein Auftreten und aufgrund meiner Stellung ihr Herz genau in dieser Stunde gewinnen könnte – sie musste doch verstehen, dass ich gekommen war, um sie zu retten, das musste sie doch zu schätzen wissen! Auf eine derartige Idee kann wohl nur jemand kommen, dem sein ganzes Leben lang alles auf dem Silberteller präsentiert wurde. Reichtum, Ausbildungschancen, Stellung und Wertschätzung in der Gesellschaft. Dem niemals etwas verweigert worden war.

Ich klopfte energisch an die Tür und betrat das Haus, es war nicht verschlossen. Sunna befand sich in einem großen Zimmer, das eine Art Werkstatt zu sein schien. Sie stand an einem Arbeitstisch und stellte Kerzen her. Bei meinem Anblick erschrak sie natürlich fürchterlich. Ich griff nach ihrer Hand, führte sie zum Sofa und setzte mich zu ihr. Ich versuchte, ihr schonend beizubringen, dass ihre Hausgenossen festgenommen worden waren, und dass ihr das auch bevorstehen würde. Ich sagte ihr, dass nur ich sie davor bewahren könnte. Alles wäre ausgestanden, wenn sie zu mir ziehen würde, ich würde mich ihrer annehmen. Ich gestand ihr meine Liebe und sagte ihr, dass ich sie zu meiner Frau machen wollte. Als ich versuchte, sie zu umarmen und zu küssen, riss sie sich los, rannte die steile Holzstiege zum Dachboden hinauf und schlug den Lukendeckel zu. Sie hielt mich bestimmt für geistesgestört und ging davon aus, dass ich zu allem fähig war. Das war ich im Grunde genommen auch, denn nun versuchte ich mit Gewalt, die Luke hochzustemmen. Auf einmal merkte ich, dass der junge Fabían mich von der Küchentür aus beobachtete. Ich wollte ihn erst einmal in Gewahrsam nehmen und in den Streifenwagen bringen, bevor ich mich weiter mit der Luke abgab. Also sprang ich die Stufen hinunter, aber er floh durch die Küche und die Hintertür nach draußen und verschwand in der Dunkelheit. Ich bin ihm nachgerannt und habe eine ganze Weile nach ihm gesucht, bevor ich wieder ins Haus zurückkehrte. Ich wusste zu dem Zeitpunkt nicht, dass der Junge damit beschäftigt gewesen war, Wachs zu schmelzen. Bei so etwas ist äußerste Vorsicht geboten, denn Wachs ist bei hoher Temperatur hochentzündlich. Als ich wieder in die Küche kam, sah ich schwarzen Rauch aus dem Topf aufsteigen. Statt ihn einfach mit einem Deckel abzudecken und das Gas abzudrehen, griff ich nach dem Topf, um ihn nach draußen zu befördern. Genau in dem Augenblick entzündete sich das Wachs, und eine Feuersäule stieg auf. Ich ließ den Topf fallen, das brennende Wachs spritzte in alle Richtungen. Auf dem Fußboden war überall Zeitungspapier. Die brennenden Wachsspritzer hatten mich an Armen und Händen getroffen, ich versuchte sie mit den Händen zu löschen. Die Brandwunden, die ich dabei erlitt, spürte ich erst viel später. Ich versuchte auch, das Feuer auf dem Fußboden auszutreten, doch das war hoffnungslos. Beim Herd stand ein Eimer mit Wasser, den ich über das Feuer goss, daraufhin kam es zu einer regelrechten Explosion, und ich konnte mich nur mit knapper Not ins Wohnzimmer retten. Im nächsten Moment war ich wieder auf der Treppe zum Dachboden, hämmerte gegen die Luke und brüllte wie ein Wahnsinniger, um Sunna dazu zu bewegen herunterzukommen. Dort war ich, als Wachtmeister Magnús ins Haus kam, der hatte natürlich das Feuer bemerkt. Er tastete sich durch den Rauch zu mir vor und zerrte mich halb bewusstlos aus dem Haus. Sunna war so entsetzt über mein Auftreten gewesen, dass sie sich nicht getraut hatte, wieder nach unten zu kommen. Und dann war es zu spät, Rauch und Feuer versperrten ihr den Weg. Diesen Gedanken will ich am liebsten nicht zu Ende denken.

Wachtmeister Magnús setzte sich über die Funkanlage im Streifenwagen mit der Feuerwehr in Verbindung. Ich hatte eine Rauchvergiftung und Brandwunden, ich war am Ende meiner Kräfte. Als die Feuerwehr endlich eintraf, war das Haus schon fast niedergebrannt. Der Junge, dieser Fabían, war verschwunden. Der Polizist bugsierte mich irgendwie ins Auto und brachte mich nach Reykjavík in mein Elternhaus. Dort schilderte ich meinem Vater unter Tränen, was passiert war, dass ich für den Tod einer wunderbaren jungen Frau verantwortlich war.

Mein Vater, Ólafur Ingi Esjar, war bedauerlicherweise ein Mensch, der keinerlei Gefühlsduselei duldete. Er ließ einen befreundeten Arzt kommen, der meine Brandwunden behandelte und mir eine Beruhigungsspritze gab. Er brachte Wachtmeister Magnús dazu, einen Bericht zu verfassen, in dem er zu Protokoll gab, dass das Haus bereits bei unserem Eintreffen in Flammen gestanden hätte. Mein Versuch, ins Haus zu gelangen, um Sunna zu retten, sei gescheitert, und dabei hätte ich mir die Brandwunden und die Rauchvergiftung zugezogen. Dem Wachtmeister wurde nicht nur eine gute Stellung in Reykjavík in Aussicht gestellt, sondern auch zu verstehen gegeben, dass er sich keine Gedanken über seine weitere Karriere zu machen bräuchte. Mein Vater hatte einen ungeheuren Einfluss, niemand traute sich, ihm zu widersprechen. Man kam einfach nicht gegen ihn an. Auch Wachtmeister Magnús hielt es für ratsam, sich dem Willen meines Vaters zu beugen. Er wusste ja auch nicht, was sich zwischen Sunna und mir abgespielt hatte. Er ging davon aus, dass es ein Unfall war, mit dem ich nichts zu tun hatte. Es ging nur um die Frage, ob ich eingetroffen war, bevor es brannte oder erst danach. Er fand es vertretbar, die tatsächliche Reihenfolge zu ändern. In diesem Haus lebten verantwortungslose Menschen, die sich an keine Regeln hielten, da konnte seiner Ansicht nach alles Mögliche passieren. Ich möchte nicht, dass er für mein Vergehen büßen muss.

Ich blieb im Haus meiner Eltern, bis die Wunden verheilt waren, und unterdessen arrangierte mein Vater die Zukunft für mich. Ich musste mein Amt niederlegen. Stattdessen erhielt ich einen Posten an unserer Gesandtschaft in Moskau, wo ein Onkel von mir Botschafter war. Bei unserem Auseinandergehen legte mein Vater die Richtlinien für mein weiteres Leben fest: Ich musste den Familiennamen Esjar ablegen und mich nach seinem zweiten Vornamen benennen. Mit dem Außenminister hatte er die Vereinbarung getroffen, dass ich in Zukunft ausschließlich im Ausland tätig sein und die Positionen bekleiden würde, die man mir zuteilte. Botschafter würde ich niemals werden. Diese Regelung wurde in einer Aktennotiz festgehalten, von der nur die jeweiligen Ministerialdirigenten wissen. Unter diesen Auflagen verließ ich Island. Was in Sandgil durch mein Verschulden geschehen war, las sich als Unfall: Herstellung von Kerzen unter unzulänglichen Bedingungen. Mein Vater blieb zeit seines Lebens in Amt und Würden. Er ist seit vielen Jahren tot. Ich habe mich seit damals im Ausland aufgehalten und bin jetzt zum ersten Mal wieder in Island. Meine Laufbahn ist insofern ungewöhnlich, als ich immer im Außendienst war. Ich durfte auch sehr viel länger als üblich an den einzelnen Dienstorten bleiben, und ich habe mich nie um einen Botschafterposten beworben. Von diesem Arrangement wissen viele im Außenministerium, aber niemand kennt die genauen Hintergründe. Es kam sogar das Gerücht auf, ich könne wegen einer Lungenkrankheit das isländische Klima nicht vertragen. Ich habe nichts unternommen, um es aus der Welt zu schaffen. Einige werden entsandt, weil Bedarf für sie besteht, heißt es. Andere, weil ihre Anwesenheit im Heimatland nicht erwünscht ist.

Vor dem Gesetz ist mein Vergehen verjährt, doch meine Gefängniswächter hier werden eine Strafe für mich festsetzen. Ich hoffe, sie werden gnädiger mit mir verfahren als ich mit der bezaubernden Sunna, die sie so sehr liebten.«

Als Arngrímur geendet hatte, rauschte es im Lautsprecher. Anscheinend wurde das Mikrofon versetzt. Schließlich erklang die schwache, zittrige Stimme von Magnús: »Mein Name ist Magnús Magnússon. Ich war Polizeiwachtmeister in Hvolsvöllur, als 1975 der Hof in Sandgil niederbrannte. Ich bestätige hiermit die Richtigkeit der Aussage von Arngrímur in Bezug auf die Ereignisse, bei denen ich Zeuge war. Wahrscheinlich ist meine aktenkundige Aussage über dieses Unglück unpräzise.«

Man hörte ein Knacken, als die Aufnahme unterbrochen wurde, doch dann wurde das Gerät noch einmal in Gang gesetzt, Magnús' Stimme klang ungewöhnlich schrill, als er hinzufügte: »Ich gestehe, dass ich die Unwahrheit gesagt habe, als ich meine Aussage über den Brand in Sandgil zu Protokoll gab.«

Mit dieser kurzen Erklärung endete die Aufnahme.

»Wo sind die beiden?«, fragte der Polizeipräsident schockiert.

Birkir zeigte ihm das Foto von dem Zettel, das Anna gemacht hatte. »Ich vermute, dass das eine Art Wegbeschreibung zu diesem Ort ist«, sagte er. »Wir sind dabei, es zu entschlüsseln.«

Das Bild wurde vergrößert und an die Tafel gehängt. Die Mitglieder des Einsatzkommandos starrten darauf und äußerten zahlreiche Theorien. GPS-Schnittpunkte, das Logo des Fernsehsenders Skjár 1, Seiten in einem Buch, Telefonnummern. Eine Bankverbindung.

Anna klopfte Birkir auf die Schulter.

»Guten Morgen«, sagte sie.

»Vielen Dank für das Foto«, sagte er.

»Keine Ursache«, entgegnete sie. »Ich habe noch mehr Neuigkeiten für dich.«

»Lass hören.«

»Ich habe die Proben aus Berlin im Labor untersuchen lassen. Die Ergebnisse sind da.«

»Und?«

»Auf dem Tisch lagen Münzen bei den Gipsstückchen. Die wurden wahrscheinlich dazu benutzt, um den Boden des Leuchters aufzudrücken und das Messer herauszuholen.«

»Ja?«

»Sie waren klebrig.«

»Das heißt?«

»An einer Münze pappten unter anderem Sonnenblumenkerne. Die habe ich untersuchen lassen, und es wurden Stoffe gefunden, die in geothermalem Salzwasser vorkommen. Kiesel, Mineralien und Algen.«

»Was lässt sich daraus schließen?«, fragte Birkir.

»Es handelt sich um eine Hautcreme, die in der Blauen Lagune hergestellt wird, *Mineral Intensive Cream*. Hat einer der Verdächtigen Hautprobleme?«

10:10

Gunnar versuchte, unauffällig zu verschwinden, nachdem er Arngrímurs Geständnis gehört hatte. Natürlich war es kaum möglich, sich auf zwei Krücken unauffällig zu bewegen, aber zumindest sagte er niemandem, was er vorhatte.

Draußen wartete ein Taxi auf ihn.

»Bankastræti«, sagte Gunnar, als er es geschafft hatte, sich auf den Vordersitz zu zwängen. Dann nannte er die Adresse eines Cafés. Er wusste, dass dort jeden Morgen ein Tisch für Emil Edilon, der nie etwas dem Zufall überließ, reserviert war. Er lud sich also kurzerhand mit ein, denn er brauchte dringend ein zweites Frühstück.

Der Schriftsteller saß an einem Tisch für zwei, doch der Kellner hatte den zweiten Stuhl entfernt, damit der Dichter Platz und Muße zum Kaffeetrinken und Nachdenken hatte.

Zehn Minuten nach zehn humpelte Gunnar auf seinen Krücken zur Tür herein. Gleich bei der Tür angelte er sich einen freien Stuhl an einem Tisch für vier Personen. Zwei junge Frauen protestierten lautstark und erklärten, dass sie noch jemanden erwarteten, aber sie verstummten auf der Stelle, als sie aufblickten und Gunnars Gesicht sahen.

»Behinderte gehen vor«, erklärte Gunnar grinsend, schob den Stuhl vor sich her bis zu Emil Edilons Tisch und ließ sich auf ihn fallen.

»Hallo, Meister«, sagte Gunnar laut, um Emils Aufmerksamkeit auf sich zu ziehen.

Der Schriftsteller blickte unwillig von seinen Papieren hoch und sah einen stark ramponierten Gunnar vor sich. Der dicke Stützkragen und das hässliche blaue Auge verliehen dem Kriminalbeamten ein durchaus suspektes Aussehen.

»Hat dich ein Müllwagen gerammt?«, fragte Emil.

»Ich habe eine Denksportaufgabe für dich«, sagte Gunnar, die Frage geflissentlich überhörend.

»Ich wüsste nicht, dass ich um so etwas gebeten hätte«, entgegnete Emil.

Gunnar winkte dem Kellner. »Ich bin hungrig«, sagte er. »Bring mir Spiegeleier mit Speck, zwei Brötchen mit Käse und einen Kopenhagener. Und Kaffee.«

Gunnar griff mit der Hand in seine Jackentasche und zog ein Stück Papier hervor, das er auseinanderfaltete und Emil hinschob, eine Kopie des Blattes mit den Zahlen, die sich der Sonnendichter notiert hatte.

»Das ist eine Wegbeschreibung zu irgendeinem Ort«, sagte er. »Was liest du aus den Zahlen?«

Emil besah sich das Blatt eine Weile. »Ich gebe zwar zu, dass du ab und zu recht unterhaltsam sein kannst«, sagte der Dichter, »aber im Augenblick finde ich dich reichlich langweilig.«

»Hör zu«, sagte Gunnar. »Jemand wird angerufen und erhält Informationen über irgendeinen Ort. Er schreibt diese Zahlen auf ein Blatt. Was bedeuten sie?«

»Das weiß ich doch nicht.«

»Jetzt hab dich doch nicht so. Guck dir das an. Du bist doch so gut in Mathematik.«

Emil sah auf das Blatt. »Einhundertfünfundneunzig«, sagte er nach geraumer Zeit.

»Was?«

»Sollte ich die Zahlen nicht addieren?«, fragte Emil.

Gunnar schüttelte den Kopf. Er sah, dass sich der Kellner mit einem großen Tablett ihrem Tisch näherte. Er stellte zwei Teller, eine große Tasse und eine Thermoskanne mit Kaffee auf den Tisch. Dann schenkte er den Kaffee ein und fragte, ob sonst noch etwas gewünscht sei.

»Im Augenblick nicht«, sagte Gunnar und wandte sich wieder Emil zu. »Ich erzähl dir eine gute Geschichte, wenn du mir hilfst.«

»Eine Geschichte?«

»Ja, die habe ich vorhin bei uns gehört.«

»Ist sie wirklich etwas wert?«

»Ja, aber du musst dichthalten.«

»Lass hören.«

Gunnar erzählte Emil von der Bandaufnahme, die er kurz zuvor gehört hatte, und zwar in allen Einzelheiten.

»So war das also damals in Sandgil«, sagte Emil nachdenklich.

»Ja, aber du darfst das nicht weitererzählen, zumindest nicht gleich. Es wird sicher heute Abend schon die Runde machen. Mindestens zehn Leute haben es mit angehört, darunter auch einige bekannte Klatschmäuler. Die werden sich nicht lange zurückhalten können.«

»Ich schweige«, sagte Emil.

»Dann also zu den Zahlen.«

»Ja, was war noch damit?«

»Eine Wegbeschreibung.«

Emil sah wieder auf das Blatt. »Inwiefern ist das eine Wegbeschreibung?«

»Das weiß ich eben nicht«, sagte Gunnar.

»In der Stadt?«

»Ich weiß es nicht. Kaum. Eher außerhalb.«

Emil überlegte. »Wie würdest du mir einen Weg beschreiben? Sagen wir, wenn ich zum Geysir wollte?«

»Ich würde dir sagen, du solltest Richtung Selfoss fahren und kurz vor dem Ort links abbiegen.«

»Hat die Straße keine Nummer? Eine Zahl?«

»Doch, das ist die Straße Nummer eins, die ins Südland führt.«

Emil schaute wieder auf das Blatt. »Ist das nicht die Ringstraße?«

»Ja.«

»Die Eins steht in einem Kreis.«

Gunnar sah auf das Blatt. »Was du nicht sagst. Und die anderen?«

»Ich weiß es nicht. Vielleicht Kilometerangaben.«

10:30

Im Garten beim Jónshús stand ein Mann vor einer Staffelei und malte ein Bild von einem verschneiten Johannisbeerstrauch. Bei genauerem Hinsehen konnte man auch einige vielfarbige Vögel auf dem Bild erkennen, aber nicht in dem Strauch.

Der Künstler bemerkte, dass Birkir ihn beobachtete.

»Entschuldige, mein Lieber, dass ich dich nicht begrüßen

kann«, sagte er. »Das Licht verändert sich so schnell, und ich will es einfangen.«

»Entschuldige die Störung«, sagte Birkir und ging zum Eingang.

Wie zuvor kam Rakel an die Tür.

»Ich habe noch immer nichts von Jón gehört«, sagte sie.

»Diesmal bin ich nicht auf der Suche nach Jón, aber ich muss Fabían leider stören. Es ist wichtig.«

»Fabían ist müde, er schläft. Komm nur herein. Vielleicht kann ich dir ja helfen.«

Rakel führte Birkir in die Küche und bat ihn, Platz zu nehmen.

»Ich habe gerade Tee gemacht«, sagte sie. »Kann ich dir auch eine Tasse anbieten?«

»Ja, vielen Dank.«

Sie schwiegen beide, während Rakel aus einer Kanne Tee in zwei Tassen goss, die sie zum Tisch brachte. Anschließend streckte sie ihre Hand nach einem Umschlag aus, der in einem Regal über dem Tisch lag. Sie setzte sich Birkir gegenüber an den Tisch und reichte ihm den unbeschrifteten Umschlag.

Birkir öffnete ihn und entnahm ihm eine Kassette und ein kleines Blatt. Er las:

»Ich, der Unterzeichnete, gestehe, dass ich in der Nacht auf Montag, den 12. Oktober, in der isländischen Botschaft in Berlin den Tod von Anton Eiríksson herbeigeführt habe.

Reykjavík, am Abend des 12. Oktober,

Fabían Sigríðarson.

Unterzeichnete Zeugen: Helgi Kárason, Rakel Árnadóttir.«

»Bist du nicht deswegen gekommen?«, fragte Rakel.

Birkir nickte.

»Fabían hat gesagt, dass du es bald herausfinden würdest.«

»Tatsächlich?«

»Ich sollte dir diesen Umschlag aushändigen. Was hat dich auf seine Spur gebracht?«

»Wir haben am Tatort Spuren einer bestimmten Hautcreme gefunden, und solche Tuben habe ich in seinem Zimmer gesehen. Ich soll mir wohl die Kassette anhören?«

»Ja, er möchte, dass du das hörst.«

Birkir besah sich die Kassette, sie war alt und überspielt worden. Auf der einen Seite war sie mit Bob Dylan beschriftet, doch der Name war wieder durchgestrichen worden. Birkir fragte: »Warum hast du mir das nicht schon heute Morgen zusammen mit dem anderen Umschlag gebracht?«

»Ich hatte gehofft, wir würden noch eine kleine Frist bekommen. Zumindest ein paar Tage.«

»Kann ich mir das hier anhören?«

»Im Wohnzimmer gibt es so ein Gerät. Dort ist im Augenblick niemand, da hast du deine Ruhe. Nimm deine Tasse einfach mit.«

Rakel ging ihm voraus ins Wohnzimmer und schaltete eine alte Stereoanlage ein. Birkir schob die Kassette in das Gerät und drückte auf die Wiedergabetaste. Die Aufnahme war klar, doch die Stimme sehr schwach. Es gab immer wieder Pausen, in denen man hören konnte, dass der Sprecher etwas trank. Hin und wieder hinderte ihn ein Hustenanfall am Weitersprechen, und dann brauchte er einige Zeit, um sich zu erholen. Die Aufnahme lief weiter. Nach und nach kamen die Zusammenhänge ans Licht.

»Mein Name ist Fabían. Meine Mutter starb, als ich acht Jahre alt war. Als sie erkrankte, wurde ich als Pflegekind auf einem Bauernhof in den Westfjorden untergebracht. Er befand sich in einem abgeschiedenen Tal, und außer mir waren dort noch vier andere Jungen als Pflegekinder. Ich war bereits einige Monate dort, als ein Landarbeiter auf dem Hof eingestellt wurde, Anton Eiríksson, achtzehn Jahre alt. Er war für die Kühe und den Kuhstall zuständig, und bei der Heuernte fuhr er den Traktor. In ihm glaubte ich, einen Vertrauten gefunden zu haben. Ich hatte mit niemandem reden können, seit ich meiner Mutter weggenommen wurde. Anton hatte immer Zeit, sich mit mir zu unterhalten, und wenn er in den kleinen Handelsort fuhr, brachte er mir oft etwas zum Naschen mit. Er schärfte mir aber strengstens ein, niemandem davon zu erzählen, denn er wollte den anderen Jungen nichts mitbringen. Er sagte, sie seien böse. Ich aber sei ein guter Junge, ich sei sein Freund. Natürlich fühlte ich mich geschmeichelt, dass ich von jemandem bevorzugt wurde, zu dem die anderen Jungen aufschauten. Ich träumte davon, so zu werden wie er, Traktor fahren zu können, und die Haare mit Brillantine zurückzukämmen. Im Herbst hatten dann die Leute auf dem Hof vor, mit allen Jungen nach Reykjavík zu fahren, um ihnen die Hauptstadt zu zeigen und ins Kino und ins Nationalmuseum zu gehen. Die Reise ging vom Handelsort aus mit dem Küstendampfer nach Reykjavík und sollte zwei Wochen dauern. Unterdessen war es Antons Aufgabe, sich um den Hof und die Wirtschaft zu kümmern. Ich freute mich natürlich auf die Reise, aber Anton wollte mich unbedingt bei sich auf dem Hof behalten, um ihm im Stall zu helfen. Ich sollte meinen Pflegeeltern sagen, dass ich keine Lust hätte, nach Reykjavík zu fahren und sie darum bitten, dass ich dableiben dürfte. Er sagte, ich wäre sonst nicht mehr sein Freund. Er wollte nicht allein auf dem Hof zurückbleiben. Ich versuchte es damit, ihm zu versprechen, dass ich das nächste Mal nicht mitfahren würde, aber er gab sich ganz niedergeschlagen und sagte, das hätte er nicht von mir erwartet. Ich ging also zu dem Bauern und sagte, dass ich mich irgendwie krank fühlte und lieber bei Anton bleiben wollte. Ich könnte mir nicht vorstellen, auf einem

Schiff zu fahren, und damit kam ich durch. Wir beiden sahen also den Erwachsenen und den vier Jungen hinterher, als sie auf dem Jeep zum Handelsort fuhren.

Anton hat mich zwei Wochen lang jeden Tag vergewaltigt. Als die anderen zurückkamen, war ich schwer krank, was sie nicht weiter verwunderlich fanden, denn ich hatte ja vorgegeben, dass ich mich nicht wohlfühlte, bevor sie losfuhren. Ich konnte nichts bei mir behalten und trocknete innerlich aus. Anton hatte mir so detailliert geschildert, was mir bevorstünde, falls ich die Wahrheit sagen würde, dass ich die Sprache verlor. Ich wurde ins Bezirkskrankenhaus eingeliefert, wo man versuchte, mir Nahrung und Flüssigkeit zuzuführen. Das gelang mit der Zeit, doch dann stellte sich heraus, dass ich meinen Stuhlgang nicht kontrollieren konnte. Das wurde mit Darmkrämpfen erklärt, angeblich würde sich das wieder geben. Ich wurde auf den Hof zurückgeschickt. In Wirklichkeit aber hatte Anton mir beide Ringmuskeln im After zerstört, die den Stuhl regulieren. Der äußere Afterschließmuskel, musculus sphincter ani externus, ist willkürlich beeinflussbar, der innere aber nicht. Beide sind sehr wichtig, um den Darm richtig entleeren zu können, aber infolge der Verletzungen, die er durch sein gewaltsames Vorgehen verursacht hatte, waren sie bei mir nur noch sehr eingeschränkt funktionsfähig. Das hatte zur Folge, dass ich mir bei der geringsten Anstrengung in die Hose machte. Ich schämte mich so für diesen Zustand, dass ich mir die größte Mühe gab, ihn geheim zu halten. Ich drehte mir Windeln aus Toilettenpapier, die das meiste absorbierten, aber ich hatte immer Probleme, wenn ich meine Notdurft verrichten musste. Die damit verbundenen Verunreinigungen verursachten mir ständig Schmerzen im Afterbereich, die ich mit Eutersalbe zu lindern versuchte. Von der gab es ja glücklicherweise genug im Kuhstall. Während ich im Krankenhaus lag, hatte Anton gekündigt und sich aus dem Staub gemacht, ihn brauchte ich also nicht mehr zu fürchten. Doch jetzt verbündeten sich die anderen Jungen gegen mich, heutzutage würde man es Mobbing nennen. Sie zogen mich ständig damit auf, dass ich nach Scheiße stinken würde. Ich hörte auf zu essen und hoffte, dass meine Hose dadurch sauber bleiben würde. Ich nahm rapide ab und kam wegen Unterernährung ein weiteres Mal ins Krankenhaus.

Die Leute auf dem Hof hatten allmählich genug von mir und meinem Zustand. Man wusste sich keinen anderen Rat, als mich in ein Heim für geistig Behinderte einzuweisen. Angeblich hatte ich auch über einen längeren Zeitraum hinweg weder geistig noch körperlich Fortschritte gemacht. Ich passte so gesehen tatsächlich nicht schlecht in dieses Heim, denn auch einige andere Insassen hatten gelinde gesagt ungewöhnliche Toilettengewohnheiten. Ich war auf jeden Fall nicht der Einzige, der nach Kot roch. Ich blieb drei Jahre dort und versuchte, mich gut einzufügen. Ich musste keine anstrengenden Arbeiten verrichten, worüber ich sehr froh war. Ich saß den ganzen Tag am Fenster, schwieg, sah nach draußen und wartete darauf, dass es wieder Zeit war, zur Toilette zu gehen.

In einem Herbst musste ich noch einmal ins Krankenhaus. Die Wunden am After, die nicht heilen wollten, hatten sich entzündet, und ich bekam hohes Fieber. Antibiotika konnten das zwar kurieren, doch bei der Gelegenheit stellte der Arzt endlich fest, dass da etwas nicht in Ordnung war. Einfache Untersuchungen ergaben, dass die Schließmuskeln nicht funktionsfähig waren. Der Arzt am Bezirkskrankenhaus konnte nicht viel tun, aber er hatte zumindest die Idee, die Verunreinigungen mit einem Pfropfen zu unterbinden, bis ich zu einem Spezialisten nach Reykjavík geschickt werden konnte. Ich bekam Tampons, wie sie Frauen bei der

Menstruation verwenden, und musste zwischen den Toilettengängen immer einen in den Enddarm stecken. Das hatte zumindest den Erfolg, dass die Wunden heilten. Aber aus meinem Besuch beim Spezialisten wurde vorerst nichts. Der Arzt war ein viel beschäftigter Mann und hatte mich wahrscheinlich bald wieder vergessen. Ich selber war natürlich nicht in der Lage, darauf zu bestehen, dass ich weiterbehandelt würde, und es war unklar, wer sonst irgendwelche Verantwortung für mein körperliches Wohlbefinden hatte.

Eine Zeit lang durfte ich dann bei diesen guten Menschen auf dem Hof in Sandgil leben, doch nach einem überaus tragischen Ereignis landete ich in der psychiatrischen Klinik. Nach zwölf Jahren, die ich dort verbracht habe, wurde ein bösartiges Karzinom im Darm festgestellt. Das war natürlich die Folge meiner schweren Verletzungen im Afterbereich. Die Muskulatur war nicht imstande, den Darm zu entleeren, deswegen blieben immer Stuhlrückstände im Darm. Das Immunsystem konnte auf Dauer nicht gegensteuern, Zellveränderungen führten zu Krebs. Ich wurde operiert, ein Teil des Darms wurde entfernt, anschließend Chemo- und Strahlentherapie, die ganze Palette.

Ich erhielt einen künstlichen Darmausgang und brauchte jetzt zum ersten Mal seit meinem neunten Lebensjahr nicht mehr ständig Angst zu haben, mir in die Hose zu machen. Aus meiner Sicht war das ein enormer Fortschritt. Nun ist der Krebs aber wieder aufgetreten, und diesmal ist es aussichtslos für mich.

Doch zurück zu Anton Eiríksson. Ich habe ihn sofort erkannt, als er nach Jóns Lesung in Berlin zu der Party des Botschafters kam. Er war auch schon als junger Mann nicht der Schlankste, und seitdem hatte er noch etliches zugelegt. Mich hat er zunächst wohl nicht erkannt, und ich hielt mich anfangs auch zurück. Wir haben kaum ein Wort miteinander gewechselt, bevor ich ihm sagte, dass er eine Visage wie ein Schweinearsch hätte. Da erst nahm er mich wahr und versuchte, sich daran zu erinnern, woher er mich kannte. Ich fühlte mich elend, ich hatte diesen Mann ganz und gar verdrängen wollen. Mir wurde schlecht, als ich ihm ins Gesicht sah, aber es wäre mir nie eingefallen, ihm zu sagen, was er mir angetan hatte. Es wäre sicher interessant gewesen, seine Reaktion zu beobachten, wenn ich vor versammelter Mannschaft das Wort ergriffen und den Anwesenden von unserer Begegnung in den Westfjorden erzählt und ihnen darüber berichtet hätte, wie er dieses Jüngelchen, das ich war, Nacht für Nacht gequält und im Innern zerrissen hatte. Das tat ich aber nicht. Ich bin daran gewöhnt, dass die Leute mich und das, was ich sage, nicht ernst nehmen. Schließlich gelte ich ja als geisteskrank.

Dann begegneten wir uns noch einmal, als ich die Toilette im dritten Stock aufsuchen wollte. Auf einmal erinnerte er sich an mich, doch unser Gespräch war nur kurz. Ich kam gar nicht dazu, ihm von meinem Zustand zu erzählen, denn er ließ sich darüber aus, wie gut er zu den Kindern sei, an denen er sich vergeht. Das war zu viel für mich. Man kann mir ansehen, dass ich krank bin, und deswegen rechnet niemand damit, dass ich zu körperlicher Gewalt fähig bin. Anton schien jedenfalls keinen Grund zu sehen, sich vor mir zu fürchten. Er kümmerte sich gar nicht mehr um mich, sondern konzentrierte sich aufs Telefonieren. Ich nutzte seine Unaufmerksamkeit, um an das Messer heranzukommen, das in Helgis Kerzenleuchter versteckt war. Ich stieß es Anton in den Bauch, und weil das Messer extrem scharf war, hatte ich keine Mühe, ihm mit einem Ruck ein großes Loch in seine Wampe zu schlitzen, doch dann verließ mich die Kraft. Anton schrie zuerst und versuchte aufzustehen, ich schaffte es aber, ihn wieder auf den Stuhl hinunterzudrücken. Dazu bedurfte es auch keiner großen Anstrengung. Als er verstummte, bemerkte ich, dass mein rechter Arm mit Blut- und Eingeweidespritzern besudelt war. Ich zog die Jacke aus und drehte den Ärmel um, und dann habe ich den Ärmel auf der Toilette ausgewaschen und hochgekrempelt. Das Hemd war schwarz, deswegen fiel nicht auf, dass es nass war. Anschließend ging ich wieder nach unten. Dort hatte die Frau des Botschafters wegen irgendetwas Theater gemacht, und niemand achtete auf mich. Kurz darauf verließen wir die Botschaft.

Mir ist völlig klar, dass bei einem derartigen Geständnis der Verdacht aufkommen kann, dass ich für jemand anderen die Schuld auf mich nehme. Aber das ist nicht der Fall. Zum Beweis händige ich mein Jackett und das Hemd aus, das ich an dem bewussten Abend getragen habe. Meine Aussage, dass ich das Jackett in Berlin vergessen hatte, war nicht korrekt.

Weshalb habe ich dieses Geständnis nicht früher abgelegt? Vielleicht glaubte ich, mit meinem Schweigen durchkommen zu können. Es wäre angenehmer gewesen. Aber es darf nicht geschehen, dass jemand anderes für diese Tat verantwortlich gemacht wird. Aus diesem Grund habe ich sofort nach meiner Ankunft in Island mein Geständnis verfasst und es von Zeugen unterschreiben lassen. Es wird vorgelegt werden, falls jemand anderes des Mordes angeklagt wird, oder falls der Fall nach meinem Tod nicht zu den Akten gelegt wird. Diese Bandaufnahme wird zusammen mit dem schriftlichen Geständnis aufbewahrt.

Ich weiß, dass ich wegen Mordes angeklagt werde, falls ich noch lebe, wenn die Sache ans Licht kommt. Das Urteil über mich ist allerdings schon lange gefallen, deswegen brauche ich mir wohl keine Gedanken darüber zu machen, dass ich ins Gefängnis komme. Dazu bin ich viel zu krank, und es würde auch niemandem etwas nutzen, mich im Krankenhaus unter Arrest zu stellen. Meiner Meinung nach ist Hausarrest eine gerechte Strafe für mich, bis mich der Leichenbestatter holt. Das wird nicht mehr lange dauern. Mehr habe ich nicht zu sagen.«

Die Aufzeichnung war zu Ende, und Birkir spulte die Kassette zurück. Er sah Rakel an.

»Du kennst Fabían gut, nicht wahr?«, fragte Birkir.

»Ja, wahrscheinlich schon. Besser als alle anderen, denke ich.«

»Glaubst du, dass er imstande war, das zu tun, was er auf der Kassette beschrieben hat?«

»Fabían ist nie imstande gewesen, schwere körperliche Arbeit zu verrichten«, sagte Rakel. »Der arme Mensch hat dazu gar keine Kraft. In meiner Arbeit mit Drogenabhängigen und geistig Kranken habe ich aber erlebt, dass auch Menschen, denen man es nie zutrauen würde, gewalttätig werden können, wenn sie sich dazu gezwungen fühlen. Ich bin überzeugt, dass Fabían imstande gewesen ist zuzustechen, wenn er das Gefühl gehabt hat, dass es notwendig war.«

»Würdest du das auch vor Gericht bezeugen?«

»Selbstverständlich war ich nicht bei dieser Tat dabei, aber ich habe meine Unterschrift unter dieses Geständnis gesetzt. Dazu wurde er nicht gezwungen, und er war bei klarem Verstand. Er hat es direkt nach seiner Rückkehr getan, weil er nie sicher sein kann, den nächsten Tag noch zu erleben. Und nach deinem ersten Besuch hat er seine Geschichte auf Band gesprochen. Ich habe seine blutbespritzte Jacke und das Hemd sofort zusammengepackt und in der Gefriertruhe aufbewahrt. Die Sachen bestätigen seine Aussage. Er wollte unter gar keinen Umständen, dass jemand anderes beschuldigt wird.«

»Ich glaube, ich muss ihn doch noch einmal stören«, sagte Birkir.

»Dann tu das. Es ist in solch schwerwiegenden Fällen unvermeidlich, dass nachgefragt wird. Damit muss Fabían sich abfinden.«

Nach einem kleinen Zögern fragte Birkir: »Wir untersuchen auch einen anderen Mordfall, der mit diesem in Verbindung steht. Weißt du etwas darüber?«

»Einen anderen Mord? Großer Gott, nein. Fabían hat seit seiner Rückkehr das Haus nicht verlassen. Es kann nichts damit zu tun haben.«

11:00

Während Gunnar sich das zweite Brötchen hineinstopfte, versuchte er ein paar Mal, Birkir auf seinem Handy zu erreichen, es meldete sich aber immer nur die Voicemail. Deswegen rief er Dóra an.

»Organisier dir ein Auto und hol mich ab«, erklärte er, nachdem er ihr gesagt hatte, wo er sich befand.

Dóra protestierte. Sie war damit beschäftigt, die Untersuchungsergebnisse vom Tatort in Austurbrún auszuwerten.

»Nimm dir ein Taxi, fahr nach Hause und gönn dir etwas Ruhe«, sagte sie. »Du musst erstmal wieder gesund werden.«

»Bitte«, sagte Gunnar. »Ich muss einer Vermutung auf den Grund gehen. Wenn sie stimmt, finden wir Magnús.«

»Hör zu, die Sache untersteht dem Polizeipräsidenten«, entgegnete Dóra. »Wenn du wirklich etwas weißt, schickt er die Leute vom SEK hin.«

»Ich weiß ja nicht, ob ich etwas weiß. Es ist nur so eine Eingebung. Ich muss das erst überprüfen, und dann setze ich den Polizeipräsidenten in Kenntnis. Versprochen.«

»Du spinnst ja«, sagte Dóra.

»Ich weiß, dass ich spinne«, sagte Gunnar, aber da hatte Dóra bereits aufgelegt.

»Scheiße«, sagte Gunnar und sah Emil an. »Hör zu, Kumpel, hast du einen Führerschein?«

Der Schriftsteller lachte. »Autofahren ist wohl die menschenunwürdigste Beschäftigung, die jemals erfunden wurde«, sagte er. »Im Übrigen verlasse ich auch Reykjavík 101 nie. Nein, ich habe keinen Führerschein.«

11:20

Fabían saß rauchend im Bett, als Birkir ins Zimmer kam.

»Guten Tag«, flüsterte er.

»Guten Tag«, antwortete Birkir und setzte sich auf den Stuhl neben dem Bett. Er schwieg eine Weile und sagte dann: »Rakel hat mir den Umschlag mit deinem Geständnis und der Kassette ausgehändigt.«

»Das ist gut. Es hat mir schwer auf der Seele gelegen. Hast du dir die Aufnahme schon angehört?«

»Ja, aber ich brauche noch ein paar genauere Informationen. Traust du dir das Sprechen zu?«

»Ich werde mich bemühen.«

Birkir holte das Diktafon aus der Tasche, schaltete es ein und legte es auf Fabíans Nachttisch.

»Erzähl mir, was zwischen dir und Anton im Büro des Botschafters vorgefallen ist«, bat er, nachdem er Ort und Zeit und ihre beiden Namen auf Band gesprochen hatte.

Fabían legte den Joint in einem Aschenbecher ab. »Ich werde versuchen, das zu rekapitulieren«, sagte er. »Ich habe mir zwar die größte Mühe gegeben, diesen Abend aus meiner Erinnerung auszulöschen, aber ohne Erfolg. Er steht mir immer noch klar vor Augen.«

Fabían griff nach einem Papiertaschentuch auf dem Nachttisch und hielt es sich vor den Mund, während er ein paar

Mal hustete. Dann wischte er sich Blut aus dem Mundwinkel und warf das Tuch in einen Abfallkorb. Als er wieder zu sprechen begann, klang seine Stimme noch schwächer.

»Spät in der Nacht ging ich in der Botschaft zur Toilette, um Wasser zu lassen und meinen Stoma-Beutel zu leeren. Die Toilette im ersten Stock war besetzt, deswegen musste ich nach oben. Da ich mir nicht zutraute, zu Fuß die Treppe hinaufzugehen, nahm ich den Aufzug. Und da ich schon einmal im Aufzug war, konnte ich genauso gut in den dritten Stock fahren, wo die Toilette wahrscheinlich frei sein würde. Aber das war sie nicht, denn dort war Anton. Die Tür stand halb offen, und er wusch sich die Hände. Als sei alles in schönster Ordnung. Und da stand ich mit meinem Stoma-Beutel und dem Krebs, der mich von innen auffrisst, und all das war die Schuld dieses Mannes. Ich fragte ihn, ob er mich wiedererkennen würde.«

Fabían verstummte.

»Tat er das?«, fragte Birkir nach geraumer Zeit.

»Ja.«

»Hat er dich um Verzeihung gebeten?«

»Nein. Ich bin auch gar nicht auf das eingegangen, was er mir angetan hat. Mir war nicht danach. Er hingegen sah sich bemüßigt, sich vor mir damit zu brüsten, dass die Kinder an dem, was er mit ihnen macht, Genuss und Gefallen finden. Es war unerträglich für mich. Ich sah ängstliche kleine Jungen zu diesem widerwärtigen Fettwanst hochstarren, der nicht einmal ihre Sprache sprach und nicht ihr Flehen hörte, ihnen nichts zu tun. Zum ersten Mal in meinem Leben kam der Wunsch in mir auf, einem anderen Menschen etwas zuleide zu tun. Ich wusste von dem Messer in Helgis Leuchter, denn ich war dabei gewesen, als sie es hineinsteckten und den Boden mit Gips verschlossen. Ich wusste auch, in welchem Leuchter das Messer war, sie sehen sich zwar ähnlich, aber es gibt doch gewisse Unterschiede. Ich folgte Anton ins Büro des Botschafters, wo er die Kerzen anzündete, weshalb, weiß ich nicht Dabei redete er ununterbrochen über seine Güte und seine Menschenliebe, es war unerträglich. Ich hatte einige Münzen in der Tasche, die ich auf dem Tisch aufeinandergestapelte. Dann löschte ich die Kerze und wickelte mein Taschentuch um den Leuchter, bevor ich ihn hochhob.«

Fabían streckte seine Hand nach einer Flasche Wasser aus, um einen Schluck zu trinken, stellte sie aber mit schmerzverzerrtem Gesicht zurück. »Ich kann nichts bei mir behalten«, sagte er. »Von Helgi wussten wir, dass man kräftig zustoßen müsste, um den Boden herauszubrechen. Ich nahm alle meine Kräfte zusammen und schlug den Leuchter mit dem Boden auf die aufgeschichteten Münzen. Anton saß telefonierend am Schreibtisch und sah bei dem Geräusch nicht einmal auf. Ich holte das Messer heraus und versteckte es unter dem Arm. Ich ging zunächst in Richtung Tür, machte dann aber kehrt und näherte mich Anton. Er telefonierte immer noch und sah dabei zum Fenster hinaus. Erst als ich direkt neben ihm stand, blickte er hoch und sah mich verwundert an. Ich hielt das Messer mit beiden Händen, stieß es ihm mitten in den Bauch und zog es nach unten. Ich ließ los, als etwas Warmes über meine Hände strömte. Anton schrie und versuchte aufzustehen. Er sackte zusammen, als ich ihn wieder auf den Stuhl drückte. Ich dachte nur daran, dass dieser Mann nie wieder Kinder verletzen würde, und die Erleichterung, die ich empfand, als mir das klar wurde, kann ich nicht beschreiben. Ich verließ das Zimmer und ging zur Toilette, wo ich einige Zeit brauchte, um mich zu säubern und den Stoma-Beutel zu leeren. Außerdem versuchte ich, das Waschbecken zu reinigen, denn ich wollte keine Spuren hinterlassen. Den Hemdsärmel wusch ich aus, das Jackett faltete ich zusammen und legte es mir über den Arm. Auf einmal war mir eiskalt. Ich ging nach unten und habe Helgi anvertraut, was ich getan hatte. Er nahm daraufhin alles in die Hand, wir verließen die Botschaft und fuhren ins Hotel, wo ich ihm meine ganze Geschichte erzählt habe. Am nächsten Tag sind wir nach Hause geflogen.«

Birkir fragte: »Hast du Antons Kreditkarte an dich genommen?«

Fabían überlegte. »Ja«, sagte er schließlich. »Die Karte lag vor ihm auf dem Tisch. Er hatte am Telefon ein Hotelzimmer gebucht und die Nummer der Karte durchgegeben. Ich steckte sie ein.«

»Weshalb hast du das getan?«

»Ich weiß es nicht. Vielleicht war es irgendwie eine symbolische Handlung. Alles war so unwirklich. Ich musste irgendetwas mitnehmen, wie zum Beweis dafür, dass es kein Traum gewesen war. Oder besser kein Albtraum. Das Blut an meinen Sachen hätte ja eigentlich genügt, aber trotzdem habe ich die Karte eingesteckt.«

»Wem hast du sie dann gegeben?«

»Ich weiß es nicht mehr. Ich habe sie Helgi gezeigt, als ich ihm erzählte, was passiert war. Und dann auch Jón und Starkaður, als wir uns später trafen. Vielleicht ist sie hier irgendwo. Vielleicht hat Jón sie an sich genommen. Mehr weiß ich nicht. Brauchst du die Karte?«

Birkir schüttelte den Kopf. »Mach dir keine Gedanken deswegen«, sagte er. »Diese Kreditkarte spielt von jetzt an keine Rolle mehr.«

12:30

Birkir fuhr in die Hverfisgata und informierte seine Vorgesetzten darüber, dass im Fall des Mordes in der Berliner Botschaft ein glaubwürdiges Geständnis vorlag. Die Tüte mit

Fabíans Sachen, die Rakel aus der Gefriertruhe geholt und ihm mitgegeben hatte, brachte er zur Analyse ins Labor. Anschließend schickte er zwei Polizisten zu Helgi Kárason, die ihn ins Kommissariat bringen sollten. Birkir brauchte von ihm die Bestätigung für seinen Anteil am Geschehen. Birkir verspürte aber keine Lust, sich ein weiteres Mal mit der Tür zu Helgis Atelier auseinanderzusetzen.

Bei der Vernehmung von Helgi war Dóra anwesend. Es war nicht auszuschließen, dass Helgi für seinen Versuch der Verschleierung zur Verantwortung gezogen wurde. Er hatte sehr genau gewusst, wer Anton Eiríksson ermordet hatte, und es verschwiegen. Damit hatte er sich mitschuldig gemacht. Birkir teilte ihm mit, dass es sein Recht sei, die Fragen nur im Beisein eines Rechtsanwalts zu beantworten.

»Nein, ich brauche keinen Anwalt«, sagte Helgi. »Ich habe nichts zu verbergen. Ich möchte alle Unklarheiten jetzt gleich beseitigen, soweit ich das kann.«

Birkir sagte: »Am Montagabend, den 12. Oktober hast du deinen Namen unter das Geständnis von Fabían Sigríðarson gesetzt. Ist das korrekt?«

»Ja.«

»Hat Fabían Sigríðarson dieses Geständnis aus freien Stücken abgefasst und unterzeichnet?«

»Ja.«

»Das hast du mit deiner Unterschrift bezeugt. Sind dir noch weitere Details bekannt, die Licht auf den Mord werfen, den Fabían gesteht?«

»Ja.«

»Dann bitte schildere uns, was du weißt.«

»Über diese Zusammenkunft in der Botschaft haben wir schon einmal gesprochen, und ich habe dem, was ich gesagt habe, nichts hinzuzufügen«, erklärte Helgi. »Kurz bevor die Party endlich aufgelöst wurde, setzte sich Fabían auf einmal zu mir und gestand mir, dass er Anton im Büro des Botschafters erstochen und dazu das Messer aus meinem Kerzenleuchter verwendet hatte. Ich war äußerst überrascht, denn eine derartige Tatkraft hätte ich Fabían nie zugetraut. Ich wollte aber nicht, dass das noch in derselben Nacht ans Licht kommen würde. Wir mussten uns unbedingt beratschlagen, was als Nächstes zu tun war, und vor allem mussten wir auf dem schnellsten Wege zurück nach Island. Fabían in seiner physischen Verfassung durfte auf keinen Fall in einem deutschen Untersuchungsgefängnis landen. Die Frau des Botschafters sorgte für einige Verwirrung, als sie nach ihrem Schuh suchte. Das kam uns sehr entgegen, allerdings muss ich zugeben, dass ich selber dafür gesorgt habe, dass der Schuh nicht allzu schnell gefunden wurde. Vor Anspannung und Kälte zitterte Fabían am ganzen Leib. Er hatte sein Jackett ausgezogen und trug es zusammengefaltet über dem Arm, und außerdem war der Hemdsärmel, aus dem er das Blut ausgewaschen hatte, klatschnass. Ich brachte den Sonnendichter dazu, ihm sein Jackett zu leihen, und veranlasste Starkaður, mit Unnar sofort zu einem der Taxis zu gehen, die draußen warteten. Dann weckte ich Lúðvík, der auf der Toilette eingeschlafen war, und teilte dem Botschafter und seiner Frau mit, dass wir vier jetzt ins Hotel fahren würden. Der Botschafter fragte nach den anderen Gästen, und ich sagte ihm, dass sie zusammen ein Taxi genommen hätten. Daraufhin verließen wir zusammen mit den beiden das Haus. Der Botschafter musste dann noch Jón am Ausgang helfen, weil der seinen Gästeausweis verloren hatte.

Als wir im Hotel angekommen waren, hat mir Fabían seine ganze Leidensgeschichte erzählt. Wir wussten zwar alle, dass er als kleiner Junge Schlimmes erlebt hatte, aber es war ein Schock, die ganze Wahrheit zu erfahren. Es war jedenfalls kaum möglich, ihm Vorwürfe zu machen, dass er diesen ekelerregenden Menschen umgebracht hatte. Er hat Fabíans Körper und sein Leben zerstört. Und dann brüstete sich dieses Scheusal auch noch damit, dass er sich immer noch an Kindern verging.

Fabían und ich kamen überein, am nächsten Morgen nach Island zurückzufliegen. Von dem, was in Berlin passiert war, haben Jón und Starkaður erst am letzten Donnerstag erfahren, als wir uns hier in Island trafen. Starkaður und Jón waren entschlossen, einen letzten Versuch zu machen, um die ausstehende Rechnung mit Arngrímur Ingason zu begleichen. Sie hatten da auch schon einen Plan, oder eigentlich sogar mehrere, wie sie das machen wollten. Ich wollte mich aber nicht mehr daran beteiligen, mir war das alles über den Kopf gewachsen. Ich war lange Zeit bereit gewesen, Arngrímur unter Druck zu setzen, um ein Geständnis von ihm zu erzwingen, selbst wenn ich dafür zur Verantwortung gezogen und womöglich ins Gefängnis kommen würde. Aber ich konnte nicht mehr. Meine Nerven spielten nicht mehr mit.«

»Wir glauben, dass Jón Sváfnisson und Lúðvík Bjarnason irgendwo zwei Männer gefangen halten. Weißt du etwas darüber?«

»Nein.«

»Du hast mir gesagt, dass du und Jón und Starkaður Pläne hattet, wie ihr Arngrímur in eure Gewalt bekommen könntet«, fuhr Birkir fort. »Ist das richtig?«

»Ja«, sagte Helgi. »Das stimmt.«

»Wo wolltet ihr ihn hinbringen?«

»Das stand noch nicht fest. Wir gingen davon aus, dass wir im Fall des Falles schon ein geeignetes Haus finden würden. Aber so weit kam es ja nie.«

»Hattet ihr ein bestimmtes Haus im Sinn?«

»Irgendein leer stehendes Gebäude. Irgendwo an einem abgeschiedenen Ort.«

»Auf dem Land vielleicht?«

»Möglich. Aber es sollte nicht zu weit von Reykjavík entfernt sein.«

»Weißt du, was sie mit Arngrímur vorhaben, wenn er seine Schuld am Tod von Sunna gestanden hat?«

Helgi schwieg.

Birkir wiederholte die Frage.

»Ich weiß es nicht«, sagte Helgi schließlich. »Ich glaube aber, ihr solltet versuchen, ihn so schnell wie möglich zu finden.«

»Weshalb?«

»Es gab den Vorschlag, Arngrímur angekettet mit einer brennenden Kerze zurückzulassen. Die Kerze sollte das Haus in Flammen aufgehen lassen, wenn sie heruntergebrannt war.«

»Sollte er in einem Haus verbrannt werden?«

»Er sollte eine Chance haben zu entkommen, das ist mehr, als Sunna hatte.«

»Inwiefern?«

»In seiner Reichweite sollte eine Säge liegen. Um sich von der Kette zu befreien und sich zu retten, hätte er sich den Fuß absägen müssen.«

Birkirs Handy klingelte. Das Display zeigte an, dass es Gunnar war.

»Hallo«, sagte Birkir. »Wo bist du?«

»Im Augenblick stecke ich in einer Schneewehe im Borgarfjörður.«

»Was in aller Welt machst du denn da?«

»Ich glaube, ich habe es rausbekommen.«

»Was?«

»Wohin diese Wegbeschreibung führt, die der Sonnendichter sich auf dem Zettel notiert hat.«

»Wie hast du das denn geschafft?«

»Ich habe mir ein Auto besorgt und bin auf der Ringstraße Richtung Borgarnes gefahren.«

»Du sitzt doch nicht etwa selber am Steuer?«

»Doch, es geht ganz gut. Ich kann bloß nicht nach rechts und links gucken.«

»Und was machst du, wenn du an eine Kreuzung kommst?«

»Ich habe den Rückspiegel abmontiert, mit dem peile ich die Lage.«

»Du bist ja wahnsinnig. Wie bist du dahintergekommen?«

»Eine meiner genialen Eingebungen, die kennst du ja.«

»Und wo ist dieser Ort?«

»Als ich auf die Ringstraße kam, habe ich den Kilometerzähler auf null gestellt, und nach dreiundsechzig Kilometern war ich im Borgarfjörður, genauer gesagt da, wo die Straße mit der Nummer 50 abzweigt. Das war die dritte Zahl auf dem Blatt.«

»Ich verstehe. Und dann bist du siebzehn Kilometer auf dieser Straße gefahren?«

»Nein, nicht sofort. Ich bin erst noch nach Borgarnes rein und hab was gefuttert. Du weißt, dass ich sofort Hunger kriege, wenn ich das Städtchen auch nur aus der Ferne sehe.«

»Ja, ich weiß. Und was dann?«

»Dann bin ich wieder zurück. Nach siebzehn Kilometern auf der 50 kommt die Abzweigung zur 52, auf der bin ich zwölf Kilometer gefahren, und jetzt stehe ich hier an der Auffahrt zu einem Hof, der Setberg heißt. Hier ist alles total zugeschneit, und ich hab mich festgefahren. Du musst Verstärkung schicken.«

»Mach ich«, sagte Birkir. »Kannst du den Hof sehen?«

»Ja, das Haus steht da am Hang, ungefähr einen halben Kilometer von hier.«

»Du musst sofort hin. Möglicherweise befindet sich da

drin eine Zeitzündervorrichtung, um das Haus in Brand zu setzen. Wir wissen nicht, wann, gehen aber davon aus, dass es jeden Augenblick passieren kann.«

»Die soll ich also unwirksam machen?«

»Ja, aber sei vorsichtig. Ich sorge dafür, dass die Polizei in Borgarnes sich sofort auf den Weg macht.«

»Ich werde versuchen, zum Haus zu kommen«, sagte Gunnar.

»Ruf mich an, bevor du hineingehst«, entgegnete Birkir.

14:10

Gunnar brauchte einige Zeit, um die Wagentür aufzustemmen. Die Schneewehe, in der diese Autofahrt geendet hatte, reichte fast bis zur Mitte der Tür, und der Schnee war fest und pappig. Gunnar drückte ohne Rücksicht auf Hals oder Rücken mit der gesamten Kraft dagegen, die er von seinem Sitz aus aufbieten konnte. Als die Öffnung groß genug war, um sich hinauszuzwängen, langte er nach seinen Krücken auf der Rückbank.

Das Haus am Hang machte einen verlassenen Eindruck. Obwohl der Himmel verhangen war und es schon zu dämmern begann, brannte nirgendwo Licht. Landwirtschaft wurde anscheinend dort schon seit längerer Zeit nicht mehr betrieben, doch das Wohnhaus war renoviert und wurde wahrscheinlich als Ferienhaus genutzt. Die Stallungen waren klein und baufällig, damit würde sich kein moderner Landwirt zufriedengeben. Die Zäune um die Heuwiesen waren umgefallen, und nirgends gab es Hinweise darauf, dass Tiere gehalten wurden. Auf dem Hofplatz stand ein alter verrosteter Trecker, aber ein Auto war nicht zu sehen.

Gunnar schob sich Schritt für Schritt die Auffahrt entlang.

Dort hatte sich erst vor Kurzem ein ziemlich großer Wagen durch den Schnee gepflügt, sodass Gunnar in den Reifenspuren gehen konnte, doch die Krücken sanken tief in den Schnee ein. Die Kälte im Gesicht war beißend, und sein geschwollenes Auge schmerzte. Der Stützkragen schützte ihn ein wenig, aber ansonsten trug er nur Hemd und Anzug.

Er sah immer wieder hoch und blickte forschend zum Haus, konnte aber kein Anzeichen von Leben entdecken, und ebenso wenig Rauch oder Flammen als Anzeichen dafür, dass Feuer ausgebrochen war. Das Haus schien völlig verlassen zu sein. Es hatte eine Etage und ein Dachgeschoss und war unterkellert.

Als er das Haus endlich erreicht hatte, rief er wie versprochen Birkir an. »Ich bin da«, sagte er.

»Gut«, sagte Birkir. »Die Polizei aus Borgarnes ist bereits unterwegs, und die Feuerwehr macht sich gerade auf den Weg. Kommst du ins Haus?«

»Moment«, sagte Gunnar, »ich probier's mal.«

Er schleppte sich ein paar Stufen hoch und drückte die Klinke herunter. Die Tür war unverschlossen.

»Ich bin drin«, sagte er.

»Was du tust, ist deine Entscheidung, aber bleib auf jeden Fall am Telefon.«

Gunnar befand sich in einer engen Diele, hinter der ein Flur lag. Erst überlegte er, sich von Zimmer zu Zimmer zu schleichen und die Lage auszukundschaften, aber dann wurde ihm klar, dass sogar ein beschlagenes Pferd sich leiser im Haus fortbewegen könnte als er mit seinen Krücken.

Daher beschloss er, es darauf ankommen zu lassen. »Hallo«, rief er so laut, wie es seine heisere Stimme zuließ. »Ist hier jemand?«

Er horchte und hörte sofort eine schwache Antwort: »Hilfe, Hilfe. Wir sind im Keller.«

»Ich komme«, rief Gunnar. Er sah eine Treppe, die zum Dachgeschoss führte, aber wie man in den Keller gelangte, war ihm nicht klar. Gunnar humpelte den Korridor entlang.

»Wie kommt man zu euch runter?«, rief er.

»Hilfe, Hilfe«, war die einzige Antwort.

Gunnar öffnete eine Tür, sie führte ins Wohnzimmer. Von da würde man wohl kaum in den Keller kommen. Er machte kehrt und schleppte sich schwerfällig in die Küche am anderen Ende des Hauses.

»Hilfe, Hilfe«, hörte er jetzt wieder, und hier waren die Stimmen deutlicher.

»Wie komm ich nach unten?«, wiederholte er.

»In der Küche ist eine Falltür.«

Gunnar blickte sich forschend um und entdeckte die Bodenluke in der Ecke. Er stellte die Krücken ab und kniete sich unter großen Anstrengungen nieder. Die Falltür ließ sich mit einem Haken hochheben, der in den Lukendeckel eingelassen war.

»Hallo«, rief er nach unten.

»Schnell, schnell«, schrie Magnús. »Das Feuer kann jeden Augenblick ausbrechen.«

Gunnar betrachtete skeptisch die steile Holztreppe, die in den Keller führte. »Ich komme«, sagte er und setzte sich auf den Rand der Öffnung. Er tastete mit dem Fuß nach der ersten Stufe und begann, rückwärts hinunterzuklettern.

Auf der vierten Stufe traf ihn ein neuer Hexenschuss. Es fühlte sich an wie ein Messerstich, und Gunnar konnte weder vor noch zurück.

»Au, mein Rücken«, stöhnte er.

»Schnell, schnell«, rief Magnús.

Gunnar schloss die Augen und biss die Zähne zusammen. Er hielt sich mit den Händen fest, nahm die Beine von der

Stufe und rutschte auf dem Bauch nach unten. »Aua, aua, aua, aua«, ächzte er bei jeder Stufe.

Unten angekommen spürte er, wie ihm der Schweiß am ganzen Leibe ausbrach.

»Mach die Kerze da aus«, rief Magnús.

Gunnar drehte sich um und sah eine brennende Kerze in einer Schale mitten auf dem Boden.

»In der Schale ist Petroleum, und der Docht führt in das Benzinfass da hinten.«

Im gleichen Augenblick knisterte die Kerze, und Feuer flammte in der Petroleumschale auf.

»Der Docht, er brennt schon«, schrie Magnús.

Auf allen vieren kroch Gunnar wie ein überdimensionaler Kakerlak zu der Schale hin. Er bekam den brennenden Docht zu fassen und riss ihn zu sich herüber. Als sichergestellt war, dass keine Gefahr mehr bestand, sank er stöhnend und schnaufend auf den Bauch.

»Dem Himmel sei Dank«, ächzte Magnús.

Gunnar hob ganz langsam den Kopf und blickte sich um. Magnús saß mit flach ausgestreckten Beinen auf dem Boden und lehnte mit dem Rücken gegen einige Düngersäcke. Seine Hände waren mit starkem Klebeband zusammengebunden, die Füße ebenfalls. Um den Hals trug er eine Schlinge, die hinter die Düngersäcke reichte. Beim geringsten Versuch, sich zu bewegen, hätte Magnús sich erwürgt.

Arngrímur saß in der anderen Ecke, ihm hatte man einen Eisenring an einer dicken Kette um das Bein gelegt, der an einem schweren Bolzen im Boden befestigt war. Neben ihm lag eine kleine Handsäge, und aus einer schmalen Wunde am Bein blutete es. Der Mann stand unter Schock und starrte auf sein Bein, ohne ein Wort herausbringen zu können.

»Als er merkte, dass die Säge nichts an der Kette ausrichten konnte, wollte er sich den Fuß absägen«, sagte Magnús.

»Aber das ging nicht, er hat sich bloß diese Schramme zugefügt. Dem Himmel sei Dank, dass du noch rechtzeitig gekommen bist.«

Gunnar kroch auf allen vieren zu der Tonne, um sich an ihr hochzuhieven, aber sie stürzte scheppernd um.

»Die ist ja völlig leer«, sagte er. »Da war gar kein Benzin drin. Hier wäre kein Feuer ausgebrochen.«

Magnús fing an zu lachen, ein gezwungenes, unheimliches Lachen, das bald in ein Wimmern umschlug. »Sie haben uns angelogen, diese verfluchten Schweine«, stammelte er schluchzend. »Sie wollten, dass wir Todesängste ausstehen, wir sollten glauben, dass wir hier unten verbrennen würden.«

15:20

Es war ein mühsames Unterfangen für Gunnar, aus dem Keller herauszukommen, denn es gab nur den Weg über die Leiter, auf der er nach unten gelangt war. Erst als der Arzt aus Borgarnes eingetroffen war und ihm zwei Spritzen in den Hintern verpasst hatte, war er in der Lage, dort wieder hochzusteigen. Die eine Spritze enthielt Morphium, was in der anderen war, wusste Gunnar nicht. Als die Wirkung der Spritzen eingesetzt hatte, gelang es ihm, aufzustehen und Stufe für Stufe die Leiter zu erklimmen. Zwei besorgte Sanitäter sahen ihm dabei zu und versuchten, ihm nach besten Kräften zu helfen.

Die Polizei aus Borgarnes war zehn Minuten nach Gunnars Abstieg in den Keller eingetroffen. Feuerwehr und Krankenwagen kamen einige Minuten später. Die Polizisten befreiten Arngrímur und Magnús von den Fesseln und halfen ihnen aus ihrem Gefängnis hinauf. Die Sanitäter verarzteten die Wunde an Arngrímurs Bein. Anschließend wurden die beiden im Streifenwagen zur ärztlichen Untersuchung und Vernehmung nach Reykjavík gebracht.

Oben in der Küche angekommen, schaffte Gunnar es aus eigener Kraft, zum Krankenwagen zu humpeln. Er ließ sich auf die Bahre fallen und bat darum, nach Reykjavík gefahren zu werden. Allerdings nicht ins Krankenhaus, sondern direkt ins Hauptkommissariat.

»Im Krankenhaus geben die einem nichts Ordentliches zu essen«, sagte er zur Erklärung.

Ein Sanitäter fuhr den Krankenwagen, der andere das Auto, mit dem Gunnar nach Setberg gekommen war. Als sich der Krankenwagen dem Hvalfjörður-Tunnel näherte, fischte Gunnar sein Handy aus der Tasche und bestellte eine Pizza.

»Die geht ins Hauptkommissariat an der Hverfisgata und darf nur Birkir Hinriksson ausgehändigt werden. Der bezahlt auch. Wenn jemand anderes sie in die Finger bekommt, ist sie alle, noch bevor ich in die Stadt komme«, sagte er mit Nachdruck. »Und dazu eine große Flasche Cola.«

17:30

Eine heiße, mit Pepperoni, Zwiebeln und Pilzen belegte Riesenpizza erwartete Gunnar, als er im Kommissariat eintraf, ebenso eine Zweiliterflasche Cola.

»Verdammt, das habe ich mir echt verdient«, sagte Gunnar, als er den ersten Bissen hinuntergeschlungen hatte.

»Willst du auch was?«, fragte er mit vollem Mund.

Birkir schüttelte den Kopf. »Nein, danke.«

»Na, dann muss ich sie wohl alleine essen«, sagte Gunnar und aß weiter, während Birkir ihm von Fabíans Geständnis berichtete.

»Alles hieb- und stichfest?«, fragte Gunnar, als Birkir geendet hatte.

»Ja«, sagte Birkir. »Anna untersucht die Sachen von Fabían, das Hemd und das Jackett. Helgi hat auch gesagt, dass Fabían ihm direkt nach der Tat noch in der Botschaft alles erzählt hat. Ich glaube, sie haben aufgehört zu lügen.«

»Was wird mit Fabían geschehen?«, fragte Gunnar.

»Er bleibt dort, wo er ist, darin sind sich alle einig.«

»Und die anderen?«

»Jón und Lúðvík werden vermutlich wegen Menschenraubs und Nötigung angeklagt, vielleicht auch noch wegen einiger anderer Dinge. Das hängt von Magnús' und Arngrímurs Aussagen ab.«

»Habt ihr die beiden schon gefunden?«

»Nein, aber lange können sie sich nicht verstecken. Auf dem Flughafen ist dafür gesorgt, dass sie das Land nicht verlassen können. Wir machen uns da gar keine Gedanken.«

»Was sagt Magnús?«

»Als er zum Polizeipräsidenten kam, hat er sofort seinen Rücktritt erklärt. Das bedeutet wahrscheinlich, dass es wahr ist, was er da auf der Kassette gestanden hat.«

»Dann bekommen wir einen neuen Boss.«

»Wahrscheinlich«, sagte Birkir und stand auf. »Soll ich dich nach Hause fahren?«, fragte er.

»Nein«, antwortete Gunnar. »Erst muss ich das hier aufessen.«

Eine Hälfte der Pizza war noch übrig.

Im Polizeigebäude an der Hverfisgata waren nur noch wenige Menschen. Dóra entfernte die Fotos und die Ermittlungsergebnisse aus Berlin von der Tafel. Dieser Fall war gelöst, der andere musste noch aufgeklärt werden.

»Entschuldige, dass ich dir heute Morgen die Hilfe verweigert habe«, sagte Dóra, als Gunnar zu ihr hineinhumpelte und sich auf einen Stuhl fallen ließ.

»Keine Ursache«, sagte Gunnar. »Ich weiß, dass ich manchmal etwas unverschämt rüberkomme.«

Dóra pinnte die Fotos vom Tatort in Austurbrún an die Wand, wo Búi Rútsson ermordet aufgefunden worden war.

Gunnar verfolgte das interessiert mit.

Dóra sagte ihm, woher die Mordwaffe stammte und wie sie eingesetzt worden war.

»Der Täter hat eine sehr hohe Summe aus dem Safe mitgehen lassen, keine isländischen Kronen, sondern Euros«, sagte sie. »Anscheinend hat ihn niemand im Haus bemerkt.«

»Was ist das?«, fragte Gunnar und deutete auf das Foto, das Anna von den Fußspuren gemacht hatte.

»Wir gehen davon aus, dass der Mörder sich im Kleiderschrank versteckt und deswegen Spuren auf dem staubigen Boden des Schranks hinterlassen hat. Er ist an einem Fuß behindert. Wir sammeln Informationen über Personen, die sich Spezialschuhe anfertigen lassen.«

Gunnar starrte interessiert auf das Bild und überlegte. Schließlich sagte er: »Mach mir bitte eine Kopie davon.«

Dóra zögerte. »Ist dir schon wieder was eingefallen?«, fragte Dóra, als sie ihm das Blatt reichte.

»Ja, genau, wieder eine Eingebung«, antwortete er.

»Etwas, wobei ich dir behilflich sein kann?«, fragte Dóra, als sie ihm das Blatt reichte.

»Nein«, sagte Gunnar, faltete das Blatt zusammen und steckte es in seine Brusttasche.

»Ganz sicher?«

»Ja. Du könntest mich aber zum Smiðjustígur fahren. Ich muss dort mit jemandem sprechen.«

18:30

Ein neuer Kellner stand hinter dem Tresen, als Gunnar das Lokal betrat. Das nervte ihn, weil er dann immer genau erklären musste, was er wollte, und dem neuen Mann auch noch sagen, wo die Getränke zu finden waren, und was sie kosteten.

»Bring mir das an den Tisch dahinten«, sagte Gunnar. Er hatte Botschafter Konráð Björnsson in einer Ecke entdeckt. Gunnar humpelte zu dem Tisch und ließ sich dort nieder, ohne um Erlaubnis zu fragen. Der Barkeeper war ihm mit dem Holsten-Bier und dem Kuemmerling gefolgt.

»Hast du einen Unfall gehabt?«, fragte Konráð, als er sah, wie Gunnar zugerichtet war. Das Veilchen war mittlerweile dunkelblau geworden, und er trug immer noch den Stützkragen um den Hals.

»Ich habe mehrere Unfälle gehabt«, sagte Gunnar. »Ich brauche nur aus dem Haus zu gehen, und schon passiert mir was.« Gunnar schraubte den Bitter auf und leerte den Inhalt in einem Zug. »Das hilft ein bisschen«, sagte er und ließ einen ordentlichen Schluck Bier folgen.

Konráð sagte: »Ich habe vorhin im Ministerium erfahren, dass Arngrímur von ein paar Banditen in den Borgarfjörður entführt wurde und ganz schön in Bedrängnis geraten ist. Er wurde aber heute befreit.«

»Ja, von mir«, sagte Gunnar.

»Von dir? Hat es einen Kampf gegeben?«

»Nein, das war nicht nötig. Ich bin einfach einer genialen Eingebung gefolgt. So arbeite ich.«

»Skål«, sagte Konráð und hob sein Whiskyglas. »Und außerdem habe ich gehört, dass es ein Geständnis im Zusammenhang mit dem Mord in der Botschaft gibt. Dass es dieser Kranke war, der den Sonnendichter begleitete.«

»Ja.«

»Dann ist also alles ausgestanden?«

»Nein«, sagte Gunnar. Er bückte sich rasch, griff nach Konráðs Bein und legte es auf sein Knie. Konráð wurde so von dieser Aktion überrascht, dass er sich mit beiden Händen am Tisch festhalten musste, um nicht nach hinten zu kippen.

»Was soll das?«, stöhnte er, während Gunnar die kurze, breite Schuhsohle mit dem Foto verglich.

»Genau«, sagte Gunnar und ließ das Bein los. »Genau wie ich gedacht habe. Du hast vor dem Wochenende jemandem in einer Wohnung in Austurbrún einen Besuch abgestattet.«

Konráð riss Gunnar das Blatt aus der Hand und betrachtete es genau.

»Woher stammt dieses Foto?«, fragte er.

»Du hast in der Wohnung Spuren in einem Schrank hinterlassen«, sagte Gunnar.

»Das kann nicht sein«, entgegnete Konráð.

Gunnar holte sein Handy heraus. »Du kommst jetzt mit mir ins Kommissariat.«

Konráð griff nach seinem Glas und leerte es in einem Zug.

»Halt, Moment mal«, sagte er. »Könnten wir nicht zu einem Kompromiss kommen?«

»Leider nein«, sagte Gunnar. »Selbst wenn du mir die Hälfte des Geldes überlassen würdest, das du aus Antons Safe entwendet hast, würdest du ziemlich bald geschnappt. Die kriegen ganz schnell heraus, wer solche Schuhe anfertigt, und dein Name findet sich bestimmt in der Kundenkartei.«

Zögernd sagte Konráð: »Wir sollten uns noch eine Runde genehmigen, bevor wir aufs Kommissariat gehen, um dieses Missverständnis aus der Welt zu schaffen.«

Gunnar überlegte. »In Ordnung«, sagte er, »du bezahlst.« Er winkte dem Kellner und orderte eine neue Runde.

Anschließend sagte er zu Konráð: »Wir haben diesen Abdruck. Außerdem ist damit zu rechnen, dass wir Haare oder irgendwas anderes finden, was wir durch eine DNA-Untersuchung mit dir in Verbindung bringen können. Wir werden deine Sachen untersuchen. Du hast dem Mann den Schädel eingeschlagen, und dabei sind Blutspritzer in alle Richtungen geflogen. Die meisten haben dich getroffen, auch wenn du das nicht bemerkt hast, weil sie so winzig waren. Die werden wir finden. Wahrscheinlich werden wir auch das Geld bei dir finden.«

»Es sieht nicht gut aus«, sagte Konráð nach längerem Schweigen.

»Nein.«

»Was soll ich machen?«

»Sei kooperativ. Das vereinfacht die Sache.«

»Wirklich?«

Der Kellner kam mit den Getränken und stellte sie auf den Tisch.

»Der Rest ist für dich«, sagte Konráð, als er dem Kellner einen Fünfzigeuroschein reichte. »Und bring mir in zehn Minuten noch ein Glas.«

Gunnar holte sein Diktafon heraus und stellte es auf Aufnahme. »Du kannst damit anfangen, mir zu sagen, was passiert ist. Das offizielle Verhör findet später statt. Was hast du da in der Wohnung gemacht?«

Konráð ließ sich Zeit mit der Antwort. »Vor einigen Wochen hat Anton mich darum gebeten, in seine Wohnung zu gehen, falls ihm etwas zustoßen würde. Ich sollte da irgendwelche Kartons mit Zeitungsausschnitten vernichten. Nur wenige wussten von dieser Wohnung, aber ich habe ihn manchmal dort besucht, wenn er in Island war. Er hat mir einen Schlüssel zu der Wohnung gegeben.«

»Was waren das für Zeitungsausschnitte?«

»Einiges drehte sich um Finanzen, anderes sah nach Porno aus. Ich hatte den Eindruck, dass die Modelle sehr jung waren.«

»Wann bist du in die Wohnung gegangen?«

»Ich bin letzten Donnerstag sehr spät in Island angekommen und bin noch in derselben Nacht hingegangen, um mich darum zu kümmern. Es war niemand in der Wohnung, aber ich sah, dass jemand angefangen hatte, den Safe zu knacken. Das Werkzeug stand herum, und eines der Schlösser war bereits herausgebohrt worden. Ich hielt es für wahrscheinlich, dass der Mann über Nacht eine Pause eingelegt hatte, um kein Aufsehen zu erregen.«

»Weshalb hast du dich nicht mit der Polizei in Verbindung gesetzt?«

»Der Safe weckte mein Interesse, denn ich stehe mich derzeit finanziell nicht so gut. Ich habe vor einigen Jahren unsere Villa in Reykjavík verkauft und das Geld in Bankaktien angelegt. Durch den Crash ging das alles zum Teufel. Meine Frau weiß davon nichts, sie denkt, ich hätte es in sicheren Fonds angelegt. Ich habe mich noch nicht getraut, ihr die Wahrheit zu sagen. Jetzt, wo feststeht, dass wir von Berlin wegmüssen, will sie, dass ich ein schönes Haus hier in Reykjavík kaufe.«

»Und was passierte dann?«

»Ich trug die Kartons mit den Zeitungsausschnitten in mein Mietauto. Es waren drei, und sie waren ziemlich groß und schwer. Dann ging ich in die Wohnung zurück und wartete dort. Als der Mann so gegen zehn eintraf, versteckte ich mich im Schrank.«

»Kanntest du den Mann?«

»Ich habe zunächst bloß gehört, wie er hereinkam, und erst später sah ich, dass es der Mann war, den Anton als Bodyguard eingestellt hatte.«

»Wie hast du ihn überwältigen können?«

»Ich schlich mich von hinten an, als er an dem zweiten Schloss herumbohrte. Er hatte Ohrenschützer auf, weil die Maschine so einen Krach machte. Ich wollte ihn mit einem Hieb niederstrecken, aber der Kerl geriet nicht einmal ins Wanken, sondern drehte sich zu mir um. Deswegen habe ich noch einmal zugeschlagen. Wahrscheinlich zu fest.«

»War er gleich tot?«

»Ich glaube ja.«

»Und was dann?«

»Ich habe den Rest der Bohrarbeiten besorgt und den Safe geleert.«

»Was war da drin?«

»Eine Riesenmenge Geld, alles in Euros. Ich habe es noch nicht gezählt. Und Gold war da auch.«

Der Barkeeper brachte Konráð das nächste Glas Whisky, er bezahlte mit einem Zwanzigeuroschein. »Der Rest ist für dich«, sagte er wie zuvor.

Mittwoch, 21. Oktober

10:30

Rakel rief Birkir auf seinem Handy an.

»Fabían ist heute Morgen gestorben«, sagte sie. »Jón war bei ihm. Starkaður ist ebenfalls hier. Die beiden sind bereit, sich zu stellen. Wir würden es sehr zu schätzen wissen, wenn du allein kämst, um sie abzuholen.«

Die Männer befanden sich in Fabíans Zimmer. Die Leiche lag im Bett, und auf dem Nachttisch brannte eine schöne Kerze. Alles, was an Leiden und Krankheit erinnerte, war aus dem Zimmer entfernt worden. Ein seltsamer Friede lag über diesem Anblick. Starkaður stand am Fenster und sah hinaus in den Garten, Jón saß auf einem Stuhl und starrte vor sich hin. Er blickte nicht einmal hoch, als Birkir hereinkam. Birkir nahm Jón gegenüber auf einem Stuhl Platz.

»Du musst wohl mit mir kommen«, sagte er.

»Gleich«, entgegnete Jón.

»Es besteht kein Grund zur Eile«, sagte Birkir.

Ein paar Minuten herrschte Schweigen, das Jón schließlich durchbrach. »Ihr habt die Männer gefunden, nach denen ihr gesucht habt?«

»Ja.«

»Und sie waren wohlauf?«

»Ja.«

Jón war nicht anzumerken, ob ihm die Nachricht gefiel.

»Kannst du mir sagen, welchen Anteil du an dieser Sache hattest?«, fragte Birkir.

»Du hast das Geständnis des Bezirksamtmanns gehört«, sagte Jón.

»Ja, ich weiß alles über die Vorgeschichte. Aber ich muss mir ein Bild von dem machen, was in den letzten Tagen passiert ist.«

Starkaður wandte sich vom Fenster ab und sagte: »Am besten berichte ich dir davon.«

»Warte«, sagte Birkir. Er nahm sein Diktafon zur Hand und schaltete es ein. »Sag, wer du bist.«

Starkaður nannte seinen Namen und fuhr fort: »Ich war für die Organisation dieser Entführung verantwortlich, wenn man das so ausdrücken kann. Und Lúðvík habe ich dafür bezahlt, mir dabei zu helfen. Jón hat von dieser Aktion erst erfahren, als Lúðvík ihn am Samstag nach meiner Festnahme angerufen hat.«

Birkir sah Jón an. »Jón, du hast aber gewusst, was in Berlin ursprünglich geplant war?«

Jón nickte.

Starkaður sagte: »Ja, wir wussten alle, was in Berlin passieren sollte. Es war unsere Absicht, Arngrímur in der Botschaft in unsere Gewalt zu bringen und dort ein Geständnis von ihm zu erzwingen. Als das misslang, gaben Jón und Helgi auf. Sie waren einfach überfordert. Ich dagegen wollte noch einen letzten Versuch unternehmen und kam auf die Idee, Arngrímur nach Island zu locken. Ich rief bei der Botschaft an und stellte mich als neuer Mitarbeiter des Außenministers vor. Ich teilte ihm mit, dass er unverzüglich nach Island zu kommen habe, um über die Zukunft der Botschaft zu sprechen, und kündigte ihm eine E-Mail mit einem Flugticket an, der Flug würde noch am selben Tag abgehen. Ich versuchte, das Gespräch möglichst kurz zu halten, und brach es unter dem Vorwand ab, dass der Minister mich dringend zu sprechen wünschte. Ich weiß, wie eine E-Mail aussehen muss, damit es bei flüchtigem Hinsehen so aussieht, als käme sie aus dem Außenministerium. Das Ticket habe ich mit Antons

Kreditkarte gekauft, die Fabían hatte mitgehen lassen. Lúðvík und ich sind auf gut Glück zum Flughafen gefahren. Ich hatte ihm in der E-Mail versprochen, dass einer der Fahrer des Ministeriums Arngrímur am Flughafen abholen würde.«

»Und Lúðvík hat sich als Fahrer ausgegeben?«, fragte Birkir.

»Ja. Er fährt einen schwarzen Range Rover, der konnte durchaus als Dienstwagen des Ministeriums durchgehen.«

»Und wie habt ihr Arngrímur in eure Gewalt gebracht?«

»Das war das Einfachste. Ich wartete bei der Schranke am Parkplatz. Als Lúðvík anhielt, um die Parkgebühr mit seiner Karte zu bezahlen, öffnete ich die hintere Tür, schwang mich ins Auto und griff nach Arngrímurs Sicherheitsgurt. Es war kein Problem, ihn so straff um seinen Hals zu ziehen, dass er sich nicht mehr rühren konnte. Wir hatten das lange genug geübt. In einiger Entfernung zum Flughafen sind wir irgendwo abgebogen, Lúðvík hat angehalten und dort habe ich Arngrímur an Händen und Füßen mit Klebeband gefesselt, und dann kam er nach hinten in den Laderaum. Wir hatten Decken dabei, die wir über ihn legten.«

»Wieso hattet ihr Zugang zu diesem Haus im Borgarfjörður?«

»Durch einen Bekannten von Lúðvík, der in Spanien lebt und sich nur im Sommer in Setberg aufhält. Lúðvík hat im Winter ein Auge auf den Besitz, er hat einen Schlüssel. Wir brachten Arngrímur direkt dorthin. Lúðvík brachte den Bolzen im Kellerboden an, und daran ketteten wir den Gefangenen. So haben wir ihn da zurückgelassen, während wir das Weitere vorbereiteten.«

»Habt ihr Arngrímur da ganz allein in dem Haus zurückgelassen?«, fragte Birkir.

»Ja«, antwortete Starkaður. »Wir haben ihm etwas zu essen dagelassen, und er hatte auch einen Eimer für seine Bedürfnisse. Außerdem eine Matratze und eine Decke. Da unten im Keller war es nicht sonderlich kalt. Wir haben ihm gesagt, dass er dort bleiben würde, bis er bereit sei zu gestehen, was in Sandgil tatsächlich passiert ist, als das Haus niederbrannte. Lúðvík fuhr am Samstagmorgen noch einmal hin, und ich wollte abends mit einer Videokamera dazustoßen, doch dann wurde ich festgenommen, und Lúðvík sah sich gezwungen, sich mit Jón in Verbindung zu setzen.«

»Jón hat also dann erst von der Entführung erfahren?«, fragte Birkir.

»Ja. Lúðvík hat ihn gebeten, ein Kassettengerät mit nach Setberg zu bringen, damit Arngrímur seine Geschichte auf Band sprechen konnte. Jón kennt sich auf dem Land überhaupt nicht aus, deshalb musste Lúðvík ihm den Weg präzise beschreiben. Am nächsten Tag hat sich Jón dann von jemandem in den Borgarfjörður fahren lassen. Er hatte ein altmodisches Kassettengerät dabei, aber für unsere Zwecke reichte es.«

»War Arngrímur gleich bereit, das Geständnis abzulegen?«, fragte Birkir.

»Ja. Er war sehr kooperativ. Er schien sogar froh zu sein, darüber sprechen zu können, die Erleichterung war ihm förmlich anzumerken.«

»Und weshalb habt ihr Magnús entführt?«

»Als Jón und Lúðvík hörten, was Arngrímur auf Band gesprochen hatte, wurde ihnen klar, dass der kleine Wachtmeister damals auch etwas damit zu tun gehabt haben musste. Er hatte wissentlich eine falsche Aussage gemacht. Ich hörte davon, als ich nach meiner Freilassung mit Lúðvík telefonierte. Wir fanden es nicht gerecht, dass er ohne Strafe davonkommen sollte.«

»Und wie habt ihr ihn in eure Gewalt bekommen?«

»Lúðvík und Jón kamen in die Stadt und holten mich ab,

und wir haben vor Magnús' Haus auf ihn gewartet. Als er vorgefahren war und den Motor abgestellt hatte, gelang es Lúðvík, die Tür links hinter ihm zu öffnen und ihm mit dem Sicherheitsgurt die Luft abzuschnüren. Da war aber noch ein anderer im Auto, und Jón musste uns zu Hilfe kommen. Magnús wehrte sich nach Kräften, und mir gelang es erst, ihn an Händen und Füßen zu fesseln, als Lúðvík ihn schon beinahe erdrosselt hatte. Sein Beifahrer war trotz seiner Größe leichter zu überwältigen, er leistete praktisch keinen Widerstand. Wir ließen ihn im Auto zurück und brachten Magnús in den Borgarfjörður. Dort musste er sich die Aufzeichnung von Arngrímurs Geständnis anhören und bestätigen, dass es sich damals so zugetragen hatte.«

»Das habe ich gehört«, sagte Birkir. »Weshalb habt ihr sie in dem Glauben gelassen, dass sie da drinnen verbrennen würden?«

Starkaður antwortete: »Seit vielen, vielen Jahren haben wir darüber diskutiert, was wir mit Arngrímur machen sollten. Es gab die unterschiedlichsten Ideen und Vorschläge. Eine davon war, ihn genauso im Feuer sterben zu lassen wie Sunna. Dann kam jemand von uns auf die Idee, ihm eine Säge hinzulegen; falls er sich retten wollte, konnte er den Fuß absägen. Das war eine Chance, die Sunna nicht gehabt hatte. Die Kette war aus massivem Eisen, mit einer einfachen Säge konnte man der nichts anhaben. Vorgestern haben wir diesen Plan noch ein wenig abgeändert. Wir stellten die Zeitzünderkonstruktion mit der Kerze und dem Benzinfass auf. Im Gegensatz zu den früheren Plänen war gar kein Benzin in dem Fass, Arngrímur und Magnús sollten das aber glauben. Das Alter hat uns wohl weicher gemacht, und es wäre auch schade um das Haus gewesen.«

Birkir ließ seine Blicke zwischen Jón und Starkaður hin- und hergehen.

»Habt ihr wirklich geglaubt, dass ihr damit durchkommen würdet?«

»Vielleicht haben wir das geglaubt«, antwortete Starkaður. »Und vielleicht wären wir auch damit durchgekommen, wenn wir uns an den ursprünglichen Plan gehalten hätten, Arngrímur umzubringen und die Leiche an einem sicheren Ort verschwinden zu lassen. Oder ihn irgendwo in einem Haus verbrennen zu lassen, damit uns niemand etwas nachweisen konnte. Eigentlich lief aber von Anfang an alles schief. Wir sind bereit, die Konsequenzen zu tragen. Das tun wir für Sunna und für uns selber.«

Birkir schüttelte den Kopf. »Nach dem, was ihr mir erzählt habt, glaube ich mir ein ziemlich gutes Bild von dem Mädchen machen zu können. Ich weiß nicht, ob sie eine derartige Rache gewollt hätte.«

Starkaður blickte zu Jón hinüber. »Wahrscheinlich nicht«, sagte er. »Aber im Gegensatz zu ihr ist es uns leider nicht gegeben, vergessen und vergeben zu können.«

»Wisst ihr, wo Lúðvík sich aufhält?«, fragte Birkir.

»Er ist hier im Haus, er schläft«, antwortete Starkaður. »Er weiß, dass wir uns stellen wollten. Er kommt mit.«

Birkir stand auf. »Es ist wohl Zeit, dass wir gehen. Seid ihr bereit?«

»Ja«, sagte Jón und legte die Hand auf die Stirn des Toten. »Werden wir bei der Beerdigung dabei sein dürfen?«

»Ich weiß es nicht«, sagte Birkir. »Darüber habe ich nicht zu entscheiden. Ich denke, du solltest dich lieber jetzt von ihm verabschieden.«

»Das habe ich bereits getan«, sagte Jón.